Francis Scott
FITZGERALD
1896 — 1940

Фрэнсис Скотт
ФИЦДЖЕРАЛЬД

Новые мелодии печальных оркестров

Рассказы

АЗБУКА

Санкт-Петербург

УДК 821.111(73)
ББК 84(7Сое)-44
Ф 66

Перевод с английского
Людмилы Бриловой, Сергея Сухарева

Оформление обложки Валерия Гореликова

Фицджеральд Ф. С.

Ф 66   Новые мелодии печальных оркестров : рассказы / Фрэнсис Скотт Фицджеральд ; пер. с англ.
Л. Бриловой, С. Сухарева. — СПб. : Азбука, Азбука-Аттикус, 2014. — 352 с. — (Азбука-классика).

ISBN 978-5-389-05534-6

Фрэнсис Скотт Фицджеральд, возвестивший миру о начале нового века — «века джаза», стоит особняком в современной американской классике. Хемингуэй писал о нем:
«Его талант был таким естественным, как узор из пыльцы на
крыльях бабочки». Его романы «Великий Гэтсби» и «Ночь
нежна» повлияли на формирование новой мировой лите-
ратурной традиции XX столетия. Однако Фицджеральд
также известен как автор блестящих рассказов — из которых на русский язык переводилась лишь небольшая часть.
Предлагаемая вашему вниманию книга призвана исправить
это досадное упущение. Итак, представляем чертову дюжину то смешных, то грустных, но неизменно блестящих ис-
торий от признанного мастера тонкого психологизма. Перевод текстов выполнен такими мастерами, как Людмила
Брилова и Сергей Сухарев, чьи переводы Кадзуо Исигуро
и Рэя Брэдбери, Чарльза Паллисера и Джона Краули, Тома-
са де Квинси, Олдоса Хаксли и многих других уже стали
классическими.

УДК 821.111(73)
ББК 84(7Сое)-44

ISBN 978-5-389-05534-6

КОСТИ, КАСТЕТ И ГИТАРА

I

Часть Нью-Джерси находится под водой, а за прочими частями бдительно присматривают власти. Там и сям, однако, попадаются участки садов, усеянные старомодными каркасными домиками с просторными тенистыми верандами и красными качелями на лужайке. Не исключено, что на самой просторной и тенистой из веранд тихонько раскачивается на средневикторианском ветру уцелевший со старых гамачных времен гамак.

Когда на подобную достопримечательность из прошлого века набредают туристы, они обыкновенно останавливают автомобиль, смотрят, а потом бормочут: «Что ж, понятно, этот дом состоит сплошь из коридоров, крыс в нем видимо-невидимо, а ванная комната всего одна, но какая же уютная тут атмосфера...»

Турист здесь не задерживается. Он продолжает путь к своей елизаветинской вилле из прессованного картона, к ранненорманнскому мясному рынку или к средневековой итальянской голубятне — потому что на дворе век двадцатый и викторианские дома вышли из моды вместе с романами миссис Хамфри Уорд. Туристу не виден с дороги гамак, но иногда в гамаке сидит девушка. Так было и в этот день. Девушка дремала в гамаке, не ведая, очевидно, о том, какое неэстетичное ее окружает зрелище: каменная статуя Дианы, к примеру, дурацки скалилась под солнцем на лужайке.

Во всей этой сцене наблюдалась какая-то неумеренная желтизна. Желтым было, например, солнце;

особо гадкой, обычной для гамаков желтизной выделялся гамак; желтизна рассыпанных по нему девичьих волос отличалась от него в куда лучшую сторону. Девушка спала, плотно сжав губы и положив под голову сцепленные ладони, — юным созданиям свойственна такая поза. Грудь ее вздымалась и опадала так же плавно, как ходила туда-сюда кромка гамака. Ее имя, Амантис, было таким же старомодным, как дом, в котором она жила. Досадно, но вынужден заметить, что исчерпал на этом все черты, сближавшие ее со средневикторианской эпохой.

Будь мой рассказ фильмом (надеюсь, со временем это осуществится), я снимал бы без устали, пока можно; я приблизил бы камеру и снял сзади шею девушки, желтый пушок под границей волос, снял бы щеки и руки — теплый цвет ее кожи; мне ведь нравится воображать ее спящей, — наверное, и вы в юные дни спали точно так же. Затем я нанял бы человека по имени Израэль Глюкоза, чтобы он сочинил какую-нибудь дурацкую интермедию, потому что мне нужен переход к другой сцене, разыгравшейся дальше по дороге — где точно, неизвестно.

По дороге ехал автомобиль, в нем сидел южный джентльмен, сопровождаемый камердинером. Джентльмен, как водится, направлялся в Нью-Йорк, однако столкнулся с затруднением: верхняя часть его автомобиля несколько смещалась относительно нижней. Время от времени оба седока высаживались, поточнее прилаживали корпус к ходовой части и после этого, подрагивая невольно в унисон с вибрацией мотора, двигались дальше. Имей машина заднюю дверцу, ее можно было бы отнести к самой заре автомобилестроения. Покрытая пылью восьми штатов, она была украшена спереди внушительным, однако не работающим таксометром, а сзади — многочисленными флажками с надписью: «Тарлтон, Джорджия». Когда-то давно кто-то начал красить капот в желтый цвет, но, к несчастью, был отозван, успев довести работу только до половины.

Когда джентльмен с камердинером проезжали мимо дома, где спала в гамаке Амантис, с автомобилем случилась оказия: корпус упал на дорогу. Единственным оправданием моему столь внезапному сообщению служит то, что произошло это и в самом деле совершенно внезапно. После того как затих шум и рассеялась пыль, господин со слугой поднялись на ноги и стали осматривать обе разъединившиеся половины.

— Гляди-ка, — произнес раздосадованный джентльмен, — эта чертова кукла развалилась окончательно.

— На две половины, — согласился камердинер.

— Хьюго, — сказал джентльмен, немного подумав, — нам нужны молоток и гвозди, чтобы заново их сколотить.

Господин со слугой оглядели викторианский домик. По обе его стороны простирались к слегка беспорядочному, пустынному горизонту слегка беспорядочные поля. Выбора не было, чернокожий Хьюго открыл калитку и вслед за господином двинулся по гравиевой дорожке, едва удостаивая пресыщенным, как подобает бывалому путешественнику, взглядом красные качели и каменную статую Дианы, которая обращала к ним источенное непогодой лицо.

В тот самый миг, когда оба приблизились к веранде, Амантис проснулась, рывком села и оглядела гостей.

Джентльмен был молод, лет двадцати четырех, звали его Джим Пауэлл. Одет он был в готовый тесный костюм, пропыленный и, как можно было подумать, способный в любую минуту улететь, отчего и пристегивался к нижней одежде рядом из полудюжины нелепых пуговиц.

Избыточное количество пуговиц украшало также и рукава пиджака; Амантис не могла не посмотреть на боковые швы брюк: нет ли пуговиц и там. Зеленую шляпу украшало перо какой-то унылой птицы, трепетавшее на теплом ветру.

Гость согнулся в церемонном поклоне и одновременно обмахнул шляпой свои пыльные коленки. При этом он улыбнулся, прикрывая выцветшие голубые глазки и показывая белые ровные зубы.

— Добрый вечер, — произнес он с отчаянным акцентом, характерным для обитателей Джорджии. — У меня сломался автомобиль прямо перед вашей калиткой. Вот я и решил узнать, нельзя ли одолжить у вас молоток и гвозди. Мне ненадолго.

Амантис рассмеялась. Она смеялась и не могла остановиться. Мистер Джим Пауэлл смеялся тоже — из вежливости и солидарности. Его камердинер, мучительно озабоченный собственным цветным взрослением, единственный сохранял важную серьезность.

— Мне, наверное, лучше представиться, — сказал посетитель. — Я Пауэлл. Живу в Тарлтоне, Джорджия. Этот черномазый — мой мальчишка Хьюго.

— Ваш сын? — Девушка, совсем растерявшись, переводила взгляд то на одного, то на другого.

— Нет, он мой камердинер — вы ведь так, наверное, выражаетесь? Мы у себя привыкли кликать негров мальчишками.

При упоминании прекрасных обычаев своей родины Хьюго заложил руки за спину и хмуро и надменно уставился себе под ноги.

— Ага, — пробормотал он, — камердинер я и есть.

— А куда вы ехали? — осведомилась Амантис.

— На Север, провести там лето.

— Куда именно?

Турист небрежно взмахнул рукой, словно бы охватывая этим жестом Адирондакский парк, Тысячу Островов, Ньюпорт, но сказал только:

— Попытаем Нью-Йорк.

— Вы там раньше бывали?

— Никогда. А вот в Атланте был тысячу раз. Да и в этой поездке мы в каких только не побывали городах. Господи боже!

Он присвистнул, имея в виду бесконечные красоты проделанного ими путешествия.

— Послушайте, — сказала Амантис озабоченно, — вам необходимо поесть. Скажите вашему... вашему камердинеру, пусть пойдет к задней двери и попросит кухарку прислать нам сандвичей и лимонада. Или, может, вы не пьете лимонад? Сейчас его мало кто любит.

Мистер Пауэлл крутанул пальцем, направляя Хьюго, куда было указано. Потом робко уселся в кресло-качалку и принялся чинно обмахиваться перьями своей шляпы.

— Вы, право слово, очень любезны, — сказал он Амантис. — А на случай, если мне захочется чего покрепче лимонада, у меня припасена в машине бутылочка старого доброго виски. Я ее взял с собой, а то вдруг здешний виски мне совсем в горло не полезет.

— Слушайте, — сказала девушка, — а ведь моя фамилия тоже Пауэлл. Амантис Пауэлл.

— Да что вы говорите? — Джим Пауэлл разразился восторженным смехом. — Может, мы с вами родня. Я происхожу из очень хорошей семьи. Правда, бедной. Но в этом году мне привалила удача, вот я и решил провести лето где-нибудь на Севере.

Тут на веранду вышел Хьюго и подал голос:

— Белая леди за задней дверью спросила, не хочу ли я тоже перекусить. Что ей ответить?

— Ответь: с удовольствием, мэм, раз уж вы так добры, — наставил его господин. Когда Хьюго ушел, он поделился с Амантис: — Голова у мальчишки совсем пустая. Шагу не хочет сделать без моего разрешения. Я его воспитал, — добавил он не без гордости.

Когда прибыли сандвичи, мистер Пауэлл встал. Он не привык общаться с белыми слугами и, очевидно, ждал, что их познакомят.

— Вы замужняя дама? — спросил он Амантис, когда служанка ушла.

— Нет, — ответила она и добавила, поскольку в свои восемнадцать могла себе это позволить: — Я старая дева.

Джим Пауэлл снова засмеялся из вежливости.

— Вы хотите сказать, вы светская барышня?

Амантис помотала головой. Мистер Пауэлл заметил сугубую желтизну ее желтых волос и был восторженно поражен.

— Разве, судя по этим замшелым владениям, скажешь такое? — жизнерадостно отозвалась она. — Нет, я самая что ни на есть деревенская барышня. В женихи мне годятся фермеры или вот многообещающий молодой парикмахер из соседней деревни с остатками волос на рукаве — состриг недавно с чьей-то головы.

— Вашему папе не следовало бы отпускать вас гулять с деревенским парикмахером, — осуждающе заметил турист. Задумался. — Вам обязательно надо быть светской барышней.

Джим принялся выбивать ногой ритм по настилу веранды, и скоро Амантис обнаружила, что невольно к нему присоединилась.

— Стоп! — скомандовала она. — А то вы и меня заставляете.

Джим опустил взгляд на свою ногу.

— Простите, — смиренно проговорил он. — Не знаю... у меня просто привычка такая.

Оживленному разговору положил конец Хьюго, появившийся на ступеньках с молотком и гвоздями.

Мистер Пауэлл неохотно встал и посмотрел на часы.

— Черт, нам пора. — Он нахмурился. — Послушайте. Вы хотите быть нью-йоркской светской барышней, ходить по всяким балам и прочее, о чем пишут в книгах, — как там купаются в золоте?

Амантис подняла глаза и с улыбкой кивнула. Кое-как она выбралась из гамака, и оба бок о бок пошагали к дороге.

— Тогда я посмотрю, что можно сделать, и дам вам знать, — упорствовал Джим. — Хорошенькой девушке вроде вас без общества никуда. Ведь может статься, мы с вами родственники, а нам, Пауэллам, надо держаться вместе.

— Чем вы собираетесь заниматься в Нью-Йорке?

Они уже подходили к калитке, и турист указал на плачевные остатки своего автомобиля.

— Водить таксомотор. Этот самый. Только он все время разваливается на части.

— И вы рассчитываете на *этом* зарабатывать в Нью-Йорке?

Джим опасливо на нее покосился. Нужно бы ей сдерживать себя, ну что за привычка для хорошенькой девушки — трястись всем телом по самому пустому поводу.

— Да, мэм, — ответил он с достоинством.

Амантис смотрела, как господин со слугой водрузили верхнюю половину автомобиля на нижнюю и, яростно орудуя молотком, скрепили их гвоздями. Потом мистер Пауэлл взялся за руль, камердинер забрался на соседнее сиденье.

— Премного обязан вам за гостеприимство. Пожалуйста, заверьте в моем почтении вашего батюшку.

— Непременно, — заверила его Амантис. — Навестите меня, когда будете возвращаться, если вам не доставит неудобства общество парикмахера.

Мистер Пауэлл взмахом руки отмел в сторону эту неприятную мысль.

— Вашему обществу я в любом случае буду рад. — Как бы надеясь, что под шум мотора его прощальные слова прозвучат не так дерзко, он тронулся с места. — Из всех девушек, которых я здесь, на Севере, видал, вы самая красивая — другие вам и в подметки не годятся.

Мотор взвыл и задребезжал — мистер Пауэлл из южной Джорджии на собственном автомобиле, с собственным камердинером, с собственными устремлениями и в собственном облаке пыли продолжил путь на север, чтобы провести там лето.

II

Амантис думала, что больше его не увидит. Стройная и прекрасная, она возвратилась в гамак, чуть приоткрыла левый глаз навстречу июню, потом закрыла и с удовольствием заснула опять.

Но однажды, когда по шатким боковинам красных качелей уже успели вскарабкаться выросшие за лето стебли, мистер Джим Пауэлл из Тарлтона, штат Джорджия, вернулся, тарахтя, в ее жизнь. Как в прошлый раз, они уселись на широкой веранде.

— У меня возник грандиозный план, — сказал Джим.

— Вы, как собирались, крутили баранку?

— Да, мэм, но бизнес не пошел. Я пробовал дежурить перед всеми отелями и театрами, но пассажиров не дождался.

— Ни одного?

— Ну, как-то вечером сели несколько пьяных, но, едва я двинулся с места, автомобиль развалился на части. Следующим вечером дождило, других такси не было, и ко мне села леди: а то, говорит, уж очень далеко ей пешком добираться. Но на полпути она приказала мне остановиться и вышла. Так и побрела под дождем — с ума, что ли, сошла. Больно спесивый народ там, в Нью-Йорке.

— И вот вы отправились домой? — В голосе Амантис слышалось сочувствие.

— Нет, мэм. У меня родилась идея. — Голубые глаза Джима посмотрели пристальней. — Этот ваш парикмахер, с волосами на рукавах, у вас появлялся?

— Нет. Он... больше не приходит.

— Ну тогда я первым делом хотел бы оставить у вас свой автомобиль. У него цвет не тот для такси. В уплату за хранение можете ездить на нем, сколько вам угодно. Ничего такого с ним не должно случиться, не забывайте только брать с собой молоток и гвозди...

— Я о нем позабочусь, — перебила его Амантис, — но вы-то куда собрались?

— В Саутгемптон. Там, наверное, самое шикарное место из тех, что поблизости, туда я и собрался.

Амантис привстала от изумления.

— И что вы будете там делать?

— Слушайте. — Джим доверительно склонился к Амантис. — Вы всерьез хотели сделаться нью-йоркской светской барышней?

— Еще как.

— Это все, что мне нужно было знать, — с таинственным видом отозвался он. — Вы просто ждите здесь, на этой веранде, пару недель и... и спите себе. А если будут наведываться какие-нибудь парикмахеры с волосами на рукавах, гоните их. Говорите, спать хочется.

— А потом?

— Потом я пришлю вам весточку, — твердо уверил Джим. — Общество! Не пройдет и месяца, и я обеспечу вам столько общества, сколько вы за всю свою жизнь не видели.

К этому Джим не захотел ничего добавить. Держался он так, что можно было подумать: он доставит Амантис к морю веселья и станет окунать туда со словами: «Как, мэм, вам достаточно весело? А не подбавить ли, мэм, развлечений?»

— Что ж, — протянула Амантис в ленивом раздумье, — проспать июль, а за ним и август — удовольствие, с которым мало что сравнится, но, если вы вызовете меня письмом, я, так и быть, приеду в Саутгемптон.

Через три дня в дверь громадного и поразительного особняка Мэдисон-Харлан в Саутгемптоне позвонил молодой человек с желтым пером на шляпе. У дворецкого он осведомился, есть ли в доме молодые люди в возрасте от шестнадцати до двадцати лет. Ему ответили, что этому описанию соответствуют мисс Женевьева Харлан и мистер Рональд Харлан, вслед за чем гость протянул дворецкому очень необычную карточку и на характерном джорджианском диалекте попросил ознакомить с ней упомянутых особ.

В результате он целый час беседовал наедине с мистером Рональдом Харланом (учащимся школы Хиллкисс) и мисс Женевьевой Харлан (весьма заметной посетительницей саутгемптонских балов). Когда он покидал особняк, в руке у него была записка, в которой узнавался почерк мисс Харлан; явившись в следующее имение, молодой человек присоединил эту записку к своей необычной карточке. Имение принадлежало семейству Клифтон-Гарно. Как по волшебству, здесь тоже он получил часовую аудиенцию.

Он шагал дальше; стояла жара, мужчинам в публичном месте полагалось париться в пиджаках, но Джим, житель самого юга Джорджии, в конце своего путешествия был так же свеж и бодр, как в начале. Он посетил в тот день десять домов. Любой, кто проследил бы его маршрут, принял бы его за весьма способного бутлегера.

Просьба повидаться именно с подрастающим поколением звучала настолько непривычно, что даже самые ушлые и суровые дворецкие теряли бдительность. Внимательный наблюдатель заметил бы, что всякий раз Джима сопровождали к выходу зачарованные взгляды и взволнованный шепот, намекавший на то, что эта встреча не последняя.

На второй день Джим посетил двенадцать домов. Он мог бы еще неделю продолжать обход, не повидав вторично ни одного из дворецких, но его интересовали только богатые, роскошные дома.

На третий день Джим сделал то, что в свое время предлагалось многим, но сделали это очень немногие: он арендовал зал. Ровно через неделю он послал мисс Амантис Пауэлл телеграмму, где было сказано, что, если она по-прежнему жаждет принять участие в увеселениях высшего света, ей нужно первым же поездом отправиться в Саутгемптон. Джим обещал встретить ее на станции.

Джим уже не располагал неограниченным досугом, поэтому, когда Амантис не появилась в указанное ею самой в телеграмме время, он встревожился. Предположив, что она прибудет следующим поездом, он повернул назад, чтобы заняться снова своим планом, — и наткнулся на Амантис, которая входила на станцию с улицы.

— Как вы здесь...

— Я решила приехать пораньше — утром, и, чтобы вас не беспокоить, успела найти для себя респектабельный пансион на Оушен-роуд.

Джиму подумалось, что она ничуть не похожа на ленивую Амантис из гамака на веранде. На ней были голубой, как яйца малиновки, костюм и задорная молодежная шляпка со скрученным пером — юные леди от шестнадцати до двадцати, которыми в последнее время было поглощено внимание Джима, одевались, можно сказать, почти так же. Отлично, то, что нужно.

С глубоким поклоном Джим посадил Амантис в такси и сам сел рядом.

— Теперь, наверное, пора рассказать мне, что вы задумали?

— План касается здешних светских девиц. — Он небрежно махнул рукой. — Они все мне знакомы.

— И где они?

— В эту самую минуту они с Хьюго. Вы ведь помните... он мой камердинер.

— С Хьюго? — Амантис широко раскрыла глаза. — Как так? Что вы такое устроили?

— Ну, я... я, наверное, открыл школу — вы бы так это назвали.

— Школу?

— Вроде академии. Во главе — я. Я ее изобрел.

Резким движением, словно сбивал термометр, он вытряхнул из бумажника карточку.

— Смотрите.

Амантис взяла карточку. На ней была надпись крупными буквами:

ДЖЕЙМС ПАУЭЛЛ; Дж. М.
«Кости, Кастет и Гитара»

Амантис еще шире открыла глаза.

— Кости, Кастет и Гитара? — повторила она испуганно-почтительно.

— Да, мэм.

— Что это значит? Вы собрались торговать?

— Нет, мэм, я собрался обучать. Профессиональным навыкам.

— Кости, Кастет и Гитара? А Дж. М. что такое?

— Это значит джаз-мастер.

— Но что вы затеваете? Как это будет выглядеть?

— Приблизительно штука вот в чем. Однажды вечером в Нью-Йорке я разговорился с поддатым молодым парнишкой. Моим пассажиром. Он куда-то повел одну девушку из светского общества и потерял ее.

— Потерял?

— Да, мэм. Наверное, забыл о ней. И он ужасно беспокоился. Тут мне пришла мысль, что эти нынешние девушки из общества... Они ведут довольно опасную жизнь, а мой курс обучения поможет им себя защитить.

— Вы научите их пользоваться кастетом?

— Да, мэм, в случае надобности. Смотрите: возьмем девицу, которая идет в кафе — такое, куда бы ходить не следовало. Ее спутник перебрал немного и стал клевать носом. Тем временем к ней подкатывается какой-то другой тип: «Привет, милашка» — и все прочее, что можно услышать от таких приставал. И что ей делать? Кричать она не может: нынче у настоящих леди это не принято. И вот она сует руку в карман, продевает пальцы в защитный кастет Пауэлла, дебютантского размера, исполняет то, что я называю Светским Хуком, — бац! и верзила разбит наголову.

— Хорошо... а к чему тут гитара? — едва выдохнула Амантис. — Ею тоже нужно будет кого-нибудь огреть?

— Нет, мэм! — ужаснулся Джим. — Нет, мэм. Я не собираюсь учить леди использовать гитару как оружие. Я их учу играть. Да вы их только послушайте! Я дал им всего два урока, а некоторые играют, что твои чернокожие.

— А кости?

— Кости? Да я с ними на «ты». Они для меня как отцы родные. Я покажу ученикам, как устраивать всякие трюки. Целее будут и кошельки, и они сами.

— У вас... у вас уже есть ученики?

— Мэм, ко мне записались лучшие, самые богатые люди в городе. То, о чем я рассказал, еще не все. Я обучаю всяким разностям. Таким как «будлинбенд»... и «миссисипи санрайз». Одна девушка пришла и сказала: хочу научиться щелкать пальцами. То есть в самом деле щелкать... как люди щелкают. Говорит, с детства стараюсь и не получается. Я дал ей два урока, и — триумф! Ее папаша говорит, в доме стало невозможно жить.

— Когда проходят уроки? — слабым голосом спросила потрясенная Амантис.

— Три раза в неделю. Вы будете одной из учениц. Я сказал, что вы из Нью-Джерси, из очень благородной семьи. Сказал, ваш батюшка — держатель патента на кусковой сахар.

Амантис ахнула.

— Так что делать ничего не нужно, разве только притворяться, что никогда никаких парикмахеров и в глаза не видели.

Тем временем показалась южная оконечность деревни, и Амантис увидела ряд автомобилей, припаркованных перед двухэтажным зданием. Все они были низкие, длинные, обтекаемой формы и ярких цветов. Потом Амантис поднималась по узкой лестнице на второй этаж. На двери, за которой звучали музыка и голоса, было написано краской:

ДЖЕЙМС ПАУЭЛЛ; Дж. М.
«Кости, Кастет и Гитара»
Пн. — Ср. — Пт.
3–5 пополудни

— Прошу пожаловать сюда. — Директор школы распахнул дверь.

Амантис очутилась в длинной, ярко освещенной комнате, где толпились девушки и юноши примерно ее возраста. Вначале она усмотрела в происходящем сходство с дневным чаепитием, сопровождающимся оживленной беседой, но вскоре, судя по отдельным сценкам, начала прозревать логику событий.

Ученики были разбиты на группы, одни сидели, другие стояли на коленях или в полный рост, но все были с головой погружены в увлекшие их занятия. Полдюжины юных леди, собравшиеся кружком (вокруг чего — видно не было), беспрерывно галдели; их голоса — жалобные, молящие, заклинающие, плаксивые — звучали теноровой партией, фоном которой служил непонятный приглушенный стук.

По соседству собрались четверо молодых людей, в центре этой группы находился чернокожий юнец, оказавшийся не кем иным, как недавним камердинером мистера Пауэлла. Он бросал вроде бы не связанные между собой фразы, а молодые люди шумно откликались, выражая самую широкую гамму чувств. Их голоса то повышались почти до крика, то стихали, делаясь мягкими и расслабленными. Хьюго в ответ одобрял, поправлял, критиковал.

— Что они делают? — шепнула Амантис.

— Это занятия по южному выговору. Множество здешних молодых людей мечтают овладеть южным выговором, вот мы их и учим... Джорджия, Флорида, Алабама, Восточный берег, старая Виргиния. Есть и такие, кому нужен самый настоящий негритянский язык — для песен.

Амантис с Джимом побродили от группы к группе. Несколько девушек с кастетами из металла яростно атаковали две боксерские груши, на которых были намалеваны ухмыляющиеся физиономии «приставал». Смешанная компания под аккомпанемент банджо извлекала благозвучные тоны из своих гитар. В одном углу танцевали несколько босоногих пар; их сопровождала патефонная запись Саваннского оркестра Растуса Малдуна.

— А теперь, мисс Пауэлл, если вы готовы, я попрошу вас снять шляпку и вместе с мисс Женевьевой Харлан поработать над ударами — там, в углу, где боксерская груша. — Джим повысил голос. — Эй, Хьюго, у нас новая студентка. Обеспечь ее парой защитных кастетов Пауэлла, дебютантского размера.

III

С сожалением должен признаться, что мне не довелось ни самому наблюдать занятия в знаменитой Школе джаза, ни изучать под руководством мистера Пауэлла таинства Костей, Кастета и Гитары. Могу сообщить вам только то, что слышал позднее от одного из его восторженных учеников. При всех последовавших обсуждениях никто не оспаривал огромного успеха занятий, и ни один ученик, получивший диплом бакалавра джаза, не пожалел о затраченных усилиях.

— Если секрет раньше времени не раскроется, — поведал Джим, обращаясь к Амантис, — у нас побывает оркестр Растуса Малдуна из Саванны. Я всегда мечтал им подирижировать.

Джим делал деньги. Чрезмерно он не роскошествовал (больших средств у его студентов не водилось), однако ж из пансиона переехал в Казино-отель, где нанял апартаменты и распорядился, чтобы Хьюго приносил ему завтрак в постель.

Внедрить Амантис в ряды золотой молодежи Саутгемптона оказалось проще, чем Джим ожидал. Через неделю все учащиеся уже звали ее по имени. Джим виделся с нею реже, чем ему хотелось. Нельзя сказать, что Амантис к нему переменилась: она часто прогуливалась с ним по утрам, охотно слушала, когда он рассказывал о своих планах, но с тех пор, как она приобщилась к светской жизни, о встречах с нею по вечерам нечего было и думать. Несколько раз Джим, явившись в пансион, заставал Амантис запыхавшейся, словно бы после пробежки. Было понятно, что она только-только явилась с какого-то светского события, в котором Джим не принимал участия.

Когда лето пошло на убыль, Джим задумался о том, что для полного триумфа его предприятия кое-чего не хватает. По отношению к Амантис Саутгемптон повел себя гостеприимно, однако для него, Джима, двери местных домов остались закрытыми. С трех до пяти его ученики бывали с ним любезны, более того — ловили каждое его слово и движение, однако затем удалялись в другой мир.

Джим оказался в положении гольфиста-профессионала: на поле с ним по-братски общаются, его слушаются, но с закатом солнца его привилегиям наступает конец. Ему можно заглядывать в окна клуба, но танцевать нельзя. Вот и Джим был лишен возможности наблюдать, как его ученики пользуются усвоенными от него навыками. Лишь на следующее утро до него долетали обрывки сплетен — и больше ничего.

Но меж тем как английский гольфист-профессионал, не равняясь с патронами, сохраняет собственную гордость, Джим Пауэлл, происходивший из «по-настоящему хорошей — но, правда, бедной» семьи, часами лежал без сна на своей гостиничной постели, слушал музыку, долетавшую сюда из Кацбис-хауса или Бич-клуба, ворочался и не мог понять, в чем же дело. На заре своего успеха он приобрел себе парадный костюм и думал, что случай его надеть подвернется со дня на день, но костюм так и лежал нетронутый в коробке, в которой его доставили от портного. Быть может, думал Джим, существует какая-то реальная пропасть, отделяющая его от остальных. Это его беспокоило.

На конец сентября был назначен бал у Харланов, которому предстояло стать для местной молодежи последним и главным событием сезона. Академия Джима должна была закрыться днем ранее ввиду массового перехода учеников в другие, обычные школы. Джима, как всегда, на бал не пригласили. Меж тем он надеялся, что приглашение поступит. Оба юных Харлана, Рональд и Женевьева, первыми оказали ему покровительство, когда он прибыл в Саутгемптон, а кроме того, Женевьева души не чаяла в Амантис. Побывать на их балу — самом роскошном из всех — значило увенчать и узаконить успех, достигнутый к исходу лета.

Его ученики, собравшись на дневные занятия, громко обсуждали завтрашнее увеселение, и, когда пришло время закрываться, Джим облегченно вздохнул.

— Прощайте, — сказал он им.

Ему было тоскливо — и оттого что его идея исчерпала себя, и оттого что никто не был опечален. Снаружи фыркали моторы — громко, с отключенными глушителями; в этих звуках, победно разрывавших теплый сентябрьский воздух, чудилось ликование... торжество юности и надежд, досягающих до самых небес.

Ученики разошлись, Джим с Хьюго остались одни. Джим вдруг сел и спрятал лицо в ладони.

— Хьюго, — хрипло проговорил он, — мы здесь больше не нужны.

— Не расстраивайся, — произнес чей-то голос.

Джим поднял глаза: рядом с ним стояла Амантис.

— Тебе лучше тоже уйти, — сказал он.

— Почему?

— Потому что тебя теперь приняли в общество, а я для этой публики что-то вроде обслуги. Я внедрил тебя — дело сделано. Тебе лучше уйти, а то они перестанут приглашать тебя на свои балы.

— И так не приглашают, Джим, — тихонько проговорила она. — На завтрашний вечер меня не позвали.

Джим возмущенно поднял брови:

— Не позвали?

Амантис покачала головой.

— Так я их *заставлю*! — вскипел Джим. — Скажу, что они должны. Да я... Я...

Амантис подошла ближе, глаза ее блестели.

— Не думай о них, Джим. Не думай, и все. Зачем они нам сдались? Завтра устроим нашу собственную вечеринку — на двоих.

— Я происхожу из очень хорошей семьи, — не успокаивался Джим. — Только бедной.

Амантис погладила его по плечу.

— Я понимаю. Ты милый, никто из них тебе и в подметки не годится.

Джим встал, подошел к окну и грустно уставился на вечереющее небо.

— Наверное, зря я тебя стронул с места. Спала бы себе дальше в своем гамаке.

Амантис рассмеялась.

— Ничуть не зря. Я очень даже рада.

Джим обернулся и оглядел комнату, на его лице лежала тень.

— Подмети, Хьюго, и запри двери. — Голос его дрожал. — Лето кончилось, нам пора домой.

Осень наступила рано. Проснувшись на следующее утро, Джим Пауэлл обнаружил, что комната остыла, и мысль о дохнувшем морозом сентябре на время вытеснила из памяти вчерашний день. Но затем лицо Джима горестно вытянулось: ему вспомнилось унижение, из-за которого потускнело, утратило радостный глянец все это лето. И ничего другого ему не оставалось, как только вернуться восвояси, в родные места.

После завтрака он немного пришел в себя и вновь сделался беспечен. Джим был дитя Юга, не расположенное к мрачной задумчивости. Обиду он мог вызвать в памяти один раз, другой, а потом она расплывалась в необъятной пустоте прошлого.

Но когда сила привычки привела Джима к дверям его отжившего свой век заведения, ему снова сделалось грустно. Хьюго был там, погруженный в хандру и похожий на сумрачного фантома.

В другие дни хватало нескольких слов Джима, чтобы вызвать у Хьюго несказанный восторг, однако сейчас говорить было не о чем. Два месяца Хьюго существовал на вершине, о какой никогда и не мечтал. Он попросту, от всей души наслаждался своей работой, приходил в школу задолго до начала занятий, а уходил много позднее последнего из учеников мистера Пауэлла.

День клонился к не слишком многообещающему вечеру. Амантис не появлялась, и Джим тревожно спрашивал себя, не раздумала ли она насчет сегодняшнего совместного обеда. Может, лучше ей не показываться в его компании. Впрочем, уныло напомнил он себе, чужих глаз опасаться не приходится: все будут на большом балу в доме Харланов.

Когда сумеречные тени в зале совсем уж сгустились, Джим в последний раз запер дверь, снял с нее табличку «Джеймс Пауэлл, Дж. М. „Кости, Кастет и Гитара"» и вернулся в отель. Просматривая неразборчиво накаляканные счета, он обнаружил, что нужно оплатить еще месяц аренды зала, разбитые стекла и кое-какое новое оборудование, которым он едва успел попользоваться. Джим жил на широкую ногу, и теперь стало ясно, что в финансовом отношении прошедшее лето ничего существенного ему не принесло.

Покончив со счетами, он вынул из коробки новый парадный костюм, осмотрел его, провел пальцами по атласу лацканов и подкладки. Во всяком случае, костюм он себе приобрел, и не исключено, что в Тарлтоне сможет надеть его на вечеринку, куда получит приглашение.

— Да о чем тут говорить! — фыркнул он. — Грош ей цена, всей этой академии. Дома у гаража встретишь таких парней, что куда там всем здешним.

Насвистывая в довольно бодром ритме «Джинн из городка Джеллибинов», Джим облачился в свой первый парадный костюм и отправился в город.

— Орхидеи, — сказал он продавцу.

На свою покупку он смотрел не без гордости. Джим знал, что ни одна девица на балу у Харланов не наденет лучшего украшения, чем эти экзотические цветы, томно откинувшиеся на подушку из зеленых папоротников.

На такси (он тщательно выбрал такое, что походило на личный автомобиль) Джим подкатил к пансиону, где жила Амантис. Она спустилась вниз в вечернем платье розового цвета, слившегося с орхидеями в гамму нежных полутонов, похожую на закатное небо.

— Думаю, мы можем поехать в Казино-отель, — предложил Джим. — Или ты хочешь в какое-то другое место?

За столиком с видом на темный океан настроение Джима переменилось на довольство и приятную печаль. Окна по случаю холодов были закрыты, но оркестр играл «Совсем один» и «Чай на двоих», и, сидя за столиком с живым воплощением юности и красоты, он ненадолго ощутил себя романтическим участником творившихся вокруг событий. Они не танцевали, и Джим был рад: иначе пришлось бы вспомнить о другом, более пышном и блестящем танцевальном вечере, куда им путь заказан.

После обеда они сели на такси и час катались по песчаным дорогам, вдоль которых мелькал за деревьями уже зажегшийся звездами океан.

— Я хочу тебя поблагодарить, Джим, — проговорила Амантис, — за все, что ты для меня сделал.

— Пустяки. Нам, Пауэллам, надо держаться вместе.

— Что ты собираешься делать?

— Завтра отправляюсь в Тарлтон.

— Очень жаль, — сказала она ласково. — Поедешь на своей машине?

— Придется. Нужно перегнать ее на Юг, не продавать же за гроши. Ты боишься, что ее угнали из вашего сарая? — внезапно встревожился Джим.

Амантис постаралась скрыть улыбку.

— Нет.

— Мне жаль, что так получилось... с тобой, — хрипло продолжил он, — и... и мне хотелось хотя бы раз сходить к ним на танцы. Зря ты вчера со мной осталась. Может, оттого они тебя и не пригласили.

— Джим, — попросила она, — давай постоим у них под окнами и послушаем шикарную музыку. Бог с ним со всем.

— Они выйдут и нас увидят.

— Не выйдут, слишком холодно.

Амантис дала распоряжение таксисту, и вскоре автомобиль остановился перед красивой георгианской громадой Мэдисон-Харлан-Хауса, из окон которого падали на лужайку яркие отсветы царившего там веселья. Внутри звучал смех, выводил жалобную мелодию модный духовой оркестр, неспешно и таинственно шаркали подошвы танцующих.

— Подойдем поближе, — восторженным шепотом взмолилась Амантис. — Я хочу послушать.

Они пошли к дому, держась в тени развесистых деревьев. Джим настороженно притих. Внезапно он замер и схватил Амантис за руку.

— Боже! — волнуясь, приглушенно вскрикнул он. — Знаешь, что это?

— Ночной сторож? — Амантис испуганно огляделась.

— Это оркестр Растуса Малдуна из Саванны! Я слышал его однажды, и я узнаю. Это оркестр Растуса Малдуна!

Приблизившись, они рассмотрели верхушки причесок «помпадур», потом прилизанные головы мужчин, взбитые волосы дам и даже короткие женские стрижки под черными головными повязками. На фоне непрестанного смеха начали различаться голоса. На веранду вышли двое, быстро сделали по глотку из фляжек и вернулись в дом. Но Джим Пауэлл был околдован музыкой. Он глядел неподвижными глазами и переставлял ноги неуверенно, как слепой.

В тесном уголке за темным кустом они с Амантис слушали. Номер подошел к концу. С океана повеял холодный бриз, Джима пробрала легкая дрожь. Он взволнованно шепнул:

— Я всегда мечтал подирижировать этим оркестром. Один только раз. — Он сник. — Пошли. Пойдем отсюда. Мне, пожалуй, здесь не место.

Джим протянул Амантис руку, но та ее не взяла. Внезапно она вышла из-за кустов и ступила в яркое пятно света.

— Пошли, Джим, — с неожиданной уверенностью позвала Амантис. — Пойдем в дом.

— Как это?

Амантис схватила Джима за руку. Онемевший от ужаса из-за ее дерзости, он отшатнулся, но Амантис упорно тянула его к широкой парадной двери.

— Осторожно! — выдохнул он. — Сейчас кто-нибудь выйдет и нас увидит.

— Нет, Джим, — возразила она твердо, — никто сейчас не выйдет. Сейчас двое войдут.

— Как? — растерянно спросил он, ярко освещенный фонарями под навесом крыльца. — Как?

— Как-как? — передразнила его Амантис. — А так, что этот бал устроен специально в мою честь.

Джим подумал, что она тронулась умом.

— Пошли домой, пока нас не увидели, — взмолился он.

Широкие двери распахнулись, на веранду вышел какой-то господин. Джим с ужасом узнал мистера Мэдисона Харлана. Джим дернулся, словно хотел вырваться и убежать. Но мистер Харлан сошел со ступенек, протягивая Амантис обе руки.

— Ну наконец-то! — воскликнул он. — Где вы оба пропадали? Наша Амантис... — Поцеловав Амантис, он с сердечной улыбкой повернулся к Джиму. — Что до вас, мистер Пауэлл, то в качестве штрафа за опоздание обещайте подирижировать оркестром — один только номер.

IV

В Нью-Джерси стояла теплынь — за исключением той его части, что находится под водой, но она заботит разве что рыб. Все туристы, проезжавшие по бесконечным зеленым просторам, останавливали машины перед протяженным загородным домом старомодной архитектуры, любовались красными качелями на лужайке, широкой тенистой верандой, вздыхали и снова трогались в дорогу, разве что виляли чуть-чуть в сторону от угольно-черного камердинера, возившегося на дороге. Камердинер, с молотком и гвоздями, трудился над старой развалюхой с гордой надписью на корме: «Тарлтон, Джорджия».

В гамаке лежала девушка с желтыми волосами и нежным румянцем, готовая, похоже, вот-вот заснуть. Рядом сидел джентльмен в необычно тесном костюме. За день до этого они вместе прибыли с модного курорта в Саутгемптоне.

— Когда ты впервые появился, — объясняла девушка, — я думала, что вижу тебя в первый и последний раз, а потому сплела басню про парикмахера и все прочее. Собственно, мне уже довелось побывать немного в свете — с кастетом или без него. И этой осенью мне тоже предстоит выезжать.

— Вижу, мне еще многое нужно узнать, — сказал Джим.

— И знаешь, — продолжала Амантис, глядя на него не без тревоги, — я была приглашена в Саутгемптон к моим родственникам, а когда ты сказал, что тоже туда собираешься, мне захотелось посмотреть, что у тебя получится. Ночевала я всегда у Харланов, но, чтобы ты не узнал, снимала комнату в пансионате. А не тем поездом я приехала потому, что мне нужно было время — повидать массу знакомых и предупредить, чтобы они делали вид, будто со мной не знакомы.

Понимающе кивая, Джим встал.

— Думаю, нам с Хьюго пора двигаться. За вечер нужно бы добраться до Балтимора.

— Дорога неблизкая.

— Хочу сегодня заночевать на Юге.

Вместе они пошли по тропинке, мимо лужайки с дурацкой статуей Дианы.

— Видишь ли, — осторожно добавила Амантис, — в наших краях, чтобы быть принятым в обществе, необязательно быть богатым. Точно так же, как у вас в Джорджии... — Она оборвала себя. — А ты не вернешься на следующий год и не откроешь новую академию?

— Нет, мэм, увольте. Твой мистер Харлан говорил, я мог бы продолжать с этой, но я ответил «нет».

— Разве ты... разве ты на ней не заработал?

— Нет, мэм. У меня достаточно своих денег, чтобы вернуться домой. Одно время дела пошли в гору, но я слишком много тратил на себя, а тут еще арендная плата, аппаратура, музыканты.

Джим не счел необходимым упомянуть, что мистер Харлан пытался всучить ему чек.

Они подошли к автомобилю в тот самый миг, когда Хьюго вбил последний гвоздь. Джим открыл кармашек на дверце и извлек оттуда бутылку без этикетки с беловато-желтой жидкостью.

— Я хотел сделать тебе подарок, — произнес он неловко, — но не успел, деньги кончились, так что, наверное, пошлю что-нибудь из Джорджии. А вот это возьми на память. Вряд ли тебе стоит это пить, но когда ты будешь в обществе, то, может, захочешь угостить кого-нибудь из молодых людей добрым старым виски.

Она взяла бутылку.

— Спасибо, Джим.

— Не за что. — Он обернулся к Хьюго. — Думаю, нам пора. Верни леди ее молоток.

— О, можешь взять его себе. — К горлу Амантис подступали слезы. — Разве ты не обещаешь вернуться?

— Когда-нибудь... может быть.

На миг его взгляд задержался на ее желтых волосах и голубых, затуманенных сном и слезами глазах. Сев в автомобиль и поставив ногу на сцепление, он полностью преобразился.

— Ну что ж, мэм, прощайте, — объявил он с подчеркнутым достоинством. — Мы отправляемся зимовать на Юг.

Взмах его соломенной шляпы был направлен в сторону Палм-Бич, Сент-Огастина, Майами. Его камердинер завел рукоятью двигатель, устроился на сиденье и заодно с автомобилем отчаянно завибрировал.

— Зимовать на Юг, — повторил Джим. Потом добавил мягко: — Ты самая красивая девушка, какую мне доводилось видеть. Возвращайся к себе, ложись в гамак и баю-бай... баю-бай...

Его слова прозвучали чуть ли не колыбельной. Джим отвесил Амантис поклон, глубокий и величественный, объявши этим блестящим знаком почтения целиком весь Север.

Окутавшись несообразным облаком пыли, они тронулись в путь. Амантис видела, как незадолго до ближайшего поворота они остановились, вышли из машины и стали прилаживать верхнюю ее часть к нижней. Не оглянувшись, снова сели. Поворот — и автомобиль скрылся из виду, оставив за собой только редкий бурый туман.

1923

ДАЙМОНД ДИК

Весной 1919 года, когда Дайана Дики возвратилась из Франции, ее родители думали, что за прежние прегрешения она расплатилась полностью. Она прослужила год в Красном Кресте и, как предполагалось, заключила помолвку с молодым американским летчиком, персоной заметной и весьма привлекательной. Большего нечего было и желать; от сомнительного прошлого Дайаны не осталось ничего, кроме ее прозвища...

Даймонд Дик! — именно этим именем вздумалось назваться в десять лет тогдашней тоненькой черноглазой девочке.

— Я Даймонд Дик, и все тут, — настаивала она, — а кто будет звать меня по-другому, тот дурья башка.

— Юной барышне такое имя не к лицу, — возражала гувернантка. — Если уж хочешь имя как у мальчика, тогда почему бы не назваться Джорджем Вашингтоном?

— Потому что меня зовут Даймонд Дик, — терпеливо объясняла Дайана. — Не понятно разве? Пусть зовут меня Даймонд Дик, а не то у меня будет припадок — все тогда пожалеете.

Кончилось тем, что она добилась и припадка (настоящей истерики, которую приехал лечить недовольный специалист по нервным болезням из Нью-Йорка), и прозвища. Закрепив за собой последнее, Дайана стала трудиться над выражением лица, копируя его с мальчика — подручного мясника, который доставлял мясо к задним дверям гриничских домов. Она выпячивала нижнюю челюсть и кривила рот, демонстрируя часть передних зубов; голос, исходивший из этого пугающего отверстия, был груб, как у отпетого уголовника.

— Мисс Кэразерс, — говорила она глумливым тоном, — ну что за бутерброд без джема? Или вам по шее захотелось?

— Дайана! Я сию минуту расскажу все твоей матери!

— Да ну! — мрачно грозилась Дайана. — Вы что, заряд свинца схлопотать захотели?

Мисс Кэразерс беспокойно поправляла челку. Ей делалось немного не по себе.

— Хорошо, — говорила она неуверенно, — если тебе хочется вести себя как побродяжка...

Дайане этого хотелось. Экзерсисы, которые она совершала ежедневно на тротуаре, соседи принимали за новую разновидность игры в классики, меж тем на самом деле это было начальной отработкой «апаш-слауча». Преуспев в нем, Дайана стала выплывать на улицы Гринича шаткой походкой, лицо (половина скрыта за отцовской фетровой шляпой) дико кривлялось, туловище дергалось из стороны в сторону, плечи ходили ходуном — стоило на нее засмотреться, как у тебя начинала кружиться голова.

Поначалу это было смешно, однако, когда речь Дайаны расцвела чудны́ми непонятными фразами, относящимися, по мнению самой девочки, к уголовному жаргону, родителям стало не до шуток. Прошло несколько лет, и Дайана еще больше усложнила положение, превратившись в красавицу — миниатюрную темноволосую красавицу с трагическими глазами и низким воркующим голосом.

Потом Америка вступила в войну, и Дайана, которой исполнилось восемнадцать, в составе подразделения продовольственной службы отплыла во Францию.

Прошлое осталось позади, все было забыто. Незадолго до подписания мира Дайана была упомянута в приказе о награждении — за стойкость под огнем неприятеля. И — что особенно порадовало ее мать — пронесся слух о ее помолвке с мистером Чарли Эбботом из Бостона и Бар-Харбора, «молодым авиатором, персоной заметной и весьма привлекательной».

Однако, встречая Дайану в Нью-Йорке, миссис Дики едва ли была готова увидеть в ней столь заметные перемены. В лимузине, направлявшемся к Гринич, она глядела на дочь изумленными глазами.

— Все вокруг тобой гордятся, Дайана. Дом просто завален цветами. Надо же: тебе всего девятнадцать, а ты столько всего повидала и столько всего совершила!

Из-под полей эффектной шафрановой шляпы глаза Дайаны следили за Пятой авеню, где пестрели знамена в честь возвратившихся дивизий.

— Война закончилась, — произнесла она странным голосом, словно это ей только-только пришло в голову.

— Да, — радостно подхватила ее мать, — и мы победили. Я никогда не сомневалась, что так и будет.

Она раздумывала, как лучше завести разговор о мистере Эбботе.

— А ты стала спокойней, — начала она на пробу. — По виду похоже, что тебя потянуло к размеренному существованию.

— Хочу этой осенью показаться в свете.

— Но я думала... — Миссис Дики осеклась и кашлянула. — Судя по слухам, я решила...

— Ну же, мама, продолжай. Что за слухи?

— Я слышала, что ты помолвлена с молодым Чарльзом Эбботом.

Дайана молчала, и ее мать нервно водила языком по губам, а заодно и вуали. Тишина в автомобиле начинала угнетать. Миссис Дики всегда побаивалась Дайаны и теперь стала опасаться, что зашла слишком далеко.

— Эти Эбботы из Бостона — такие милые люди, — решившись, робко заговорила она. — Я несколько раз встречалась с его матерью, она рассказывала, как он предан...

— Мама! — Холодный как лед голос Дайаны прервал ее мечтательные разглагольствования. — Уж не знаю, что и от кого ты там слышала, но я вовсе не помолвлена с Чарли Эбботом. И пожалуйста, больше не упоминай при мне эти слухи.

В ноябре состоялся дебют Дайаны в бальном зале отеля «Риц». В таком «введении во взрослую жизнь» заключалась некоторая ирония: Дайана в свои девятнадцать навидалась столько реальности, мужества, ужаса и боли, сколько не снилось напыщенным вдовам, что заселяли этот искусственный мирок.

Но Дайана была молода, а искусственный мирок манил ароматом орхидей, приятным, веселым снобизмом и оркестрами, творившими из жизненных печалей и размышлений новые мелодии. Всю ночь саксофоны плаксиво варьировали на все лады «Билстрит блюз», и пять сотен пар золотых и серебряных бальных туфель гоняли по паркету глянцевую пыль. В рассветный чайный час всегда находились комнаты, где эти медленные, сладкие пульсации длились и длились, а между тем то туда, то сюда приносило волной свежие лица, как розовые лепестки, стронутые с пола выдохами печальных труб.

Сезон катился, не отставала от него в этой сумеречной вселенной и Дайана, успевая за день на полдюжины свиданий с полудюжиной мужчин, засыпая не ранее рассветного часа — вечернее платье сброшено на полу у кровати, бисер и шифон в одной куче с умирающими орхидеями.

Год постепенно перешел в лето. Нью-Йорк поразила мода на ветрениц, юбки взлетели до самого некуда, печальные оркестры взялись за новые мелодии. На какое-то время красота Дайаны поддалась этому новому увлечению, как прежде вобрала в себя повышенный нервный тонус военных лет; однако нетрудно было заметить, что Дайана не поощряет ухаживаний, что при всей ее популярности никто не связывает ее имя с каким-либо мужским именем. «Случаев» ей выпадала добрая сотня, но, если увлечение перерастало в любовь, она спешила расстаться с поклонником раз и навсегда.

Второй год вылился в долгие ночи танцев и поездки на теплый Юг с целью покупаться. Ветреность рассеялась по ветру и была забыта; юбки круто устремились к полу, саксофоны запели новые песни для свежей поросли девиц. Большинство тех, кто начал выезжать вместе с Дайаной, были уже замужем — иные обзавелись и детьми. Но Дайана среди меняющегося мира продолжала танцевать под новые ритмы.

К третьему году, глядя на ее свежее, красивое лицо, трудно было поверить, что она побывала на войне. Юное поколение уже относило это событие к туманному прошлому, в незапамятные века волновавшему их старших братьев и сестер. И Дайана чувствовала, что с последним эхом войны отомрет и ее юность. Ныне к ней почти не обращались как к Даймонд Дику. Когда же это изредка случалось, ее взгляд принимал странное растерянное выражение, словно она не могла увязать между собой два осколка ее разбитой пополам жизни.

Минуло пять лет, в Бостоне разорилась одна маклерская фирма, и из Парижа возвратился домой герой войны Чарли Эббот — окончательно спившийся и без гроша в кармане.

Впервые Дайана увидела его в ресторане «Мон-Миель», где он сидел за боковым столиком с пухлой, невзыскательного вида блондинкой из полусвета. Наскоро извинившись перед своим спутником, Дайана направилась к нему. Чарли поднял взгляд, и у Дайаны вдруг подкосились ноги: он съежился и походил на тень, а его большие и темные, как у Дайаны, глаза пылали огнем в воспаленных орбитах.

— Как, Чарли...

Чарли, пошатываясь, встал, и они обменялись неловким рукопожатием. Он пробормотал слова представления, но девица за столом выразила свое недовольство, смерив Дайану ледяным взглядом голубых глаз.

— Как, Чарли... — повторила Дайана, — ты, выходит, вернулся.

— Вернулся навсегда.

— Мне нужно с тобой увидеться, Чарли. Увидеться... как можно скорей. Не хочешь ли съездить завтра за город?

— Завтра? — Чарли виновато посмотрел на белобрысую девицу. — У меня назначена встреча. Насчет завтра не знаю. Может, позднее на этой неделе...

— Отмени свою встречу.

Приятельница Чарли барабанила пальцами по скатерти и нервно обводила глазами залу. Услышав эту фразу, она резко повернулась обратно к столику.

— Чарли! — прикрикнула она, многозначительно хмурясь.

— Да, знаю, — отозвался он веселым тоном и повернулся к Дайане. — Завтра я не могу. У меня назначена встреча.

— Мне просто необходимо повидаться с тобой завтра, — безжалостно настаивала Дайана. — Хватит пялиться на меня как идиот. Обещай, что будешь завтра в Гриниче.

— В чем дело? — повысила тон девица. — Почему вам не сидится за собственным столиком? Хватили лишнего?

— Элейн, Элейн, — упрекнул ее Чарли.

— Я буду встречать тебя в Гриниче с шестичасовым поездом, — хладнокровно продолжала Дайана. — Если не сможешь отделаться от этой... этой особы, —

36

она указала на девицу небрежным взмахом руки, — пошли ее в кино.

Выкрикнув что-то невнятное, девица поднялась на ноги; казалось, сцены не избежать. Но Дайана, кивнув Чарли, отвернулась, махнула своему спутнику в другом конце залы и вышла за порог.

— Не нравится она мне, — заявила сварливым тоном девица, когда Дайана покинула ресторан. — Кто она вообще такая? Из твоих прежних?

— Верно, — нахмурился Чарли. — Моя прежняя. Собственно, единственная.

— Ага, и вы знакомы с самого рождения.

— Нет. — Чарли помотал головой. — Впервые мы встретились на войне, она работала в столовой.

— Она? — Элейн удивленно подняла брови. — Не похоже, чтобы она...

— О, ей уже не девятнадцать... ей почти двадцать пять. — Чарли рассмеялся. — Я встретил ее однажды у полевого склада близ Суассона; она сидела на ящике, а вокруг кишело столько лейтенантов, что хватило бы на целый полк. А через три недели мы были уже помолвлены!

— А что потом? — резким голосом спросила Элейн.

— Обычная история. — Чарли произнес это не без горечи. — Она разорвала помолвку. Необычно только одно: я так и не узнал почему. В один прекрасный день я с ней простился и отправился к своей эскадрилье. Видно, что-то я такое сказал или сделал, отчего начались неприятности. Не знаю. Так или иначе, воспоминания об этом времени у меня остались самые смутные: через пару часов мой самолет рухнул и от того, что происходило до этого, в голове ни черта не осталось. А когда я немного пришел в себя и начал интересоваться окружающим миром, оказалось, что все теперь иначе. Сначала я думал, без соперника тут не обошлось.

— Она разорвала помолвку?

— Разорвала. Пока я выздоравливал, она часами сидела у моей постели и эдак странно на меня глядела. Я не выдержал и попросил зеркало: думал, меня сильно поуродовало. Но ничего подобного. Однажды она заплакала. И говорит: она все думает о нас, не было ли это ошибкой, и дальше в том же духе. Вроде бы намекает, что до того, как мы простились и я был ранен, у нас вышла ссора. Но я все еще чувствовал себя паршиво и не видел в таком разговоре смысла, если тут не замешан кто-то еще. Говорит, мы оба хотим быть свободны, и смотрит на меня так, словно ждет объяснения или извинения, а я ума не приложу, что я такого наделал. Помню, положил я голову на подушку и пожелал не видеть больше белого света. А через два месяца я услышал, что она отплыла на родину.

Элейн тревожно склонилась к нему:

— Не езди к ней за город, Чарли. Пожалуйста, не езди. Она хочет тебя обратно, на ней это написано.

Чарли качнул головой и рассмеялся.

— Хочет-хочет, — не унималась Элейн. — Я вижу. Она мне сразу не понравилась. Выпустила когда-то тебя из рук, а теперь хочет обратно. По глазам вижу. Послушай меня, оставайся со мной в Нью-Йорке.

— Нет, — не согласился Чарли. — Я поеду туда и увижусь с ней. Как-никак Даймонд Дик — моя прежняя девушка.

День клонился к вечеру, Дайана стояла на платформе, облитая золотистым светом. Рядом с ее безупречной свежестью Чарли Эббот выглядел потрепанным и постаревшим. Ему исполнилось всего лишь двадцать девять, но четыре года рассеянной жизни оставили немало морщин вокруг его красивых темных глаз. Даже его походка выглядела усталой, а не изящной и спортивной, как прежде. Он переставлял ноги, единственно чтобы переместиться в пространстве, других целей у него не было.

— Чарли! — вскричала Дайана. — Где твоя сумка?

— Я ведь к вам только на обед, ночевать никак не смогу.

Дайана заметила, что он трезв, но по виду отчаянно нуждается в опохмелке. Взяв Чарли за руку, она отвела его к двухместному автомобилю с красными колесами, припаркованному неподалеку.

— Залезай и садись, — скомандовала она. — Ты как будто еле-еле держишься на ногах.

— Да я никогда в жизни так хорошо себя не чувствовал.

Дайана криво усмехнулась.

— Зачем тебе приспичило сегодня вернуться?

— Обещал... у меня назначена встреча, ты ведь знаешь...

— Ай, да подождет она! — фыркнула Дайана. — Судя по всему, она не перегружена делами. Кто она вообще такая?

— Никак не пойму, тебя-то это с какой стороны интересует, Даймонд Дик?

Услышав привычное обращение, она вспыхнула:

— Мне интересно все, что тебя касается. Кто она, эта девица?

— Элейн Расселл. Занята чем то... связанным с кино.

— Вид у нее низкопробный, — произнесла Дайана задумчиво. — Я все о ней вспоминала. У тебя тоже вид не лучше. Что ты с собой делаешь: ждешь, пока начнется новая война?

Они завернули в подъездную аллею обширного, беспорядочно спланированного дома на набережной. На лужайке устанавливали брезентовый навес для танцев.

— Смотри! — Дайана указала на юношу в бриджах, стоявшего на боковой веранде. — Это мой брат Брек. Вы не знакомы. Он приехал из Нью-Хейвена на пасхальные каникулы. Сегодня у него танцевальная вечеринка.

Со ступенек веранды сошел им навстречу красивый юноша лет восемнадцати.

— Он думает, ты величайший человек в мире, — прошептала Дайана. — Притворись, что ты чудо из чудес.

При взаимном представлении оба держались смущенно.

— Летали в последнее время? — немедленно поинтересовался Брек.

— Несколько лет не летал, — признался Чарли.

— Я сам в войну был еще мал, — посетовал Брек, — но этим летом попробую получить летную лицензию. Это единственное, ради чего стоит жить... я говорю про полеты.

— Ну да, пожалуй. — Чарли немного растерялся. — Я слышал, у вас сегодня намечается танцевальная вечеринка.

Брек небрежно махнул рукой.

— А, просто соберется целая толпа соседей. Вам покажется скучищей смертной — после того, что вы повидали.

Чарли беспомощно повернулся к Дайане.

— Пошли, — засмеялась она. — Пошли в дом.

Миссис Дики встретила их в холле и подвергла Чарли осмотру, не выходящему за рамки приличий, но несколько напряженному. Все в доме обращались с ним крайне уважительно, и о чем бы ни шла беседа, в ней так или иначе потихоньку всплывала война.

— Чем вы теперь занимаетесь? — спросил мистер Дики. — Участвуете в бизнесе отца?

— От бизнеса ничего не осталось, — ответил Чарли откровенно. — Я так, сам по себе.

Мистер Дики чуть-чуть подумал.

— Если у вас нет никаких планов, вы могли бы на этой неделе зайти ко мне в офис. У меня есть небольшое предложение, не исключено, что оно вас заинтересует.

При мысли, что все это, вероятно, устроила Дайана, Чарли сделалось досадно. Милостыня ему не нужна. Он не калека, а война уже пять лет как закончилась. И все подобные разговоры прекратились тоже.

За танцами должен был последовать ужин, первый этаж был весь заставлен столами, и поэтому Чарли с Дайаной, а также мистером и миссис Дики обедали наверху, в библиотеке. Обстановка за едой была неуютная, говорил в основном мистер Дики, а Дайана нервным весельем заполняла паузы. Когда обед закончился и они с Дайаной вышли в сгущавшихся сумерках на веранду, Чарли почувствовал облегчение.

— Чарли... — Дайана потянулась к нему и осторожно тронула за рукав. — Не возвращайся сегодня в Нью-Йорк. Побудь со мной несколько дней. Мне нужно с тобой поговорить, а сегодня, из-за вечеринки, я никак не настроюсь на беседу.

— Я приеду опять... на этой неделе, — уклончиво отозвался он.

— Но почему бы тебе не остаться?

— Я обещал вернуться в одиннадцать.

— В одиннадцать? — Дайана посмотрела на него с упреком. — Ты что же, должен отчитываться перед этой девицей, как проводишь вечера?

— Мне она нравится! — возмутился он. — Я не ребенок, Даймонд Дик, и мне сдается, ты слишком много себе позволяешь. Я думал, ты окончательно перестала интересоваться моей жизнью еще пять лет назад.

— Ты не останешься?

— Нет.

— Хорошо... тогда в нашем распоряжении всего один час. Пошли отсюда, посидим на парапете у залива.

Вместе они шагнули в глубокие сумерки, наполненные густым запахом соли и роз.

— Помнишь, когда мы в последний раз ходили куда-то вместе? — шепнула Дайана.

— Ну... нет. Не припоминаю. Когда это было?

— Не имеет значения... раз ты забыл.

На набережной Дайана опустилась на низенький парапет, идущий вдоль берега.

— Весна, Чарли.

— Очередная.

— Нет, просто весна. «Очередная» — это значит, что ты старишься. — Дайана помедлила. — Чарли...

— Да, Даймонд Дик.

— Я все эти пять лет ждала случая с тобой поговорить.

Краем глаза она заметила, что Чарли хмурится, и сменила тон.

— Какой работой ты собираешься заняться, Чарли?

— Не знаю. У меня осталось немного денег, так что какое-то время протяну без работы. Не думаю, что я к чему-нибудь пригоден.

— Ты хочешь сказать, единственная работа, к которой ты вполне пригоден, это воевать.

— Да. — Слегка заинтересовавшись, Чарли повернулся к Дайане. — Война для меня все. Это покажется странным, но о тех днях я вспоминаю как о самых счастливых в своей жизни.

— Понимаю, о чем ты, — медленно проговорила Дайана. — Таких сильных переживаний и драматических событий в жизни нашего поколения больше не будет.

Они ненадолго замолчали. Когда Чарли вновь заговорил, его голос слегка дрожал.

— За время войны я кое-что утратил — потерял частицу себя, которую уже не вернуть, даже если захочу. В некотором смысле это была моя война, а нельзя же ненавидеть то, что тебе принадлежало. — Внезапно он повернулся к Дайане. — Давай, Даймонд Дик, будем откровенны: мы любили друг друга, и мне кажется... глупо разыгрывать сейчас этот спектакль.

Она судорожно вздохнула.

— Да, — слабым голосом согласилась она, — будем откровенны.

— Мне понятно, что ты затеяла, и я не сомневаюсь, что это по доброте душевной. Но жизнь не начнется сначала, оттого что побеседуешь весенним вечером со своей прежней любовью.

— Это не по доброте душевной.

Чарли пристальней всмотрелся в Дайану.

— Неправда, Даймонд Дик. Но... даже если бы ты меня любила, это ничего не меняет. Я не тот, что пять лет назад, я теперь другой человек — разве не понятно? И сейчас я все лунные ночи на свете променял бы на выпивку. Сдается, я даже не способен больше любить девушку вроде тебя.

Дайана кивнула:

— Ясно.

— Почему ты не вышла за меня пять лет назад, Даймонд Дик?

— Не знаю, — отозвалась она, чуть помедлив. — Я промахнулась.

— Промахнулась! — с горечью повторил он. — Ты говоришь так, словно это была игра в угадайку, пари или ставка на белое и красное.

— Нет, это не была игра в угадайку.

Минуту длилась тишина — потом Дайана обернулась к Чарли. Глаза ее блестели.

— Не поцелуешь ли меня, Чарли? — спросила она просто.

Он дернулся.

— Это что, так трудно? Прежде я никогда не просила мужчину меня поцеловать.

Чарли вскрикнул и соскочил с парапета.

— Я в город, — сказал он.

— Что же — тебе так уж противно в моем обществе?

— Дайана. — Чарли подошел ближе, обнял ее колени и заглянул в глаза. — Ты ведь знаешь, если я тебя поцелую, мне придется остаться. Я боюсь тебя —

боюсь твоей доброты, боюсь вспоминать о том, что с тобой связано. И после твоего поцелуя я не смогу вернуться... к другой девушке.

— Прощай, — вдруг бросила она.

Чарли помедлил, потом беспомощно запротестовал:

— Ты ставишь меня в ужасное положение.

— Прощай.

— Послушай, Дайана...

— Пожалуйста, уходи.

Он повернулся и проворно зашагал к дому.

Дайана сидела неподвижно, вечерний бриз забавно ерошил ее шифоновое платье. Луна уже взошла выше, и по заливу плыл треугольник серебристой чешуи, который легонько подрагивал под жесткий металлический долбеж банджо на лужайке.

Наконец одна — наконец. Не осталось даже призрака, сопроводителя на пути сквозь годы. Можно было сколько угодно вытягивать руки в темноту, не опасаясь задеть одежду, толкнуть друга. Тонкое серебро звезд по всему небу разом потускнело.

Дайана просидела почти час, разглядывая искры света на том берегу. Но вот по ее шелковым чулкам прошелся холодными пальцами ветерок, и она соскочила с парапета, осторожно приземлившись на светлую гальку побережья.

— Дайана!

К ней приближался Брек, взволнованный и раскрасневшийся после вечеринки.

— Дайана! Я хотел тебя познакомить с моим одноклассником из Нью-Хейвена. Три года назад ты ходила с его братом на студенческий бал.

Она помотала головой.

— У меня закололо в висках, пойду наверх.

Подойдя ближе, Брек заметил слезы, блестевшие у нее на ресницах.

— Дайана, что случилось?

— Ничего.

— Но что-то ведь случилось.

— Ничего, Брек. Но вот что — будь осторожен! Думай, в кого влюбляешься.

— Ты влюблена в... Чарли Эббота?

Она издала странный невеселый смешок.

— Я? О господи, Брек, нет! Ни в кого я не влюблена. Я не создана для нежных чувств. Я и себя-то больше не люблю. Я говорила о тебе. Это был совет, ты что, не понял?

Внезапно она припустила к дому, высоко поднимая юбки, чтобы не замочить их в росе. В своей комнате она скинула туфли и рухнула в темноте на постель.

— Нужно было быть осторожней, — шептала она себе. — Жизнь всегда меня наказывала за легкомыслие. Упаковала свою любовь в бонбоньерку и преподнесла как угощенье.

Окно было открыто, на лужайке нестройно рассказывали какую-то меланхолическую историю грустные саксофоны. Чернокожий юноша обманывал женщину, которой поклялся в верности. Любовница красноречиво его предостерегала: не дури Милашку Джелли-Ролл, пусть ее кожа бледнее корицы...

На столике у кровати требовательно зазвонил телефон. Дайана взяла трубку.

— Да.

— Одну минуту, пожалуйста. Вызывает Нью-Йорк.

В голове мелькнула мысль, что звонит Чарли, но этого не могло быть. Чарли еще едет в поезде.

— Алло. — Голос был женский. — Это дом Дики?

— Да.

— Мистер Чарльз Эббот здесь?

Сердце у Дайаны словно бы замерло: она узнала голос блондинки из кафе.

— Что? — спросила она оцепенело.

— Пожалуйста, я хотела бы немедленно поговорить с мистером Эбботом.

— Вы... вы не сможете с ним поговорить. Он уехал.

Пауза. Женский голос произнес недоверчиво:

— Ничего он не уехал.

Дайана крепче обхватила телефонную трубку.

— Я знаю, кто у телефона. — В голосе прорезалась истерическая нота. — Мне нужен мистер Эббот. Если вы говорите неправду и он дознается, вам это даром не пройдет.

— Уйметесь вы или нет?

— Если он уехал, то куда?

— Я не знаю.

— Если он через полчаса не будет у меня, я пойму, что вы врали, и тогда...

Дайана положила трубку и снова упала на постель, слишком уставшая от жизни, чтобы о чем-то думать или заботиться. На лужайке играл оркестр, и ветерок нес в комнату слова:

> Эй, не с ума ль ты взаправду сошел?
> Не дури Милашку Джелли-Ролл!

Дайана прислушалась. Негры пели громко, неистово; сама жизнь чувствовалась в этом пении, таком резком и неблагозвучном. Какой ужасно беспомощной представилась себе Дайана! Чего стоил ее призрачный, нелепый призыв в сравнении с варварской настойчивостью желаний этой другой девушки.

> Будь со мной нежен, живи со мной в мире:
> Запаслась я калибром сорок четыре.

Тональность музыки понизилась до необычного, угрожающего минора. Она что-то напомнила Дайане — какое-то детское настроение, и атмосфера вокруг словно бы полностью переменилась. Это не было воспоминание о чем-то определенном, а скорее пробежавший по всему телу ток или колыхнувшая его волна.

Дайана внезапно вскочила на ноги и принялась шарить в темноте, разыскивая туфли. В голове барабанной дробью отдавалась песня, зубы резко сомкнулись. В руках налились и заиграли тугие мускулы, натренированные за гольфом.

Ворвавшись в холл, она распахнула дверь в комнату отца, осторожно прикрыла ее за собой и приблизилась к письменному столу. Нужный предмет лежал в верхнем ящике, сверкая черным блеском среди бледных анемичных воротничков. Она сжала рукоятку, уверенно вытянула обойму. Там было пять зарядов.

У себя Дайана позвонила в гараж.

— Подайте мой родстер к боковой двери прямо сейчас!

Поспешно, под треск рвущихся застежек, выпутавшись из вечернего платья, она оставила его лежать легкой кучкой на полу и взамен натянула на себя свитер для игры в гольф, клетчатую спортивную юбку и старый, синий с белым блейзер, ворот которого скрепила алмазной пряжкой. Темные волосы прикрыла шотландским беретом и, перед тем как выйти, мельком взглянула в зеркало.

— Давай, Даймонд Дик! — громко шепнула она.

Резко выдохнув, она сунула пистолет в карман блейзера и стремительно вышла за порог.

Даймонд Дик! Это имя бросилось однажды ей в глаза на обложке «желтого» журнала, символизируя ее ребяческий бунт против беззубого существования. Даймонд Дик жил тылом к стене, по собственным законам, судя обо всем по-своему. Если правосудие медлило, он вспрыгивал в седло и скакал в предгорья, потому что, руководствуясь безошибочным инстинктом, был выше и правее закона. Дайане он представлялся божеством, всемогущим и беспредельно справедливым. И заповедь, которую он соблюдал на этих дешевых, убого написанных страницах, состояла прежде всего в том, чтобы защитить свои владения.

Через полтора часа после отъезда из Гринича, Дайана затормозила перед рестораном «Мон-Миель». Театры уже извергали из себя на тротуары Бродвея толпы зрителей, и полдюжины пар в вечерних платьях проводили Дайану любопытными взглядами, когда она проскользнула в дверь. Внутри она сразу обратилась к метрдотелю.

— Вы знаете такую девушку, Элейн Расселл?

— Да, мисс Дики. Она у нас частый гость.

— А не скажете ли, где она живет?

Метрдотель задумался.

— Узнайте, — потребовала Дайана. — Я спешу.

Метрдотель склонил голову. Дайана бывала здесь много раз, с разными спутниками. Прежде она никогда не обременяла его просьбами.

Метрдотель быстро обшаривал взглядом зал.

— Присаживайтесь, — предложил он.

— Не нужно. Лучше поторопитесь.

Метрдотель пересек залу и что-то зашептал мужчине за одним из столиков. Вскоре он вернулся с адресом, это была квартира на 49-й улице.

В машине Дайана поглядела на наручные часы: приближалась полночь, самое подходящее время. Ее завораживало ожидание отчаянных, опасных приключений, от всего вокруг — светящихся вывесок, несущихся мимо такси, звезд в вышине — исходило ощущение романтики. Может быть, из сотни прохожих ей одной предстояло пережить в эту ночь подобную авантюру — первую со времен войны.

Лихо свернув на 49-ю Восточную улицу, она принялась рассматривать дома по обе стороны. Вот и нужный: с вывеской «Элксон», с широким входом, откуда неприветливо струился желтый свет. В вестибюле чернокожий юноша-лифтер спросил ее имя.

— Скажите ей, с киностудии прислали пакет.

Лифтер с шумом включил панель вызова.

— Мисс Расселл? Тут пришла леди, говорит, у нее пакет с киностудии.

Пауза.

— Так она говорит... Хорошо. — Он обернулся к Дайане. — Она не ждала никакого пакета, но отнести можно. — Оглядев ее, лифтер вдруг нахмурился. — Да у вас и нет пакета.

Ничего не ответив, Дайана вошла в кабину, лифтер шагнул за ней, со сводящей с ума неторопливостью закрыл дверь...

— Первая дверь направо.

Дайана подождала, пока лифт стал спускаться, потом постучала. Ее пальцы крепко обхватили пистолет в кармане блейзера.

Стремительные шаги, смех; дверь распахнулась, и Дайана поспешила войти.

Квартирка была маленькая: спальня, ванная, кухонька в розовых и белых тонах, пропитавшаяся ароматами недельной готовки. Дверь открыла сама Элейн Расселл. Она была одета на выход, через руку перекинута зеленая вечерняя накидка. Чарли Эббот лежал в единственном мягком кресле и потягивал коктейль.

— Что такое? — вскрикнула Элейн.

Резким движением Дайана захлопнула за собой дверь; Элейн, разинув рот, отступила назад.

— Добрый вечер, — холодно поздоровалась Дайана. Тут у нее в голове всплыла фраза из забытого бульварного романа. — Надеюсь, я вам не помешала.

— Что вам нужно? Как только у вас хватило наглости сюда явиться!

Чарли, не говоря ни слова, со стуком поставил стакан на подлокотник кресла. Девушки смотрели друг на друга не мигая.

— Простите, — неспешно произнесла Дайана, — но, похоже, вы увели моего кавалера.

— А я-то думала, что вы изображаете из себя леди! — закипая, вскинулась Элейн. — С какой стати вы без спросу ко мне врываетесь?

— У меня дело. Я пришла за Чарли Эбботом.

Элейн задохнулась от негодования.

— Да ты с ума спятила!

— Напротив, голова у меня работает, как никогда в жизни. Я пришла за тем, что мне принадлежит.

Чарли невнятно вскрикнул, но женщины одновременно махнули, чтобы он замолчал.

— Хорошо, — закричала Элейн, — уладим это дело прямо сейчас.

— Я сама его улажу, — отрезала Дайана. — Выяснять тут нечего и спорить не о чем. При других обстоятельствах мне было бы вас немного жалко, но в данном случае вы перебежали мне дорогу. Что между вами двоими происходит? Он обещал на вас жениться?

— Не твое дело!

— Отвечай, а то хуже будет, — предупредила Дайана.

— Не стану.

Дайана неожиданно сделала шаг вперед, размахнулась и во всю силу своей изящной, но мускулистой руки влепила Элейн полновесную пощечину.

Элейн отшатнулась к стене. Чарли, вскрикнув, рванулся было вперед, но обнаружил, что из маленькой решительной ладони Дайаны на него смотрит дуло сорок четвертого.

— На помощь! — завопила Элейн. — Она мне челюсть свернула!

— Заткнись! — Голос Дайаны был тверже стали. — Ничего с тобой не случилось. Просто ты тряпка и неженка. Но вздумаешь скандалить — начиню тебя оловом, не сомневайся. Садись давай! Оба садитесь. Сесть, я сказала!

Элейн проворно села; из-под румян на ее лице проступила бледность. Чуть поколебавшись, Чарли тоже вернулся в кресло.

— Ну ладно, — продолжила Дайана, водя пистолетом по дуге от одного к другому. — Похоже, вам теперь понятно, что я явилась не шутки шутить. Прежде всего усвойте вот что. Пока я здесь, ни о каких своих правах можете не заикаться. Либо я получу то, за чем пришла, либо пристрелю вас обоих. Я спросила, обещал ли он на тебе жениться.

— Да, — угрюмо отозвалась Элейн.

Дуло нацелилось на Чарли.

— Это правда?

Облизав губы, он кивнул.

— Господи, — фыркнула Дайана, — неисповедимы дела твои! Вот так чушь несусветная — если бы меня это не касалось, я бы лопнула от смеха.

— Имей в виду, — пробормотал Чарли, — долго это терпеть я не намерен.

— Потерпишь! Ты теперь послушный, стерпишь что угодно. — Она повернулась к Элейн; ту била дрожь. — Письма от него у тебя есть?

Элейн помотала головой.

— Врешь. Пойди и принеси. Считаю до трех. Раз...

Элейн нервно встала и отправилась в другую комнату. Дайана переместилась вдоль стола, не выпуская ее из поля зрения.

— Шевелись!

Элейн вернулась с небольшим пакетиком, Дайана взяла его и сунула в карман блейзера.

— Спасибо. Вижу, ты их бережно сохранила. Садись обратно, и мы немного поболтаем.

Элейн села. Чарли допил виски с содовой и застыл, откинувшись на спинку кресла.

— А теперь, — проговорила Дайана, — я расскажу вам небольшую историю. Историю о девушке, которая однажды отправилась на войну и повстречала там человека, до того красивого и храброго, что другого такого она в жизни не видела. Она полюбила этого человека, а он полюбил ее, и все другие мужчины стали казаться ей бледными тенями рядом с ее возлюбленным. Но как-то его самолет сбили, и когда ее любимый очнулся, его было не узнать. Сам он думал, что все по-прежнему, но он многое забыл и полностью переменился. Девушке сделалось грустно, она поняла, что больше ему не нужна и — ничего не попишешь — придется с ним распрощаться... Она уехала и долгие ночи после этого проводила в слезах, но любимый не возвращался. Миновало пять лет. И вот до нее дошли слухи, что он гибнет, а виной — та же катастрофа, из-за которой они расстались. Он стал забывать самое важное: каким он был гордым и прекрасным человеком, о чем мечтал. И девушка решила, что имеет право вмешаться и ему помочь, ведь она единственная знала все, о чем он позабыл. Но было слишком поздно. Она не могла к нему подступиться, он слушал теперь только грубых и вульгарных женщин — уж очень многое он позабыл. И тогда она взяла револьвер — вроде того, что у меня в руках, — и пришла за этим человеком на квартиру жалкой и никчемной девки, которая его себе присвоила. Девушка решила: или она сделает его прежним, или вместе с ним обратится в прах и ни о чем уже не будет жалеть.

Дайана замолчала. Элэйн заерзала на стуле. Чарли сидел склонившись и прятал лицо в ладонях.

— Чарли!

Резкий и четкий оклик заставил его вздрогнуть. Он уронил руки и взглянул на Дайану.

— Чарли! — высоким ясным голосом повторила она. — Помнишь Фонтенэ, позднюю осень?

На его лице выразилось смущение.

— Слушай, Чарли. Слушай внимательно. Не пропускай ни слова. Помнишь тополя в сумерках, помнишь, как шли через город бесконечные колонны французской пехоты? На тебе была синяя форма, Чарли, с циферками на петлицах. Через час у тебя был боевой вылет. Вспоминай же, Чарли!

Чарли прикрыл ладонью глаза и издал странный легкий вздох. Элэйн сидела выпрямившись, ее широко раскрытые глаза попеременно останавливались то на Дайане, то на Чарли.

— Помнишь тополя? — продолжала Дайана. — Садится солнце, серебрится листва, звонят колокола. Помнишь, Чарли? Помнишь?

Наступило молчание. Чарли с невнятным стоном поднял голову.

— Я... не понимаю, — хрипло пробормотал он. — Это как-то странно.

— Не помнишь? — Из глаз Дайаны текли слезы. — Боже! Не помнишь? Бурая дорога, тополя, желтое небо. — Внезапно она вскочила на ноги. — Не помнишь? — выкрикнула она во весь голос. — Думай, думай — час пришел. Звонят колокола... колокола звонят, Чарли! Остался час!

Он тоже вскочил на ноги, пошатываясь.

— О-о! — вскричал он.

— Чарли, — рыдала Дайана, — вспоминай, вспоминай!

— Я вижу, — ошеломленно отозвался он. — Теперь вижу... я вспомнил, вспомнил!

Чарли судорожно всхлипнул, ноги под ним подогнулись, и он без чувств рухнул в кресло.

Обе девушки тут же оказались рядом.

— Это обморок, — крикнула Дайана, — воды, быстрей!

— Ах ты, чертовка! — Лицо Элейн исказила гримаса злобы. — Смотри, что ты наделала! Какое право ты имела? Какое право?

— Какое право? — Черные, блестящие глаза Дайаны обратились к ней. — Полное право. Я уже пять лет как замужем за Чарли Эбботом.

В начале июля Чарли с Дайаной устроили в Гриниче повторную свадьбу. После венчания старые друзья перестали называть ее Даймонд Диком. Они сказали, это имя уже давно сделалось в высшей степени неуместным. По их мнению, на будущих детей оно окажет неблагоприятное, а то и вовсе губительное воздействие.

Но не исключаю, что при необходимости Даймонд Дик вновь сойдет с цветной обложки, шпоры его засверкают, бахрома на куртке оленьей кожи забьется на ветру — он поскачет в предгорья, чтобы защищать свои владения. Потому что под внешней кротостью Даймонд Дик всегда была твердой как сталь — такой твердой, что время замедляло для нее свой бег, облака расходились в стороны и больной человек, услышав неустанный стук копыт в ночи, выпрямлялся и скидывал с себя темное бремя войны.

1924

ТРЕТИЙ ЛАРЕЦ

I

Когда входишь в офис Сайруса Джирарда на тридцать втором этаже, то думаешь первым делом, что попал сюда по ошибке, что лифт отвез тебя не в верхний этаж, а в нижний город, на Пятую авеню, и в этих апартаментах тебе не место. То, что ты принимал за щелканье тикера, оказывается всего лишь деловитым голосом канарейки, которая покачивается в серебристой клетке у тебя над головой, и пока томная дебютантка за столиком красного дерева готовится спросить твое имя, ты можешь услаждать свой взор гравюрами, гобеленами, резными панелями и свежими цветами.

Однако же контора Сайруса Джирарда занимается отнюдь не декорированием интерьеров, хотя все другие направления деятельности он в свое время охватил. Праздный вид приемной — не более чем камуфляж, за которым прячется непрестанная деловая суматоха. Это всего лишь пухлая рукавица на бронированном кулаке, улыбка на лице боксера-профессионала.

Яснее всех прочих это сознавали трое молодых людей, дожидавшиеся в одно апрельское утро приема у мистера Джирарда. Каждый раз, когда дверь с надписью «Посторонним вход воспрещен» вздрагивала под напором грандиозных дел, они, не сговариваясь, нервно дергались. Все трое, не перевалив тридцатилетнего рубежа, находились еще на подъеме надежд, все только что сошли с поезда и не были знакомы друг с другом. Уже почти час они провели бок о бок в ожидании на диване, обтянутом черкесской кожей.

Однажды молодой человек с угольно-черными глазами и волосами вынул пачку сигарет и неуверенно предложил двум остальным. Но, выслушав их вежливо-всполошенный отказ, он быстро огляделся и вернул пачку в карман нетронутой. За этим щекотливым эпизодом наступило долгое молчание, которое нарушала только канарейка-тикер, отстукивавшая курс акций в стране птиц.

Когда часы в стиле Людовика XIII показали полдень, дверь с надписью «Посторонним вход воспрещен» натужно, как бы одолевая сопротивление, открылась и ретивая секретарша пригласила посетителей войти. Они дружно встали.

— То есть... всем вместе? — несколько растерянно спросил самый высокий.

— Всем вместе.

Не глядя по сторонам и изображая невольно строевой шаг, они пересекли несколько помещений-форпостов и наконец вступили маршем в личный офис Сайруса Джирарда, чье положение на Уолл-стрит можно было сравнить с положением Теламонида Аякса среди прочих героев Гомера.

Это был тихий худощавый мужчина лет шестидесяти, с тонким, беспокойным лицом и ясными, доверчивыми глазами ребенка. Когда процессия из троих молодых людей вошла, он встал и с улыбкой обратил к ним взгляд.

— Пэрриш? — нетерпеливо спросил он.

— Да, сэр, — отозвался высокий молодой человек и был удостоен рукопожатия.

— Джонс?

Так звали черноглазого и черноволосого юношу. Он ответил на улыбку Сайруса Джирарда и с легким южным акцентом заверил, что рад знакомству.

— А вы, выходит, Ван Бюрен, — обратился Джирард к третьему.

Ван Бюрен подтвердил его догадку. Это был, очевидно, житель большого города — невозмутимый и одетый с иголочки.

— Садитесь, — пригласил Джирард, с интересом оглядывая посетителей. — Не могу выразить, как я вам рад.

Нервно улыбаясь, все трое сели.

— Да, господа, — продолжал пожилой хозяин кабинета, — будь у меня сыновья, я бы мечтал о том, чтобы они походили на вас троих. — Видя, как посетители залились краской, он рассмеялся. — Ладно, не буду вас больше смущать. Расскажите, как поживают ваши батюшки, а потом перейдем к делу.

Отцы молодых людей, очевидно, поживали хорошо и передавали мистеру Джирарду через своих сыновей поздравления с шестидесятилетием.

— Благодарю. Благодарю. Ну, с этим покончили. — Он резким движением откинулся на спинку кресла. — Так вот, мальчики, что я собирался сказать. В следующем году я удаляюсь от дел. Я давно задумал уйти на покой в шестьдесят, жена этого ждет, и вот время пришло. Откладывать больше нельзя. Сыновей у меня нет, равно как и племянников и других родственников, только брат, которому пятьдесят, так что мы с ним в одной лодке. Он, должно быть, продержится еще лет десять, вслед за чем имя моей компании, «Сайрус Джирард инкорпорейтед», скорее всего, поменяется... С месяц назад я отправил письма троим своим ближайшим друзьям по колледжу, да и по жизни тоже, и спросил, нет ли у них сыновей в возрасте от двадцати пяти до тридцати лет. Я писал, что в моем бизнесе есть вакансия для одного молодого человека, но только это должен быть работник самой высокой марки. Поскольку вы все трое прибыли сегодня сюда, я делаю вывод, что отцы расценивают ваши деловые качества именно так. То, что я предлагаю, просто и понятно. За три месяца я выясню все, что мне нужно, а по окончании этого срока двое останутся ни с чем, а третий получит награду, какие выдают в волшебных сказках: половину моего королевства и руку моей дочери, если она того пожелает. — Он чуть поднял голову. — Поправь меня, Лола, если я сказал что-то не то.

Услышав это, трое молодых людей дернулись, оглянулись и поспешно вскочили на ноги. Поблизости, лениво откинувшись на спинку кресла, сидела, вся из золота и слоновой кости, миниатюрная темноглазая красавица с игравшей на губах детской улыбкой, при виде которой всякому вспоминалась его ушедшая юность. Заметив растерянность на лицах гостей, она не сдержала смешка, который все три жертвы, чуть погодя, подхватили.

— Это моя дочь, — простодушно улыбнулся Сайрус Джирард. — Да не пугайтесь вы так. Кавалеры вокруг нее вьются вовсю, что местные, что приезжие. Не смущай молодых людей, Лола, а лучше пригласи их к нам на обед.

Лола приняла серьезный вид, встала и поочередно задержала на каждом взгляд своих серых глаз.

— Я до сих пор знаю вас только по фамилиям, — произнесла она.

— Это поправимо, — отозвался Ван Бюрен. — Меня зовут Джордж.

Высокий молодой человек отвесил поклон.

— Я отзываюсь на имя Джон Хардвик Пэрриш, — поведал он, — ну и на его вариации.

Она обернулась к темноволосому уроженцу Юга, который не поспешил дать о себе сведения.

— Как насчет мистера Джонса?

— О... просто Джонс, — ответил он беспокойно.

Лола удивленно подняла брови.

— Как это неполно! — засмеялась она. — Как... я бы даже сказала — фрагментарно.

Мистер Джонс испуганно огляделся.

— Хорошо, я скажу, — произнес он наконец. — Пожалуй, мое имя в данном случае не совсем подходит.

— А какое у вас имя?

— Рип.

— Рип?

Четыре пары глаз уставились на посетителя с упреком.

— Молодой человек! — воскликнул Джирард. — Вы что же, хотите сказать, будто мой старый друг, будучи в здравом уме, дал своему сыну такое имя?[1]

Джонс с непокорным видом переступил с ноги на ногу.

— Нет, — признался он. — Отец назвал меня Освальд.

Присутствующие отозвались несмелыми смешками.

— Теперь ступайте, все трое. — Джирард вернулся за стол. — Завтра ровно в девять доложите о себе моему главному управляющему, мистеру Голту, и соревнование начнется. А пока, если у Лолы на ходу ее купе-спорт-лимузин-родстер-ландоле, или что она теперь водит, она, вероятно, развезет вас по гостиницам.

Когда все ушли, на лице Джирарда снова выразилось беспокойство, он долго сидел, созерцая пустоту, прежде чем нажать кнопку, которая вновь заставила вращаться долго бездействовавшие шестеренки в его мозгу.

— Один из них наверняка окажется подходящим, — пробормотал он, — но что, если это будет тот брюнет? «Рип Джонс инкорпорейтед»!

II

К концу третьего месяца выяснилось, что, похоже, не кто-то один, а все молодые люди проявили себя наилучшим образом. Все они обладали трудолюбием, загадочным свойством, которое именуется «индивидуальность», а сверх того еще и мозгами. Если Пэрриш,

---

[1] RIP — латинская аббревиатура «покойся с миром» (Requiescat in pace).

высокий молодой человек с Запада, немного опережал других в оценке рынка, если Джонс, южанин, легче всех находил общий язык с клиентами, то Ван Бюрен отличался тем, что посвящал все вечера изучению надежности вложений. Стоило Сайрусу Джирарду обратить внимание на дальновидность и изобретательность одного, как не меньшие таланты демонстрировали и остальные. Он не принуждал себя к строгому нейтралитету; напротив, мысли его сосредоточивались на индивидуальных достоинствах одного претендента, потом другого — но пока это ему ничего не давало.

Все уикенды они проводили в доме Джирарда в Таксседо-Парк, где не без робости общались с юной и прекрасной Лолой, а утром в воскресенье бестактно обыгрывали в гольф ее отца. В заключительный уикенд перед тем, как Сайрусу Джирарду предстояло принять решение, он позвал гостей после обеда к себе в кабинет. Сравнить их достоинства как будущих партнеров «Сайрус Джирард инкорпорейтед» ему оказалось не под силу, и, отчаявшись, он разработал другой план, на котором намеревался основать свой выбор.

— Джентльмены, — сказал Джирард, когда в назначенный час молодые люди собрались в кабинете, — я созвал вас сюда, чтобы объявить, что все вы уволены.

Все трое тут же вскочили на ноги, в их глазах читались недоумение и упрек.

— На время, — добродушно улыбнулся хозяин. — А потому не трогайте немощного старика и садитесь.

На лицах гостей промелькнула улыбка облегчения. Все сели.

— Мне нравитесь вы все, — продолжал Джирард, — и кто нравится больше, я не знаю. В общем... фокус не удался. И я собираюсь продлить наш конкурс еще на две недели... но условия будут совсем другие.

Молодые люди насторожились.

— Мое поколение не научилось отдыхать. Наше взросление пришлось на период невиданной деловой активности, и теперь, уходя на покой, мы не знаем, чему посвятить остаток жизни. И вот я, разменяв седьмой десяток, впадаю в уныние. Мне не на что опереться: много читать я не приучен, в гольф играю только раз в неделю, и этого мне достаточно, хобби себе не завел. Придет день, и вам тоже стукнет шестьдесят. Вы увидите, что другие не делают из этого трагедии, а живут в свое удовольствие, и вам захочется взять с них пример. Я бы хотел узнать, кто из вас лучше справится с ситуацией, когда придет пора удалиться от дел.

Джирард переводил пристальный взгляд то на одного, то на другого. Пэрриш и Ван Бюрен понимающе кивали. Джонс сперва растерялся, но потом тоже кивнул.

— Я хочу, чтобы каждый из вас взял две недели отпуска и провел их так, как будете, по-вашему, проводить время на покое. Хочу, чтобы вы помогли мне одолеть это затруднение. Кто из вас, на мой вкус, сумеет лучше заполнить свой досуг, тот и станет моим преемником. Я буду знать, что, в отличие от меня, он не погрязнет в бизнесе, как в болоте.

— То есть вы желаете, чтобы мы развлекались? — вежливо осведомился Рип Джонс. — Поехали куда-нибудь, устроили себе первоклассный отдых?

Сайрус Джирард кивнул:

— Займитесь всем, чего душа желает.

— Предполагаю, мистер Джирард не имеет в виду беспутство, — ввернул Ван Бюрен.

— Всем, чего пожелает душа, — повторил старик. — Я не ставлю никаких ограничений. Когда дело будет сделано, я оценю результат.

— Две недели путешествий... — мечтательно протянул Пэрриш. — То самое, чего мне всегда хотелось. Я...

— Путешествовать? — фыркнул Ван Бюрен. — Это когда дома так много возможностей? Ну, если у тебя в запасе год, то можно и попутешествовать, но за две недели... я постараюсь изучить вопрос, чем полезным для общества мог бы заняться удалившийся от дел бизнесмен.

— Путешествовать, и только, — с напором повторил Пэрриш. — Я думаю, нам всем следует использовать свой досуг наилучшим...

— Минутку, — вмешался Сайрус Джирард. — Не будем устраивать словесный поединок. Встретимся в моем офисе через две недели — первого августа, утром, в половине одиннадцатого, и выясним, что у вас получилось. — Он повернулся к Рипу Джонсу. — У вас, наверное, тоже есть план?

— Нет, сэр, — в растерянности признался Джонс, — постараюсь что-нибудь придумать.

Рип Джонс размышлял весь вечер, но ничего воодушевляющего так и не придумал. В полночь он встал, нашел карандаш и стал записывать, как ему случалось проводить праздники, отпуска и каникулы. Но все испытанные способы проведения досуга показались ему бессмысленными и скучными, и до пяти, пока не заснул, он пытался и не мог одолеть страх перед пустыми, не обещавшими никакой пользы часами.

На следующее утро, когда Лола Джирард выезжала задним ходом из гаража, она увидела, что к ней спешит через лужайку Рип Джонс.

— Подвезти в город, Рип? — спросила она весело.

— Да, пожалуй.

— Так уж не срочно? Отец и остальные уехали девятичасовым поездом.

Джонс вкратце объяснил, что они трое временно лишились работы и не должны сегодня являться в офис.

— Меня это беспокоит, — добавил он угрюмо. — Терпеть не могу отпусков. Забегу сегодня в контору: может, мне позволят закончить дела, которые я начал.

— Ты бы лучше подумал, как станешь развлекаться.

— Все, что я могу придумать, это напиться, — беспомощно признался он. — Я родом из маленького городка, у нас «досуг» понимают как «слоняться без дела». — Он покачал головой. — Не нужен мне никакой досуг. Впервые в жизни я получил шанс, и хочется им воспользоваться.

— Слушай, Рип, — повинуясь внезапному порыву, предложила Лола. — Давай, когда закончишь дела в офисе, встретимся и что-нибудь придумаем вместе.

Они встретились, как предложила Лола, в пять часов, но темные глаза Рипа смотрели печально.

— Меня не пустили. Там был твой отец, он сказал, я должен найти себе какое-нибудь развлечение, а то стану старым занудой вроде него самого.

— Не вешай нос, — утешила его Лола. — Пойдем посмотрим шоу, потом заберемся куда-нибудь на крышу и потанцуем.

После этого они еще неделю встречались по вечерам. Ходили в театр, иногда в кабаре; однажды чуть ли не целый день бродили по Центральному парку. Но Лола заметила, что если прежде Джонс был самым веселым и беззаботным из троих, то теперь он более других предается унынию. Все вокруг напоминало ему о работе, которой ему недоставало.

Даже ближе к вечеру, во время танцев, стук сотен браслетов на женских руках напоминал ему шумы офиса утром в понедельник. Похоже, он был не способен бездельничать.

— Я очень тебе благодарен, — сказал он однажды, — и после рабочего дня меня бы все это несказанно порадовало. Но сейчас у меня в голове одни только недоконченные дела. Мне... мне ужасно грустно.

Он видел, что причиняет ей боль, что своей откровенностью отталкивает ее, меж тем как она пытается ему помочь. Но он ничего не мог с собой поделать.

— Лола, мне очень жаль, — сказал он мягко. — Может быть, как-нибудь после закрытия биржи я к тебе зайду...

— Не надо, я не хочу, — холодно отозвалась она. — И я поняла, как это было глупо с моей стороны.

Во время этого разговора он стоял рядом с ее автомобилем, и она, не дожидаясь ответа, включила передачу и тронулась с места.

Он проводил ее печальным взглядом, думая о том, что они, быть может, больше не увидятся и она запомнит на всю жизнь его бестактность и неблагодарность. Но ему нечего было прибавить к сказанному. В Джонсе крутился безостановочный мотор, не давая предаться отдыху, пока не заслужишь такое право.

— Было бы это после закрытия биржи, — бормотал он, медленно переставляя ноги. — Ладно бы после закрытия биржи.

III

В то августовское утро, в десять, к офису Сайруса Джирарда первым явился высокий загорелый молодой человек и попросил передать президенту свою визитную карточку. Не прошло и пяти минут, как прибыл второй, не столь поражавший своим цветущим видом, но с победным блеском в глазах. Через подрагивающую внутреннюю дверь им сообщили, что нужно подождать.

— Ну, Пэрриш, — снисходительным тоном начал Ван Бюрен, — как тебе понравился Ниагарский водопад?

— Этого я тебе не опишу, — свысока бросил Пэрриш. — Узнаешь сам в свой медовый месяц.

— Медовый месяц? — Ван Бюрен вздрогнул. — Как... с чего ты решил, будто я планирую медовый месяц?

— Я просто хотел сказать, когда ты будешь планировать свой медовый месяц, то, вполне вероятно, внесешь в программу Ниагарский водопад.

Несколько минут длилось гробовое молчание.

— Полагаю, — холодно заметил Пэрриш, — ты произвел серьезную ревизию достойных бедняков.

— Напротив, ничем подобным я не занимался. — Ван Бюрен взглянул на часы. — Боюсь, наш претенциозно названный соперник опаздывает. Нам назначено на половину одиннадцатого, осталось всего три минуты.

Внутренняя дверь отворилась, и по команде ретивой секретарши оба с готовностью встали и прошли в кабинет. Сайрус Джирард ожидал их, стоя за столом, с часами в руках.

— Привет! — воскликнул он удивленно. — А где Джонс?

Пэрриш с Ван Бюреном обменялись улыбками. Если Джонс где-то застрял, тем лучше.

— Прошу прощения, сэр, — заговорила секретарша, медлившая у дверей, — мистер Джонс в Чикаго.

— Что он там делает? — поразился Сайрус Джирард.

— Поехал разобраться с отправкой серебра. Все остальные были не в курсе дела, и мистер Голт подумал...

— Неважно, что подумал мистер Голт, — раздраженно бросил Джирард. — Мистер Джонс здесь больше не работает. Когда он вернется из Чикаго, заплатите ему жалованье и пусть идет на все четыре стороны. — Он тряхнул головой. — Это все.

Секретарша поклонилась и вышла. Джирард, зло сверкая глазами, обратился к Пэрришу и Ван Бюрену.

— Ну, его песенка спета, — решительно проговорил он. — Если молодой человек даже не пытается исполнить мои указания, он не заслуживает, чтобы ему дали шанс. — Джирард сел и принялся барабанить пальцами по подлокотнику кресла. — Хорошо, Пэрриш, давайте послушаем, чем вы занимались в свободное время.

Пэрриш заискивающе улыбнулся.

— Мистер Джирард, — начал он, — я первоклассно отдохнул. Я путешествовал.

— Где? Адирондакские горы? Канада?

— Нет, сэр. Я побывал в Европе.

Сайрус Джирард выпрямился.

— Пять дней туда и пять дней обратно. Два дня осталось на Лондон, и еще я слетал на аэроплане в Париж, с ночевкой. Видел Вестминстерское аббатство, лондонский Тауэр, Лувр, провел вечер в Версале. На корабле я поддерживал свою физическую форму — плавал, играл в палубный теннис, каждый день проходил пять миль, познакомился с интересными людьми, выкраивал время, чтобы читать. Это были лучшие две недели в моей жизни, а по возвращении я чувствую себя прекрасно. Кроме того, я лучше узнал свою страну, потому что теперь у меня есть с чем ее сравнивать. Вот так, сэр, я провел свободное время, и тем же самым я намерен заниматься, когда уйду на покой.

Джирард задумчиво откинулся на спинку кресла.

— Что ж, Пэрриш, неплохо. Не знаю, но идея мне понравилась: отправиться в морской вояж, взглянуть на лондонскую фондо... то есть на лондонский Тауэр. Да, сэр, вы подали мне мысль. — Он обернулся к другому молодому человеку, который, слушая Пэрриша, беспокойно ерзал на стуле. — Ну, Ван Бюрен, теперь ваша очередь.

— Я обдумывал идею путешествия, — с лихорадочной быстротой начал Ван Бюрен, — но решил иначе. Когда человеку шесть десятков, он не захочет сновать туда-сюда между европейскими столицами. Это заняло бы его на год, но не больше. Нет, сэр, главное — это иметь какое-нибудь страстное увлечение, особенно направленное на общественное благо, потому что на склоне лет человек стремится оставить этот мир лучшим, чем застал вначале. И вот я выработал план — учредить центр поддержки истории и археологии, который полностью преобразит систему государственного образования. В этом начинании захочет участвовать каждый — и трудом, и деньгами. Все мои две недели ушли на детальную разработку плана, и, замечу с вашего позволения, занятие это оказалось по-настоящему легким и увлекательным — самое то, что требуется на склоне лет деятельному человеку. Оно захватило меня целиком, мистер Джирард. За эти две недели я узнал больше, чем за всю предшествующую жизнь, — и счастлив был так, как никогда прежде.

Когда он замолк, Сайрус Джирард ответил многократными одобрительными кивками. В то же время вид у него был несколько неудовлетворенный.

— Основать общество? — пробормотал он. — Что ж, мне часто приходила такая мысль — но чтобы самому им руководить? Мои способности несколько иного рода. И все же идея стоит того, чтобы над ней поразмыслить.

Нетерпеливо встав, он принялся мерить шагами ковер.

На лице Джирарда выражалось растущее разочарование. Несколько раз он вынимал часы и смотрел на циферблат, словно надеясь, что Джонс все же не уехал в Чикаго, а с минуты на минуту появится и предложит более близкий его вкусам план.

— Что со мной такое? — невесело спрашивал он себя. — Когда я что-то затеваю, то обычно довожу это до конца. Видно, старость пришла.

Но как ни старался, он не мог прийти к решению. Несколько раз он замирал и останавливал взгляд сначала на одном, потом на другом молодом человеке, отыскивая какую-нибудь притягательную черту, на основании которой можно будет сделать выбор. Но после нескольких таких попыток их лица слились в единую маску и сделались неразличимы. Это были близнецы, которые рассказали ему одну и ту же историю про то, как перевезти фондовую биржу на аэроплане в Лондон и сделать из нее кинофильм.

— Простите, мальчики, — произнес он с запинкой. — Я обещал принять решение сегодня утром, и я приму, но для меня оно очень важно, и вы должны немного потерпеть.

Оба кивнули и уставились на ковер, чтобы не видеть блуждающих глаз Джирарда.

Внезапно тот шагнул к столу, взял телефонную трубку и вызвал офис главного управляющего.

— Слушайте, Голт, — прокричал он, — вы уверены, что послали Джонса в Чикаго?

— Совершенно уверен, — отозвался голос на том конце провода. — Он зашел ко мне дня два назад и сказал, что если не будет работать, то сойдет с ума. Я ответил, что это нарушение инструкций, но он сказал, что, так или иначе, больше не участвует в соревновании, а нам как раз нужен был кто-то разбирающийся в торговле серебром. И я...

— Да, но какое вы имели право? Я хотел с ним поговорить, а вы его услали.

Бац! Джирард повесил трубку и продолжил бесконечное хождение по комнате. Чертов Джонс, думал он. Такая неблагодарность после всего, что я сделал для его отца. Просто скандал! Мысль перескочила по касательной на вопрос, сумеет ли Джонс уладить дела в Чикаго. Ситуация сложная, но ведь Джонс — парень надежный. Все они надежные парни. В том-то и загвоздка.

Джирард снова взялся за телефон. Он хотел позвонить Лоле, так как подозревал, что она, если пожелает, сможет ему помочь. Ему не давалась личная оценка, и тут мнение Лолы представляло большую важность, чем его собственное.

— Мне придется перед вами извиниться, мальчики, — огорченно проговорил он, — я не хотел этого беспокойства и задержки. Но у меня разрывается сердце при мысли, что я должен буду это предприятие кому-то передать, и, когда я думаю кому, у меня в голове все путается. — Он помедлил. — Кто-нибудь из вас делал предложение моей дочери?

— Я делал, — сказал Пэрриш, — три недели назад.

— Я тоже, — признался Ван Бюрен, — и до сих пор надеюсь, что она передумает.

Джирарду стало любопытно, как поступил Джонс. Вероятно, он не последовал примеру других; он ведь всегда ведет себя не так, как от него ждут. У него даже имя неправильное.

Телефон под рукой пронзительно зазвонил, и Джирард машинально снял трубку.

— Звонок из Чикаго, мистер Джирард.

— Я не хочу ни с кем говорить.

— Это по личному делу. Мистер Джонс.

— Хорошо. — Джирард прищурился. — Соедините.

Послышались щелчки... в трубке возник голос Джонса, говорившего с легким южным акцентом.

— Мистер Джирард?

— Да.

— Я с десяти пытаюсь до вас дозвониться, чтобы попросить прощения.

— И есть за что! — взорвался Джирард. — Вам, наверно, известно, что вы уволены?

— Я этого ожидал. — Слова эти прозвучали уныло. — Я, наверное, дурак из дураков, мистер Джирард, но признаюсь вам: я не способен наслаждаться жизнью, когда у меня нет работы.

— А как же иначе! — рявкнул Джирард. — Никто не способен... — Он поправил себя: — Я хочу сказать, это нелегко.

Собеседник молчал.

— Как раз это я и чувствую, — извиняющимся тоном заговорил Джонс. — Думаю, мы друг друга понимаем, объяснять больше нечего.

— То есть как это — мы друг друга понимаем? Это уже дерзость, молодой человек. Мы друг друга совсем не понимаем.

— Я это и имел в виду, — поправил себя Джонс, — я не понимаю вас, а вы не понимаете меня. Я не хочу расставаться с работой, а вы... вы хотите.

— Чтобы я расстался с работой! — Лицо Джирарда налилось краской. — О чем это вы говорите? Вы сказали, будто я хочу расстаться с работой? — Он яростно встряхнул телефонный аппарат. — Не смейте мне перечить, молодой человек! Тоже мне: я хочу расстаться с работой! Да... да я вовсе не собираюсь бросать работу! Слышите? Я вовсе не собираюсь бросать работу!

Телефонная трубка выскользнула из его руки на столик и оттуда свалилась вниз.

Джирард опустился на колени и принялся яростно шарить по полу.

— Алло! — кричал он. — Алло, алло! Эй, соедините меня опять с Чикаго! Я не закончил!

Молодые люди вскочили на ноги. Джирард повесил трубку и повернулся к ним. Голос его стал хриплым от наплыва чувств.

— Я спятил с ума, — судорожно проговорил он. — Бросить работу в шестьдесят! Да я просто спятил! Я еще молодой человек — у меня впереди добрых два десятка лет! Пусть только повернется у кого-то язык сказать: «Отправляйся-ка ты домой и готовься к смерти»!

Телефон зазвонил снова, Джирард с горящими глазами схватил трубку.

— Это Джонс? Нет, мне нужен мистер Джонс, Рип Джонс. Он... он мой партнер. — Пауза. — Нет, Чикаго, это ошибка. Я не знаю никакой миссис Джонс, мне нужен мистер...

Он осекся и постепенно изменился в лице. Следующие слова он произнес неожиданно спокойным, без хрипоты, голосом:

— Как... как, Лола...

1924

АРКАДИЯ ДЖОНА ДЖЕКСОНА

I

Первое письмо скомканным в сердцах шаром лежало поблизости, что содержалось во втором — не имело сейчас ни малейшего значения. Вскрыв конверт, он долгое время не сводил глаз с тушки куропатки, изображенной маслом на буфете, словно бы не изучал ее ежедневно за завтраком вот уже двенадцать лет. Наконец он опустил взгляд и начал читать:

Уважаемый мистер Джексон, позвольте Вам напомнить о Вашем согласии выступить в четверг на нашей ежегодной встрече. Мы никоим образом не беремся определять за Вас содержание Вашей речи, однако тема «Что я получил от жизни» представляется мне чрезвычайно интересной для слушателей. Прочитанная Вами подобная лекция, несомненно, вдохновила бы всех и каждого.

Так или иначе, мы будем бесконечно рады любому Вашему выступлению и почтем за честь уже сам Ваш приход.

Искренне Ваш,

Энтони Рорбек,

Секр. Лиги общественного процветания.

— Что я получил от жизни? — вслух произнес Джон Джексон, поднимая голову.

Завтракать он расхотел и поэтому взял оба письма и вышел на просторную переднюю веранду, чтобы выкурить сигару и полчасика полежать перед отъездом в деловой центр города. Он поступал так каждое утро уже десять лет — с тех пор, как одной ненастной ночью от него сбежала жена, возвратив ему тем самым сокровище ничем не нарушаемого досуга. Ему нравилось отдыхать свежим, но не холодным утром на веранде и наблюдать сквозь просвет в зеленой изгороди из вьющихся растений, как по его улице, самой широкой, тенистой и красивой в городе, снуют автомобили.

— Что я получил от жизни? — повторил он, садясь в скрипучее плетеное кресло; изрядно помедлил и прошептал: — Ничего.

Произнесенное слово напугало его. За все свои сорок пять лет он ни разу ничего подобного не говорил. Самые большие жизненные трагедии не ожесточили его, а просто сделали грустным. Но сейчас, наблюдая, как теплый, приветливый дождик струится с карнизов на знакомую лужайку, он понял, что жизнь окончательно отняла у него все счастье и все иллюзии.

Понимание пришло к нему через скомканную в шар бумагу, которая поставила крест на надеждах, связанных с его единственным сыном. То, что говорилось в письме, можно было уяснить и прежде из сотни намеков и указаний: его сын слаб и порочен; и вежливый тон отправителя не смягчал неприятной сути. Письмо было отправлено деканом колледжа в Нью-Хейвене, джентльменом, высказавшим свое мнение ясно и недвусмысленно:

Уважаемый мистер Джексон, с крайним огорчением вынужден сообщить, что Ваш сын, Эллери Хэмил Джексон, назначен к отчислению из нашего университета. В прошлом году я прислушался к Вашей просьбе дать ему еще один шанс — боюсь, я руководствовался не долгом, а личной к Вам приязнью. Ныне я убедился в своей ошибке и не имею права умолчать о том, что подобным студентам в нашем университете не место. На балу второкурсников он повел себя таким образом, что нескольким студентам пришлось насильственным методом призвать его к порядку.

Прискорбно, что я должен об этом писать, но не вижу смысла приукрашивать действительность. Я распорядился, чтобы послезавтра Ваш сын покинул Нью-Хейвен.

Ваш, сэр, покорный слуга,

Остин Шеммерхорн,

декан колледжа.

Джон Джексон не стал раздумывать над тем, что именно такого постыдного совершил его отпрыск. Декан сказал правду — это было ясно без всяких дополнительных подробностей. Уже и здесь, в этом городе, есть дома, куда его сыну путь заказан! Было время, когда прегрешения Эллери прощали ради его отца, а дома на них и вовсе смотрели сквозь пальцы: Джон Джексон принадлежал к тем редким людям, кто умеет прощать даже собственную кровь и плоть. Но ныне снисхождения ожидать не приходилось. Сидя этим утром на веранде и глядя, как капает тихий апрельский дождичек, отец ощутил, что у него в душе произошел переворот.

— Что я получил от жизни? — В покорном, усталом отчаянии Джон Джексон покачал головой. — Ничего!

Он взял и перечитал второе письмо, от Лиги общественного процветания, и все его тело сотряс беспомощный, недоуменный смех. В среду, в тот самый час, когда его злополучный отпрыск прибудет в свой лишенный матери дом, он, Джон Джексон, взойдет на трибуну в деловой части города, чтобы произнести сотню звучных банальностей о радости и вдохновении. «Господа участники объединения, — (лица, как ущербные луны, взирают на него снизу, исполненные интереса и оптимизма), — мне было предложено рассказать вам в нескольких словах, что я получил от жизни...»

Слушателей соберется много, сообразительный юный секретарь нашел тему с акцентом на личность: Джон Джексон, успешный, одаренный, популярный, — что он сумел найти для себя в сумбурном изобилии жизненных благ? Они станут напряженно вслушиваться, надеясь, что он раскроет некую тайную формулу, как сделаться такими же популярными, успешными и счастливыми, как он сам. Они верят в правила; все молодые люди в этом городе верят в твердо установленные правила, и многие из них вырезают купоны, отсылают их и получают брошюрки, авторы которых обещают им желанные богатства и благосостояние.

«Господа участники объединения, прежде всего разрешите мне сказать, что жизнь заключает в себе много ценного и если мы умудряемся ничего в ней не найти, то виноваты мы, а не жизнь».

Звон пустых, банальных слов, вперемешку с дробью дождя, не останавливался, но Джон Джексон уже понимал, что не произнесет эту речь, а может, и никогда больше не выступит ни с какой речью. Он слишком долго спал и видел сны, но теперь наконец пробудился.

— С какой стати мне хвалить мир, который обошелся со мной так безжалостно? — шепнул он дождю. — Не лучше ли покинуть этот дом и этот город и где-нибудь в другом месте обрести то счастье, каким я наслаждался в юности?

Кивнув, он разорвал оба письма не мелкие клочки и уронил их на стол. Слегка раскачиваясь, неспешно куря сигару и выпуская под дождь голубые кольца дыма, он просидел еще полчаса.

II

В офисе к Джону Джексону подошел со своей обычной утренней улыбкой мистер Фаулер, его главный клерк.

— Отлично выглядите, мистер Джексон. Хороший денек, вот только дождик некстати.

— Верно, — бодро согласился Джон Джексон. — Но через часок облака разойдутся. В приемной есть кто-нибудь?

— Одна дама, миссис Ролстон.

Мистер Фаулер приподнял в комической скорби свои седые брови.

— Передайте, что я не смогу ее принять, — несколько удивил клерка мистер Джексон. — И подготовьте беглый отчет, сколько я за последние двадцать лет при ее посредничестве потратил денег.

— А... слушаюсь, сэр.

Мистер Фаулер всегда убеждал Джона Джексона внимательней относиться к его многообразным благотворительным даяниям, но теперь, по прошествии двух десятков лет, все же немного встревожился.

Когда список был составлен (для этого потребовалось час рыться в старых гроссбухах и корешках чеков), Джон Джексон долгое время молча его изучал.

— У этой женщины денег больше, чем у вас, — ворчал стоявший рядом Фаулер. — На ней каждый раз новая шляпка. Пари держу, из своего кошелька она не отдала ни цента, все только у других выпрашивает.

Джон Джексон не отвечал. В голове у него вертелась мысль о том, что миссис Ролстон одной из первых в городе отказала Эллери Джексону от дома. Конечно, она была совершенно права, и все же, если бы Эллери в шестнадцать лет заинтересовался какой-нибудь милой девушкой...

— Явился Томас Джей Макдауэлл. Желаете его принять? Я сказал, что вы как будто ушли: подумал, у вас, мистер Джексон, сегодня усталый вид...

— Я приму его, — прервал клерка Джон Джексон.

Он проводил удалявшегося Фаулера непривычно внимательным взглядом. Что скрывает этот человек под своим расплывчатым добродушием? Несколько раз, без ведома Фаулера, Джексон ловил его на том, что он на потребу коллегам передразнивает босса. Передразнивание было не такое уж и беззлобное, но тогда Джон Джексон только улыбнулся, теперь же эта картина вкралась почему-то ему в мысли.

— Ясное дело, он держит меня за дурачка, — пробормотал Джон Джексон задумчиво, — от него ведь давно нет никакого проку, а я его не увольняю. Кто же станет уважать того, кого объегорил.

Тут в комнату шумно ввалился Томас Джей Макдауэлл — крупный, размашистый субъект с огромными белыми руками. Если Джон Джексон перебирал в уме своих врагов, начинать нужно было как раз с Тома Макдауэлла.

В течение двух десятков лет эти двое неизменно расходились по всем вопросам деятельности муниципалитета, а в 1908 году едва не устроили публичную рукопашную, так как Джексон осмелился высказать в печати то, что отнюдь не являлось секретом, а именно, что Макдауэлл — самый зловредный из политиков за всю историю города. Ныне это все было забыто; остатки былой вражды проявлялись только в том, как вспыхивали у обоих глаза при случайной встрече.

— Привет, мистер Джексон, — подчеркнуто сердечно начал Макдауэлл. — Нам требуются ваша помощь и ваши деньги.

— По какому случаю?

— Завтра утром в «Орле» вам покажут план нового железнодорожного узла. Единственным препятствием может стать местоположение. Нам нужна ваша земля.

— Что-что?

— Железная дорога должна занять двадцать акров по эту сторону реки, там, где стоит ваш товарный склад. Если вы уступите его дешево, вокзал будет построен, если нет — считай, весь пар ушел в свисток.

Джексон кивнул.

— Понятно.

— И сколько вы возьмете? — кротко осведомился Макдауэлл.

— Нисколько.

Посетитель удивленно раскрыл рот.

— То есть это подарок?

Джон Джексон поднялся на ноги.

— Я решил не быть больше местной дойной коровой, — ровным голосом произнес он. — Вы отказались от единственного подходящего во всех отношениях плана, так как он затрагивал некоторые ваши тайные интересы. Возник тупик, и вы решили найти выход за мой счет. Я должен снести мой склад и за бесценок отдать городу свою лучшую собственность — и это из-за «промашки», которую вы совершили в прошлом году!

— Но прошлый год остался позади, — запротестовал Макдауэлл. — Что тогда случилось, того уже не изменишь. Городу нужен вокзал, и потому... — в его голосе появился легкий оттенок иронии, — потому, естественно, я и обращаюсь к самому заметному из горожан, рассчитывая на его всем известный дух ответственности перед обществом.

— Покиньте мой офис, Макдауэлл, — проговорил вдруг Джон Джексон. — Я устал.

Макдауэлл пристально в него всмотрелся.

— Что на вас сегодня нашло?

Джексон закрыл глаза.

— Я не расположен спорить, — чуть помолчав, сказал он.

Макдауэлл шлепнул себя по толстой ляжке и встал.

— Не ожидал от вас такого отношения. Вы бы лучше еще раз подумали.

— Прощайте.

Удостоверившись, к своему удивлению, что Джон Джексон настроен серьезно, Макдауэлл шагнул к двери.

— Ладно, ладно. — Чудовищная туша обернулась и, как плохому мальчишке, погрозила Джону Джексону пальцем. — Ну кто бы мог подумать?

Когда он ушел, Джексон звонком вызвал клерка.

— Я уезжаю, — сообщил он небрежно. — Меня не будет, может, неделю, а может, и дольше. Пожалуйста, отмените все назначенные встречи, расплатитесь с моими домашними слугами и закройте дом.

Мистер Фаулер не поверил своим ушам.

— Закрыть дом?

Джексон кивнул.

— Но как же так... почему? — не сдержал удивления Фаулер.

Джексон выглянул в высокое окно на серый, насквозь промоченный косым дождем маленький город — его город, как думалось по временам, когда жизнь дарила ему досуг для счастья. Этот парад зеленых деревьев вдоль главного проспекта — благодаря ему; и Детский парк, и белые здания, что роняют капли напротив, вокруг Кортхаус-сквер.

— Не знаю, — ответил он, — но мне кажется, я должен ощутить дыхание весны.

Когда Фаулер ушел, Джексон надел шляпу и плащ и, чтобы не попасть на глаза случайным посетителям, прошел к лифту через неиспользуемое помещение архива. Тем не менее в архиве кто-то был и даже трудился; с немалым удивлением Джексон увидел там мальчика лет девяти, который старательно выводил мелом на стальном картотечном шкафу свои инициалы.

— Привет! — воскликнул Джон Джексон. Он имел обыкновение говорить с детьми заинтересованно, тоном равного. — Я не знал, что нынче утром этот офис занят.

Мальчик уставился на него.

— Меня зовут Джон Джексон Фаулер, — объявил он.

— Что?

— Меня зовут Джон Джексон Фаулер.

— А, ну да. Ты... ты сын мистера Фаулера?

— Да, он мой папа.

— Понятно. — Джон Джексон чуть прищурился. — Ну что ж, доброго тебе утра.

Выходя в дверь, он задал себе циничный вопрос, что надеялся выгадать Фаулер этой неуместной лестью. Джон Джексон Фаулер! Если что и утешало Джексона в его несчастье, так это то, что его собственный сын зовется иначе.

Вскоре он уже писал на желтом бланке расположенной внизу телеграфной конторы:

«ЭЛЛЕРИ ДЖЕКСОНУ, ЧЕЙПЕЛ-СТРИТ, НЬЮ-ХЕЙВЕН, КОННЕКТИКУТ.
ВОЗВРАЩАТЬСЯ ДОМОЙ НЕТ СМЫСЛА, ПОТОМУ ЧТО ДОМА У ТЕБЯ БОЛЬШЕ НЕТ. „МАММОТ-ТРАСТ КОМПАНИ" В НЬЮ-ЙОРКЕ СТАНЕТ ВЫПЛАЧИВАТЬ ТЕБЕ ЕЖЕМЕСЯЧНО ПЯТЬДЕСЯТ ДОЛЛАРОВ — ПОЖИЗНЕННО ИЛИ ВРЕМЕННО, ПОКА ТЫ НЕ СЯДЕШЬ В ТЮРЬМУ.
ДЖОН ДЖЕКСОН»

— Это... это довольно длинное сообщение, сэр, — удивился телеграфный служащий. — Желаете так его и отправить?

— Именно так, — кивнул Джон Джексон.

III

В тот день он ехал и ехал, пока не оставил позади семь десятков миль; о каплях дождя на окнах вагона напоминали теперь только прочерченные на пыльном стекле дорожки, местность вдоль путей ожила, оделшись весенней зеленью. Когда солнце на западе приметно побагровело, он вышел из поезда в забытом богом городишке под названием Флоренс, как раз по ту сторону границы с соседним штатом. В этом городе Джон Джексон родился; последние двадцать лет он здесь не бывал.

Таксист (Джексон узнал в нем своего друга детства, Джорджа Стерлинга, но промолчал) отвез его в обшарпанную гостиницу, где он, к восторгу и удивлению хозяина, снял номер. Оставив плащ на просевшей кровати, Джексон вышел через пустынный вестибюль на улицу.

Вечер выдался теплый, погожий. Серебряный серп луны, уже завиднешийся на востоке, обещал ясную ночь. Джон Джексон прошелся по сонной Главной улице, где все — лавки, конные привязи, поилки для лошадей — вызывало в нем необычное волнение, потому что он знал их с детства и видел в них нечто большее, чем просто неодушевленные предметы. Проходя мимо очередной лавки, он разглядел за стеклом знакомое лицо и заколебался, но передумал, двинулся дальше и за ближайшим углом свернул. По сторонам широкой дороги стояли нечастым строем обветшалые дома, иные из них были окрашены в нездоровый бледно-голубой цвет, и все располагались в глубине больших запущенных садовых участков.

По этой дороге он прошагал солнечную полумилю — полумилю, сжавшуюся нынче в короткий зеленый коридор, населенный воспоминаниями. Здесь, например, ему на всю жизнь пометил бедро своей железной подковой беззаботный мул. В этом коттедже жили две милые старые девы, которые по четвергам угощали коричневым печеньем с изюмом самого Джексона и его младшего брата (тот не дожил до взрослых лет).

Приблизившись к цели своего паломничества, Джексон задышал чаще: навстречу ему словно бы выбежал дом, где он родился. Это была развалюха, выцветшая от солнца и непогоды, и помещалась она далеко от дороги, в самой глубине участка.

С первого взгляда сделалось ясно, что здесь больше никто не живет. Уцелевшие ставни были плотно затворены, из путаницы вьющихся растений рвался единым аккордом пронзительный хор сотни птиц. Джон Джексон свернул с дороги и неровными шагами, утопая по колено в нестриженой траве, пересек двор. Дыхание у него перехватило. Он остановился и сел на камень, накрытый приветливой тенью.

Это был его дом, единственный родной; среди этих скромных стен он бывал невероятно счастлив. Здесь он узнал и усвоил доброту, ставшую неизменной спутницей его дальнейшей жизни. Здесь открыл для себя немногочисленные и несложные правила порядочности, к которым столь часто взывают и которым столь редко следуют; в суете конкурентного противоборства его не столь утонченные коллеги видели в нем по этой причине чудака, заслуживающего то ли насмешки, то ли восхищения. Это был его дом, потому что именно здесь была рождена и вскормлена его честь; он познал все невзгоды, выпадающие на долю бедняков, но не делал ничего, в чем пришлось бы раскаяться.

Однако в действительности его привело сюда иное воспоминание — оно и прежде посещало его чаще всех прочих, а ныне, когда в жизни наступил кризис, набрало еще большую силу. В этом дворе, на ветхой веранде, в каждой зеленой кроне над головой ему все еще виделись отблески золотистых волос и ярких детских глаз его первой любви — девочки, которая жила в давно уже не существующем доме, что стоял напротив. Если здесь было что-то живое, то это ее дух.

Внезапно он встал и, продираясь через кусты, двинулся заросшей дорожкой к дому. Из травы, чуть ли не из-под ног, с шумом взлетел черный дрозд, и Джексон вздрогнул.

Когда он открывал дверь, половицы веранды под ним угрожающе просели. Внутри не слышалось ни звука, лишь медленная, мерная пульсация тишины, но стоило ему пересечь порог, и явилось слово, неотвратимое, как дыхание, и Джексон произнес его вслух, словно бы окликая кого-то в пустом доме.

— Элис, — крикнул он; и еще громче: — Элис!

В комнате слева кто-то испуганно вскрикнул. Пораженный, Джон Джексон застыл в дверях: он решил, что этот крик оживило его собственное воображение.

— Элис, — позвал он неуверенно.

— Кто там?

На сей раз сомневаться не приходилось. Голос, испуганный, чужой и в то же время знакомый, доносился из прежней гостиной, а вскоре Джексон различил и робкие шаги. Ощутив легкую дрожь, он распахнул дверь.

Посередине пустой комнаты стояла женщина с золотисто-рыжими волосами; ее яркие глаза смотрели тревожно. Возраст ее определялся как промежуточный между устойчивой юностью человека, чье существование безмятежно, и властным окликом сорокалетия, и лицо было отмечено тем неопределимым очарованием, что дарует иной раз юность, прежде чем покинуть свое давнее обиталище. Чуть располневшая, но все же стройная, она с изящным достоинством опиралась белой рукой на каминную полку; луч заходящего солнца, проникая в просвет занавесок, играл в блестящих волосах.

Когда Джексон вошел, большие серые глаза женщины зажмурились и снова распахнулись; она еще раз вскрикнула. Потом случилось странное: мгновение они смотрели друг на друга без слов, рука женщины соскользнула с камина, она покачнулась и одновременно шагнула к Джексону. Тот, словно ничего на свете не было естественней, шагнул навстречу, раскрыл женщине объятия и расцеловал ее, как маленького ребенка.

— Элис, — хрипло повторил он.

Она глубоко вздохнула и отстранилась.

— Я вернулся, — пробормотал он нетвердым голосом, — а ты сидишь на том самом месте, где мы обычно сидели вдвоем, словно бы я никуда не уезжал.

— Я просто заглянула на минутку, — заторопилась она с объяснением, как будто не было на свете ничего важнее. — А теперь, само собой, я расплачусь.

— Не плачь.

— А как удержаться? Ты же не думаешь, — она улыбнулась сквозь набежавшие слезы, — ты же не думаешь, что вот такие истории случа... случаются с человеком каждый день?

Охваченный смятением, Джон Джексон подошел к окну и распахнул его навстречу вечеру.

— Как ты здесь сегодня оказалась? — Он обернулся. — Случайно?

— Я прихожу каждую неделю. Иногда с детьми, но чаще одна.

— С детьми? У тебя есть дети?

Она кивнула.

— Я замужем, уже с незапамятных времен.

Они стояли, уставившись друг на друга, потом рассмеялись и отвели взгляды.

— Я тебя поцеловала.

— Жалеешь об этом?

Женщина помотала головой.

— В последний раз я тебя целовала у этой самой калитки десять тысяч лет назад.

Он протянул ей руку, они вышли и сели рядышком на разбитый настил веранды. Солнце окрашивало запад размашистыми мазками персиковых, рубиновых и золотисто-желтых тонов.

— Ты женат, — сказала женщина. — Я читала в газетах... давно уже.

Он кивнул.

— Да, был женат, — невесело подтвердил он. — Моя жена сбежала с кем-то, в кого была в давнюю пору влюблена.

— А, мне жаль. — И после нового долгого молчания: — Вечер выдался на славу, Джон Джексон.

— Я давно уже не был так счастлив.

Им предстояло столь многое сказать и поведать, что ни один не раскрывал рта. Они просто сидели рядом и держались за руки, как двое ребятишек, которые долгое время блуждали в лесу поодиночке, но наконец встретились на поляне и теперь без памяти рады. Она сказала, что муж у нее небогат; он уже догадался об этом по поношенному, немодному платью, которое она носила с таким горделивым достоинством. Мужа звали Джордж Харланд, он держал здесь, в деревне, гараж.

— Джордж Харланд — это такой рыжий? — поинтересовался Джексон.

Женщина кивнула.

— Мы были помолвлены несколько лет. Иногда я думала, мы никогда не поженимся. Дважды я откладывала свадьбу, но сколько можно было сидеть в девицах? Мне стукнуло уже двадцать пять, и вот мы поженились. Я полюбила его, и это продолжалось год.

Когда закат окончательно смешал все краски над западным горизонтом, они, все так же держась за руки, отправились по тихой дороге обратно.

— Зайдешь к нам пообедать? Хочу показать тебе детей. Старшему мальчику как раз исполнилось пятнадцать.

Она жила в невзрачном каркасном домике поблизости от гаража. Во дворе две маленькие девочки играли рядом со старой, потрепанной детской коляской, в которой тем не менее лежал младенец.

— Мама! Мамочка! — закричали они.

Элис опустилась на колени у края тропы, маленькие загорелые руки обвили ее шею.

— Сестра говорит, Анна не придет; значит, обеда у нас не будет.

— Обед приготовит мама. А что случилось с Анной?

— У нее отец заболел. Она не придет.

Когда они подошли, высокий, усталого вида мужчина лет пятидесяти, читавший на веранде газету, встал и накинул себе на плечи куртку, прикрывая подтяжки.

— Анна не пришла, — сказал он кратко.

— Знаю. Я сама приготовлю обед. А это кто по-твоему? Узнаешь?

Мужчины дружелюбно пожали друг другу руки, и Харланд, с некоторой оглядкой на дорогую одежду и процветающий вид Джона Джексона, отправился в дом еще за одним стулом.

— Мы о вас немало наслышаны, мистер Джексон, — проговорил он, когда Элис ушла в кухню. — Мы знаем, вы чего только не делали, чтобы они там очухались и поимели совесть.

Джон вежливо кивнул, однако при упоминании города, который он только что покинул, передернулся от отвращения.

— Жалею, что вообще уехал отсюда, — сказал он откровенно. — И это не просто слова. Расскажите, Харланд, как вам жилось в эти годы. Я слышал, вы владеете гаражом.

— Да... в двух шагах по той же дороге. Правду сказать, дела идут неплохо. Но по городским меркам это, конечно, ничто, — поспешно признал он.

— Знаете, Харланд, — чуть помолчав, молвил Джон Джексон, — я по уши влюблен в вашу жену.

— Правда? — Харланд рассмеялся. — Что ж, на мой вкус, она очень-очень славная.

— Наверное, я всегда ее любил, все эти годы.

— Правда? — Харланд опять рассмеялся. Кто-то влюблен в его жену? Обычная любезность — и только. — Вы лучше ей об этом скажите. Нынче она уже не так часто слышит комплименты, как в молодые годы.

За стол они сели вшестером, в том числе неуклюжий мальчик пятнадцати лет, похожий на отца, и две маленькие девочки с блестевшими после поспешного умывания лицами. Как обнаружил Джон, в городе много чего успело случиться; в конце девяностых он как будто был на подъеме, но после закрытия двух фабрик и переноса производства в другое место искусственному процветанию пришел конец, и ныне населения осталось на несколько сот человек меньше, чем четверть века назад.

После немудрящего, но сытного обеда все переместились на веранду, дети молчаливо, балансирующими силуэтами пристроились на перилах, неузнаваемые прохожие выкрикивали приветствия с темной и пыльной дороги. Позднее младшие отправились в постель, а мальчик с отцом встали и надели куртки.

— Пойду-ка я в гараж, — сказал Харланд. — Я всегда в этот час туда наведываюсь. А вы посидите вдвоем, поболтайте о старых временах.

Когда отец с сыном растаяли в сумраке улицы, Джон Джексон повернулся к Элис, обнял ее за плечо и заглянул в глаза.

— Я люблю тебя, Элис.

— И я тебя люблю.

Со дня свадьбы он ни разу не говорил этого ни одной женщине, кроме жены. Но сегодня мир обновился, в воздухе была разлита весна, и Джексону представилось, что он вновь обрел потерянную юность.

— Я всегда тебя любила, — пробормотала она. — Ночью, перед тем как заснуть, я всегда вспоминала твое лицо. Почему ты не возвращался?

Он нежно погладил ее волосы. Никогда еще он не бывал так счастлив. Он ощущал, будто обрел власть над самим временем, будто оно покатилось назад, отдавая его взбурлившим чувствам одну потерянную весну за другой.

— Мы по-прежнему молоды, мы двое, — ликовал Джон. — Давным-давно мы совершили глупейшую ошибку, но успели вовремя одуматься.

— Расскажи мне об этом, — шепнула она.

— Этим утром, под дождем, я слышал твой голос.

— И что он сказал, мой голос?

— Он сказал: возвращайся домой.

— И вот ты дома, дорогой.

— Я дома.

Внезапно он поднялся с места.

— Мы с тобой уезжаем. Тебе это понятно?

— Я всегда знала: если ты придешь за мной, я с тобой уеду.

Когда взошла луна, Элис проводила его к калитке.

— Завтра! — шепнул он.

— Завтра!

Под бешеный стук сердца Джон осторожно выждал, пока приближавшиеся по сумрачной дороге шаги минуют его и замрут вдали. С простодушной удалью он снова поцеловал Элис и прижал ее к сердцу под апрельской луной.

IV

Проснулся он в одиннадцать, налил себе холодную ванну и стал плескаться почти с таким же восторгом, какой чувствовал накануне вечером.

— Я чересчур много думал за эти двадцать лет, — сказал он себе. — Как раз мысли-то и старят людей.

Было теплее, чем вчера, и, когда Джон выглянул в окно, пыль на улицах показалась более заметной, чем накануне. Он позавтракал внизу, с вечным удивлением городского жителя спрашивая себя, почему в деревне днем с огнем не найдешь свежих сливок. Местные уже прознали, что он приехал, и в вестибюле несколько человек встали, чтобы его приветствовать.

Кто-то спросил, есть ли у него жена и дети, он беспечно ответил «нет», после чего ему стало немного неловко.

— Живу один-одинешенек, — с напускной веселостью продолжил он. — И вот захотелось вернуться, бросить взгляд на родной город.

— Надолго? — На него смотрели любопытные глаза.

— На день, может, на два.

Что они подумают завтра? Будут собираться группками на улице и обсуждать неслыханную новость.

«Слушайте, — хотелось ему сказать, — вы думаете, небось, я жил в городе как у Христа за пазухой, но это не так. Судьба обошлась со мной жестоко, потому я и вернулся, а если у меня этим утром горят глаза, причина в том, что прошлым вечером в этом городке отыскался осколок моей потерянной юности».

В полдень, когда Джексон отправился в дом Элис, солнце припекало вовсю, и несколько раз он останавливался и отирал со лба пот. Заворачивая к калитке, он увидел, что Элис ждет на веранде: одетая, похоже, по-воскресному, она раскачивалась в качалке точно так же, как делала в детстве.

— Элис! — радостно воскликнул он.

Она быстро поднесла к губам палец.

— Осторожно! — шепнула она.

Джексон уселся рядом и взял ладонь Элис, но она отняла руку, положила ее на ручку кресла и снова стала потихоньку раскачиваться.

— Остерегись. Дети в доме.

— Не могу я остерегаться. Теперь жизнь начинается заново, а осторожность я забыл в прошлой жизни, которой больше нет.

— Ш-ш!

Немного встревожившись, он пристальней всмотрелся в Элис. Ее лицо, недвижное и равнодушное, словно бы чуть постарело по сравнению с вчерашним; Элис выглядела бледной и усталой. Но он с тихим восторженным смехом отмахнулся от этого впечатления.

— Элис, этой ночью я спал так, как бывало только в детстве, хотя и несколько раз просыпался от радости, что надо мной та же луна, которой мы когда-то любовались вместе. Я получил ее назад.

— Я вовсе не спала.

— Бедняжка.

— В два или три ночи я поняла, что не смогу уйти от детей — даже с тобой.

У Джексона отнялся язык. Он поглядел на нее непонимающе, потом у него вырвался смешок — короткий и недоверчивый.

— Никогда! — Элис отчаянно затрясла головой. — Никогда-никогда! Стоило мне об этом подумать, и меня пробрала дрожь, прямо в постели. — Она помолчала в нерешительности. — Не знаю, Джон, что на меня нашло вчера вечером. Когда ты рядом, ты каждый раз внушаешь мне те поступки, чувства и мысли, которые тебе нравятся. Но наверное, уже слишком поздно. Эта затея не похожа на правду; это что-то вроде сумасшествия или сна, вот и все.

Джон Джексон снова рассмеялся, но в этот раз не с недоверием, а с оттенком угрозы.

— Что ты этим хочешь сказать? — требовательно спросил он.

Элис заплакала, прикрывая лицо рукой, потому что по дороге кто-то шел.

— Ты должна объяснить подробней. — Джон Джексон слегка повысил голос. — Что же мне, удовольствоваться этим и уйти?

— Пожалуйста, не говори так громко, — взмолилась Элис. — На улице жара, и я совсем запуталась. Наверное, я обычная провинциалка, не более того. Мне даже стыдно: я тут с тобой объясняюсь, пока муж целый день трудится в пыли и духоте.

— Стыдно, оттого что мы тут объясняемся?

— Да не смотри на меня так! — Голос Элис дрогнул. — У меня сердце разрывается, оттого что я делаю тебе больно. У тебя тоже есть дети, о которых нельзя забывать... сын, ты говорил.

— Сын. — Он забыл о сыне так прочно, что даже удивился. — Да, у меня есть сын.

Джексон начал осознавать все безумие, дикую не- логичность ситуации и все же противился, не желая мириться с тем, что упускает из рук недавнее бла- женство. На без малого сутки к нему вернулась юно- шеская способность видеть мир сквозь дымку надеж- ды — надежды на неведомое счастье, ждущее где-то за холмом; но теперь с каждым словом Элис волшеб- ная дымка рассеивалась, а с нею иллюзии, этот горо- док, воспоминания, само лицо Элис у него перед гла- зами.

— Больше никогда в этом мире, — выкрикнул он в последнем отчаянном усилии, — нам не выпадет шанс стать счастливыми!

Но, даже произнося эти слова, он понимал, что шанса и не было; была просто безумная и безнадеж- ная вылазка, предпринятая среди ночи защитниками двух давно осажденных крепостей.

Подняв глаза, Джексон увидел у калитки вернув- шегося Джорджа Харланда.

— Ланч на столе, — с облегчением в голосе сооб- щила Элис. — Джон присоединится к нам.

— Не могу, — отозвался Джон Джексон поспеш- но. — Спасибо, вы оба очень любезны.

— Оставайтесь. — Харланд, в замасленном комби- незоне, устало опустился на ступени и большим но- совым платком стал вытирать лоб под тонкими седы- ми волосами. — Мы угостим вас охлажденным ча- ем. — Он поднял глаза на Джона. — Я в такую жару чувствую себя на весь свой возраст — не знаю, как вы.

— Думаю... жара на всех нас действует одинако- во, — с усилием выговорил Джон Джексон. — Беда в том, что мне сегодня вечером нужно возвращаться к себе в город.

— Правда? — Харланд сочувственно кивнул.

— Да. Я обещал выступить с речью.

— Вот как? Наверное, по поводу каких-нибудь городских проблем?

— Нет, собственно... — Слова выталкивались сами собой, отдаваясь в мозгу бессмысленным ритмом. — Я должен поведать о том, «что получил от жизни».

Тут он в самом деле ощутил жару и, не убирая с лица улыбку (искусством улыбаться он овладел в совершенстве), бессильно привалился к перилам веранды. Немного погодя все трое направились к калитке.

— Жаль, что ты уезжаешь. — Глаза Элис смотрели испуганно. — Возвращайся, не забывай наш городок.

— Обязательно.

Оцепеневший от горя, чувствуя, что еле волочит ноги, Джон Джексон двинулся по улице, но скоро что-то заставило его обернуться и с улыбкой помахать рукой. Элис с Харландом все еще стояли у калитки, они помахали ему в ответ и вместе пошли в дом.

«Я должен вернуться и произнести речь, — говорил он себе, неуверенно ступая по дороге. — Я встану и громко спрошу: „Что я получил от жизни?“ И в лицо им всем отвечу: „Ничего“. Я скажу им правду: что жизнь на каждом шагу подвергала меня жестоким испытаниям и цели этого известны только ей самой; что все, что я любил, обращалось в прах; что стоило мне нагнуться и приласкать собаку, как она вцеплялась мне в руку. И пусть у них откроются глаза на тайну хотя бы одного человеческого сердца».

V

Собрание было назначено на четыре, но, когда Джон Джексон вышел из душного вагона и направился к зданию Гражданского клуба, время уже близилось к пяти. На соседних улицах теснились бесчисленные автомобили, сходка обещала быть многолюдной.

Джексона удивило, что даже дальний конец зала был забит стоящими людьми и что многих ораторов, выступивших с трибуны, провожали аплодисментами.

— Не найдете ли мне место где-нибудь сзади? — шепнул он служителю. — Позднее я буду выступать, но... пока не хочу подниматься на трибуну.

— Конечно, мистер Джексон.

Единственное свободное кресло находилось в дальнем углу, наполовину заслоненное колонной, но Джексону это скрытое положение было только на руку. Устроившись, он с любопытством осмотрелся. Да, толпа собралась большая и, судя по всему, полная интереса. Выхватывая взглядом то одно, то другое лицо, он убедился, что знает почти всех, причем даже по имени. Это были люди, с которым он уже два десятка лет жил и работал бок о бок. Тем лучше. Эти люди должны его услышать, нужно только дождаться, пока очередной оратор изречет последнюю благоглупость.

Джексон обратил взгляд к трибуне, по залу вновь прокатились аплодисменты. Джексон высунулся из-за колонны и потихоньку вскрикнул: выступал Томас Макдауэлл. Уже несколько лет их не приглашали ораторствовать на одном и том же собрании.

— С кем только я за свою жизнь не враждовал, — гудел над залом его громкий голос, — и не подумайте, будто нынче, когда мне стукнуло пять десятков и волосы тронуло сединой, я сильно переменился. Недруги у меня и впредь будут множиться и множиться. И это не мир, а всего лишь временное перемирие, если я сегодня желаю сложить с себя доспехи и принести дань признания моему врагу — по той причине, что враг этот оказался прекраснейшим человеком, с каким я в жизни был знаком.

Джону Джексону стало любопытно, кого из своих союзников и протеже Макдауэлл на сей раз имеет в виду. Чтобы этот — да упустил удобный случай?

— Может, будь этот человек сегодня в зале, я не сказал бы того, что вы только что услышали, — продолжал гулкий голос. — Но если бы все юношество этого города явилось ко мне с вопросом: «Что такое благородство?» — я ответил бы: «Пойдите к этому человеку и посмотрите в его глаза». Они не светятся счастьем. Частенько я сидел, рассматривал его и гадал, что происходит у него внутри, отчего его глаза так печальны. Быть может, у подобных чистых душ, что посвящают себя целиком заботам о ближних, просто не остается времени для собственного счастья? Они подобны продавцу фруктовой воды с мороженым, не приготовившему ни порции для себя самого.

В зале раздался негромкий смех, но Джон Джексон недоуменно рассматривал знакомую женщину в соседнем ряду, которая поднесла к глазам платок.

Его любопытство росло.

— Теперь он уехал, — говорил человек на трибуне, склонив голову и опустив глаза в пол, — уехал, как я понимаю, внезапно. Я виделся с ним вчера, и он показался мне немного странным — возможно, не выдержал напряжения, стараясь сделать много добра для многих людей. Возможно, это наше собрание несколько запоздало. Но всем нам станет лучше, когда мы отдадим ему должную дань... Я почти закончил. Большая часть из вас, наверное, пожмет плечами, узнав, как я отношусь к человеку, которого без обиняков надо назвать моим врагом. Но я собираюсь добавить еще несколько слов, — вызывающе повысив тон, продолжал Макдауэлл, — еще более удивительных. Сейчас, перейдя рубеж пятидесятилетия, я мечтаю об одной только почести — ничем подобным город меня не награждал, да и не мог бы наградить. Я бы хотел иметь право встать здесь перед вами и назвать Джона Джексона своим другом.

Макдауэлл повернулся, чтобы уйти; зал разразился громом аплодисментов. Джон Джексон привстал, вновь растерянно осел в кресло и скорчился за колонной. Аплодисменты не смолкали, пока на трибуну не вышел молодой человек и жестом не призвал публику к тишине.

— Миссис Ролстон, — объявил он и сел.

С кресла в ближнем ряду встала женщина, вышла к краю сцены и заговорила спокойным голосом. Она стала рассказывать историю про одного человека — Джону Джексону он как будто был некогда знаком, однако же поступки его походили не на реальность, а скорее на сон. Оказалось, каждый год в этом городе сотни детей выживают только благодаря герою истории: пять лет назад он заложил собственный дом, чтобы построить на окраине города детскую больницу. Этот человек потребовал не называть его имени, чтобы горожане могли гордиться больницей как общественным начинанием, однако без него больницу никогда бы не построили, город в свое время с этой задачей не справился.

Затем миссис Ролстон повела речь о парках: как долгие годы город страдал от летнего солнцепека, как этот человек — не особенно и богатый — жертвовал свою землю, время и деньги, чтобы насадить вдоль проспектов тенистые ряды деревьев, чтобы неимущая детвора играла в центре города не в пыли, а на свежей траве.

И это только начало, сказала женщина и продолжила: едва возникала опасность, что какая-то общественная инициатива провалится или какой-то проект будет отложен в долгий ящик, как слово переходило к Джону Джексону и он сообщал начинанию жизнь, как бы даруя ему часть себя, и ныне все, что есть в этом городе полезного, содержит в себе частицу сердца Джона Джексона, в сердцах же едва ли не всех здешних жителей для него, Джона Джексона, отведен уголок.

Тут речь миссис Ролстон оборвалась. Она не удержалась и немного всплакнула, но среди публики многие ее поняли (тут и там сидели матери и дети, которым довелось воспользоваться добротой Джексона), и аудиторию захлестнуло целое море аплодисментов, эхом прокатившихся в ее стенах.

Лишь немногие узнали невысокого седоватого мужчину, который поднялся с кресла в дальнем конце трибуны, но, когда он заговорил, в здании постепенно воцарилась тишина.

— Вы меня не знаете, — сказал он чуть дрожащим голосом, — и первоначально я не должен был выступать на этом собрании. Я — главный клерк Джона Джексона. Мое имя Фаулер, и, когда было решено, что собрание все равно состоится, пусть даже Джон Джексон уехал, я подумал, что неплохо было бы и мне сказать два-три слова... — Слушатели в первых рядах заметили, как он нервно стиснул пальцы. — Если бы Джон Джексон здесь присутствовал, я бы этих слов не произнес... Я работаю с ним уже два десятка лет. Это долгое время. Однажды, когда у нас обоих не было еще ни одного седого волоса, меня уволили с предыдущего места, я пришел к нему в офис и попросился на работу. И с тех пор... я просто не могу описать вам, джентльмены... просто не могу описать, что для меня значит, что рядом ходит по земле этот человек. Вчера, когда он вдруг заявил, что уезжает, я подумал: если он не вернется, мне просто... просто не захочется дальше жить. Если в мире все идет на лад, то это благодаря ему. А знали бы вы, что чувствуем мы в офисе... — Он ненадолго замолк и покачал головой. — У троих из нас — швейцара, одного из клерков и у меня — сыновья носят имя Джон Джексон. Да, господа. Потому что никто из нас не придумает для своего мальчика ни лучшего имени, ни лучшего примера в жизни. Но разве мы ему в этом признаемся? Никогда. Он бы нас просто не понял. — Фаулер понизил голос до хриплого шепота. — Он бы посмотрел на нас большими глазами и спросил: «И что это вам вздумалось? Бедный мальчуган».

Речь Фаулера прервалась, по залу внезапно стало распространяться волнение.

В углу публика начала оборачиваться, ее примеру последовали соседи, потом и весь зал. Кто-то заметил за колонной Джона Джексона, раздался возглас удивления, потом нарастающий гул, затем хор восторженных приветствий.

Вдруг двое мужчин подхватили его под руки и подняли с места, потом его стали тянуть и подталкивать к трибуне. Кое-где его даже пронесли над головами, но все-таки доставили куда надо в стоячем положении.

Весь зал был уже на ногах, бешено размахивал руками и отчаянно шумел. Кто-то в дальнем углу запел «Потому что он хороший парень», пять сотен голосов подхватили мелодию с таким чувством, с таким напором, что у всех на глазах выступили слезы и песня наполнилась значением, выходящим далеко за пределы слов.

Тут Джону Джексону выдался случай сказать наконец этим людям, что он не получил от жизни почти ничего. Внезапно он вскинул руки, и все присутствующие, как взрослые, так и дети, замолкли и стали вслушиваться.

— Меня просили... — Джексон запнулся. — Дорогие друзья, меня просили... рассказать вам, что я получил от жизни...

Пять сотен лиц обернулись к нему — растроганных и улыбающихся, исполненных любви и веры.

— Что я получил от жизни?

Он распростер руки, словно охватывая этим жестом горожан, взрослых и детей, словно желая прижать их к груди. Его голос прозвенел в настороженной тишине:

— Я получил все!

В шесть, когда Джон Джексон один возвращался домой, воздух уже успел остыть. У дома он поднял голову и увидел, что на ступенях крыльца кто-то сидит, пряча лицо в ладонях. Когда Джон Джексон приблизился, посетитель — молодой человек с темными испуганными глазами — вскочил на ноги.

— Отец, — проговорил он торопливо, — я получил твою телеграмму, но... но я вернулся домой.

Джон Джексон смерил его взглядом и кивнул.

— Дом оказался заперт, — с беспокойством произнес юноша.

— Ключ у меня.

Джон Джексон отпер парадную дверь, вошел первым и пропустил сына.

— Отец, — заторопился Эллери Джексон, — мне нечего сказать... нечем оправдаться. Но если ты по-прежнему хочешь знать, я выложу тебе всю историю... если ты это вынесешь...

Джон Джексон опустил руку на плечо юноши.

— Не расстраивайся так, — произнес он ласково. — Думаю, что бы мой сын ни натворил, ныне и впредь, я все способен вынести.

Но это была только часть истины. Ибо отныне Джон Джексон обрел способность вынести все вообще — что бы ни приуготовило ему будущее.

1924

ЛЮБОВЬ В НОЧИ

I

Эти слова вызывали у Вэла трепет. Когда свежим и сияющим апрельским днем они возникали у него в голове, он без конца твердил их снова и снова: «Любовь в ночи, любовь в ночи...» Он пробовал проговаривать эти слова на трех языках — на русском, на французском и на английском — и решил, что лучше всего они звучат по-английски. Каждый язык подразумевал разную любовь и разную ночь: ночь английская казалась самой теплой и самой тихой — с невесомейшей и прозрачнейшей россыпью звезд. Английская любовь выглядела наиболее хрупкой и романтичной: белое платье, смутно различимое лицо и глаза как светлые озерца. Но если добавить, что думал-то Вэл, собственно, о французской ночи, то становится ясно, что нужно вернуться и начать рассказ заново.

Вэл был наполовину русским, наполовину — американцем. Его мать была дочерью того самого Морриса Хейзелтона, который оказал финансовую поддержку Всемирной выставке в Чикаго в 1892 году, а отец (см. Готский альманах за 1910 год) — князем Павлом Сергеем Борисом Ростовым, сыном князя Владимира Ростова, внука великого князя Сергея Жвало, состоявшего в близком родстве с царем. Недвижимость с отцовской стороны впечатляла: особняк в Санкт-Петербурге, охотничий домик под Ригой и роскошная вилла, походившая скорее на дворец, с видом на Средиземное море. Именно на этой вилле в Каннах семейство Ростовых проводило зиму, и княгине Ростовой вряд ли стоило напоминать, что эта вилла на Ривьере — с мраморным фонтаном в стиле Бернини и золотыми рюмками для послеобеденного ликера — была оплачена американским золотом.

В праздничную довоенную эпоху русские в Европе веселились, разумеется, без удержу. Из трех наций, считавших юг Франции площадкой для развлечений, именно они пользовались ею с наибольшим размахом. Англичане отличались чрезмерной практичностью, американцам же, хотя они и сорили деньгами, несвойственна была традиция романтической лихости. А вот русские, не уступавшие в галантности латинянам, обладали в придачу и тугим кошельком! Перед прибытием Ростовых в Канны в конце января владельцы ресторанов телеграфировали на север, запрашивая этикетки любимых князем сортов шампанского, чтобы наклеивать их на свои бутылки; ювелиры приберегали немыслимо роскошные изделия не для княгини, но для ее супруга; православные церкви убирали и украшали на это время с особым усердием на тот случай, если князю вздумается помолиться об отпущении грехов. Даже само Средиземное море весенними вечерами услужливо приобретало густой винный оттенок, а крутогрудые, будто малиновки, парусные суда изысканно покачивались на волнах вблизи побережья.

В душе юного Вэла бродило смутное ощущение, что все это предназначалось для блага его собственного и для блага его семейства. Этот белоснежный городок у моря казался ему привилегированным Эдемом, где он волен был поступать согласно своим прихотям — благодаря молодости, богатству и голубой крови Петра Великого, которая текла у него в жилах. В 1914 году, когда началась эта история, Вэлу исполнилось только семнадцать, однако он уже дрался на дуэли с юношей четырьмя годами старше его, доказательством чего служил небольшой, не зараставший волосами шрам на его изящной макушке.

Но неведомая до сих пор любовь в ночи волновала сердце Вэла сильнее всего. Она чудилась Вэлу неясным сладостным сном, которому предстояло сбыться в час небывалый и ни с чем не сравнимый. Прочие подробности рисовались ему смутно: необходимым было только присутствие очаровательной незнакомки, а сама сцена ожидалась на Ривьере в лучах луны.

Самое странное в этой истории заключалось не в том, что Вэл упивался волнующими и сугубо возвышенными надеждами на романтическое событие (кто из юношей хотя бы с малой толикой воображения их не питал?), но в том, что она действительно произошла. А когда произошла, то приключилась совершенно нежданно: на Вэла нахлынула такая сумятица впечатлений и переживаний, такие нелепые фразы срывались у него с губ, такие картины и звуки обступили его со всех сторон и такие мгновения мелькали, проходили и исчезали, что он едва отдавал себе во всем этом отчет. Быть может, именно эта неопределенность и помогла сохраниться случившемуся в его сердце и сделала его незабываемым.

Той весной атмосфера вокруг Вэла прямо-таки насыщена была любовью: взять хотя бы только отцовские интрижки — бессчетные и неразборчивые, о которых Вэл мало-помалу узнавал из подслушанных сплетен слуг, а впрямую услышал от матери-американки: однажды он нечаянно застал ее в гостиной перед портретом отца в настоящей истерике. Отец — в белом мундире с меховым ментиком — бесстрастно взирал на супругу с фотографии, словно желая спросить: «Дорогая, ты и вправду воображаешь, будто вышла замуж за потомственного священника?»

Вэл потихоньку удалился на цыпочках — удивленный, смущенный и растревоженный. Он не был шокирован, как был бы шокирован на его месте его американский ровесник. Образ жизни богачей в Европе был известен ему не первый год, и отца он осуждал только за то, что из-за него рыдала мать.

Любовь окружала Вэла — законная и беззаконная. Когда в девять вечера он прогуливался по набережной и звезды соревновались по яркости с фонарями, везде и всюду творилась любовь. От кафе на открытом воздухе, пестревших платьями только-только из Парижа, струился сладкий, пронзительный аромат цветов, шартреза, свежезаваренного черного кофе и сигарет, к которому примешивался еле улавливаемый им другой аромат — таинственный, волнующий аромат любви. Над белыми столиками руки касались рук со сверкавшими драгоценностями. Нарядные платья и белоснежные пластроны покачивались в такт; зажженные спички, чуть дрожащие, подносились к неспешно раскуриваемым сигаретам. На другой стороне бульвара под темными деревьями фланировали со своими невестами любовники менее светские — молодые продавцы-французы из местных магазинов, но юный взгляд Вэла редко туда обращался. Упоение музыкой, яркими красками и приглушенными голосами — все это входило составной частью в его мечту. Все это было главными приманками Любви в Ночи.

Но, напуская на себя достаточно суровый вид, пригодный для молодого русского джентльмена, расхаживающего по улицам в одиночестве, Вэл чувствовал себя все более и более несчастным. Мартовские сумерки сменились апрельскими, сезон подходил к концу, а для теплых весенних вечеров нужного употребления так и не находилось. Знакомые Вэлу девушки шестнадцати и семнадцати лет прогуливались перед сном в полумраке под бдительной охраной (времена, напомним, были еще довоенные), а прочие — из числа тех, кто охотно согласился бы его сопровождать, — оскорбляли его романтические порывы. Итак, истекла первая неделя апреля, вторая, третья...

Вэл поиграл в теннис до семи вечера и еще часик послонялся по корту, так что запряженная в кабриолет усталая лошадь взобралась на холм, где блестел огнями фасад виллы Ростовых, лишь в половине девятого. В подъездной аллее горели желтым фары материнского лимузина, а сама княгиня, застегивая перчатки, только-только вышла из ярко освещенной двери. Вэл кинул кучеру два франка и подошел к матери, чтобы поцеловать ее в щеку.

— Не прикасайся ко мне, — торопливо предупредила она. — Ты держал в руках деньги.

— Но не во рту же, мама, — шутливо запротестовал Вэл.

Княгиня бросила на него недовольный взгляд:

— Я сержусь. Почему ты сегодня так поздно? Мы обедаем на яхте, и ты тоже должен был явиться.

— На какой яхте?

— Из Америки.

Название родной страны княгиня всегда произносила с оттенком иронии. Ее Америку воплощал Чикаго девяностых, который она все еще воображала себе в виде обширного верхнего этажа над мясной лавкой. Даже непотребства князя Павла не были слишком дорогой ценой за избавление.

— Там две яхты, — продолжала княгиня. — Собственно, мы и не знаем, на какой именно. Записка была очень небрежной. Черкнули кое-как.

Из Америки. Мать Вэла приучила его смотреть на американцев свысока, однако не сумела привить ему неприязнь к ним. Американцы тебя замечают, даже если тебе всего семнадцать. Вэлу нравились американцы. Хотя он и был до мозга костей русским, но все же не целиком: как состав прославленного мыла — на девяносто девять и три четверти процента.

— Да, мне хочется пойти, — сказал он. — Я сейчас, мама. Я...

— Мы уже опаздываем. — Княгиня обернулась: в дверном проеме появился ее супруг. — Вэл говорит, что тоже хочет с нами пойти.

— Он никуда не пойдет, — отрезал князь Павел. — Он опоздал самым возмутительным образом.

Вэл потупился. Русские аристократы, при всей снисходительности к себе самим, по отношению к детям держались достойными восхищения спартанцами. Спорить было бесполезно.

— Простите, — промямлил он.

Князь Павел хмыкнул. Лакей, в расшитой серебром алой ливрее, распахнул дверцу лимузина. Мычание отца решило вопрос в пользу Вэла: княгиня Ростова предъявила в этот день и час супругу кое-какие нешуточные претензии, которые позволяли ей распоряжаться домашней ситуацией по своему усмотрению.

— Если вдуматься хорошенько, то будет лучше, Вэл, если ты тоже пойдешь, — холодно объявила княгиня. — Сейчас уже слишком поздно, но приходи после обеда. Яхта называется либо «Миннегага», либо «Капер». — Княгиня села в лимузин. — Нужная, полагаю, выглядит повеселее — яхта Джексонов...

— Сообразишь — найдешь, — туманно пробормотал князь, давая понять, что Вэл справится с задачей, если у него хватит на это ума. — И пускай мой камердинер приглядит за тобой перед тем, как отправишься. И возьми мой галстук вместо того жуткого шнурка, которым ты щеголял в Вене. Давай взрослей — давно пора!

Когда лимузин с шуршанием двинулся по усыпанной гравием дорожке, щеки у Вэла горели огнем.

II

В каннской гавани было темно: вернее, казалось, что темно — после залитого светом променада, который Вэл только что покинул. Над бесчисленными рыбачьими лодками, нагроможденными на прибрежной полосе грудой раковин, тускло мерцали три портовых прожектора. В отдалении, где на приливной волне с неспешным достоинством покачивалась целая флотилия стройных яхт, виднелась россыпь других огоньков, а еще дальше — полная луна превращала морское лоно в гладко отполированный пол танцевального зала. Временами слышались то поскрипывание весел, то всплеск, то шорох — по мере того как гребная шлюпка продвигалась вперед по мелководью и ее неясный контур пробирался через лабиринт шатких яликов и баркасов. Вэл, спускаясь по бархатному пляжному склону, споткнулся о спящего лодочника и тотчас почуял тошнотворный запах чеснока и дешевого вина.

Он потряс лодочника за плечо, и тот испуганно раскрыл глаза.

— Вы не знаете, где пришвартованы «Миннегага» и «Капер»?

Когда шлюпка плавно заскользила по бухте, Вэл растянулся на корме и с легкой досадой вгляделся в луну, висевшую над Ривьерой. Луна была что надо, самая подходящая. Такая правильная луна показывалась часто — за неделю пять раз. И воздух, волшебный до боли, ласкал кожу, и с набережной доносилась музыка — множество мелодий от множества оркестров. На востоке простирался темный мыс Антиб, за ним располагалась Ницца, а еще далее — Монте-Карло, где ночь полнилась звоном золота. Когда-нибудь и Вэлу выпадет насладиться всем этим сполна, познать все удовольствия и преуспеть — но годы и обретенная житейская мудрость привьют ему равнодушие.

Однако сегодняшнему вечеру — вечеру, когда струя серебра колышется по направлению к луне широкой вьющейся прядью, когда за спиной у него мягко переливаются романтические каннские огни, когда в воздухе разлита неодолимая, невыразимая любовь, — сегодняшнему вечеру суждено пропасть зря.

— Которая? — вдруг спросил лодочник.

— Что которая? — приподнявшись, переспросил Вэл.

— Которая яхта?

Лодочник ткнул перед собой пальцем. Вэл повернул голову: над ними навис серый, похожий на меч нос яхты. Пока он предавался затяжным мечтаниям, лодка преодолела расстояние в полмили.

Вэл прочитал медные буквы — высоко над собой. Это был «Капер», однако на палубе едва различались неясные огоньки, не слышалось ни музыки, ни голосов: только время от времени мерно всплескивали невысокие волны, разбиваясь о борта судна.

— Нужна другая, — сказал Вэл. — «Миннегага».

— Не уходите пока.

Вэл вздрогнул. Тихий и нежный голос донесся откуда-то сверху, из темноты.

— Что за спешка? — продолжал этот нежный голос. — Думала, вот кто-то решил меня навестить, и вдруг такое жуткое разочарование.

Лодочник поднял весла и в недоумении уставился на Вэла. Вэл, однако, молчал, и лодочник энергично направил шлюпку к лунной дорожке.

— Стойте! — вырвалось у Вэла.

— Что ж, до свидания, — произнес тот же голос. — Загляните потом, когда сможете остаться подольше.

— Но я хочу остаться сейчас, — выдохнул Вэл.

Он отдал лодочнику нужные указания, и шлюпка, покачиваясь, снова приблизилась вплотную к нижней ступеньке лестницы, ведущей на палубу яхты. Какая-то юная особа — в смутно белеющем платье, с чудным тихим голосом — в самом деле позвала его из бархатного мрака. «А какие у нее глаза?» — пробормотал Вэл. Вопрос понравился ему своей романтичностью, и он повторил его еле слышно: «А какие у нее глаза?»

— Кто вы такой?

Девушка стояла теперь прямо над ним: она смотрела вниз, а он, взбираясь по лестнице, смотрел наверх, и, как только глаза их встретились, оба залились смехом.

Девушка была совсем юная, тоненькая — даже хрупкая, в платье, которое непритязательной белизной подчеркивало ее молодость. Два неясных пятна на щеках напоминали о румянце, который разливался там днем.

— Кто вы? — повторила девушка, отступив назад, и снова рассмеялась, когда голова Вэла поравнялась с палубой. — Я перепугана — и хочу это знать.

— Я джентльмен. — Вэл поклонился.

— Какой именно джентльмен? Джентльмены всякие бывают. По соседству с нашим столиком в Париже сидел один цветной джентльмен и... — Девушка умолкла. — Вы ведь не американец, так?

— Я русский, — представился Вэл таким тоном, как если бы объявил себя архангелом. Чуть подумав, он поспешил добавить: — Причем самый везучий. Весь сегодняшний день, всю нынешнюю весну я мечтал о том, чтобы влюбиться как раз такой ночью, и вот теперь вижу, что небо послало мне вас.

— Погодите! — выдохнула девушка. — Я поняла: вы попали сюда по ошибке. Мне все эти дела ни к чему. Боже упаси!

— Прошу прощения.

Вэл озадаченно глядел на девушку, не сознавая, что зашел слишком далеко. Потом с официальным видом выпрямился:

— Я ошибся. Если вы меня прощаете — то спокойной ночи.

Он повернулся и положил руку на поручень.

— Не уходите, — проговорила девушка, откинув со лба прядь волос (какого они цвета, разобрать было нельзя). — Если вдуматься, то можете нести любой вздор — только не уходите. Я несчастна — и не хочу оставаться в одиночестве.

Вэл заколебался: что-то в этой ситуации было такое, чего он до конца не понимал. Он принял как само собой разумеющееся, что девушка, окликнувшая незнакомца вечерней порой — пусть даже с борта яхты, — наверняка склонна к романтическому приключению. И ему ужасно не хотелось уходить. Тут он вспомнил, что искал две яхты, и эта — одна из них.

— Званый обед, по-видимому, на другой яхте, — сказал он.

— Званый обед? Ах да, обедают на «Миннегаге». Вам туда нужно?

— Да, я туда направлялся — но это было вечность тому назад.

— Как вас зовут?

Вэл уже собирался назвать себя, но что-то побудило его вместо ответа спросить:

— А вас? Почему вы не на вечеринке?

— Потому что предпочла остаться тут. Миссис Джексон сказала, что на обед придут какие-то русские — это, наверное, вы и есть. — Девушка с любопытством его оглядела. — Вы ведь очень молоды, правда?

— Я гораздо старше, чем выгляжу, — сухо заметил Вэл. — Это всем бросается в глаза. Считают, что такое бывает редко.

— А сколько вам лет?

— Двадцать один, — солгал Вэл.

Девушка засмеялась:

— Чепуха! Вам никак не больше девятнадцати.

На лице Вэла выразилось такое недовольство, что девушка поспешила его разуверить:

— Выше нос! Мне самой только семнадцать. Я пошла бы на вечеринку, если бы знала, что там будет кто-то моложе пятидесяти.

Вэл с радостью переменил тему разговора:

— И вы предпочли помечтать здесь при свете луны.

— Я размышляла об ошибках. — Они уселись рядышком на парусиновых стульях. — Ошибки... Эта тема больше всего берет за душу. Женщины очень редко задумываются об ошибках — они готовы забывать о них скорее, чем мужчины. Но уж если задумаются...

— И вы совершили какую-то ошибку?

Девушка кивнула.

— Непоправимую?

— Наверное, да. Скорее всего. Когда вы сюда явились, я до этого как раз и докапывалась.

— Быть может, я как-то сумею вам помочь, — предложил Вэл. — Быть может, ваша ошибка вовсе не такая уж непоправимая.

— Не сумеете, — вздохнула девушка. — Давайте об этом забудем. Моя ошибка очень меня утомила: будет лучше, если вы расскажете мне о том, как сегодня веселятся в Каннах.

Они всмотрелись в вереницу загадочных, манящих огоньков на берегу, в большие игрушечные муравейники со свечками внутри, которые были на самом деле просторными фешенебельными отелями, в светящиеся башенные часы в Старом городе, в смутно маячившее пятно *«Café de Paris»*[1], в заостренные окна вилл на невысоких холмах на фоне темного неба.

— Чем там сейчас все заняты? — шепнула девушка. — Кажется, там происходит что-то совершенно замечательное, но что именно — не знаю.

— Сейчас там все поглощены любовью, — тихо проговорил Вэл.

— Правда? — Девушка долго не отрывала глаз от берега, со странным выражением на лице. — Тогда мне хочется домой, в Америку. Здесь с любовью перебор. Отправлюсь домой завтра же.

— Так вы боитесь влюбиться?

Девушка покачала головой:

— Не то чтобы. Просто потому... потому что для меня любви здесь нет.

— И для меня тоже, — подхватил Вэл. — Как грустно, что мы вдвоем сидим тут чудесной ночью в чудесном месте — и что же?

---

[1] «Кафе Парижа» *(фр.)*.

108

Он устремил на девушку пристальный взгляд, вдохновенный и возвышенно-романтический, и она слегка от него отодвинулась.

— Расскажите мне побольше о себе, — поспешно продолжила девушка. — Если вы русский, то где научились так хорошо говорить по-английски?

— Моя мать из Америки, — признался Вэл. — Дедушка тоже американец, так что выбора у нее не было.

— Так значит, вы тоже американец!

— Нет, я русский, — с достоинством возразил Вэл.

Девушка внимательно поглядела на Вэла, улыбнулась и решила не спорить.

— Ну ладно, — уклончиво произнесла она. — Однако у вас наверняка русское имя.

Вэл вовсе не собирался себя называть. Имя — даже имя Ростовых — опошлило бы эту ночь. Достаточно было их тихих голосов, белевших в темноте лиц — и только. Он не сомневался — без всяких на то причин интуитивно чувствуя, — что в душе у него поет уверенность: еще немного — и через час, через минуту он торжественно вступит в мир романтической любви. Для него не существовало ничего (даже собственное имя было фикцией), кроме бурного сердечного волнения.

— Вы прекрасны! — невольно воскликнул Вэл.

— С чего вы взяли?

— Потому что для женщин лунный свет — самый правдивый.

— В лунном свете я симпатично выгляжу?

— Лучше вас я никого в жизни не встречал.

— Ах вот как. — Девушка задумалась. — Конечно же, мне не следовало пускать вас на борт. Могла бы догадаться, о чем мы станем толковать — при этакой-то луне. Но не могу же я торчать тут одна и целую вечность глазеть на берег. Я для этого слишком молода. Вы не находите?

— Слишком, даже слишком молоды, — с жаром подтвердил Вэл.

Вдруг обоим послышалась какая-то новая музыка — совсем поблизости: музыка, которая, казалось, поднимается из моря не далее как в сотне ярдов от них.

— Слышите? — воскликнула девушка. — Это с «Миннегаги». Обед кончился.

С минуту оба вслушивались молча.

— Спасибо вам, — вдруг произнес Вэл.

— За что?

Вэл вряд ли отдавал себе отчет в том, что произнес эти слова вслух. Он испытывал благодарность к негромкому сочному звучанию духовых инструментов, которое доносил до него бриз; к теплому морю, бормотавшему невнятные жалобы вокруг носа яхты; к омывавшему их молочному сиянию звезд: все это, как он ощущал, возносило его ввысь легче, чем дуновение ветра.

— Восхитительно, — прошептала девушка.

— И что мы будем с этим делать?

— А мы должны что-то с этим делать? Я думала, мы будем просто сидеть и наслаждаться...

— Вы этого не думали, — мягко перебил ее Вэл. — Вы знаете, что мы должны что-то с этим делать. Я хочу вас любить — и вас это обрадует.

— Нет, не могу, — еле слышно выговорила девушка.

Она попыталась засмеяться, небрежно бросить какую-нибудь пустячную фразу, которая вернула бы ситуацию в безопасную гавань случайного флирта. Но было уже поздно. Вэл понимал, что музыка довершила начатое луной.

— Скажу вам правду. Вы — моя первая любовь. Мне семнадцать — столько же, сколько и вам, не больше.

В том факте, что они оказались ровесниками, было что-то совершенно обезоруживающее. Девушка почувствовала, что не в силах противостоять судьбе, столкнувшей их лицом к лицу. Палубные кресла заскрипели, и, когда оба они внезапно и по-детски качнулись навстречу друг другу, Вэл ощутил слабый, еле уловимый аромат духов.

III

Один раз он целовал девушку или не один — Вэл потом не мог припомнить, хотя прошло, наверное, не менее часа, как они сидели, тесно прижавшись друг к дружке, и он держал ее за руку. Самым удивительным в любви для него было то, что ни малейших примет пылкой страсти — терзаний, желания, отчаяния — он не испытывал: нет, любовь сулила ему только головокружительное обещание такого невероятного счастья в жизни, о каком он сроду не подозревал. Первая любовь — это была всего лишь первая любовь! Какой же тогда должна явиться любовь во всей своей полноте и во всей своей завершенности! Вэлу невдомек было, что нынешние его переживания — нежданное, небывалое смешение восторга и умиротворения — никогда больше не повторятся.

Музыка смолкла, а потом разлитую вокруг тишину нарушил мерный плеск весел. Девушка вскочила с места и напряженно вгляделась в даль.

— Послушайте! — торопливо произнесла она. — Вы должны назвать мне свое имя.

— Нет.

— Ну пожалуйста! — взмолилась она. — Ведь завтра я уезжаю.

Вэл молчал.

— Мне не хочется, чтобы вы меня забыли. Меня зовут...

— Я вас не забуду. Обещаю всегда о вас помнить. Даже если я кого-то полюблю, я всегда буду сравнивать ее с вами — моей первой любовью. До конца жизни память о вас не увянет в моем сердце.

— Да, я хочу, чтобы вы обо мне помнили, — судорожно пробормотала девушка. — О, наша встреча значила для меня гораздо больше, чем для вас, — гораздо больше.

Она стояла так близко к Вэлу, что он ощущал у себя на лице ее жаркое юное дыхание. Они снова качнулись навстречу друг другу. Вэл сжимал ее ладони и запястья в своих руках (как, вероятно, и полагалось) и целовал ее в губы. Поцелуй был, по его мнению, именно таким, какой был нужен, — романтическим, но в самую меру. Однако поцелуй этот таил в себе обещание других возможных в будущем поцелуев, и сердце у него слегка упало, когда он услышал, что к яхте приблизилась шлюпка, а это значило, что вернулось ее семейство. Вечеру пришел конец.

— Но это только начало, — твердил Вэл сам себе. — Вся моя жизнь будет похожа на сегодняшнюю ночь.

Девушка быстро говорила что-то вполголоса, и он силился вслушаться в ее слова:

— Вы должны узнать вот что: я замужем. Уже три месяца. Это и есть та самая ошибка, о которой я думала, когда вас привел сюда лунный свет. Сейчас вы все поймете.

Она умолкла, потому что шлюпка толкнулась в лестницу, ведущую на палубу, и снизу донесся мужской голос:

— Ты здесь, дорогая?

— Да.

— А чья это вторая шлюпка?

— Сюда по ошибке попал один из гостей миссис Джексон, и я задержала его на часик, чтобы он меня развлек.

Минуту спустя над палубой показался усталого вида мужчина лет шестидесяти с редкими седыми волосами. И только тогда Вэл осознал — правда, слишком поздно, — насколько ему это было не все равно.

IV

Когда сезон на Ривьере в мае закончился, Ростовы и все прочие русские заперли свои виллы и отправились проводить лето на север. Православные церкви закрылись, на подвалы с редкими винами навесили замки, а модный весенний лунный свет положили, так сказать, под сукно — дожидаться возвращения гостей.

— Следующей весной мы приедем снова, — повторяли все как нечто само собой разумеющееся.

Но обещание оказалось преждевременным: вернуться им было не суждено. Те немногие, кому удалось снова прорваться на юг после трагических пяти лет, были счастливы устроиться на работу горничными или лакеями в роскошных отелях, где они некогда закатывали банкеты. Многие, конечно же, пали жертвами войны или революции, многие растворились в толпах больших городов, сделавшись иждивенцами или мелкими жуликами, а кое-кто (и таких было немало) простился с жизнью, парализованный отчаянием.

Когда правительство Керенского потерпело в 1917 году крах, Вэл служил лейтенантом на Восточном фронте, безуспешно пытаясь держать в подчинении солдат, давно уже не признававших никаких авторитетов. Он продолжал бороться и после того, как князь Павел Ростов и его супруга одним дождливым утром расплатились кровью, искупая прегрешения династии Романовых, и завидная карьера дочери Морриса Хейзелтона прервалась в городе, который еще больше походил на мясную лавку, чем Чикаго в 1892 году.

Потом Вэл какое-то время сражался в рядах армии Деникина, пока не осознал, что участвует в бессмысленном фарсе, а величие Российской империи кануло в прошлое. Вскоре он перебрался во Францию, где неожиданно столкнулся с проблемой, как добывать средства к существованию.

Естественной, разумеется, казалась перспектива обосноваться в Америке. Там по-прежнему проживали две какие-то относительно обеспеченные тетушки, с которыми мать Вэла рассорилась много лет тому назад. Однако из-за предрассудков, привитых ему матерью, обращение к ним представлялось немыслимым, да и денег на путешествие через океан у него не было. Следовало подождать до той поры, когда вероятная контрреволюция в России вернет ему потерянную собственность Ростовых, а пока что как-нибудь продержаться во Франции.

И Вэл отправился в городок, знакомый ему больше других, — в Канны. На последние двести франков он купил билет в вагон третьего класса, а по прибытии взамен фрака получил от услужливых дельцов деньги на еду и ночлег. Позже он об этом сожалел, поскольку фрак помог бы ему найти должность официанта. Впрочем, вместо этого ему удалось устроиться водителем такси, что в равной степени могло считаться как величайшей удачей, так и величайшим несчастьем.

Иногда Вэлу приходилось возить американцев, желавших арендовать виллу, и, если переднее стекло у него в автомобиле было поднято, до него доносились любопытные обрывки разговора:

— ...я слышала, этот шофер — русский князь... — Тише! — Да-да, этот самый... — Эстер, помолчи! — и тут раздавались сдавленные смешки.

Когда автомобиль останавливался, пассажиры толклись у дверцы, чтобы украдкой взглянуть на Вэла. На первых порах, если это были девушки, Вэла охватывало уныние, но скоро он перестал обращать на это внимание. Однажды какой-то американец, будучи после выпивки в приподнятом настроении, поинтересовался, правда ли, что Вэл князь, и пригласил его на обед; в другой раз пожилая женщина, выходя из такси, схватила его за руку, энергично ее потрясла и заставила взять сотенную купюру.

— Знаешь, Флоренс, теперь я могу рассказывать всем дома, что обменялась рукопожатием с русским князем.

Подпивший американец, который пригласил Вэла на обед, думал сначала, что Вэл — сын царя: пришлось объяснить ему, что княжеский титул в России обозначает, как и титул герцога в Великобритании, только принадлежность к аристократическому сословию. Но американец никак не мог взять в толк, почему Вэл не бывает в обществе и не может сколотить себе приличное состояние.

— Здесь Европа, — мрачно сказал Вэл. — Капитал здесь не наживают. Деньги либо наследуют, либо старательно копят долгие годы, и тогда — может быть, через три поколения — семейство попадает на более высокую ступень социальной лестницы.

— Подумайте над тем, какие у людей есть потребности — по нашему примеру.

— Это потому, что в Америке денег больше. А в Европе все потребности давным-давно предусмотрены.

Однако спустя год — по протекции молодого англичанина, с которым он до войны играл в теннис, — Вэлу удалось получить должность клерка в каннском отделении британского банка. Он рассылал почту, заказывал железнодорожные билеты и организовывал экскурсии для нетерпеливых туристов. Иногда к его окошечку подходили знакомые по прежним временам лица: если Вэла узнавали — он подавал в ответ руку, если нет — не произносил ни слова. Через два года уже никто не обращал на него внимания как на князя в прошлом: русские приелись, о великолепии и богатстве Ростовых вместе с их окружением постепенно забыли.

Вэл почти ни с кем не общался. По вечерам он немного гулял по набережной, выпивал, не торопясь, кружку пива в кафе и рано ложился спать. Его редко куда приглашали, считая, что его невеселый, сосредоточенный вид наводит тоску, да он и сам отказывался от любых приглашений. Вместо дорогих твидовых и фланелевых костюмов, которые отец выписывал для них обоих из Англии, он носил теперь дешевую французскую одежду. С женщинами не знался вовсе. Если в семнадцать лет он был в чем-то непоколебимо уверен, то только в одном: вся его жизнь будет исполнена романтики.

Теперь, спустя восемь лет, ему было ясно, что этому не бывать. Собственно, времени для любви у него и не оставалось: война, революция, а потом и бедность, вступив в заговор, вооружились против надежд его сердца. Родники любовного чувства, впервые пробившиеся на поверхность тем апрельским вечером, тотчас же истощились — кроме одной только тоненькой струйки.

Счастливая юность кончилась для Вэла, едва начавшись. Он видел, что годы его идут и что внешне он выглядит все более обтрепанным, а жизнь постепенно сводится к воспоминаниям о дивных днях отрочества. Временами он навлекал на себя насмешки — когда демонстрировал младшим сотрудникам старинные фамильные часы, а те только прыскали в кулак от его рассказов о былом великолепии семейства Ростовых.

Однажды апрельским вечером 1922 года Вэл, прохаживаясь по набережной и глядя на неизменное волшебство зажигавшихся фонарей, предавался привычным мрачным размышлениям. Не для него теперь творилось это волшебство, однако творилось оно по-прежнему, и это его хоть немного, но радовало. Наутро он собирался отправиться в отпуск и поселиться в недорогой гостинице близ города, где будет купаться в море, читать и отдыхать, а по возвращении снова приступит к работе. Уже третий год подряд он брал отпуск на вторую половину апреля — может быть, потому, что именно тогда чувствовал потребность предаться воспоминаниям. Ведь именно в апреле судьба подарила ему лучший отрезок жизни, когда он в романтическом свете луны испытал высшее счастье. Это событие он хранил в душе как святыню; тогда он полагал его всего лишь началом, однако оно обернулось концом.

Вэл помедлил немного перед *«Café des Ètrangers»*[1], но тут же, повинуясь какому-то порыву, пересек улицу и спустился к берегу.

В гавани стояла на якоре дюжина яхт, уже красиво посеребренных луной. Он видел их и днем, прочитал и названия, выведенные на бортах, — единственно по привычке, поступая так уже три года чисто механически.

— *Un beau soir?*[2] — произнес чей-то голос рядом с ним. Это был лодочник, частенько встречавший здесь Вэла и раньше. — Мсье тоже находит, что море прекрасно?

— Очень.

— Да, это так. Но живется прилично только в сезон, а в остальное время года туго приходится. Впрочем, на следующей неделе кое-что подзаработаю. А платят мне только за то, что я тут торчу без дела с восьми утра до полуночи.

— Что ж, совсем неплохо, — вежливо согласился Вэл.

— Нанимает меня вдова, красавица из красавиц, американка. Ее яхта всегда стоит тут на якоре всю вторую половину апреля. Если «Капер» прибудет завтра, сравняется уже три года тому.

V

Вэл не спал всю ночь — не потому, что задавался вопросом, как ему поступить, а потому, что в нем ожили и заговорили так долго приглушенные чувства.

---

[1] «Кафе для иностранцев» *(фр.)*.
[2] Прекрасный вечер? *(фр.)*

Конечно же, видеться с ней он не должен: где уж ему, бедному неудачнику, от имени которого осталась одна бледная тень... но отныне и навсегда знать, что о нем помнят — разве это не осчастливит его хоть чуточку? Новость придала его собственной памяти иное измерение — наделила ее жизненностью, как это бывает, если смотреть на обыкновенное изображение через стереоскопические очки. Новость вселила в него уверенность в том, что он не обманывался: когда-то он показался привлекательным очаровательной женщине и она об этом не забыла.

Наутро, за час до отбытия поезда, Вэл явился с саквояжем на вокзал — с тем чтобы избежать случайной встречи на улице, и занял место в вагоне третьего класса.

Сидя в вагоне, Вэл почувствовал, что как-то иначе смотрит на жизнь: в нем затеплилась слабая, несбыточная, может быть, надежда, еще сутки назад ему чуждая. А что, если в предстоящие годы найдется какой-то путь, благодаря которому станет возможной новая с ней встреча? При условии, что он будет трудиться изо всех сил, рьяно возьмется за все, что только подвернется под руку? Из числа русских, знакомых ему по Каннам, по крайней мере двое преуспели на удивление, хотя начали с нуля, не имея за душой ничего, кроме находчивости и хорошего воспитания. Кровь Морриса Хейзелтона застучала у Вэла в висках, заставив вспомнить о том, о чем он не заботился помнить: ведь Моррис Хейзелтон, воздвигший дочери в Санкт-Петербурге дворец, тоже начинал с нуля.

Одновременно Вэла захватил и другой порыв — не такой диковинный и не такой настоятельный, но в равной степени свойственный американцу: им овладело любопытство. На тот случай, если он сможет — ну, если жизнь когда-нибудь сложится так, что новая встреча с этой женщиной станет возможной, — должен же он хотя бы знать ее имя.

Вэл вскочил с места, взволнованно повернул ручку дверцы — и выпрыгнул из вагона. Кинув поклажу в камеру хранения, он помчался в американское консульство.

— Сегодня утром в гавань прибыла яхта, — торопливо обратился он к служащему, — американская яхта «Капер». Мне нужно узнать, кому она принадлежит.

— Минуточку, — отозвался служащий, бросив на Вэла странный взгляд. — Попробую выяснить.

Немного погодя (Вэлу показалось — прошла целая вечность) служащий вернулся.

— Так, подождите минуточку, — запинаясь, произнес он. — Мы... так-так, мы выясняем.

— Яхта прибыла?

— О да, тут все как надо. Во всяком случае, я так думаю. Подождите, пожалуйста, — сядьте вот в это кресло.

Следующие десять минут Вэл с нетерпением то и дело поглядывал на часы. Если дело затянется, поезд уйдет без него. Он нервно дернулся, словно хотел вскочить на ноги.

— Прошу вас, не волнуйтесь, — успокоил его служащий, быстро глянув на Вэла из-за конторки. — Посидите спокойно, пожалуйста.

Вэл недоуменно воззрился на служащего. Не все ли равно чиновнику, будет он ждать или нет?

— Я опоздаю на поезд, — воскликнул он. — Простите, что доставил вам столько хлопот...

— Прошу вас, посидите, пожалуйста! Мы будем только рады исполнить свой долг. Видите ли, мы ждали, что вы к нам обратитесь, уже... да-да, уже три года.

Вэл вскочил с кресла и гневно нахлобучил шляпу на голову:

— Почему же вы сразу мне об этом не сказали?

— Потому что должны были связаться с нашим... с нашим клиентом. Прошу вас, не уходите! Уже — ах да, уже слишком поздно.

Вэл обернулся. В дверном проеме, на фоне солнечного сияния, возникла какая-то стройная женщина: ее темные испуганные глаза сияли.

— Как...

Вэл раскрыл рот, но продолжить фразу не смог. Женщина шагнула к нему:

— Я... — Она беспомощно смотрела на него, и глаза у нее наполнились слезами. — Я только хотела с вами поздороваться, — пробормотала она. — Я три года приезжала сюда, потому что хотела с вами поздороваться.

Вэл по-прежнему не мог сказать ни слова.

— Могли бы и ответить, — нетерпеливо бросила женщина. — Могли бы и ответить, а то я уже начала думать, что вас убили на войне. — Она обратилась к служащему: — Представьте же нас друг другу скорее! Неужели не видите, что я не могу поздороваться с человеком, раз мы оба не знаем, как нас зовут?

Разумеется, есть все основания с недоверием относиться к международным бракам. Согласно американской традиции, все они кончаются одинаково плохо, и мы приучены читать заголовки вроде следующих: «Предлагаю Корону в Обмен на Настоящую Американскую Любовь, Заявляет Герцогиня» или «Нищему Графу Предъявлено Обвинение в Истязании Супруги Родом из Толидо». Заголовки иного рода никогда не публикуются — кому захотелось бы прочесть следующее: «Замок — Это Любовное Гнездышко, Утверждает Бывшая Первая Красавица Джорджии» или «Герцог и Дочь Мясного Магната празднуют Золотую Свадьбу»?

До сих пор в главных новостях о молодой семье Ростовых не появилось ни слова. Князь Вэл слишком занят: он держит парк таксомоторов серебристо-лунного цвета, пользующихся большим успехом благодаря его недюжинным способностям, и для интервью-еров у него просто не находится времени. Он и его супруга покидают Нью-Йорк только раз в год, но когда яхта «Капер» ночью в середине апреля прибывает в каннскую гавань, один из лодочников по-прежнему радостно ее приветствует.

1925

ФОРС МАРТИН-ДЖОНС
И ПР-НЦ УЭ-СКИЙ

I

Однажды апрельским утром в нью-йоркскую гавань плавно проскользнул корабль «Маджестик». Он обнюхался по дороге с местными буксирами и поспешавшими черепашьим шагом паромами, подмигнул какой-то молодой, кричаще разукрашенной яхте и недовольным свистком велел убраться с пути судну, перевозившему скот. Потом суетливо, как устраивается на стуле дородная дама, пристал к собственному причалу и самодовольно объявил, что прибыл сию минуту из Шербура и Саутгемптона, неся на борту самую лучшую в мире публику.

Самая лучшая в мире публика стояла на палубе и по-идиотски махала своим бедным родственникам, которые стояли на пристани в ожидании перчаток из Парижа. Вскоре «Маджестик» при помощи большого тобоггана соединили с Североамериканским континентом, и корабль принялся извергать из себя лучшую в мире публику, каковую, как оказалось, составляли Глория Свенсон[1], два закупщика от «Лорд энд Тейлор», министр финансов из Граустарка с предложением консолидации долга и африканский царек, который всю зиму спал и видел где-нибудь высадиться и ужасно страдал от морской болезни.

Когда на пристань хлынул поток пассажиров, фотографы увлеченно защелкали затворами. Радостны-

---

[1] *Глория Свенсон* (1899–1983) — американская актриса, одна из самых ярких звезд эпохи немого кино.

ми кликами была встречена пара носилок с двумя обитателями Среднего Запада, которые прошедшей ночью упились до белой горячки.

Палуба постепенно опустела, но, когда весь, до последней бутылки, бенедиктин достиг берега, фотографы еще оставались на своем посту. Помощник капитана, надзиравший за высадкой, тоже задержался у сходней, переводя взгляд то на часы, то на палубу, словно немаловажная часть груза заставляла себя ждать. Наконец наблюдатели на пирсе выдохнули протяжное «Аххх!»: с главной палубы двинулась заключительная процессия.

Первыми следовали две горничные-француженки, несшие маленьких царственных собачонок, за ними пробиралась вслепую группа носильщиков, с головой скрытых своей поклажей: пучками и букетами свежих цветов. Далее еще одна горничная вела ребенка-сироту с печальными глазами, явственно французского происхождения, им же дышал в спину второй помощник капитана, волочивший за собой, к своему и их неудовольствию, трех неврастеничных волкодавов.

Пауза. Затем к поручням вышел капитан, сэр Говард Джордж Уитчкрафт, сопровождаемый пышной кипой мехов — серебристых лис.

Форс Мартин-Джонс, проведя пять лет в европейских столицах, возвратилась в родные края!

Форс Мартин-Джонс не была собакой. Она была наполовину девушкой, наполовину цветком, и, обмениваясь рукопожатием с капитаном, сэром Говардом Джорджем Уитчкрафтом, она улыбалась так широко, будто услышала самую неизбитую, самую свежую в мире шутку. Все те, кто не успел еще покинуть пирс, ощутили в апрельском воздухе трепет этой улыбки и обернулись поглядеть.

Форс Мартин-Джонс медленно прошла по сходням. Дорогущая шляпа непостижимого экспериментального фасона была плотно прижата рукой, так что куцые волосы — прическа мальчика или каторжанина — безуспешно старались хотя бы чуточку потрепетать на ветру. Лицо навевало мысли о раннем утре перед венчанием, пока она легким движением не вставила нелепый монокль в сияющий детской голубизной глаз. На каждом третьем-четвертом шаге монокль поддавался напору длинных ресниц, и Форс со счастливым усталым смешком перемещала этот символ высокомерия в другой глаз.

Бум! Причал принял ее сто пять фунтов веса и словно бы дрогнул под гнетом ее красоты. У двоих-троих носильщиков закружилась голова. Большая сентиментальная акула, следовавшая за кораблем, отчаянно выпрыгнула из воды, чтобы проводить ее последним взглядом, и с разбитым сердцем вновь погрузилась в глубину. Форс Мартин-Джонс вернулась домой.

На берегу ее не встречали родные, по той простой причине, что из всей ее семьи никого, кроме нее, в живых не осталось. В 1912 году ее родители вместе утонули на «Титанике», дабы никогда в этом мире не расставаться, и вот все Мартин-Джонсово состояние в семьдесят пять миллионов досталось в наследство крохе, которой не исполнилось еще и десяти. Такие ситуации обыватель обычно характеризует словом «позорище».

Форс Мартин-Джонс (ее настоящее имя было всеми давно и прочно забыто) принялись со всех сторон фотографировать. Монокль упорно выпадал, она непрестанно улыбалась, зевала и возвращала его на место, и потому ни одного изображения не получилось, если не считать снятого на кинокамеру. Всюду, однако, был различим красивый взволнованный юноша, встречавший ее на причале, — в его глазах горел почти что свирепый огонь любви. Звали его Джон М. Чеснат, он уже написал для «Америкен мэгэзин» историю своего успеха; его безнадежная любовь к Форс началась с той еще поры, когда она, подобно приливам, подпала под влияние летней луны.

Только когда они уже удалялись от пристани, Форс наконец обратила на него внимание, причем глядела она безучастно, словно видела его впервые.

— Форс, — начал он, — Форс...

— Джон М. Чеснат? — осведомилась она, изучая его взглядом.

— А кто же еще! — со злостью воскликнул он. — Хочешь сделать вид, будто мы не знакомы? Будто ты не просила в письме, чтобы я тебя встретил?

Форс рассмеялась.

Рядом возник шофер, она вывернулась из пальто, под которым оказалось платье в крупную рваную клетку, серую и голубую. Отряхнулась, как мокрая птица.

— Мне еще нужно объясниться с таможней, — заметила она с отсутствующим видом.

— Я тоже должен объясниться, — взволнованно подхватил Чеснат, — а первым делом скажу, что за все время твоего отсутствия я ни на минуту не переставал тебя любить.

Форс, простонав, его остановила:

— Пожалуйста! На борту было несколько молодых американцев. Тема смертельно мне наскучила.

— Господи! — вскричал Чеснат. — Ты что же, будешь равнять *мою* любовь с тем, что тебе напели *на борту*?

Он повысил голос, прохожие, шедшие рядом, стали прислушиваться.

— Ш-ш! — предостерегла его Форс. — Не надо цирковых представлений. Если ты хочешь хоть изредка со мной видеться, пока я здесь, умерь пыл.

Но Джон М. Чеснат, судя по всему, не владел своим голосом.

— Ты что же... — Он едва не сорвался на визг. — Ты что же, забыла, что сказала мне в четверг пять лет назад на этом самом пирсе?

125

Половина пассажиров корабля следили за этой сценой с причала, группка остальных подтягивалась от таможни, чтобы тоже поглядеть.

— Джон. — Она начинала злиться. — Если ты еще раз повысишь голос, у тебя будет не одна возможность остыть — я уж об этом позабочусь. Я в «Риц». Повидаемся сегодня вечером, приходи.

— Но, Форс, — хриплым голосом запротестовал Джон. — Послушай. Пять лет назад...

Далее наблюдателям на причале довелось насладиться зрелищем поистине редкостным. Красивая дама в клетчатом, сером с голубым, платье стремительно шагнула вперед и уперлась руками в молодого человека, со взволнованным видом стоявшего рядом. Молодой человек инстинктивно отпрянул, но нога его не нашла опоры, он мягко соскользнул с тридцатифутовой высоты причала и, совершив не лишенный грации поворот, шлепнулся в реку Гудзон.

Раздались крики тревоги, все кинулись к краю причала, и тут голова молодого человека показалась над водой. Он легко передвигался вплавь, и, убедившись в этом, молодая леди — бывшая, очевидно, виновницей происшедшего — склонилась над краем пирса и сложила ладони рупором.

— Я буду в полпятого! — выкрикнула она.

Она весело махнула рукой (джентльмен, погруженный в пучину, не мог ответить), поправила свой монокль, бросила высокомерный взгляд на собравшуюся толпу и неспешно удалилась.

II

Пять собак, три горничные и французский сирота расположились в самых просторных апартаментах «Рица». Форс лениво погрузилась в исходящую паром, благоухающую травами ванну и продремала там почти час. По истечении этого времени она приняла пришедших по делу массажистку, маникюршу и, наконец, парикмахера-француза, который восстановил ее отросшую прическу каторжанина. Прибывший в четыре Джон М. Чеснат застал в холле полдюжины юристов и банкиров — распорядителей доверительного фонда «Мартин-Джонс». Они ожидали приема с половины второго и были уже порядком взвинчены.

Одна из горничных подвергла Джона пристальному осмотру (вероятно, чтобы выяснить, полностью ли он просох), и потом его препроводили пред очи мамзель. Мамзель находилась в ванной и возлежала на шезлонге среди двух дюжин шелковых подушек, сопровождавших ее в пути через Атлантику. Джон вошел несколько скованно и отвесил чопорный поклон.

— Ты стал лучше выглядеть. — Форс приподнялась и окинула его одобрительным взглядом. — Краска в лице появилась.

Джон холодно поблагодарил за комплимент.

— Тебе бы следовало это повторять каждое утро. — Без всякой связи с предыдущим она добавила: — А я завтра возвращаюсь в Париж.

Джон Чеснат удивленно открыл рот.

— Я писала тебе, что, так или иначе, больше недели в Нью-Йорке не пробуду.

— Но, Форс...

— Чего ради? На весь Нью-Йорк ни одного занимательного мужчины.

— Но послушай, Форс, может, дашь мне проявить себя? Останься, скажем, дней на десять, узнаешь меня получше.

— Тебя? — Судя по тону Форс, личность Джона Чесната уже не таила в себе для нее никаких загадок. — Мне нужен человек, способный на галантный поступок.

— Ты хочешь сказать, мне следует выражать свои чувства исключительно пантомимой?

Форс раздраженно фыркнула.

— Я хочу сказать, что у тебя нет воображения, — терпеливо объяснила она. — У американцев вообще отсутствует воображение. Единственный большой город, где культурная женщина может дышать, это Париж.

— Значит, я тебе теперь совсем безразличен?

— Если б так, я бы не стала пересекать Атлантику, чтобы с тобой повидаться. Но стоило мне увидеть на борту американцев, и я поняла, что не выйду замуж ни за одного из них. Я бы тебя ненавидела, Джон, и со скуки не нашла бы ничего лучшего, как разбить тебе сердце.

Форс завертелась и начала зарываться в подушки; вскоре она скрылась там чуть ли не целиком.

— Монокль потерялся, — объяснила она.

После безуспешных поисков в шелковых глубинах она вынырнула и обнаружила монокль: беглое стекло висело у нее на шее, но не спереди, а сзади.

— Мне до чертиков хочется влюбиться, — продолжала Форс, вставляя монокль в свой детский глаз. — Прошлой весной в Сорренто я едва не сбежала с индийским раджой, но ему бы кожу хоть на полтона посветлее, а кроме того, уж очень мне не полюбилась одна из его других жен.

— Что за вздор ты несешь! — Джон спрятал лицо в ладонях.

— Ну, я все же за него не вышла. Между тем ему было что предложить. Как-никак у него третье по размеру состояние в Британской империи. Речь еще и об этом — ты богат?

— Не так, как ты.

— Ну вот. Что же ты можешь мне предложить?

— Любовь.

— Любовь! — Форс снова исчезла в подушках. — Послушай, Джон. По мне, жизнь — это ряд сверкающих огнями магазинов, перед каждым стоит торговец, потирает себе руки и говорит: «Будьте у меня постоянным клиентом. Мой универмаг — лучший в мире». Я вхожу, при мне кошелек, набитый красотой, деньгами и молодостью, все мне по карману. «Чем вы торгуете?» — спрашиваю я, а он, потирая руки, отвечает: «Сегодня, мадемуазель, у нас имеется запас первосо-о-ортнейшей любви». Иной раз у него даже нет любви в ассортименте, но, услышав, сколько у меня денег на покупки, он за нею посылает. Что-что, а любовь всегда к моим услугам, причем бесплатно. В этом мой единственный выигрыш.

Джон Чеснат в отчаянии встал и сделал шаг к окну.

— Только не вздумай бросаться вниз! — поспешно воскликнула Форс.

— Ладно. — Он стряхнул сигарету на Мэдисон-авеню.

— Речь не о тебе, — произнесла она уже мягче. — Пусть ты зануда из зануд, но я привязана к тебе сильнее, чем могу выразить. Но здешняя жизнь — она тянется и тянется. И никогда ничего не происходит.

— Да здесь чего только не происходит, — заспорил он. — Сегодня вот — изощренное убийство в Хобокене и самоубийство по доверенности в Мэне. В конгресс внесен законопроект о стерилизации агностиков...

— Юмор меня не трогает, во мне живет одна совсем не модная нынче тяга — к романтике. Не далее как в этом месяце я сидела за обеденным столом с двумя мужчинами, которые разыгрывали в орлянку королевство Шварцберг-Райнмюнстер. В Париже один мой знакомец по имени Блатчдак как-то затеял настоящую войну, а затем в течение года планировал другую.

— Ну тогда хотя бы ради разнообразия не сходить ли тебе сегодня вечером куда-нибудь со мной? — упорствовал Джон.

— Куда? — презрительно спросила Форс. — Думаешь, я по-прежнему захожусь от ночного клуба и бутылки сладкого игристого? Мне больше по вкусу собственные безвкусные фантазии.

— Я тебя поведу в одно из самых крутых мест города.

— И что будет? Что там такого будет — вот что ты мне скажи.

Джон Чеснат вдруг сделал глубокий вдох и огляделся, словно опасался чужих ушей.

— Ну, сказать по правде, — проговорил он тревожно, приглушенным голосом, — если это выплывет наружу, то мне, скорее всего, очень даже не поздоровится.

Форс выпрямилась, подушки вокруг нее опали, как листья.

— Ты намекаешь, будто связан с какими-то сомнительными делишками? — воскликнула она со смехом. — Рассчитываешь, я этому поверю? Нет, Джон, твой удел — это катиться по накатанным колеям и ничего больше.

Ее губы, сложенные в маленькую кичливую розу, роняли эти слова, как шипы. Джон подобрал с кресла свои шляпу и пальто, взял трость.

— В последний раз: пойдешь со мной сегодня посмотреть то, что я покажу?

— Что посмотреть? И кого? Есть ли в этой стране хоть что-нибудь, что стоит посмотреть?

— Во-первых, — самым обыденным тоном заявил Джон, — ты посмотришь на принца Уэльского.

— Что? — Форс одним движением вскочила с шезлонга. — Он вернулся в Нью-Йорк?

— Возвращается сегодня вечером. Хочешь на него посмотреть?

— Хочу ли? Да я никогда еще его не видела. Всюду упускаю. За час, проведенный вблизи него, я бы отдала год жизни. — Голос Форс дрожал от волнения.

— Он был в Канаде. Сегодня состоится важный боксерский поединок — принц приезжает инкогнито, чтобы его посмотреть. А до меня дошел слух, где он собирается провести вечер.

Форс восторженно взвизгнула.

— Доминик! Луиза! Жермен!

Все три горничные примчались на зов. Комната внезапно наполнилась вибрациями суматошного света.

— Доминик, машину! — кричала Форс по-французски. — Сан-Рафаэль, мое золотое платье и бальные туфли с каблуками из настоящего золота! И крупный жемчуг — все, что есть, и бриллиант, который с яйцо, и чулки с темно-синими стрелками. Доминик, пошли живо в косметический кабинет. И еще одну ванну — холодную, с миндальным кремом. Доминик — к Тиффани, одна нога тут, другая там, пока они не закрылись! Найди мне брошь, кулон, диадему, неважно что, лишь бы с гербом дома Виндзоров.

Она теребила пуговицы своего платья, и стоило Джону поспешно отвернуться, чтобы уйти, оно тут же соскользнуло с ее плеч.

— Орхидеи, — крикнула она ему в спину, — бога ради, орхидеи! Четыре дюжины, чтобы можно было выбрать четыре штуки.

Горничные заметались по комнате, как испуганные птицы.

— Духи, Сан-Рафаэль, открой чемодан с духами; достаньте розовых соболей, подвязки с бриллиантами, прованское масло для рук! Это тоже возьмите! — И это... и это... ой!.. и это!

Проявив приличествующую случаю скромность, Джон закрыл за собой дверь апартаментов. Шестеро доверительных управляющих, в позах, выражавших усталость, скуку, отчаяние, все еще толпились в наружном холле.

— Джентльмены, — объявил Джон Чеснат, — боюсь, мисс Мартин-Джонс устала с дороги и не сможет сегодня с вами говорить.

III

— Это место, без особых на то причин, называют Небесной Дырой.

Форс огляделась.

Они с Джоном находились на крыше, в саду, раскинувшемся под ночным апрельским небом. Над головой мерцали холодным светом подлинные звезды, на темном западе виднелся ледяной серп луны. Однако там, где они стояли, царила июньская теплынь, и пары, обедавшие и танцевавшие на полу из матового стекла, не обращали внимания на зловещее небо.

— Отчего здесь так тепло? — шепнула Форс, пока они пробирались к столику.

— Какое-то новейшее изобретение. Не дает теплому воздуху подниматься. Не знаю, на каком оно основано принципе, но здесь даже зимой можно находиться под открытым небом.

— А где принц Уэльский? — требовательным тоном спросила она.

Джон обвел глазами площадку.

— Пока не прибыл. Раньше чем через полчаса не появится.

Форс глубоко вздохнула.

— Прямо сердце замирает. Такое со мной впервые за четыре года.

Четыре года — а его любовь к ней длится на год больше. Джон задумался: когда ей было шестнадцать и она, очаровательная юная сумасбродка, просиживала ночи в ресторанах с офицерами, которым предстояло назавтра отправиться в Брест, в исполненные печали и муки дни войны, когда существование слишком быстро утрачивало свой блеск, — была ли она в те дни так хороша, как сейчас, под этими янтарными огнями, под этим темным небом. От возбужденно горящих глаз до каблуков туфель в полосках из настоящего золота и серебра она походила на один из тех удивительных корабликов, вырезанных внутри бутылки. Она была сработана так тонко и тщательно, словно над нею не один год трудился мастер, специализировавшийся на ювелирно-тонких изделиях. Джону Чеснату хотелось взять ее в руки, повертеть так и сяк, поизучать кончик туфли или кончик уха, рассмотреть поближе волшебный материал, пошедший на ее ресницы.

— Кто это? — Форс внезапно указала на красивого латиноамериканца, сидевшего за столиком напротив.

— Это Родериго Минерлино, звезда кинематографа и кольдкрема. Может, позднее он будет танцевать.

Форс только сейчас обратила вдруг внимание на звуки скрипок и барабанов. Музыка доносилась словно бы издалека, из студеной ночи, похожая на сон и оттого еще более отчужденная.

— Оркестр на другой крыше, — пояснил Джон. — Новейшая выдумка... Гляди, начинается представление.

Внезапно в круг резкого — вырви глаз — света выскочила из замаскированного прохода молодая, тонкая как тростинка негритянка, спугнула музыку, перешедшую в неупорядоченный минор, и затянула ритмичную трагическую песню. Дудочка ее тела вдруг переломилась, она принялась выделывать медленный бесконечный степ, без продвижения и без надежды, как провал убогой мечты дикаря. С истерической монотонностью, безнадежно, однако непримиримо, она раз за разом выкрикивала, что потеряла Папу Джека. То одна, то другая оглушительная труба пыталась сбить ее с упорного такта безумия, но ей был внятен только глухой рокот барабанов, которые переносили ее в некий уголок времени, затерявшийся среди множества забытых тысячелетий. Когда умолкло пикколо, негритянка вновь вытянулась в тоненькую коричневую струнку, пронзительно, душераздирающе вскрикнула и исчезла во внезапно наступившей темноте.

— Если бы ты жила в Нью-Йорке, то не спрашивала бы, кто это, — произнес Джон, когда вновь вспыхнул янтарный свет. — Следующим будет Шейк Б. Смит, комик, что называется, худое трепло...

Он смолк. В тот самый миг, когда перед началом второго номера погас свет, Форс глубоко вздохнула и всем телом подалась вперед. Ее глаза остекленели, как у пойнтера на охоте. Джон увидел, что ее взгляд прикован к компании, которая вошла через боковую дверь и стала в темноте рассаживаться за столиком.

Их столик был отгорожен пальмами, и вначале Форс видела только три неясных силуэта. Потом она различила четвертого, расположившегося как будто в самой глубине, — бледный овал его лица венчался густо-желтыми волосами.

— Ага! — воскликнул Джон. — Вот и его величество.

Тихонько всхлипнув, Форс затаила дыхание. Происходящее она воспринимала смутно: комик как будто стоял на танцевальных подмостках в ярко-белом освещении, какое-то время что-то болтал, в зале не смолкали смешки. Но взгляд ее оставался неподвижен, околдован. Она видела, как кто-то из компании склонился и что-то шепнул другому, как горела спичка, как замерцал на заднем плане яркий глазок сигареты. Долго ли она оставалась без движения, Форс не знала сама. Затем с глазами у нее что-то случилось, их застлало белой пеленой и отмахнуться от этого было никак нельзя. Форс резко повернулась и обнаружила, что на нее направлен сверху небольшой прожектор. Где-то поблизости звучал голос, он что-то ей говорил, по залу стремительно прокатывался круговорот смеха, но Форс слепил прожектор, и она невольно привстала.

— Сиди! — шепнул ей Джон через столик. — Он каждый вечер выбирает себе кого-нибудь.

Тут Форс поняла: это был комик, Шейк Б. Смит. Он обращался к ней, рассуждал о чем-то, что вызывало у публики бурный смех, Форс же представлялось невнятным бормотанием. Вначале ее ошеломил яркий свет, но теперь она овладела собой и изобразила улыбку. Таким образом она продемонстрировала редкостное самообладание. Эта улыбка говорила о ее полной невовлеченности в происходящее, Форс словно бы не замечала света прожектора, не замечала попытки комика сыграть на ее привлекательности; она с бесконечного расстояния забавлялась им — с тем же успехом он мог бы метать свои стрелы в луну. Она уже не была «леди» — леди в такой ситуации выглядела бы раздраженной, жалкой или глупой, Форс же свела свою позицию к тому, чтобы просто красоваться, оставаясь недосягаемой для всего прочего, и комик в конце концов ощутил такое одиночество, какого никогда прежде не испытывал. По его сигналу прожектор внезапно погас. Сцена завершилась.

Сцена завершилась, комик ретировался, в отдалении заиграла музыка. Джон наклонился к Форс.

— Мне очень жаль. Но ничего было не поделать. Ты была великолепна.

Она с улыбкой небрежно махнула рукой и вздрогнула: за столиком на том конце зала остались только два человека.

— Он ушел! — расстроилась она.

— Не волнуйся — вернется. Видишь ли, ему приходится осторожничать; наверное, пережидает снаружи с кем-нибудь из своих ассистентов, пока снова не выключат свет.

— А зачем ему осторожничать?

— Посещение Нью-Йорка у него не запланировано. Да он и приехал инкогнито.

Свет опять померк, и почти сразу же из темноты появился высокий мужчина и приблизился к их столику.

— Не позволите ли представиться? — быстро проговорил он с надменной интонацией британца, обращаясь к Джону. — Лорд Чарльз Эсте из сопровождающих барона Марчбэнка. — Он пристально посмотрел на Джона, словно хотел понять, догадался ли тот, что означает это имя.

Джон кивнул.

— Это между нами, как вы понимаете.

— Конечно.

Форс нащупала на столике свой нетронутый бокал шампанского и одним глотком его осушила.

— Барон Марчбэнк приглашает вашу спутницу на время этого номера присоединиться к его обществу.

Оба мужчины обратили взгляды к Форс. На миг наступило молчание.

— Хорошо, — согласилась она и вновь вопросительно посмотрела на Джона.

Тот снова кивнул. Форс встала и с отчаянно бьющимся сердцем, огибая столики, пустилась в кружной путь на тот конец зала; у нужного столика ее стройная, отливавшая золотом фигурка слилась с полутьмой.

IV

Номер близился к концу, Джон сидел за столиком один, встряхивая бокал шампанского и наблюдая игру пузырьков. За мгновение до того, как зажегся свет, раздался тихий шелест золотой материи и Форс, зардевшаяся и учащенно дышащая, опустилась на стул. В ее глазах блестели слезы.

Джон глядел на нее уныло.

— Ну, что он говорил?

— Он был очень молчалив.

— Хоть слово-то сказал?

Форс дрогнувшей рукой взяла шампанское.

— Он просто смотрел на меня, пока было темно. Произнес две-три дежурные фразы. Он похож на свои портреты, только вид у него скучный и усталый. Даже не поинтересовался, как меня зовут.

— Уезжает сегодня вечером?

— Через полчаса. Его с помощниками ждет у дверей машина, до рассвета они должны пересечь границу.

— Как он тебе показался — очаровательным?

Она помедлила и тихонько кивнула.

— Так все говорят, — подтвердил Джон угрюмо. — Они ждут, что ты вернешься?

— Не знаю. — Форс бросила неуверенный взгляд в другой конец зала, но знаменитость уже удалилась в какое-то укрытие.

Когда Форс отвернулась, к ним поспешно подошел совершенно незнакомый молодой человек, приостановившийся было у главного входа. Это был смертельно бледный субъект в помятом, затрапезном деловом костюме. Он положил на плечо Джону трясущуюся руку.

— Монте! — Джон дернулся и пролил шампанское. — Что такое? В чем дело?

— Они напали на след! — взволнованно прошептал молодой человек. Он огляделся. — Нам нужно поговорить с глазу на глаз.

Джон Чеснат вскочил на ноги. Форс заметила, что он тоже сделался белей салфетки, которую держал в руке. Джон извинился, и оба отошли к свободному столику немного поодаль. Форс на мгновение задержала на них любопытный взгляд, но потом снова сосредоточила внимание на столике в другом конце зала. Пригласят ли ее вернуться? Принц просто-напросто встал, поклонился и вышел за порог. Может быть, следовало подождать, пока он вернется, но она, хоть и была взбудоражена, отчасти уже вернула себе свое прежнее «я». Любопытство Форс было удовлетворено — от принца требовалась новая инициатива. Она спрашивала себя, действительно ли ощутила присущий ему шарм, а главное — подействовала ли на него ее красота.

Бледный субъект по имени Монте исчез, и Джон вернулся за столик. Форс ошеломил его вид — он сделался совершенно неузнаваем. Он рухнул в кресло, словно пьяный.

— Джон! Что стряслось?

Вместо ответа Джон потянулся за бутылкой шампанского, но пальцы у него тряслись, вино пролилось, вокруг бокала образовалось мокрое желтое кольцо.

— Ты нездоров?

— Форс, — едва выговорил он, — мне каюк.

— О чем это ты?

— Говорю, мне каюк. — Он выдавил из себя подобие улыбки. — Выписан ордер на мой арест, уже час как.

— Ты что-то натворил? — испугалась Форс. — Почему ордер?

Начался следующий номер, свет погас, Джон вдруг уронил голову на столик.

— Что это? — настаивала Форс, все больше тревожась. Она склонилась вперед: ответ Джона был еле слышен. — Убийство? — Она похолодела.

Джон кивнул. Форс схватила его за обе руки и встряхнула — так встряхивают пальто, чтобы оно нормально сидело. Глаза Джона бегали по сторонам.

— Это правда? У них есть доказательства?

Джон опять кивнул — расслабленно, как пьяный.

— Тогда тебе нужно сейчас же бежать за границу! Слышишь, Джон? Сейчас же бежать, пока они до тебя не добрались!

Джон в смертельном испуге скосился на дверь.

— О боже! — вскрикнула Форс. — Что же ты сидишь сложа руки? — Ее взгляд, отчаянно блуждавший по залу, вдруг остановился. Форс втянула в себя воздух, помедлила и яростно зашептала Джону в ухо: — Если я сумею это устроить, поедешь сегодня в Канаду?

— Как?

— Я это устрою — ты только возьми себя в руки. Это я, Форс, говорю с тобой — слышишь, Джон? Сиди здесь и не двигайся, пока я не вернусь!

Под прикрытием темноты Форс пересекла площадку.

— Барон Марчбэнк, — шепнула она тихонько, остановившись за его стулом.

Он жестом пригласил ее сесть.

— Не найдется ли сегодня у вас в машине два свободных места?

Один из помощников тут же обернулся.

— В машине его светлости все места заняты, — бросил он.

— Мне очень нужно. — Голос Форс дрожал.

— Что ж, — неуверенно отозвался принц, — не знаю.

Лорд Чарльз Эсте поглядел на принца и помотал головой.

— Я бы не рекомендовал. Дело рискованное, мы нарушаем распоряжения с родины. Мы ведь договорились, что не будем создавать сложности.

Принц нахмурился.

— Это не сложность, — возразил он.

Эсте напрямую обратился к Форс:

— Что за необходимость?

Форс заколебалась. Внезапно она вспыхнула:

— Побег жениха с невестой!

Принц рассмеялся.

— Отлично! — воскликнул он. — Решено. Эсте говорит с позиций служебного долга. Но мы его привлечем на свою сторону. Мы ведь вот-вот отъезжаем?

Эсте взглянул на часы:

— Прямо сейчас!

Форс метнулась обратно. Ей хотелось увести всех с крыши, пока еще темно.

— Быстрей! — прокричала она в ухо Джону. — Мы едем через границу — с принцем Уэльским. К утру ты будешь в безопасности.

Джон ошеломленно уставился на нее. Форс поспешно заплатила по счету, схватила Джона за руку и, стараясь не привлекать к себе внимания, отвела за другой столик, где в двух словах его представила.

Принц удостоил его рукопожатия, помощники кивнули, едва скрывая неудовольствие.

— Нам пора, — проговорил Эсте, нетерпеливо поглядывая на часы.

Компания была уже на ногах, и тут все вскрикнули: через главную дверь на площадку вышли двое полисменов и рыжеволосый мужчина в штатском.

— На выход, — тихонько шепнул Эсте, подталкивая компанию к боковой двери. — Назревают какие-то неприятности.

Он выругался: выход загородили еще двое полицейских. Они неуверенно медлили. Человек в штатском начал тщательно осматривать посетителей за столиками.

Эсте вгляделся в Форс, потом в Джона, который скрылся за пальмами.

— Он что, из финансового ведомства? — спросил Эсте.

— Нет, — прошептала Форс. — Сейчас начнется шум. В эту дверь нам не выйти?

Принц, в котором явно нарастала досада, вернулся и сел за столик.

— Дайте мне знать, господа, когда будете готовы идти. — Он улыбнулся Форс: — Подумать только, из-за вашего хорошенького личика все мы можем попасть в переделку.

Внезапно включился свет. Человек в штатском поспешно обернулся и выскочил в самую середину зала.

— Всем оставаться на местах! — крикнул он. — Вы, там, под пальмами, — садитесь! Есть здесь в комнате Джон М. Чеснат?

Форс невольно охнула.

— Эй! — Детектив обращался к стоявшему сзади полисмену. — Обрати внимание на вот ту веселую компашку. Эй, вы, — руки!

— Боже, — прошептал Эсте, — нужно отсюда выбираться! — Он обернулся к принцу. — Этого нельзя допустить, Тед. Вас не должны здесь видеть. Я с ними разберусь, а вы ступайте вниз, к машине.

Он сделал шаг к боковому выходу.

— Руки вверх! — заорал человек в штатском. — Я тут не шутки шучу! Кто из вас Чеснат?

— Вы с ума сошли! — крикнул Эсте. — Мы британские подданные. Мы не имеем к вашим делам никакого отношения!

Где-то вскрикнула женщина, публика устремилась к лифту, но застыла, увидев наставленные на нее дула двух пистолетов. Какая-то девушка рядом с Форс грохнулась в обморок, и в тот же миг заиграл оркестр на отдаленной крыше.

— Остановите музыку! — взревел человек в штатском. — И наденьте браслеты на всю эту компашку — живо!

Двое полицейских двинулись к компании, тут же Эсте с другими помощниками выхватили револьверы и, старательно ограждая принца, начали пробираться к боковому выходу. Грянул выстрел, другой, зазвенели серебро и фарфор: полдюжины посетителей перевернули свои столики и проворно спрятались за ними.

Вокруг царила паника. Один за другим раздались еще три выстрела, за ними последовала беспорядочная стрельба. Форс видела, как Эсте хладнокровно целился в восемь янтарных прожекторов над головой, воздух стал наполняться плотным серым дымом. Странным аккомпанементом крикам и воплям служило неумолчное бряканье отдаленного джаз-банда.

Потом суматоха вдруг остановилась. Крышу огласил пронзительный свисток, сквозь дым Форс увидела, как Джон Чеснат подбежал к человеку в штатском и протянул ему покорно сложенные руки. Кто-то в последний раз взвизгнул, забрякали тарелки, на которые кто-то случайно наступил, и вслед за тем воцарилась тяжелая тишина — даже оркестр словно бы замер.

— Все, конец! — прорезал ночной воздух крик Джона Чесната. — Вечеринка закончена. Все желающие могут расходиться по домам!

Но тишину никто не нарушал — Форс знала, всех заставил молчать испуг и ужас, ведь Джон Чеснат спятил с ума, не выдержав мук совести.

— Представление прошло превосходно, — все так же громко продолжал Джон. — Я хочу вас всех поблагодарить. Если вы не прочь остаться — найдите нетронутые столики, а я распоряжусь, чтобы подали шампанского.

Форс показалось, что звезды в вышине и крыша под ногами вдруг плавно закружились. Она видела, как Джон взял ладонь детектива и сердечно ее пожал, как детектив ухмыльнулся и спрятал в карман пистолет. Снова заиграла музыка, девица, терявшая сознание, теперь танцевала в углу с лордом Чарльзом Эсте. Джон бегал по залу, похлопывал по спине то одного, то другого гостя, обменивался с ними рукопожатиями, смеялся. Потом, свежий и невинный, как младенец, направился к Форс.

— Чудесная забава, да? — спросил он.

У Форс потемнело в глазах. Она попыталась нащупать у себя за спиной стул.

— Что это было? — проговорила она заплетающимся языком. — Это сон?

— Нет, конечно! Никакой не сон. Это я все устроил, Форс, разве не понятно? Я это устроил ради тебя. Сам придумал! Кроме моего имени, здесь не было ничего настоящего!

Внезапно обмякнув, Форс уцепилась за лацканы его пиджака и свалилась бы на пол, если бы Джон ее не подхватил.

— Шампанского, быстро! — распорядился он. Он крикнул стоявшему неподалеку принцу Уэльскому: — Быстрей вызовите мне машину! Мисс Мартин-Джонс переволновалась, ей нехорошо.

V

Небоскреб громоздился тяжеловесной коробкой в тридцать рядов окон; выше он стройнел и делался похож на белоснежную сахарную голову. Последнюю сотню футов составляла вытянутая башня, тонкой и хрупкой стрелой устремлявшаяся в небо. В самом высоком из ее высоких окон стояла на свежем ветру Форс Мартин-Джонс и смотрела вниз, на город.

— Мистер Чеснат послал узнать, не пройдете ли вы в его личный офис.

Стройные ноги Форс послушно зашагали по ковру и принесли ее в прохладную, с высоким потолком комнату, откуда открывался вид на бухту и морской простор.

Джон Чеснат ждал за письменным столом. Форс подошла к нему и обхватила его за плечи.

— Ты уверен, что ты настоящий? — спросила она тревожно. — Совсем-совсем уверен?

— Ты написала мне только за неделю до прибытия, — скромно отозвался он, — иначе я успел бы организовать целую революцию.

— И все это представление было для меня? Вся эта грандиозная затея была ни за чем — просто для меня?

— Ни за чем? — Джон задумался. — Ну, вначале так и было. Но в последнюю минуту я пригласил крупного ресторатора и, пока ты гостила за другим столиком, продал ему идею для ночного клуба.

Джон посмотрел на часы.

— Мне нужно сделать еще одну вещь — и у нас до ланча как раз останется время, чтобы пожениться. — Он взял телефонную трубку. — Джексон?.. Пошлите три одинаковые телеграммы в Париж, Берлин и Будапешт, чтобы трех фальшивых герцогов, которые разыгрывали в орлянку Шварцберг-Райнмюнстер, выслали за польскую границу. Если герцогство не сработает, снизьте валютный курс до четырех нулей и двойки после запятой. И еще: этот кретин Блатчдак снова на

Балканах, затевает еще одну войну. Затолкайте его на первый же корабль до Нью-Йорка или посадите в греческую тюрьму.

Повесив трубку, Джон со смехом обернулся к ошеломленной космополитке.

— Следующая остановка — мэрия. Оттуда, если хочешь, поедем в Париж.

— Джон, — спросила Форс задумчиво, — кто был принцем Уэльским?

Он помедлил с ответом, пока они не сели в лифт, где с быстротой молнии съехали вниз на два десятка этажей. Потом Джон наклонился и тронул лифтера за плечо.

— Не так быстро, Седрик. Леди не привыкла к такому падению с высот.

Лифтер с улыбкой обернулся. Лицо у него было бледное, овальное, окаймленное желтыми волосами. Форс густо покраснела.

— Седрик родился в Уэссексе, — объяснил Джон. — Сходство, скажу без преувеличений, поразительное. Принцы особым благонравием не отличаются — не удивлюсь, если в жилах Седрика течет малая толика гвельфской крови.

Форс сняла с шеи монокль и накинула ленточку на голову Седрика.

— Спасибо, — сказала она просто, — за второе из самых захватывающих в моей жизни приключений.

Джон Чеснат, как делают обычно торговцы, потер себе руки.

— Будьте у меня постоянным клиентом, леди, — просительным тоном произнес он. — Мой универмаг — лучший в городе!

— А чем вы торгуете?

— Сегодня, мадемуазель, у нас имеется запас первосо-о-ортнейшей любви.

— Заверните ее, господин продавец! — воскликнула Форс Мартин-Джонс. — Похоже, это стоящий товар.

ЦЕЛИТЕЛЬ

I

В пять часов темная комната в отеле «Риц», похожая формой на яйцо, созревает для едва уловимой мелодии: легкого клацанья одного или двух кусков сахара в чашке, звяканья блестящих чайников и сливочников, когда они, скользя по серебряному подносу, изящно соприкасаются боками. Некоторым этот янтарно-желтый час милее всех прочих, ибо необременительные труды лилий[1], обитающих в «Рице», к этому времени уже заканчиваются — наступает остаток дня, певучий и нарядный.

В один из весенних вечеров, оглядывая невысокий подковообразный балкон, вы, быть может, заметили за столиком на двоих молодую миссис Альфонс Карр и молодую миссис Чарльз Хемпл. Та, что в платье, была миссис Хемпл. Под «платьем» я имею в виду изделие черного цвета и безупречного кроя, с большими пуговицами и красным подобием капюшона на плечах; изобретатели этого наряда с Рю де ла Пэ сознательно придали ему не лишенное стильной дерзости сходство с одеянием французского кардинала. Миссис Карр и миссис Хемпл исполнилось по двадцать три года, и они, если послушать их недоброжелателей, сумели очень неплохо устроиться. Как ту, так и другую мог бы ждать под дверями отеля лимузин, но обеим гораздо больше хотелось в апрельских сумерках прогуляться домой пешком по Парк-Авеню.

---

[1] См. Матф. 6:28: «Посмотрите на полевые лилии, как они растут: не трудятся, не прядут».

Луэлла Хемпл была высокая девушка с льняным оттенком волос, какой считается типичным для женщин из английской провинции, однако представляет там большую редкость. Кожа ее светилась свежестью и не нуждалась ни в какой маскировке, однако, повинуясь устаревшей моде (шел 1920 год), миссис Хемпл скрыла свой яркий румянец под слоем пудры и нарисовала новый рот и новые брови — с тем весьма скромным успехом, к каковому подобное вмешательство только и может привести. (Замечание это сделано, разумеется, с высоты 1925 года. В те дни, однако, облик миссис Хемпл вполне соответствовал законам красоты.)

— Я замужем уже четвертый год, — говорила она, гася сигарету о выжатую лимонную дольку. — Ребенку завтра исполняется два годика. Не забыть бы купить...

Она вытащила из футляра золотой карандашик и записала в ежедневнике цвета слоновой кости: «Свечи» и «Штучки, которые тянутся, в бумажных обертках». Потом подняла глаза, посмотрела на миссис Карр и заколебалась.

— Что, если я скажу тебе что-то ужасное?

— Попробуй, — весело отозвалась миссис Карр.

— Мне докучает даже мой собственный ребенок. Ты скажешь, это неестественно, Ида, но это правда. С ним мне не стало интересней жить. Я люблю его без памяти, но в те вечера, когда я сама им занимаюсь, нервы у меня расходятся чуть ли не в крик. Пройдет два часа, и я уже жду не дождусь, пока вернется няня.

Сделав это признание, Луэлла судорожно вздохнула и всмотрелась в подругу. На самом деле она не думала, что ее слова так уж неестественны. Это ведь правда. А в правде ничего порочного быть не может.

— Наверное, дело в том, что ты не любишь Чарльза, — равнодушно предположила миссис Карр.

— Нет же, люблю! Надеюсь, это очень даже понятно из всего сегодняшнего разговора. — Луэлла сделала вывод, что Иде Карр не хватает ума. — И оттого, что я его люблю, все еще больше усложняется. Прошлой ночью я заснула в слезах: чувствую, дело медленно, но верно идет к разводу. Нас удерживает вместе только сын.

Ида Карр, прожившая в браке пять лет, поглядела на подругу пристально, пытаясь определить, не играет ли она роль, но красивые глаза Луэллы смотрели серьезно и печально.

— И отчего же так происходит?

— Причин много. — Луэлла нахмурилась. — Во-первых, еда. Я плохая хозяйка и не собираюсь становиться хорошей. Терпеть не могу заказывать продукты, терпеть не могу соваться в кухню и смотреть, чисто ли в леднике, терпеть не могу прикидываться перед слугами, будто интересуюсь их работой, когда на самом деле я и слышать не хочу о еде, пока она не подана на стол. Видишь ли, меня не учили готовить, а потому кухня мне так же безразлична, как... как, к примеру, котельная. Для меня это всего лишь машина, в которой я ничего не смыслю. Проще всего сказать, как говорят в книгах: «Пойди на кулинарные курсы», но, Ида, в реальной жизни разве такое бывает, чтобы женщина обратилась в абсолютную *Hausfrau*[1] — разве только у нее нет другого выхода?

— Продолжай, — предложила Ида, ничем не выдавая своего мнения. — Рассказывай дальше.

— Так вот, в результате дома вечно все вверх дном. Слуги меняются каждую неделю. Если они молодые и ничего не умеют, я не могу их вымуштровать и дело заканчивается увольнением. Если же они опытные, им не по вкусу дом, где хозяйке нет никакого дела до того, сколько стоит спаржа. И они берут расчет, а нам частенько приходится питаться в ресторанах и отелях.

— Чарльз, наверное, от этого не в восторге.

---

[1] Домохозяйка *(нем.)*.

— Его это бесит. По правде, его бесит почти все, что нравится мне. Не увлекается театром, не терпит оперу, танцы, вечеринки с коктейлями — иногда мне кажется, ему противно все, что есть в этом мире приятного. Год или больше я просидела дома. Пока была беременна, пока ухаживала за Чаком, я ничего не имела против. Но в этом году я сказала Чарльзу откровенно: «Я еще молода и хочу развлекаться». Тогда мы стали бывать в свете, хотелось ему этого или нет. — Луэлла помедлила, задумавшись. — И мне так его жалко, Ида, я просто не знаю, что делать, но если мы затворимся дома, тогда уже придется жалеть себя. И еще раз скажу начистоту: по мне, пусть лучше он будет несчастен, чем я.

Луэлла не столько рассказывала, сколько думала вслух. Она всегда считала себя честным человеком. До замужества ее постоянно превозносили за любовь к справедливости, и это качество она старалась сохранить и будучи замужней дамой. Поэтому точка зрения Чарльза была ей так же понятна, как своя.

Будь Луэлла женой первопоселенца, она, вероятно, боролась бы за существование бок о бок с мужем. Но здесь, в Нью-Йорке, никто ни за что не боролся. Покой и свободное время не приходилось завоевывать — и того и другого у Луэллы имелось в избытке. Как тысячи других молодых жен в Нью-Йорке, она честно хотела что-нибудь делать. Имей она чуть больше денег и чуть меньше люби мужа, она бы увлеклась лошадьми или любовными интрижками. И наоборот, будь их семья чуть бедней, избыток энергии пошел бы на надежды или на труд. Но положение Хемплов было промежуточным. Они принадлежали к многочисленному классу американцев, которые каждое лето путешествуют по Европе и посмеиваются, чувствуя одновременно тоску и умиление, над привычками, традициями и образом жизни других стран, потому что своих привычек, традиций и образа жизни их страна не выработала. Этот класс произошел вчера от отцов и матерей, которые с тем же успехом могли бы жить два века назад.

Час чаепития мгновенно сменился предобеденным часом.

Столики большей частью опустели, вместо сплошного, теснящегося говора раздавались редкие пронзительные голоса и отдаленный взрывной смех: в одном углу официанты уже накрывали столики к обеду белыми скатертями.

— Мы с Чарльзом действуем друг другу на нервы. — В наступившей тишине голос Луэллы прозвучал ошеломляюще отчетливо, и она поспешно понизила тон. — Мелочи. Он трет себе лицо — все время, за столом, в театре, даже в постели. Доводит меня до белого каления, а когда начинаешь злиться из-за таких пустяков, значит, конец не за горами. — Она замолкла и, полуобернувшись, натянула себе на плечи легкую меховую накидку. — Надеюсь, я не слишком тебе наскучила, Ида. Я только об этом и думаю, потому что сегодня вечером кое-что намечается. Я сговорилась на сегодня о встрече, очень интересной: поужинать после театра с несколькими русскими — то ли певцами, то ли танцорами, что-то такое, а Чарльз сказал, что не пойдет. Если так... то я пойду одна. И это конец.

Луэлла вдруг оперлась локтями о стол, спрятала глаза в глянцевых перчатках и заплакала — тихо и нескончаемо зарыдала. Свидетелей поблизости не было, но Ида Карр подосадовала, что Луэлла не сняла предварительно перчатки. Иначе можно было бы утешить ее, коснувшись голой руки. Но, глядя на перчатки, трудно было жалеть женщину, которую так щедро одарила судьба.

Иде хотелось сказать что-то вроде «все будет хорошо» или «все не так плохо, как кажется», но она промолчала. Она не чувствовала ничего, кроме раздражения и неприязни.

Рядом с ними остановился официант и положил на столик сложенную бумажку. Миссис Карр за ней потянулась.

— Ни в коем случае, — прерывистым голосом пробормотала Луэлла. — Нет, это я тебя пригласила! У меня уже и деньги приготовлены.

II

Квартира Хемплов (собственная) располагалась в одном из тех безличных белых дворцов, что обозначаются не названиями, а номерами. Обстановку они закупили в свой медовый месяц: за мебелью ездили в Англию, за безделушками — во Флоренцию; в Венеции приобрели кружева и прозрачную ткань на занавески, а также многоцветное стекло, которое выставляли на стол во время званых обедов. Луэлла упивалась выбором покупок. Они придали поездке видимость пользы и уберегли новобрачных от блуждания по крупным отелям и необитаемым руинам, без которых не обходится обычно медовый месяц в Европе.

Они возвратились, и жизнь пошла. Пошла на широкую ногу. Луэлла обнаружила, что сделалась состоятельной дамой. Временами ее поражало, что специально для нее построена квартира, специально для нее изготовлен лимузин, что и то и другое — ее собственность, такая же неоспоримая, как заложенный домик в пригороде из «Дамского домашнего журнала» и прошлогодний автомобиль, которые судьба могла бы дать ей взамен. Еще больше она удивилась, когда все это начало ей прискучивать. Тем не менее так произошло...

Было уже семь часов вечера, когда Луэлла вынырнула из апрельских сумерек, вошла в прихожую и увидела мужа, который ждал в гостиной перед камином. Луэлла беззвучно пересекла порог, так же тихо

закрыла за собой дверь и на мгновение остановилась, наблюдая эффектную панораму (гостиной пред-
шествовала небольшая приемная), в конце которой
виднелся Чарльз Хемпл. Он достиг середины четвертого десятка, его молодое лицо носило отпечаток серь-
езности, безукоризненно уложенные волосы успели
приобрести тот стальной цвет, который обещает через
десяток лет уступить место белизне. Таковы были
наиболее примечательные его черты, к которым нужно еще добавить глубоко посаженные темно-серые
глаза. Женщины находили волосы Чарльза очень ро-
мантичными — по большей части Луэлла и сама так
думала.

Тут она ощутила легкую неприязнь, потому что
супруг поднял руку к лицу и нервно потер себе рот и
подбородок. Этот жест создавал впечатление нелест-
ной для собеседника рассеянности, а временами мешал расслышать слова самого Чарльза, и Луэлле приходилось постоянно его переспрашивать. Несколько
раз она указывала ему на это, и он с удивленным видом извинялся. Но очевидно, Чарльз не сознавал,
насколько этот жест заметен и какое внушает раздражение, потому что вновь и вновь его повторял. Теперь
же обстановка так накалилась, что Луэлла избегала
делать мужу замечания: хватило бы одного слова, чтобы поторопить назревшую ссору.

Резким жестом Луэлла кинула на столик перчатки и сумочку. Муж, расслышав шум, обратил взгляд
к прихожей.

— Это ты, дорогая?

— Да, дорогой.

Луэлла прошла в гостиную, шагнула в объятия
мужа и принужденно его поцеловала.

Чарльз Хемпл ответил непривычно чопорным
поцелуем и медленно развернул жену лицом к про-
тивоположному концу комнаты.

— Я пригласил к обеду гостя.

Увидев, что они не одни, Луэлла первым делом облегченно перевела дыхание; с очаровательной застенчивой улыбкой, сменившей натянутое выражение лица, она протянула гостю руку.

— Доктор Мун — моя жена.

Доктор, чуть старше Хемпла, с круглым бледным лицом, на котором слегка намечалась сеть морщин, вышел вперед, чтобы ответить на приветствие.

— Добрый вечер, миссис Хемпл. Надеюсь, я не нарушил ваши планы.

— Нет-нет, — поспешно заверила Луэлла. — Мне очень приятно, что вы разделите нашу трапезу. Мы совершенно одни.

Тут она вспомнила о своих сегодняшних намерениях и задумалась, не устроил ли Чарльз неуклюжую ловушку, чтобы удержать ее дома. Если это так, приманка выбрана неудачно. Этот человек... все в нем: лицо, низкий медленный голос, даже чуть залоснившееся, трехлетней носки платье — излучало усталое спокойствие.

Тем не менее Луэлла, извинившись, отправилась в кухню проследить за приготовлениями к обеду. По обыкновению, пара слуг была новая, нанятая на пробу. Ланч они приготовили плохо, сервировали тоже плохо — завтра нужно будет дать им расчет. Луэлла надеялась, что с ними поговорит Чарльз; она терпеть не могла увольнять слуг. Иногда они плакали, иногда держались нагло, но Чарльз умел с ними обходиться. Мужчин они всегда боятся.

Однако еда на плите пахла обнадеживающе. Луэлла распорядилась, какими воспользоваться тарелками, отперла буфет и достала бутылку дорогого кьянти. Потом она отправилась пожелать доброй ночи Чаку.

— Он хорошо себя вел? — спросила она няню, меж тем как Чак радостно вскарабкался ей на руки.

— Очень примерно. Мы сегодня долго гуляли в Центральном парке.

— Ну что за умница! — Луэлла восторженно расцеловала ребенка.

— И он ступил ногой в фонтан, нам пришлось взять такси и прямо домой, а там поменять ему ботиночек и чулочек.

— Хорошо. Обожди, Чак! — Луэлла расстегнула свои крупные желтые бусы и протянула их Чаку. — Не порви только мамины бусы. — Она обратилась к няне: — Пожалуйста, когда он уснет, спрячьте их в комод.

Уходя, она почувствовала легкую жалость к сыну: жизнь у него замкнутая и однообразная, как у всех детей, кто не родился в большой семье. Он настоящая лапочка — но только не в те дни, когда она за ним присматривает. Овал лица у него такой же, как у нее; иной раз, когда она прижимает его к сердцу, ее пробирает дрожь волнения и приходят мысли изменить свою жизнь.

У себя, в нарядной розовой спальне, Луэлла занялась своим лицом: вымылась и восстановила макияж. Ради доктора Муна не стоило менять платье, а кроме того, хотя она в этот день почти ничего не делала, на нее напала ужасная усталость. Луэлла вернулась в гостиную, и они пошли обедать.

— Какой у вас красивый дом, миссис Хемпл, — безразличным тоном произнес доктор Мун, — и позвольте вас поздравить, мальчуган у вас просто замечательный.

— Спасибо. Особенно приятно услышать такой комплимент от доктора. — Она помедлила. — Вы специализируетесь на детских болезнях?

— Я ни на чем не специализируюсь. Я занимаюсь общей практикой — таких медиков нынче кот наплакал.

— В Нью-Йорке, во всяком случае, кроме вас, не осталось никого, — заметил Чарльз.

Он начал нервно тереть себе лицо, и Луэлла, чтобы этого не видеть, перевела взгляд на доктора. Но когда Чарльз снова заговорил, ей пришлось тут же отвлечься от гостя.

— Собственно, — произнес вдруг Чарльз, — я пригласил доктора Муна, чтобы он сегодня побеседовал с тобой.

Луэлла выпрямилась на стуле.

— Со мной?

— Доктор Мун мой старый друг, и мне кажется, Луэлла, он мог бы сказать тебе кое-что полезное.

— Как так? — Луэлла попыталась рассмеяться, но была слишком поражена этим неприятным сюрпризом. — Ничего не понимаю. Я ни на что не жалуюсь. Я в жизни не чувствовала себя лучше.

Доктор Мун поднял глаза на Чарльза, ожидая разрешения заговорить. Чарльз кивнул, и его рука снова машинально потянулась к лицу.

— Ваш муж много мне рассказывал о неладах в вашей совместной жизни, — все тем же безразличным тоном проговорил доктор Мун. — Он хотел знать, не помогу ли я сгладить противоречия.

Щеки Луэллы пылали.

— Я не особенно верю в психоанализ, — холодно сказала она, — и не считаю себя подходящим объектом.

— Разделяю ваши взгляды, — отвечал доктор Мун, казалось ничуть не задетый ее словами. — Я не особенно верю вообще во что-либо, за исключением себя самого. Повторяю, я не специализируюсь ни в какой области и, осмелюсь добавить, не сторонник каких-либо завиральных идей. Я ничего не обещаю.

Луэлла подумывала, не уйти ли к себе. Но предложение врачебной помощи было настолько скандальным, что ей стало любопытно.

— Не представляю, что мог вам наговорить Чарльз, — начала она, едва сдерживая себя, — и зачем он вообще затеял это. Но уверяю вас, что наши домашние дела касаются только меня и моего мужа.

Если не возражаете, доктор Мун, я бы предпочла обсудить что-нибудь... не столь личное.

Доктор Мун ответил глубоким, вежливым кивком. Больше он эту тему не затрагивал, и обед продолжался, можно сказать, в разочарованном молчании. Луэлла решила, что бы ни случилось, не отменять своих сегодняшних планов. Если час назад это требовалось, чтобы отстоять свою независимость, то теперь она просто не смогла бы уважать себя, если бы не поступила по-своему. Она ненадолго задержится в гостиной после обеда, а когда подадут кофе, извинится и пойдет наряжаться на выход.

Но едва они покинули столовую, ее опередил Чарльз, быстро и без обсуждений удалившийся.

— Мне нужно написать письмо, — сказал он, — я скоро вернусь.

Прежде чем жена успела тактично возразить, он устремился в конец коридора, и было слышно, как за ним захлопнулась дверь. Смущенная и злая, Луэлла разлила кофе и устроилась на уголке дивана, пристально глядя на пламя камина.

— Не бойтесь, миссис Хемпл, — внезапно промолвил доктор Мун, — меня просто заставили. Я действую не по своей воле...

— Я вас не боюсь, — перебила его Луэлла. Но она и сама понимала, что говорит неправду. Она немножко боялась доктора Муна — хотя бы из-за того, как глух он оставался к ее неприязни.

— Расскажите мне о ваших затруднениях, — проговорил он очень естественно, словно собеседница тоже действовала не по своей воле. Он даже не смотрел на нее, и, если бы они не были в комнате одни, можно было бы подумать, что он и обращается не к ней.

В голове Луэллы, у нее на кончике языка были слова: «как бы не так». Но то, что она произнесла, удивило ее самое. Слова полились непроизвольно, без всякого содействия с ее стороны.

— Разве вы не видели, как он за обедом тер себе лицо? — спросила она в отчаянии. — У вас что, глаз нет? Он так меня раздражает, что я вот-вот с ума сойду.

— Понятно. — Круглое лицо доктора Муна склонилось в кивке.

— Разве вы не видите, что я сыта по горло домашними делами? — Ее грудь под платьем отчаянно вздымалась, словно ей не хватало воздуха. — Как мне обрыдли домохозяйство, ребенок — кажется, всему этому не будет конца! Мне хочется сильных переживаний, неважно каких и чем за них придется расплачиваться, — лишь бы сердце колотилось в груди.

— Понятно.

Это заявление взбесило Луэллу. Она была настроена на борьбу и предпочитала, чтобы никто ее не понимал. Ей было довольно того, что она права, поскольку ее желания сильны и искренни.

— Я старалась вести себя примерно, но все, точка. Если я одна из тех женщин, которые готовы разрушить свою жизнь из-за безделицы, то так тому и быть. Назовите меня эгоисткой, дурой — вы будете правы, но через пять минут я уйду из этого дома и заживу настоящей жизнью.

На этот раз доктор Мун промолчал, но вскинул подбородок, как будто прислушиваясь к чему-то, что происходило неподалеку.

— Вы не уйдете, — сказал он наконец. — Я уверен, что не уйдете.

Луэлла рассмеялась.

— Уже иду.

Он не откликнулся.

— Видите ли, миссис Хемпл, ваш супруг нездоров. Он пытался вести ту жизнь, которая устраивает вас, и не выдержал напряжения. Когда трет себе рот...

По коридору простучали легкие шаги, и в комнату на цыпочках вошла с испуганным лицом горничная.

— Миссис Хемпл...

Луэлла, удивленная ее появлением, поспешно обернулась.

— Да?

— Можно с вами поговорить? — У горничной не хватило выучки, чтобы скрыть страх. — Мистер Хемпл — ему плохо! Он недавно пошел в кухню и стал выбрасывать из ледника продукты, а сейчас он у себя — плачет и поет...

И вдруг Луэлла услышала его голос.

III

У Чарльза Хемпла не выдержали нервы. Двадцать лет почти непрерывного напряженного труда, а с недавних пор и тяжелая обстановка дома — такую ношу он снести не смог. В его великолепно продуманной и отлаженной карьере отношения с женой оказались слабой точкой; он знал о безграничном себялюбии Луэллы, но таков один из бесчисленных изъянов человеческих взаимоотношений: женское себялюбие неотразимо притягательно для многих мужчин. Себялюбие Луэллы существовало бок о бок с ее детской красотой, и Чарльз Хемпл начал винить себя в раздорах, ответственность за которые явно лежала на жене. Это была нездоровая позиция, и от постоянных самообвинений его разум поддался болезни.

После первой встряски и недолгой вспышки жалости Луэллу охватило раздражение. Будучи справедливым человеком, она не могла использовать нездоровье Чарльза, чтобы взять над ним верх. Вопрос о ее свободе откладывался до тех пор, пока муж не встанет на ноги. Именно тогда, когда Луэлла рассчитывала сложить с себя обязанности жены, ей пришлось стать еще и нянькой. Сидя у постели мужа, она слышала, как он говорил о ней в бреду: о днях их помолвки, о том, как друзья предупреждали, что он совершает ошибку, о счастливых первых месяцах брака, о появившейся трещине в их отношениях и о его беспокойстве. Прежде она не сознавала, насколько отчетливо Чарльз понимает происходящее: в разговорах он этого не выдавал.

— Луэлла! — Он неуверенно приподнимался в постели. — Луэлла! Где ты?

— Здесь, Чарльз, рядом. — Она старалась говорить мягким, веселым тоном.

— Если хочешь уйти, Луэлла, то лучше уходи. Похоже, я для тебя недостаточно хороший муж.

Она успокаивала его, заверяя в обратном.

— Я все обдумал, Луэлла, и понял, что не могу губить ради тебя свое здоровье... — Потом он шептал быстро и страстно: — Не уходи, Луэлла, бога ради, не уходи, не оставляй меня! Обещай, что не уйдешь! Я буду делать все, что ты потребуешь, только не уходи.

Больше всего ей досаждали его униженные мольбы; Чарльз был человеком сдержанным, и она до сих пор не догадывалась о силе его привязанности.

— Меня не будет всего минуту. Это доктор Мун, Чарльз, твой друг. Пришел тебя проведать — помнишь? И хочет перед уходом со мной переговорить.

— Ты вернешься? — волновался он.

— Скоро-скоро. Ну все... лежи спокойно.

Приподняв голову Чарльза, Луэлла взбила подушку. Завтра должна была явиться новая опытная сиделка.

Доктор Мун ждал в гостиной; при дневном свете было еще заметней, что костюм его поношен и залоснился. Он был ей ужасно неприятен, поскольку она без всякого повода вообразила, будто он виновен в ее несчастье. Но отказаться от разговора Луэлла не могла: доктор проявил исключительный интерес и сочувствие. Она не попросила его проконсультироваться со специалистами, хотя... если врач так обносился...

— Миссис Хемпл. — Доктор шагнул вперед, протягивая руку; Луэлла тревожно ее коснулась. — У вас цветущий вид.

— Я здорова, спасибо.

— Поздравляю, вы отлично справились с ситуацией.

— Я вовсе не справлялась с ситуацией. Я просто делала то, что полагается...

— То-то и оно.

Терпение Луэллы подходило к концу.

— Я делала то, что полагается, и ничего сверх того, — продолжила она. — Причем без особого желания.

Внезапно она опять разоткровенничалась с доктором, как в тот несчастный вечер, — понимая, что обращается к нему, словно к близкому человеку, все же не могла остановить поток слов.

— Домашние дела не ладятся, — с горечью начала она. — Слуг пришлось рассчитать, теперь наняла женщину на дневное время. Сын простудился. Выяснилось, что няня не справляется со своими обязанностями, вокруг сущий кошмар!

— Не могли бы вы сказать, как именно выяснилось, что няня не справляется со своими обязанностями?

— Когда приходится присматривать за домом, волей-неволей делаешь всяческие досадные открытия.

Доктор кивнул, глаза на усталом лице изучали дальние углы комнаты.

— Я несколько обнадежен, — медленно произнес он. — Я уже говорил, что ничего не обещаю. Просто делаю все, что могу.

Луэлла удивленно вскинула брови.

— О чем это вы? Вы для меня ничего не сделали... ровным счетом ничего!

— Ничего особенного — пока, — вялым тоном промолвил доктор. — На все требуется время, миссис Хемпл.

Произнесенные сухо и монотонно, эти слова не показались обидными, и все же Луэлла чувствовала, что гость зашел слишком далеко. Она встала.

— Такого рода люди, как вы, встречались мне раньше, — сказала она холодно. — По какой-то непонятной причине вы, похоже, вообразили себя «старинным другом семейства». Но я не завязываю дружбу так скоро и не давала вам права на подобную... — Она хотела сказать «развязность», но что-то ее удержало. — Подобную фамильярность.

Когда за доктором закрылась дверь, Луэлла пошла в кухню узнать, поняла ли прислуга, что нужно приготовить три разных обеда: для Чарльза, для ребенка и для нее самой. Трудно обходиться одной прислугой в доме, когда дела так запутаны. Нужно бы позвонить в другое агентство по найму — у этих, похоже, уже кончается терпение.

К своему удивлению, она застала кухарку сидящей за кухонным столом в пальто и шляпе и читающей газету.

— Что такое? — Луэлла пыталась вспомнить фамилию. — В чем дело, миссис...

— Меня зовут миссис Дански.

— В чем дело?

— Боюсь, я не смогу вам угодить. Я самая обычная кухарка, готовить для больных не обучена.

— Но я на вас рассчитывала.

— Мне очень жаль. — Миссис Дански упрямо помотала головой. — Мне нужно о собственном здоровье думать. Когда я устраивалась, они не сказали, что это за работа. А когда вы велели прибраться в комнате вашего мужа, я поняла: мне это не по силам.

— Не нужно нигде прибираться, — в отчаянии проговорила Луэлла. — Будьте добры остаться до завтра, а там я найму кого-нибудь еще.

Миссис Дански вежливо улыбнулась.

— У меня тоже дети есть, мне о них нужно думать.

Луэлла уже собиралась предложить ей больше денег, но не выдержала и сорвалась:

— Ну и эгоизм, в жизни ничего подобного не слышала! Бросить меня в такое трудное время! Дура старая!

— Извольте заплатить мне за отработанное время, и я пошла, — хладнокровно отозвалась миссис Дански.

— Ни цента не получите, если не останетесь!

Луэлла тут же раскаялась в своих словах, но гордость не позволяла взять их обратно.

— Извольте мне заплатить!

— Ступайте прочь!

— Уйду, когда получу свои деньги, — возмутилась миссис Дански. — Мне о собственных детях нужно думать.

Луэлла набрала в грудь воздуха и шагнула вперед. Испуганная ее яростью, миссис Дански, что-то бормоча себе под нос, метнулась за дверь.

Луэлла сняла телефонную трубку, вызвала агентство и объяснила, что прислуга ушла.

— Не могли бы вы прислать мне кого-нибудь прямо сейчас? У меня больны и муж, и ребенок...

— Простите, миссис Хемпл. В конторе уже никого нет. Пятый час.

Луэлла немного попрепиралась. Наконец ей было обещано, что агент позвонит знакомой женщине, работавшей на подменах. Ничего лучшего до завтра они придумать не могли.

Она обзвонила еще несколько агентств, но было похоже, что индустрия обслуживания на сегодняшний день прекратила свою деятельность. Дав Чарльзу лекарство, Луэлла на цыпочках вошла в детскую.

— Как дела? — спросила она рассеянно.

— Девяносто девять и один[1], — прошептала няня, поднося термометр к свету. — Только что вынула.

---

[1] Имеются в виду градусы по Фаренгейту. По шкале Цельсия это приблизительно 37,3.

— Это много? — нахмурилась Луэлла.

— Превышение — каких-то шесть десятых[1]. Не так уж много для второй половины дня. При простуде это не редкость — легкий жар.

У кроватки Луэлла приложила руку к горящей щеке сына, тревожась и отмечая одновременно, как он похож на невероятного херувимчика в автобусной рекламе мыла «Люкс».

Она обернулась к няне.

— Вы умеете готовить?

— Ну... с грехом пополам.

— А не смогли бы вы вечером приготовить что-нибудь для ребенка? Эта старая дурища уволилась, на ее место никого не найти, и я ума не приложу, что делать.

— Да, я что-нибудь придумаю.

— Ну, отлично. А я попробую состряпать обед для мистера Хемпла. Пожалуйста, не закрывайте у себя дверь, чтобы услышать колокольчик, когда придет доктор. И дайте мне знать.

Ох уж эти доктора! Они бывали в доме постоянно. Каждое утро — специалист и семейный врач, потом детский врач, а сегодня, в гостиной, доктор Мун, невозмутимый, настойчивый, непрошеный. Луэлла отправилась в кухню. Она умела готовить яичницу с беконом — это часто приходилось делать после театра. Но Чарльзу полагались овощи, их нужно сварить, стушить или что-нибудь в этом роде, а в плите так много дверок и духовок, поди пойми, какую выбрать. Луэлла взяла синюю кастрюльку, новую на вид, нарезала морковь и добавила немного воды. Когда она поставила кастрюльку на плиту и стала вспоминать, что делать дальше, зазвонил телефон. Звонок был из агентства.

---

[1] То есть 0,6 сверх нормального значения, которое составляет 98,5 по Фаренгейту или 37 по Цельсию.

— Да, миссис Хемпл у телефона.

— Женщина, которую мы к вам посылали, вернулась сюда с жалобой, что вы не заплатили ей за отработанное время.

— Я уже вам объясняла, что она отказалась остаться, — с горячностью возразила Луэлла. — Она нарушила соглашение, и мне кажется, я не обязана...

— Мы должны следить за тем, чтобы нашим сотрудникам платили, — сообщил представитель агентства. — Иначе какой им от нас прок, так ведь? Простите, миссис Хемпл, но мы не сможем предоставить вам другую прислугу, пока это маленькое недоразумение не будет улажено.

— О, я заплачу, заплачу! — крикнула Луэлла.

— Конечно, нам желательно сохранять добрые отношения с нашими клиентами...

— Да-да!

— Так что если вы завтра отправите ей ее жалованье... Семьдесят пять центов в час.

— Но как же насчет сегодняшнего вечера? Я не могу без прислуги.

— Сейчас уже очень поздно. Я и сам собираюсь домой.

— Но я миссис Чарльз Хемпл! Неужели не понятно? Я полностью отвечаю за свои слова. Я жена Чарльза Хемпла, Бродвей, дом четырнадцать...

И тут Луэлла осознала, что Чарльз Хемпл из дома четырнадцать по Бродвею — беспомощный больной и рассчитывать на его защиту совершенно бесполезно. В отчаянии от внезапно открывшейся жестокости мира, она повесила трубку.

Яростно провозившись в кухне минут десять, она пошла к няне, которую недолюбливала, и призналась, что обед для мистера Хемпла не получился. Няня заявила, что у нее раскалывается голова и по горло хлопот с больным ребенком, но согласилась, пусть неохотно, показать Луэлле, что нужно делать.

Смиряясь с унижением, Луэлла слушалась приказов, пока няня ворча экспериментировала с непривычной плитой. Худо-бедно стряпня пошла. Потом няне настало время купать Чака, Луэлла одна устроилась за кухонным столом и стала слушать, как фырчало, убегая из кастрюльки, ароматное варево.

«Вот этим женщины занимаются каждый день, — размышляла она. — Тысячи женщин. Стряпают и ухаживают за больными, и еще ходят на работу».

Но она не видела, что ее объединяет с этими женщинами, за исключением того общего признака, что у них, как и у нее, по две ноги и руки. Все равно что сказать: «Островитянки южных морей носят в носу кольцо». Просто она занималась сегодня несвойственной ей работой по дому и не получала от этого никакого удовольствия. Это было всего лишь нелепое исключение из правил.

Внезапно послышались медленные шаги; они миновали столовую, потом буфетную. Испугавшись, что это опять доктор Мун, Луэлла подняла взгляд: из буфетной вышла няня. Луэлла подумала, что у нее тоже нездоровый вид.

И верно, едва добравшись до двери кухни, няня пошатнулась и схватилась за ручку, как птица, которая садится на ветку и плотно обхватывает ее когтями. Потом она молча рухнула на пол. В тот же миг зазвонил колокольчик, и Луэлла с облегчением вскочила: это прибыл детский доктор.

— Обморок, только и всего, — заключил он, уложив себе на колени голову девушки. Ее веки дрогнули, — Да, всего лишь обморок.

— Вокруг настоящий лазарет! — в отчаянии хохотнула Луэлла. — Сплошь больные, одна я здорова.

— Она тоже здорова, — чуть помедлив, заверил врач. — Сердце бьется ровно. Просто потеряла сознание.

Луэлла помогла доктору усадить приходившую в себя девушку в кресло, потом поспешила в детскую и склонилась над кроваткой. Спокойно откинула железное боковое ограждение. Жар вроде бы спал — румянца больше не было. Луэлла наклонилась и коснулась щеки сына.

И тут у нее вырвался крик.

IV

Даже после похорон сына Луэлла не могла поверить, что потеряла его. Вернувшись к себе, она стала ходить кругами мимо детской и повторять его имя. Устрашившись собственного горя, она села и уставилась на белую качалку с нарисованным сбоку красным цыпленком.

— Что теперь со мной будет? — шепнула она. — Когда я пойму, что больше не увижу Чака, случится что-то ужасное!

Пока она еще в этом не уверилась. Быть может, стоит дождаться сумерек и няня приведет сына с прогулки. Ей помнилась трагическая сумятица, когда кто-то сказал ей, что Чак умер, но если это так, почему же вся обстановка детской ждет его возвращения, почему все так же лежат на комоде миниатюрные гребень и расческа и что здесь делает она, его мать?

— Миссис Хемпл!

Луэлла подняла глаза. В дверях стоял доктор Мун, понурый и обшарпанный.

— Уходите, — глухо произнесла Луэлла.

— Вы нужны вашему мужу.

— Мне нет до этого дела.

Доктор Мун шагнул в комнату.

— Вы, наверное, не поняли, миссис Хемпл. Он вас звал. У вас ведь теперь никого нет, кроме него.

— Я вас ненавижу, — проговорила она внезапно.

— Как вам угодно. Я ничего не обещал, вы ведь знаете. Я делаю, что могу. Вам станет лучше, если вы осознаете, что вашего ребенка больше нет, вы его никогда не увидите.

Луэлла вскочила на ноги.

— Мой мальчик не умер! Вы лжете! Вы только и делаете, что лжете!

Ее сверкающий взгляд встретился с его глазами и уловил в них странную смесь жестокости и доброты, внушившую ей благоговейный ужас; она сникла и смирилась. Устало и безнадежно она опустила веки.

— Ладно, — признала она усталым голосом. — Моего сына больше нет. И что же мне делать дальше?

— Ваш муж чувствует себя намного лучше. Все, что ему требуется, это отдых и добрая забота. Но вы должны к нему пойти и рассказать, что случилось.

— Вы, наверное, думаете, что помогли ему, — с горечью отозвалась Луэлла.

— Может быть. Он почти здоров.

Почти здоров... Ну вот, ничто больше не привязывает ее к этому дому. Эта часть жизни завершилась — можно ее отбросить, вместе с горестями и заботами, и быть свободной как ветер.

— Я пойду к нему через минуту, — произнесла Луэлла отсутствующим тоном. — Пожалуйста, оставьте меня одну.

Нежеланная тень доктора Муна растаяла во мраке прихожей.

— Я могу уйти, — прошептала Луэлла самой себе. — Жизнь вернула мне свободу в обмен на то, что у меня забрала.

Но только медлить не следует, иначе жизнь снова свяжет ее по рукам и ногам и заставит страдать. Она вызвала носильщика, который обслуживал жильцов дома, и попросила его принести из кладовой ее чемодан. Потом стала вынимать вещи из комода и гардеробного шкафа, стараясь припомнить те, которые принадлежали ей до брака. Ей попались даже два старых платья, входивших в ее приданое, уже немодных и узковатых в талии, и она бросила их в чемодан вместе с прочими. Новая жизнь. Чарльз выздоровел, сына, которого она боготворила и который ей немного докучал, больше нет.

Упаковав чемодан, Луэлла по привычке отправилась в кухню распорядиться насчет обеда. Поговорила с кухаркой про особые блюда для Чарльза и предупредила, что сама обедает вне дома. На миг ее взгляд прилип к миниатюрной кастрюльке, где готовили еду для Чака, и она застыла на месте. Она заглянула в ледник и убедилась, что внутри чисто прибрано. Потом отправилась к Чарльзу. Он опирался на подушки, и сиделка читала ему книгу. Голова у него сделалась почти сплошь белой, серебристо-белой, темные глаза на тонком молодом лице казались огромными.

— Сын болеет? — спросил Чарльз самым обычным голосом.

Луэлла кивнула.

Он помедлил, прикрыл глаза. Потом спросил:

— Он умер?

— Да.

Долгое время Чарльз молчал. Сиделка подошла и положила ладонь ему на лоб. Из его глаз выкатились две большие холодные слезы.

— Я так и знал.

После новой долгой паузы заговорила сиделка:

— Доктор сказал, сегодня, пока еще не зашло солнце, можно повезти его на прогулку. Он нуждается в перемене обстановки.

— Да.

— Я подумала... — Сиделка заколебалась. — Я подумала, миссис Хемпл, вам обоим пошло бы на пользу, если это сделаете вы, а не я.

Луэлла поспешно помотала головой.

— О нет, — сказала она, — сегодня я не в состоянии.

Сиделка смерила ее странным взглядом. Внезапно Луэлле стало жалко Чарльза, она склонилась и ласково поцеловала его в щеку. Потом молча вернулась к себе, надела пальто и шляпу и с чемоданом в руке направилась к парадной двери.

В прихожей Луэлле тут же бросилась в глаза тень. Если миновать ее — будешь свободна. Обойти ее справа или слева или велеть ей убраться с дороги. Но тень упрямо отказывалась сдвинуться с места, и Луэлла, тихонько вскрикнув, опустилась на стул.

— Я думала, вы ушли, — со слезами в голосе сказала она. — Я ведь просила вас уйти.

— Скоро уйду, — отозвался доктор Мун, — но я не хочу, чтобы вы повторили прежнюю ошибку.

— Никакой ошибки я не совершаю — я оставляю позади свои прежние ошибки.

— Вы хотите оставить позади самое себя, но это невозможно. Чем больше вы стараетесь убежать от себя, тем вернее остаетесь собой.

— Но мне необходимо уйти, — яростно возразила она. — Это дом смерти и краха!

— Краха еще не было. Вы только начали.

Луэлла встала.

— Дайте мне пройти.

— Нет.

И тут она сдалась, как бывало каждый раз при их разговорах. Она закрыла лицо руками и заплакала.

— Отправляйтесь обратно и скажите сиделке, что сами повезете мужа на прогулку.

— Не могу.

— Можете.

И снова, посмотрев на доктора Муна, Луэлла поняла, что подчинится. Сознавая, что дух ее сломлен, она подхватила чемодан и направилась обратно.

V

Отчего доктор Мун заимел над ней такую удивительную власть, Луэлла не понимала. Но с течением времени она обнаруживала, что исполняет многие обязанности, прежде бывшие ей ненавистными. Она осталась в доме с Чарльзом, а когда он окончательно поправился, бывала с ним на званых обедах и в театре, но только если он сам выражал такое желание. Кухню она посещала каждый день, с неохотой, но присматривала за домашним хозяйством — сперва из страха, что все вновь пойдет кувырком, а потом по привычке. Причем ее не оставляло чувство, что ее поведение как-то связано с доктором Муном: он словно бы постоянно рассказывал ей что-то важное о жизни или почти рассказывал, но что-то и таил, боясь, что она узнает.

Когда возобновилось их нормальное существование, Чарльз, как заметила Луэлла, сделался не таким нервным. Он расстался с привычкой тереть лицо, и если мир не дарил Луэлле столько радости и счастья, как прежде, на нее нисходило иной раз спокойствие, какого она никогда раньше не испытывала.

И вот в один прекрасный день доктор Мун сказал ей, что уходит.

— Как так, навсегда? — испугалась Луэлла.

— Навсегда.

Был странный миг, когда она не знала, радуется или сожалеет.

— Я вам больше не нужен, — заявил он спокойно. — Вы сами не понимаете, но вы выросли.

Он подошел, сел рядом на диван, взял ее руку.

Луэлла молчала и настороженно слушала.

— Мы договариваемся с детьми о том, что им можно сидеть и наблюдать, но в действии не участвовать. Но если они уже выросли, однако продолжают наблюдать, значит, кто-то должен работать вдвойне, еще и за них, чтобы они могли наслаждаться роскошью и блеском этого мира.

— Но мне хочется роскоши и блеска, — возразила Луэлла. — Это все, что есть хорошего в жизни. Нет ничего порочного в желании, чтобы жизнь не стояла на месте.

— Она и так может не стоять на месте.

— Как?

— Это зависит от вас.

Луэлла удивленно раскрыла глаза.

— Настал ваш черед сделаться средоточием, давать окружающим то, что вы до сих пор только получали. Младшим давать надежность, мужу — покой, старшим — некоторое милосердие. Нужно, чтобы люди, которые на вас работают, могли в вас верить. Нужно не порождать неприятности, а улаживать их, быть терпеливей, чем средний человек, и делать не меньше, чем приходится на твою долю, а чуточку больше. Роскошь и блеск этого мира в ваших руках.

Внезапно доктор Мун оборвал себя.

— Встаньте, — сказал он, — подойдите к зеркалу и скажите, что вы видите.

Луэлла послушно встала и подошла к венецианскому трюмо — покупке, сделанной в медовый месяц.

— Вижу несколько новых складок. — Она потрогала пальцами переносицу. — И тени в уголках... это, наверное, морщинки.

— Это вас огорчает?

Она быстро обернулась:

— Нет.

— Понимаете, что Чака больше нет? Что вы его больше никогда не увидите?

— Да. — Она медленно провела рукой по глазам. — Но это, кажется, было давным-давно.

— Давным-давно, — повторил он. — Вы сейчас меня боитесь?

— Больше не боюсь. — Она откровенно добавила: — Теперь, когда вы уходите.

Доктор Мун шагнул к двери. Он выглядел сегодня особенно вялым и еле двигался.

— Дом под вашим присмотром, — устало проговорил он шепотом. — Если здесь светло и не холодно, это ваши свет и тепло. Если здесь воцарится счастье, это будет ваша заслуга. Вас ожидают в жизни радости, но только никогда больше их не ищите. Теперь это ваша задача — хранить очаг.

— Не посидите ли еще? — осмелилась предложить Луэлла.

— Времени нет. — Его голос звучал так тихо, что слова были едва слышны. — Но помните: если вы будете страдать, я всегда готов помочь — насколько достанет моих сил. Я ничего не обещаю.

Доктор Мун открыл дверь. Пока не поздно, нужно было задать вопрос, который интересовал Луэллу больше всего.

— Что вы со мной сделали? — воскликнула она. — Почему я больше не горюю из-за Чака — вообще ни о чем не горюю? Скажите; я вроде бы вот-вот пойму, но все же не понимаю. Пока вы еще здесь — скажите, кто вы?

— Кто я?

Поношенный костюм застыл в дверях. Круглое бледное лицо расплывалось, раздваивалось, умножалось; все лица были разные, но это было то же лицо — грустное, счастливое, трагическое, равнодушное, покорное, и наконец десятки докторов Мунов выстроились в бесконечный ряд отражений, как месяцы, уходящие в перспективу прошлого.

— Кто я? — повторил он. — Пять лет жизни — вот кто я такой.

Дверь затворилась.

В шесть вернулся домой Чарльз Хемпл, и, как обычно, Луэлла встретила его в прихожей. Волосы его были белы как снег, но других следов перенесенная два года назад болезнь не оставила. Сама Луэлла изменилась больше: она немного пополнела, вокруг глаз лежали морщинки, наметившиеся в 1921 году, когда умер Чак. Но она была все еще красива, и в двадцать восемь на ее лице читалась зрелая доброта, словно бы жизненные горести, едва ее коснувшись, тут же поспешили прочь.

— К обеду придут Ида с мужем, — объявила она. — У меня два билета в театр, но если ты устал, то можем и не ходить.

— Давай сходим.

Луэлла всмотрелась.

— Тебе не хочется.

— Да нет же, хочется, в самом деле хочется.

— Ну, после обеда посмотрим.

Чарльз обнял ее за талию. Вместе они отправились в детскую, где их ждали, чтобы попрощаться на ночь, двое детей.

ПОТРАЧЕННЫЙ ГРОШ

I

«Риц-Гриль» в Париже — одно из тех мест, где постоянно что-то случается: его можно сравнить с первой скамейкой на входе в Южный Центральный парк, с конторой Морриса Геста или с городом Херрин в штате Иллинойс. Я наблюдал, как там разрушались браки из-за необдуманного слова, видел потасовку между неким профессиональным танцором и одним английским бароном, знаю о двух по меньшей мере убийствах, которые непременно бы произошли, если бы не июль и теснота. Даже и убийцам требуется некоторый простор, а «Риц-Гриль» в июльскую пору забит полностью.

Войди туда летним вечером в шесть часов, ступая легко, чтобы не сдернуть ненароком сумку с плеча какого-нибудь студента колледжа, и тебе встретится твой должник, не вернувший тысячу долларов, или незнакомец, как-то давший тебе прикурить в городе Ред-Уинг, штат Миннесота, или тип, который десяток лет назад уболтал и увел от тебя твою девушку. Можно быть уверенным в одном: прежде чем раствориться в зелено-кремовых парижских сумерках, ты испытаешь чувство, будто на мгновение перенесся в одно из тех мест, которым от века уготована роль центра мира.

В половине восьмого встань посередине комнаты, постой полчаса с закрытыми глазами (я предлагаю это не всерьез), а потом открой их. Серые, синие и синевато-серые тона сцены померкли, доминирующей нотой (как выражаются галантерейщики) стало черное и белое. Минует еще полчаса — никаких нот нет вообще, комната почти пуста. Те, кто условился пообедать в компании, отправились обедать, неусловившиеся делают вид, что им тоже нужно на обед. Исчезли даже двое американцев, первыми явившиеся утром в бар: их увели заботливые друзья. Стрелки часов дергаются, как от электрического удара, и перескакивают на девять. Последуем за ними и мы.

Сейчас девять часов по времени «Рица», которое ничем не отличается от времени во всех прочих местах. В зал входит, вытирая шелковым платком алый разгоряченный лоб, мистер Джулиус Бушмилл, предприниматель (род. 1 июня 1876, Кантон, Огайо; супр. Джесси Пеппер; масон, республиканец, конгрегационалист, в 1908 депутат М. А. Ам., в 1909–1912 — предс., с 1911 директор компании «Граймз, Хансен», управляющий Мидлендской железной дорогой штата Индиана и пр. и пр.). Это его собственный лоб. На мистере Бушмилле красивый пиджак, но нет жилетки: обе его жилетки гостиничный лакей по ошибке отправил в сухую чистку, по каковому поводу у них с мистером Бушмиллом состоялось многословное объяснение, занявшее добрых полчаса. Само собой понятно, что видный промышленник был немало обескуражен непорядком в своем туалете. Преданную супругу и красавицу-дочь он оставил в холле, сам же стал искать некоего подкрепления, прежде чем отправиться в роскошную, предназначенную для привилегированной публики столовую.

Кроме него в баре находился только один посетитель: молодой американец, высокий, темноволосый и не лишенный мрачной привлекательности; скорчившись на кожаном угловом диване, он не сводил глаз с патентованных кожаных туфель мистера Бушмилла. Тот задался было вопросом, не посягнул ли злополучный лакей и на его обувь, но беглый взгляд вернул ему спокойствие. Это так его обрадовало, что он широко улыбнулся молодому человеку и по привычке сунул руку в карман пиджака за визитной карточкой.

— Не обнаружил жилетки, — признался он. — Чертов лакей забрал обе. Ясно?

Мистер Бушмилл продемонстрировал постыдную обнаженность крахмальной рубашечной груди.

— Простите? — Молодой человек, вздрогнув, поднял глаза.

— Жилетки, — повторил мистер Бушмилл уже с меньшим удовольствием. — Потерял свои жилетки.

Молодой человек задумался.

— Я их не видел, — сказал он.

— О, не здесь! Наверху.

— Спросите Джека, — предложил молодой человек и указал на бар.

Один из наших национальных недостатков состоит в том, что мы не уважаем созерцательного настроения. Бушмилл опустился на стул, предложил молодому человеку выпить и вынудил его неохотно согласиться на молочный шейк. Описав в деталях случай с жилетками, он кинул ему через стол свою визитку. Бушмилл не относился к тому надутому, застегнутому на все пуговицы типу миллионера, который так распространился после войны. Скорее он следовал образцу, принятому в 1910 году: чему-то среднему между Генрихом Восьмым и «наш мистер Джоунз будет в Миннеаполисе в пятницу». По сравнению с новейшим типом он был более шумным, провинциальным и добродушным.

Молодых людей он любил — его собственный сын был бы ровесником этого юноши, если бы не дерзкое упорство немецких пулеметчиков в последние дни войны.

— Я здесь с женой и дочерью, — поделился Бушмилл. — Как вас зовут?

— Коркоран, — отозвался молодой человек вежливо, но без особой охоты.

— Вы из Америки — или из Англии?

— Из Америки.

— Чем занимаетесь?

— Ничем.

— Долго здесь пробыли? — упорствовал Бушмилл. Молодой человек заколебался.

— Я здесь родился, — сказал он.

Бушмилл заморгал и невольно обвел взглядом помещение бара.

— Родились?

Коркоран улыбнулся.

— Наверху, на пятом этаже.

Официант поставил на стол два напитка и тарелку чипсов «саратога». И тут же Бушмилл подметил любопытное явление: рука Коркорана стремительно засновала между тарелкой и ртом, всякий раз перемещая к жадно разинутому отверстию новую толстую стопку картофельных ломтиков, так что вскоре тарелка опустела.

— Простите. — Коркоран с сожалением посмотрел на тарелку, вынул носовой платок и вытер пальцы. — Я не думал о том, что делаю. Уверен, вы можете заказать еще.

Только теперь Бушмиллу бросились в глаза некоторые детали: щеки молодого человека были втянуты больше, чем следовало при таком строении лица, что объяснялось либо истощенностью, либо нездоровьем; костюм из тонкой фланели, явно ведущий свое происхождение с Бонд-стрит, залоснился от частой глажки, а локти едва ли не просвечивали; собеседник внезапно приосел, словно бы, не дожидаясь положенного получаса, уже начал переваривать картофель и молочный шейк.

— Стало быть, здесь и родились? Но догадываюсь, немало пожили за границей? — спросил Бушмилл задумчиво.

— Да.

— А когда в последний раз плотно ели?

Молодой человек вздрогнул.

— Ну, за ланчем. Приблизительно в час.

— В час дня в прошлую пятницу, — со скепсисом дополнил Бушмилл.

Последовало длительное молчание.

— Да, — признался Коркоран. — В прошлую пятницу, примерно в час.

— Остались на мели? Или ждете денег из дома?

— Дом у меня здесь. — Коркоран обвел рассеянным взглядом комнату. — Большую часть жизни я переезжаю из города в город и останавливаюсь в отелях «Риц». Думаю, если я скажу наверху, что я на мели, то мне не поверят. Между тем денег у меня осталось ровно столько, чтобы завтра, когда буду выселяться, заплатить по счету.

Бушмилл нахмурился.

— На те деньги, что здесь берут за день, вы могли бы неделю прожить в гостинице поменьше.

— Я не знаю названий других гостиниц.

Коркоран сконфуженно улыбнулся. Эта необычайно обаятельная и притом исполненная самоуверенности улыбка вызвала у Джулиуса Бушмилла жалость, смешанную с почтением. Как любому человеку, кто сам себя сделал, ему был не чужд снобизм, и он понимал, что вызывающие слова юноши содержат в себе чистую правду.

— Планы какие-нибудь есть?

— Никаких.

— Способности... или таланты?

Коркоран задумался.

— Я говорю на нескольких языках. Но таланты... боюсь, талант у меня один — тратить деньги.

— Откуда вы знаете, что он у вас есть?

— Да уж знаю. — Он опять задумался. — Я только что промотал полмиллиона долларов.

Вырвавшийся было у Бушмилла возглас замер на первом слоге: тишину гриль-бара нарушил новый голос — нетерпеливый, укоряющий, радостно оживленный.

— Вам не попадался мужчина без жилетки, зовут Бушмилл? Глубокий старик, лет пятидесяти? Мы ждем его уже часа два или три.

— Хэлли! — Бушмилл виновато ахнул. — Хэлли, я здесь. Я совсем забыл о твоем существовании.

— Не воображай себе, будто нам понадобился ты как таковой. — Хэлли подошла ближе. — На самом деле нам нужны были деньги. Мы с мамой хотели подкрепиться — и, между прочим, пока мы ждали в холле, двое премилых французских джентльменов приглашали нас на обед!

— Это мистер Коркоран, — проговорил Бушмилл. — Моя дочь.

Хэлли Бушмилл была молода, легка и подвижна, с мальчишеской прической и чуть выпуклым, как у ребенка, лбом; черты ее лица, мелкие и правильные, при улыбке пускались в перепляс. Ей приходилось постоянно сдерживать их наклонность к бесшабашному веселью; дай им волю — наверное, думала она, — и они уже не вернутся под ее детский лоб, на отведенную им площадку для игр.

— Мистер Коркоран родился здесь, в «Рице», — объявил ее отец. — Прости, что заставил вас с мамой ждать, но, по правде, я готовил небольшой сюрприз. — Обратив взгляд к Коркорану, он выразительно подмигнул. — Как тебе известно, послезавтра мне нужно ехать по делам в Англию, в один из тамошних уродливых промышленных центров. Я планировал, что ты с матерью попутешествуешь этот месяц по Бельгии и Голландии и завершишь поездку в Амстердаме, где вас встретит твой... Где вас встретит мистер Носби.

— Ну да, все это мне известно, — кивнула Хэлли. — Рассказывай, в чем сюрприз.

— Я собирался нанять туристического агента, — продолжал мистер Бушмилл, — но, к счастью, встретился этим вечером со своим приятелем Коркораном, и он согласился вас сопровождать.

— Я не говорил ни слова... — изумился было Коркоран, но Бушмилл остановил его решительным жестом и продолжил:

— Коркоран вырос в Европе и знает ее вдоль и поперек; родился в «Рице» — и понимает, что и как делается в отелях; имея опыт, — он многозначительно посмотрел на Коркорана, — имея опыт, поможет вам с мамой не расшвырять деньги, укажет, как соблюсти разумную умеренность.

— Отлично! — Хэлли взглянула на Коркорана с интересом. — Мы совершим настоящий объезд, мистер...

Она осеклась. В последние минуты с лица Коркорана не сходило странное выражение — теперь внезапно расплывшееся, сменившееся всполошенной бледностью.

— Мистер Бушмилл, — с усилием произнес Коркоран. — Мне нужно поговорить с вами наедине... сейчас же. Это очень важно. Я...

Хэлли вскочила с места.

— Я подожду вместе с мамой. — В ее глазах проглядывало любопытство. — Не задерживайтесь... вы оба.

Когда она вышла, Бушмилл с тревогой обернулся к Коркорану:

— Что такое? Что вы хотели мне сказать?

— Я только хотел сказать, что вот-вот упаду в обморок, — отозвался Коркоран.

Сказал — и без промедления рухнул.

II

Хотя Бушмилл расположился к Коркорану с первого взгляда, навести справки все же было необходимо. Парижский филиал нью-йоркского банка, имевший дело с остатками полумиллиона, сообщил все, что требовалось знать. Коркоран не был подвержен пьянству, азартным играм или другим порокам, он просто тратил деньги — и все. Разные люди — в том числе некоторые служащие банка, знакомые с семьей Коркорана, — пытались в разное время его урезонить, но, похоже, он был неисправимым транжирой. Детство и юность, проведенные в Европе с матерью, от которой он ни в чем не знал отказа, начисто лишили его понятия о ценностях и расчете.

Удовлетворенный, Бушмилл прекратил расспросы; никто не знал, что случилось с деньгами, а если бы и нашелся кто-то осведомленный, Бушмиллу показалось неловким глубже копаться в недавнем прошлом молодого человека. И все же, отправляя путешественников на поезд, он не упустил случая произнести напоследок несколько напутственных слов.

— Финансы я доверяю вам, потому что вы должны были усвоить урок, — сказал он Коркорану, — но не забывайте, что на сей раз распоряжаетесь не своими деньгами. Вам принадлежат только семьдесят пять долларов в неделю — это ваше жалованье. Все другие траты нужно заносить в книжечку и потом показать мне.

— Понятно.

— Первое — это тратить деньги осмотрительно и доказать мне, что у вас хватило ума извлечь урок из своих ошибок. Второе, и самое важное, чтобы мои жена и дочь хорошо провели время.

На свое первое жалованье Коркоран снабдил себя путеводителями и книгами по истории Голландии и Бельгии и вечером перед отъездом, а также в первый вечер в Брюсселе допоздна за ними сидел, накапливая сведения, с которыми не ознакомился раньше, в поездках с матерью. Тогда они не осматривали достопримечательности. Мать считала, что этим занимаются только школьные учителя и вульгарная туристская толпа, однако мистер Бушмилл дал понять, что Хэлли должна получить от поездки всю возможную пользу; нужно заранее готовиться к посещению очередного города и стараться ее заинтересовать.

В Брюсселе им предстояло пробыть пять дней. В первое утро Коркоран приобрел три билета на туристический автобус, и они осмотрели ратушу, дворцы, памятники и парки. Коркоран театральным шепотом поправлял исторические ошибки гида и остался очень собой доволен.

Но к концу дня, пока они все еще ехали, зарядил дождь, Коркорану наскучил собственный голос, вежливые «о, как интересно», произнесенные Хэлли и подхваченные ее матерью, и он задал себе вопрос, не слишком ли это много — пять дней на осмотр Брюсселя. И все же он, несомненно, произвел впечатление на дам, а также успешно начал осваивать роль серьезного и хорошо осведомленного молодого человека. Более того, он разумно распорядился деньгами. Вознамерившись было нанять на день частный лимузин, что стоило бы двенадцать долларов, он не поддался первому порыву и теперь собирался занести в книжечку всего лишь три доллара: по одному за автобусный билет. Эту запись он сделал для мистера Бушмилла перед тем, как засесть за книги.

Но первым делом Коркоран принял горячую ванну: ехать в одном салоне с обыкновенными туристами ему прежде не доводилось и он испытывал некоторую брезгливость.

На следующий день осмотр достопримечательностей продолжился, но продолжился и дождь, и вечером, к огорчению Коркорана, миссис Бушмилл почувствовала себя простуженной. Это был всего лишь насморк, но пришлось оплатить по американским ценам два визита врача, а кроме того, дюжину медицинских препаратов, которые, независимо от обстоятельств, всегда назначают европейские доктора, так что вечером в книжечке появилась обескураживающая запись:

Одна погибшая шляпка (она уверяла, будто шляпка старая, но мне так не показалось)	$10.00
3 билета на автобус, понедельник	3.00
3 билета — « — вторник	2.00
Чаевые безграмотному гиду	1.50
2 визита врача	8.00
Лекарства	2.25
Всего за двухдневный осмотр достопримечательностей	$26.75

Чтобы себя утешить, Коркоран подумал о записи, которую пришлось бы сделать, если бы он послушался своего первого побуждения:

Один комфортабельный лимузин на два дня, включая чаевые шоферу	$26.00

На следующее утро миссис Бушмилл осталась в постели, а Коркоран с Хэлли на экскурсионном поезде отправились в Ватерлоо. Коркоран усердно проштудировал стратегию битвы и после краткого обзора политического положения начал объяснять маневры Наполеона, однако был разочарован безразличием Хэлли. За ланчем он обеспокоился еще больше. Он пожалел, что, вопреки своему первоначальному экстравагантному намерению, не захватил из отеля холодных омаров. Еда в здешнем ресторане оказалась отвратительной, и Хэлли переводила жалобный взгляд то на твердый картофель и застарелый бифштекс на столе, то на унылые струи дождя за окном. Коркоран и сам не испытывал особого аппетита, но заставлял себя есть и изображать удовольствие. Еще два дня в Брюсселе! А потом Антверпен! И Роттердам! И Гаага! Еще двадцать пять суток засиживаться допоздна над книгами по истории — и ради кого? Ради бесчувственной молодой особы, которой, судя по всему, нет никакого дела до здешних красот и памятных мест.

Они выходили из ресторана, и размышления Коркорана прервал голос Хэлли, в котором прозвучала новая нота.

— Возьмите такси, я хочу домой.

Он в ужасе обернулся.

— Как? Вы хотите вернуться, не осмотрев знаменитую музейную панораму, где запечатлены все сцены, где на переднем плане есть фигуры раненых и убитых в человеческий рост...

— Вот такси, — прервала его Хэлли, — быстрей!

— Такси! — простонал Коркоран, припуская по грязи за машиной. — И здешние таксисты — сущие разбойники; мы могли бы за ту же цену нанять туда и обратно лимузин.

Они возвращались в отель молча. Войдя в лифт, Хэлли внезапно смерила Коркорана решительным взглядом.

— Пожалуйста, наденьте сегодня костюм. Мне хочется пойти куда-нибудь потанцевать... И, пожалуйста, пришлите цветы.

Коркоран усомнился, что подобного рода развлечения были предусмотрены мистером Бушмиллом... в особенности если учесть, что, как он понял, Хэлли была практически помолвлена с мистером Носби, который должен был присоединиться к ним в Амстердаме.

Терзаемый сомнениями, он отправился в цветочный магазин и стал прицениваться к орхидеям. Однако букетик на корсаж из трех штук тянул на двадцать четыре доллара, и Коркорану не улыбалось вносить в книжечку такой расход. Нехотя он выбрал душистый горошек, но утешился, увидев его в семь вечера

на мисс Бушмилл, вышедшей из лифта в розоволе-
пестковом платье.

Коркоран был удивлен и немало растревожен ее
красотой — он никогда еще не видел ее в вечернем туалете. Мелкие правильные черты приплясывали в вос-
торженном предвкушении; Коркоран решил, что покупку орхидей мистер Бушмилл все же бы одобрил.

— Спасибо за чудесные цветы! — воскликнула
она. — Куда отправимся?

— Здесь в отеле очень неплохой оркестр.

Ее лицо едва приметно вытянулось.

— Ну ладно, начнем отсюда...

Они спустились в полупустой холл, где там и сям
томились в летней апатии группки обедающих. Когда заиграла музыка, лишь полдюжины американцев
поднялись на ноги и с вызовом вышли на свободную
площадку. Хэлли с Коркораном начали танец. Она
удивилась его мастерству — подобным образом должны бы танцевать все высокие и стройные мужчины;
он вел ее так деликатно, словно на глазах у нескольких сотен зрителей поворачивал в руках яркий букет
или отрез драгоценной ткани.

Но когда музыка смолкла, Хэлли поняла, что зрителей не было и двух десятков: даже имевшаяся небольшая кучка после обеда начала вяло расходиться.

— Не отправиться ли нам в какое-нибудь место
повеселее? — предложила Хэлли.

Коркоран нахмурился.

— Чем же здесь не весело? — встревоженно спросил он. — Мне нравится золотая середина.

— Вот-вот. Туда и отправимся!

— Я не о кафе, а о принципе, которым стараюсь
руководствоваться. Не уверен, что вашему отцу понравилось бы...

Щеки Хэлли вспыхнули от злости.

— Отчего бы вам хоть немного не побыть человеком? Когда отец сказал, что вы родились в «Рице»,
я подумала, вы знаете толк в развлечениях.

У него не нашлось заготовленного ответа. В конце концов, разве не имеет девушка столь яркой внешности право на нечто большее, чем танцы в пустом зале отеля и автобусные экскурсии под дождем?

— Неужели в этом состоит ваше представление о бунтарстве? — продолжала она. — Случалось ли вам задумываться о чем-нибудь помимо истории и памятников? Да вы веселиться-то умеете?

— Раньше умел — и даже очень.

— Что?

— Честно говоря... раньше я был мастером тратить деньги.

— Тратить деньги? — фыркнула Хэлли. — На это? Она отколола от лифа букетик и кинула на стол.

— Будьте любезны, заплатите по чеку. Пойду наверх спать.

— Ладно, — внезапно сдался Коркоран. — Я решил устроить вам развлечение.

— Какое? — с ледяной усмешкой спросила Хэлли. — Поведете меня в кино?

— Мисс Бушмилл, — решительно начал Коркоран, — в свое время я затевал такие развлечения, какие вам, при всех усилиях вашей убогой провинциальной фантазии, никогда не придут в голову. От Нью-Йорка до Константинополя — где только я не устраивал приемы; индийские раджи плакали от зависти, наблюдая мои затеи. Оперные примадонны разрывали десятитысячные контракты, чтобы выступить на самых скромных из моих обедов. Когда вы еще пешком ходили под стол у себя в Огайо, я организовал для гостей морское путешествие, и они так увлеклись, что катались бы до сих пор, если бы я не потопил яхту.

— Я... нет, я не верю, — выдохнула Хэлли.

— Вы заскучали, — прервал ее Коркоран. — Ладно. Я сделаю то, на что способен. В чем поднаторел. С завтрашнего дня и до прибытия в Амстердам вы переживете незабываемое время.

III

Коркоран действовал стремительно. В тот же вечер, отведя Хэлли в номер, он побывал в нескольких местах — собственно, хлопоты его не прекращались до одиннадцати утра. В одиннадцать он стукнул несколько раз в дверь миссис и мисс Бушмилл.

— У вас назначен ланч в Брюссельском загородном клубе, — обратился он непосредственно к Хэлли, — с князем Абризини, графиней Перимон и британским атташе — майором сэром Рейнолдсом Фицхью. Через полчаса к дверям отеля прибудет ландо «боллс-феррари».

— Но я думала, мы пойдем на выставку кулинарии, — растерялась миссис Бушмилл. — Мы планировали...

— Туда пойдете *вы*, — любезно поправил Коркоран, — с двумя милыми дамами из Висконсина. Потом у вас запланирована американская чайная и американский ланч с американской едой. В двенадцать вас будет ждать у дверей темный, неяркого цвета таун-кар.

Он обернулся к Хэлли:

— Прямо сейчас прибудет ваша новая горничная и поможет вам одеться. Она же присмотрит в ваше отсутствие за переноской вещей, чтобы все было разложено по местам. Вечером у вас к чаю будут гости.

— Как, какие гости? Я никого здесь не знаю...

— Приглашения уже разосланы.

Не дожидаясь новых протестов, он с полупоклоном вышел.

Ближайшие три часа промелькнули, как в калейдоскопе. Было роскошное ландо, где рядом с шофером сидел фиолетовый лакей в цилиндре и атласных штанах, были заросли орхидей в миниатюрных вазочках, натыканных там и сям по всему салону. В клубе, сидя за усыпанным розами столиком, Хэлли поражалась впечатляющим титулам, которые упоминались в разговорах; кроме того, во время ланча один за другим возникали из ниоткуда незнакомые мужчины, в количестве не менее дюжины, и замедляли шаг, чтобы быть ей представленными. За все два года, что она пробыла первой красавицей заштатного городка в Огайо, ей не доводилось принимать столько знаков внимания, выслушивать столько комплиментов; от удовольствия ее щеки, нос, губы весело пританцовывали. Вернувшись в отель, Хэлли обнаружила, что ее с матерью успели переселить в королевский номер: обширную, с высоким потолком гостиную и две солнечные спальни с окнами в сад. К ней была приставлена горничная в чепце (в точности такую французскую горничную Хэлли как-то играла в пьесе), и все слуги в отеле стали проявлять особую почтительность. Ее с поклонами препроводили вверх по лестнице (других гостей оттирали в стороны), впустили в лифт, с клацаньем захлопнули дверцы перед носом двух взбешенных англичанок и в мгновение ока вознесли на нужный этаж.

Чайный вечер удался на славу. Мать, в хорошем настроении после двухчасовой приятной беседы, общалась со священником Американской церкви, Хэлли тем временем восторженно расхаживала в толпе очаровательных галантных мужчин. Она удивилась, когда узнала, что в тот же вечер устраивает в фешенебельном «Кафе Ройяль» обед с танцами — предстоящее событие затмило своим блеском нынешнее. О том, что полуденным поездом из Парижа в Брюссель отправились двое эстрадных артистов, Хэлли не догадывалась, пока они не выскочили радостно на сверкающий паркет. Но она знала, что на каждый танец у нее имеется дюжина партнеров и разговоры шли отнюдь не о памятниках или полях сражений. В полночь, когда к ней подошел Коркоран и заявил, что собирается отвезти ее домой, она бы бурно запротестовала, но ею уже владела блаженная усталость.

И только тут, в роскошном салоне таун-кара, ей выдалась досужая минута, чтобы удивиться:

— Но бога ради, как?.. Как вам это удалось?

— Это ерунда... времени не хватало, — отмахнулся Коркоран. — У меня есть несколько знакомых молодых людей в посольствах. Брюссель, знаете ли, не самый веселый город, и они рады любому случаю разогнать скуку. А все остальное... и того проще. Вам было интересно?

Ответа не последовало.

— Вам было интересно? — не без тревоги повторил Коркоран. — Потому что какой смысл продолжать, если вам...

— Сражение Веллингтона выиграл майор сэр Коркоран Фицхью Абризини. — Язык Хэлли заплетался, но смысл ее слов был вполне ясен.

Хэлли засыпала.

IV

Прошло еще три дня, Хэлли наконец согласилась расстаться с Брюсселем, и путешественники переместились в Антверпен, потом в Роттердам и Гаагу. Но они уже мало напоминали тех экскурсантов, которые какую-то неделю назад покинули Париж. Поездка продолжалась в двух лимузинах, поскольку всегда наличествовала пара-другая сопровождающих кавалеров, не говоря о четверке слуг — те тряслись в поезде. Путеводители и исторические книги больше не появлялись. В Антверпене Коркоран выбрал для проживания не отель, а знаменитый охотничий домик в окрестностях — снял его на шесть дней со всей обслугой.

До их отъезда в антверпенских газетах появилась фотография Хэлли с заметкой, где она была названа красивой американской наследницей, которая сняла Брабантский домик и устраивала такие замечательные приемы, что там неоднократно была замечена некая особа королевской крови.

В Роттердаме Хэлли не осматривала ни Бомпьес, ни Гроте-Керк — то и другое затмил поток приятных молодых голландцев, смотревших не нее нежными голубыми глазами. Но в Гааге, когда поездка близилась к концу, ей вдруг сделалось грустно: такое было прекрасное время и вот оно уходит в прошлое. Впереди маячили Амстердам и джентльмен из Огайо, не знающий толка в пышных развлечениях; Хэлли пыталась радоваться, но не могла. Ее также угнетало поведение Коркорана, который как будто ее избегал: со времен Антверпена он почти с ней не разговаривал и ни разу не танцевал. Вокруг этого и крутились мысли Хэлли в последний вечер, когда путешественники ехали в сумерках по Амстердаму и ее мать дремала в уголке автомобиля.

— Вы были так добры ко мне, — сказала Хэлли. — Если вы до сих пор обижаетесь за тот вечер в Брюсселе, пожалуйста, простите меня.

— Простил уже давно.

Они въехали в город молча, и Хэлли выглянула в окно чуть ли не со страхом. Что же делать теперь, когда некому будет о ней заботиться — заботиться о той части ее существа, которая жаждет вечной молодости и веселья? Перед самым отелем она снова обернулась к Коркорану, и они обменялись странными беспокойными взглядами. Она коснулась его руки и слегка ее пожала, словно это было их настоящее прощание.

Мистер Клод Носби был чопорный, лощеный мужчина с темными волосами, возраст его приближался к сорока. Скользнув враждебным взглядом по Коркорану, он помог Хэлли выйти из машины.

— Твой отец будет завтра, — возвестил он с нажимом. — Его внимание привлекла твоя фотография в антверпенских газетах, и он спешит сюда из Лондона.

— Но почему бы антверпенским газетам не опубликовать мое фото, Клод? — невинным тоном спросила Хэлли.

— Это несколько необычно.

Мистеру Носби пришло ранее письмо от мистера Бушмилла с рассказом о том, как была организована поездка. Затея крайне ему не понравилась. Весь обед он без всякого восторга выслушивал отчет Хэлли о ее приключениях, которому увлеченно вторила ее мать. Когда Хэлли и миссис Бушмилл отправились спать, Носби сказал Коркорану, что хотел бы поговорить с ним наедине.

— Э... мистер Коркоран, — начал он, — не будете ли вы так любезны показать мне конторскую книгу, которую ведете для мистера Бушмилла?

— Не хотелось бы, — вежливо возразил Коркоран. — Думаю, она касается только мистера Бушмилла и меня.

— Это одно и то же, — нетерпеливо проговорил Носби. — Вы, должно быть, не знаете, что мы с мисс Бушмилл помолвлены.

— Я об этом догадывался.

— Может быть, вы догадываетесь также, что я не особенно одобряю развлечения, которые вы для нее выбирали.

— Развлечения самые обычные.

— Смотря на чей вкус. Так вы дадите мне книгу?

— Завтра, — тем же любезным тоном отозвался Коркоран, — и только мистеру Бушмиллу. Спокойной ночи.

Уснул Коркоран поздно. В одиннадцать его разбудил телефонный звонок: голос мистера Носби холодно проинформировал, что мистер Бушмилл прибыл и хочет теперь же с ним увидеться. Через десять минут, постучав в дверь своего нанимателя, Коркоран обнаружил в комнате также Хэлли и ее мать: немного насупленные, они сидели на диване. Мистер Бушмилл спокойно кивнул Коркорану, но не подал руки.

— Посмотрим нашу конторскую книгу, — проговорил он с места в карьер.

Коркоран протянул ему книжечку, а также объемистую пачку расписок и квитанций.

— Слышал, вы трое стояли на голове.

— Нет, только мы с мамой, — вмешалась Хэлли.

— Вы, Коркоран, подождите снаружи. Когда понадобитесь, я вас позову.

Коркоран спустился в вестибюль и узнал от швейцара, что поезд в Париж отправляется в полдень. Потом купил «Нью-Йорк геральд» и полчаса просматривал заголовки. Наконец его вызвали наверх.

Было заметно, что в его отсутствие произошел бурный спор. Мистер Носби смотрел в окно, на его лице была написана покорность судьбе. На щеках миссис Бушмилл еще не высохли слезы, Хэлли, победно наморщив свой детский лоб, утвердилась у отца на колене.

— Садитесь, — строго распорядилась она.

Коркоран сел.

— С какой стати вам вздумалось устроить нам такое хорошее времяпрепровождение?

— Брось, Хэлли, — нетерпеливо вмешался ее отец. Он обернулся к Коркорану: — Давал я вам право истратить за полтора месяца двенадцать тысяч долларов?

— Вы поедете с нами в Италию, — ободрила Коркорана Хэлли. — Мы...

— Да помолчи же! — взорвался Бушмилл. — Ты, быть может, удивишься, но я терпеть не могу ошибаться, а потому у меня на душе кошки скребут.

— Ерунда какая-то! — заметила Хэлли веселым голосом. — Ты только что вовсю потешался!

— Потешался? Над этой дурацкой книжкой? А как тут не потешаться? Четыре статьи по пятьсот с лишним франков! Крещальная купель — подарок священнику Американской церкви, сделанный за чаем. Словно книга учета в сумасшедшем доме!

— Пустяки, — сказала Хэлли. — Ты сможешь вычеркнуть стоимость купели из своего налогооблагаемого дохода.

— Это утешительно, — угрюмо буркнул ее отец. — Как бы то ни было, тратить за меня мои деньги этому юноше больше не придется.

— Но он все равно замечательный гид. Он знает все на свете — правда? О памятниках, катакомбах и битве при Ватерлоо.

— Пожалуйста, дай мне самому поговорить с мистером Коркораном. — (Хэлли умолкла.) — Миссис Бушмилл, моя дочь и мистер Носби собираются в поездку по Италии с остановкой на Сицилии, где у мистера Носби есть дела. И им нужны вы... то есть Хэлли и ее мать думают, ваше сопровождение будет им полезно. Зарубите себе на носу: королевские балы вы больше задавать не будете. Жалованье, оплата расходов — вот все, что вы получите. Поедете?

— Нет, спасибо, мистер Бушмилл, — спокойно проговорил Коркоран. — Сегодня в полдень я возвращаюсь в Париж.

— Как бы не так! — возмутилась Хэлли. — От кого я тогда узнаю про Форум, Акрополь и все прочее? — Она соскочила с колена отца. — Погоди, папа, я его уговорю. — Не дав никому опомниться, она схватила Коркорана за руку, утянула в коридор и захлопнула за собой дверь.

— Вы обязаны поехать, — проговорила она умоляюще. — Неужели вам не понятно? Я увидела Клода в новом свете и не хочу за него замуж, а сказать отцу никак не решусь, и, если мы отправимся втроем с Клодом, я просто сойду с ума.

Дверь распахнулась, мистер Носби смерил их подозрительным взглядом.

— Все в порядке! — крикнула Хэлли. — Он согласен. Он просто хотел прибавки жалованья, но стеснялся сказать.

Когда они вернулись в комнату, мистер Бушмилл оглядел обоих.

— Почему вы решили, что вам полагается больше?

— Чтобы больше тратить, конечно, — торжествующим тоном объяснила Хэлли. — Ему ведь придется держаться на одном с нами уровне, так?

Этот неопровержимый аргумент поставил точку в споре. Коркорану предстояло отправиться в Италию в качестве гида и туристического агента за месячное жалованье триста пятьдесят долларов — на пятьдесят долларов больше, чем прежде. С Сицилии намечалось плыть в Марсель, где компанию встретит мистер Бушмилл. Далее услуги мистера Коркорана не понадобятся: Бушмиллы и мистер Носби сразу отплывут домой.

Путешествие началось следующим утром. Еще до Италии стало понятно, что мистер Носби намерен устроить экспедицию так, как сам считает нужным. Он сознавал, что Хэлли уже не так послушна и податлива, как на родине, а на упоминания свадьбы отвечает необычно обтекаемыми фразами, однако не приходилось сомневаться, что она очень любит отца и в конечном счете поступит так, как захочет он. Необходимо только проследить за тем, чтобы до возвращения в Америку ее не сбил с толку какой-нибудь юный недоумок вроде этого неудержимого мота. В американском промышленном городке, где все знакомо и привычно, Хэлли незаметно вернется к прежнему образу мыслей.

И вот в первый месяц путешествия Носби не отходил от Хэлли ни на шаг, Коркорана же ухитрялся гонять по пустым поручениям, отнимавшим у того большую часть времени. Обыкновенно он вставал с утра пораньше и устраивал так, что Коркоран на весь день увозил куда-нибудь миссис Бушмилл, а Хэлли узнавала об этом, только когда они уже уедут. На оперу в Милане, на концерты в Риме покупалось по три билета; во время автомобильных прогулок Носби давал Коркорану понять, что его место снаружи, рядом с шофером.

В Неаполе они собирались задержаться на день, сесть на пароходик и посетить знаменитый Голубой грот на острове Капри. Возвратившись в Неаполь, отправиться в автомобиле на юг, чтобы затем перебраться на Сицилию. Мистер Носби получил в Неаполе телеграмму из Парижа, от мистера Бушмилла, которую не стал читать остальным, а сложил и сунул в карман. Он сказал, однако, что перед посадкой на пароход должен будет зайти на минутку в один итальянский банк.

Миссис Бушмилл в то утро с ними не поехала, и Хэлли с Коркораном ждали в такси у дверей банка. За целый месяц они впервые остались с глазу на глаз, без чопорно-лощеного мистера Носби, маячившего рядом.

— Мне нужно с вами поговорить, — приглушенным голосом начала Хэлли. — Я много раз пыталась, но без толку. Он вынудил отца согласиться на то, что, если вы станете со мной заигрывать или просто проявлять внимание, ему разрешается тут же отослать вас домой.

— Мне не следовало ехать, — раздосадованно отозвался Коркоран. — Это была ужасная ошибка. Но я хотел еще раз повидать вас наедине... хотя бы проститься.

Когда Носби торопливым шагом вышел из банка, Коркоран замолк и, притворившись, будто наблюдает за чем-то интересным, наудачу отвел взгляд в сторону. И вдруг, словно бы ему подыгрывая, на углу перед банком в самом деле произошел любопытный случай. Из-за угла выбежал человек без пиджака, схватил за плечо стоявшего там невысокого смуглого горбуна, развернул его в обратном направлении и указал на такси. Человек в рубашке даже не глядел на Коркорана и Хэлли — словно знал, что они там есть.

Горбун кивнул, и тут же оба исчезли: человек в рубашке вернулся в переулок, горбун просто растаял. Произошло это так стремительно, что Коркоран успел только мимоходом удивиться — и вспомнил об увиденном лишь спустя восемь часов, когда компания вернулась с Капри.

По Неаполитанскому заливу в то утро ходили волны, и маленький пароходик шатался, как пьяный, из стороны в сторону. Вскоре лицо мистера Носби пошло менять оттенки с желтого на бледно-кремовый и наконец на призрачно-белый, однако он упрямо твердил, что не замечает качки, и только без конца прогуливался туда-сюда по палубе, заставляя Хэлли его сопровождать.

Когда пароход пристал к скалистому, сверкающему радостными красками острову, от берега отчалили дюжины лодок и закачались на волнах в ожидании пассажиров, желающих добраться до Голубого грота. При виде этой непрестанной пляски святого Витта лицо мистера Носби из респектабельно белого сделалось причудливо и неуместно голубым, вслед за чем он принял внезапное решение.

— Чересчур качает, — объявил он. — Мы не поедем.

Хэлли, зачарованно глядевшая за борт, не обратила внимания на его слова. Снизу неслись призывные крики:

— Леди и джентльмены, хороший лодка!

— Я говорить американски — два года жить в Америка!

— Солнышко-то как светит! Как в такой день не полюбоваться Голубым гротом!

Первые пассажиры уже отплыли, по двое в лодке, Хэлли вместе со следующей группой двинулась по сходням.

— Хэлли, ты куда! — закричал мистер Носби. — Сегодня опасно. Мы остаемся на борту.

Хэлли обернулась к нему с середины сходней:

— Я еду, и думать нечего! Добраться до Капри — и не посмотреть Голубой грот?

Носби снова взглянул на волны и поспешно отвернулся. Хэлли, сопровождаемая Коркораном, уже садилась в тесную лодку и веселым взмахом руки прощалась с Носби.

Они приближались к берегу, направляясь к небольшому черному проему в скалах. Лодочник велел им сесть, чтобы не стукнуться головой о камни. Мгновенный нырок в темноту — и им открылось обширное пространство, яркий ультрамариновый рай, пещера-собор, где вода, воздух, высокий свод потолка светились опаловой голубизной.

— Чудо чудное, — нараспев повторял лодочник. Он сделал гребок веслом, и у всех на глазах оно обернулось невероятным серебром.

— Окуну-ка я руку! — восхитилась Хэлли.

Они с Коркораном стояли на коленях, и, когда она наклонилась, чтобы опустить в воду ладонь, обоих, как в сказке, объяло необычайное свечение и их губы соприкоснулись. Затем весь мир поголубел и засеребрился — или это был не мир, а восхитительное видение, в котором им назначено пребывать на веки вечные.

— Диво дивное, — выпевал лодочник. — Возвращайтесь в Голубой грот завтра, послезавтра. Спросите Фредерико, я знаю, как чего показать. О, пре-е-е-лесть!

И снова их губы потянулись друг к другу, сгустки голубизны и серебра взметались фейерверком и, лопнув, укрывали их плечи цветными искорками — и можно было уже не бояться ни хода времени, ни посторонних глаз. Они опять поцеловались. Там и сям по краям пещеры будили эхо голоса туристов. Какой-то мальчик, нагой и загорелый, нырнул с высокой скалы, рассек воду, подобно серебряной рыбке, и голубизна вскипела тысячью платиновых пузырьков.

— Я люблю тебя всем сердцем, — шепнула Хэлли. — Что нам делать? Ох, дорогой, если бы ты умел хоть немного разумнее обращаться с деньгами!

Пещера пустела, лодочки одна за другой устремлялись к выходу в сверкающее, неспокойное море.

— До свиданья, Голубой грот! — пел лодочник. — Завтра я вернусь!

Ослепленные солнцем, Хэлли и Коркоран отпрянули друг от друга и обменялись взглядами. Голубизна с серебром остались позади, но сияние не покинуло их лица.

И здесь, под голубым небом, «я люблю тебя» прозвучало не менее убедительно.

Ожидавший их на палубе мистер Носби не произнес ни слова, только оглядел обоих внимательно и всю дорогу до Неаполя сидел между ними. Вполне осязаемое тело Носби не разрушило, однако, их единства. Ему оставалось только спешно разделить их расстоянием в четыре тысячи миль.

И лишь когда они, высадившись, уходили с пристани, Коркоран в один миг забыл о своем восторге и отчаянии, поскольку заметил нечто имевшее отношение к утреннему инциденту. Прямо у них на дороге, словно бы поджидая, стоял тот самый смуглый горбун, которому человек в рубашке указывал на их машину. Заметив их, горбун, однако, поспешно шагнул в сторону и скрылся в толпе. Пройдя мимо, Коркоран сделал вид, что хочет в последний раз взглянуть на пароход, обернулся и заметил краем глаза, как горбун показывал их еще какому-то мужчине.

В такси мистер Носби прервал молчание:

— Вам лучше бы немедленно упаковать вещи. Сразу после обеда мы берем такси и отправляемся в Палермо.

— Сегодня мы туда не доберемся, — запротестовала Хэлли.

— Остановимся в Козенце. На полдороге.

Было очевидно, что он намерен закончить совместную поездку как можно скорее. После обеда Носби попросил Коркорана пойти с ним в гараж при отеле и выбрать автомобиль, и Коркоран понял, что он не хочет оставлять их с Хэлли одних. Носби был не в духе, и его не устроили цены в гараже. В конце концов он вышел на улицу и присмотрел там ветхую колымагу. Таксист согласился отвезти пассажиров в Палермо за двадцать пять долларов.

— Похоже, эта древность до Палермо не доедет, — рискнул возразить Коркоран. — Не лучше ли будет заплатить дороже и взять другую машину?

Носби смерил его взглядом, едва сдерживая гнев.

— Мы не можем себе позволить разбрасываться деньгами, — сказал он сухо. — В отличие от вас.

Коркоран ответил на эту колкость холодной улыбкой.

— И вот еще что, — сказал он. — Вы получали утром в банке деньги или другую ценность, из-за которой за вами могут следить?

— О чем вы? — тут же спросил Носби.

— Кто-то весь день наблюдает за всеми вашими передвижениями.

Носби недоверчиво вгляделся в Коркорана.

— Вам бы хотелось, чтобы мы еще на день-два задержались в Неаполе? Как это для вас ни печально, бразды правления теперь у меня. Если желаете остаться, оставайтесь в одиночку.

— И вы не хотите нанять другой автомобиль?

— Вы начинаете мне надоедать с вашими предложениями.

В отеле, покуда грузчики относили чемоданы в высокий старомодный автомобиль, Коркорану снова показалось, что за ним следят. Он едва удержался, чтобы не обернуться. Может, у него просто разыгралось воображение и лучше поскорее выбросить все это из головы.

Когда машина сквозь ветер и сумерки двинулась в путь, было уже восемь часов. Солнце спустилось за дома, окрасив небо в цвета рубина и золота; пока путники огибали залив и медленно взбиралась к Торре-Аннунциата, Средиземное море, приветствуя это меркнувшее великолепие, обратило свои воды в розовое вино. Вверху вырисовывался Везувий, извергая из своего кратера фонтанчик дыма, добавлявшего густоты ночной тьме.

— Нам надо добраться в Козенцу к полуночи, — проговорил Носби.

Никто не откликнулся. Город скрылся за возвышенностью, и путники в одиночестве спускались по опасной и таинственной голени итальянского сапога, где расцветает буйным цветом мафия и простирается на два континента зловещая тень Черной руки. Вздохи ветра среди серых, увенчанных руинами гор отдавали жутью. Хэлли невольно вздрогнула.

— Как я рада, что я американка, — сказала она. — Здесь, в Италии, чувствуешь, будто вокруг одни мертвецы. Их видимо-невидимо, и все следят за тобой с тех холмов: карфагеняне, древние римляне, мусульманские пираты, средневековые князья с отравленными перстнями...

Торжественная мрачность окружения внушила путникам тоску. Ветер разгулялся вовсю, завывая в темных кущах вдоль дороги. Машина пыхтела, одолевая нескончаемые склоны, затем следовали извилистые спуски, и от тормозов начинало тянуть гарью. В маленькой темной деревушке Эболи такси остановилось на заправке, и, пока таксист расплачивался, из мрака проворно вынырнула другая машина и пристроилась сзади.

Коркоран попытался ее рассмотреть, но сквозь свет фар различил только четыре расплывчатых пятна вместо лиц, отвечавших ему не менее пристальными взглядами. Когда такси отъехало и под встречным ветром одолело милю подъема, Коркоран увидел, как те же фары появились из-за домов и двинулись следом. Он потихоньку сказал об этом Носби, тот нервно наклонился вперед и постучал по переднему стеклу.

— *Più presto!*[1] — скомандовал он. — *Il sera sono tropo tarde!*[2]

Коркоран перевел фразы на правильный итальянский и продолжил беседу с шофером. Хэлли дремала, опустив голову на плечо матери. Через двадцать минут она проснулась и обнаружила, что машина встала. Шофер, светя спичками, заглядывал в мотор, Коркоран и мистер Носби стояли на дороге и поспешно совещались.

— Что случилось? — крикнула она.

— Поломка, — ответил Коркоран, — а у шофера нет инструмента, чтобы починить машину. Всем вам будет лучше отправиться пешком в Агрополи. Это ближайшая деревня, до нее около двух миль.

— Смотрите! — тревожно позвал Носби; фары второй машины виднелись ниже по склону, примерно в миле.

— Может, они нас подвезут? — спросила Хэлли.

— Этого нам лучше поостеречься, — ответил Коркоран. — У шаек вооруженных разбойников в Южной Италии это излюбленный прием. Более того — нас преследовали. Когда я спросил шофера, знает ли он машину, которая прицепилась к нам в Эболи, он тут же онемел. Боится сказать.

Рассказывая, Коркоран помогал Хэлли и ее матери выйти из машины. Потом решительно обратился к Носби:

— Лучше будет, если вы скажете, что получили в неаполитанском банке.

— Десять тысяч долларов в английских банкнотах, — испуганно признался Носби.

---

[1] Скорее! (*ит.*)
[2] Вечер слишком поздний! (*искаж. ит.*)

— Я так и думал. Кто-то из клерков им донес. Давайте сюда банкноты!

— С какой стати? Что вы с ними собираетесь делать?

— Выбросить. — Коркоран вскинул голову и прислушался; в ночном воздухе до них доносилось жалобное завывание мотора: машина преследователей на второй скорости взъезжала на холм. — Хэлли, вы и матушка отправляйтесь с шофером. Сначала бегите со всех ног, а через сотню ярдов перейдете на шаг. Если меня не будет, сообщите карабинерам в Агрополи. — Он понизил голос. — Не волнуйтесь. Я все улажу. До встречи.

Отправив их, он снова обратился к Носби:

— Давайте деньги.

— Вы собираетесь...

— Я собираюсь держать их у себя, пока вы будете спасать Хэлли. Неужели не понятно: если разбойники до нее доберутся, то потребуют выкуп, какой захотят.

Носби медлил в нерешительности. Потом достал толстую пачку пятидесятифунтовых банкнот и начал отделять верх — примерно полдюжины.

— Мне все нужны, — рявкнул Коркоран. Ловким движением он выхватил у Носби пачку. — А теперь бегите!

Менее чем в полумиле от них вспыхнули фары. Носби со сдавленным криком повернулся и неуклюже припустил вниз по дороге.

Коркоран вынул из кармана карандаш и конверт и при свете фар быстро сделал какие-то записи. Потом послюнил палец и поднял его вверх, словно пробуя ветер. Результат как будто его удовлетворил. Он ждал, ероша в руках пачку (четыре десятка) больших тонких банкнот.

Фары другого автомобиля приблизились, замедлили движение и остановились в двадцати футах от него.

Оставив двигатель включенным, из автомобиля вылезли четверо и направились к Коркорану.

— *Buona sera!*[1] — крикнул он и продолжил по-итальянски: — У нас поломка.

— Где остальные ваши пассажиры? — быстро спросил один из незнакомцев.

— Их подобрала другая машина и повезла в Агрополи, — вежливо ответил Коркоран.

Он знал, что на него смотрят два револьвера, однако еще немного помедлил, ожидая, пока в листве деревьев зашелестит порыв ветра. Незнакомцы подошли ближе.

— Но у меня есть для вас кое-что интересное.

Медленно, ощущая толчки сердца, он поднял руку: в свете фар показалась пачка денег. Внезапно из долины повеяло ветром, порыв крепчал. Коркоран подождал еще чуть-чуть, пока его лицо не обдало прохладной свежестью.

— Здесь двести тысяч лир в английских банкнотах!

Он поднял стопку купюр, словно намереваясь протянуть их тому, кто стоял ближе всех. Потом легонько подкинул их и отпустил — ветер подхватил банкноты и понес во все стороны.

Один из грабителей, выругавшись, наклонился за банкнотой, другие засуетились у дороги. Меж тем хрупкие бумажки плыли по воздуху, трепетали, кувыркались, как эльфы в траве, прыгали и озорно метались из стороны в сторону.

Грабители метались тоже, и с ними Коркоран, — ловили деньги, сминали, пихая в карманы, разбредались все дальше и дальше в погоне за ускользающими, манящими символами богатства.

Внезапно Коркорану представился удачный случай. Пригнувшись, он сделал вид, что гонится за банкнотой, сбежавшей под автомобиль, вильнул в сторону и кинулся на сиденье водителя. Включил первую ско-

---

[1] Добрый вечер! (*ит.*)

рость, послышались проклятия, прогремел выстрел, но заведенный автомобиль легко тронулся с места, и пуля пролетела мимо цели.

Со стиснутыми зубами, напрягаясь в ожидании выстрелов, Коркоран миновал неисправное такси и помчался в темноту. Под самым ухом прозвучал новый выстрел, Коркоран в испуге наклонил голову. На миг ему показалось, что один из грабителей уцепился за подножку, но тут он понял: ему прострелили одну из шин.

Проехав три четверти мили, он остановился, заглушил мотор и прислушался. Все было тихо, только из радиатора падали на дорогу капли.

— Хэлли! — позвал Коркоран. — Хэлли!

Поблизости, футах в десяти, вынырнула из тени фигура, потом еще одна и еще.

— Хэлли! — выдохнул Коркоран.

Она забралась на соседнее сиденье и обвила руками Коркорана.

— Ты цел! — прорыдала она. — Мы слышали выстрелы и хотели вернуться.

Мистер Носби, с ледяным лицом, стоял на дороге.

— Полагаю, денег вы обратно не принесли.

Коркоран вынул из кармана три смятые бумажки.

— Это все. Но грабители будут здесь с минуты на минуту, и вы сможете потребовать у них остальное.

Мистер Носби, а за ним миссис Бушмилл и шофер поспешно сели в машину.

— Тем не менее, — продолжал Носби резким голосом, когда автомобиль тронулся, — ваша затея дорого нам обошлась. Мы пустили по ветру десять тысяч долларов, а на них я должен был закупить на Сицилии товары.

— Они были в английских банкнотах. К тому же крупных. В любом банке Англии и Италии будут следить за этими номерами.

— Но мы их не знаем!

— Я списал все номера, — сказал Коркоран.

———

Слухи о том, будто отдел снабжения в фирме мистера Джулиуса Бушмилла требует его неусыпных забот, абсолютно безосновательны. Иные, правда, поговаривают, что новые методы ведения дел, пришедшие на смену традиционным, скорее эффектны, нежели эффективны, однако такие слова исходят, вероятно, от мелких и злобных завистников, по самой своей природе не способных к широкому размаху. На все непрошеные советы мистер Бушмилл отвечает, что даже в тех случаях, когда его зять, казалось бы, пускает деньги на ветер, они возвращаются обратно. Юный дуралей наделен подлинным талантом тратить деньги — такова теория мистера Бушмилла.

«ЧЕГО НЕТ В ПУТЕВОДИТЕЛЕ»

I

Эта история началась за три дня до того, как попала в печать. Подобно многим другим жадным до новостей американцам, оказавшимся нынешней весной в Париже, однажды утром я развернул «Франко-Американ стар» и, пробежав глазами по надоевшим заголовкам (главным образом посвященным извечной напыщенной болтовне французских и американских ораторов «Лафайет + Вашингтон»), наткнулся на нечто действительно интересное.

— Взгляни-ка! — С этими словами я передал газету моей соседке по двуспальной кровати.

Однако она, углядев в соседнем столбце заметку о танцовщице Леоноре Хьюз, тотчас же в нее впилась. Я, конечно же, потребовал газету обратно.

— Да знаешь ли ты... — начал было я.

— Мне вот что любопытно, — отозвалась моя спутница, — крашеная она блондинка или нет?

Впрочем, выбравшись вскоре из нашего семейного номера, я всюду видел в кафе мужчин, которые с возгласами «взгляните-ка!» тыкали пальцем в животрепещущую новость. А около полудня, встретив коллегу-писателя (чтобы его утихомирить, пришлось заказать шампанского), я направился вместе с ним в редакцию этой самой газеты — разузнать, как и что. Там и выяснилось, что эта история началась за три дня до того, как попала в печать.

Началась она на корабле, где молодая женщина, которая, хотя ни малейшей дурноты и не ощущала, стояла на палубе, перегнувшись через поручни. Следила она за параллелями долготы, сменявшимися под килем, в попытке определить обозначенные на них цифры, но скорость движения океанского лайнера «Олимпик» слишком для этого велика, и если молодой женщине удавалось что-то разглядеть, то лишь агатово-зеленую, сходную с листвой морскую пену, которая с шипением разлеталась вокруг кормы. Вокруг — помимо водных брызг, мрачного бродяги-скандинава в отдалении и восхищенного миллионера, который с верхней палубы первого класса пытался привлечь внимание женщины к себе, — поглядеть было не на что, и все-таки Милли Кули чувствовала себя совершенно счастливой. Жизнь она начинала заново.

Надежда — обычный груз для рейсов из Неаполя до Эллис-Айленда, чего никак нельзя сказать о судах, направляющихся на восток до Шербура. Пассажиры первого класса упражняются в софистике, а пассажиры третьего класса предаются разочарованию (что по сути одно и то же), однако молодая женщина возле поручней купалась в надеждах самого лучезарного свойства. Жизнь она начинала заново не свою, а чью-то другую — занятие куда как более рискованное.

Милли была темноволосой, хрупкого сложения, привлекательной на вид девушкой с пристальным, одухотворенным взглядом, нередко свойственным южноевропейским красавицам. Мать ее была чешкой, отец — румыном, но Милли не унаследовала характерные для выходцев из этих стран невыигрышные признаки — чересчур короткую верхнюю губу и острый, выдающийся вперед нос: черты ее лица были правильными, кожа светло-оливкового цвета отличалась чистотой и свежестью.

Спавший на мешковине в двух шагах от нее симпатичный угреватый юноша с яркими глазами цвета голубого мрамора приходился Милли мужем: именно его жизнь она и собиралась начать заново. За шесть месяцев их супружества он показал себя лентяем и кутилой, но сейчас они готовились к новому старту.

Джим Кули этого заслуживал: на фронте он держался героем. Существует такое понятие, как «военный невроз», который служил оправданием для любой выходки бывшего солдата: об этом Джим Кули и сообщил жене на второй день их медового месяца, когда напился до свинского состояния и сшиб ее с ног полновесной затрещиной.

— На меня находит, — с нажимом заявил он наутро и в подтверждение этого убедительно повращал своими мраморно-голубыми глазами. — Мне все кажется, что я в бою, — вот и завожусь: что вижу перед собой, на то и кидаюсь — ясно тебе?

Джим вырос в Бруклине и попал в морскую пехоту. Как-то в июньские сумерки он прополз пятьдесят ярдов от расположения войск, с тем чтобы обыскать тело баварского капитана, лежавшего на ничейной полосе. Там он обнаружил копию секретных полковых приказов: благодаря этому его бригада пошла в атаку гораздо ранее намеченного срока, что, вероятно, приблизило окончание войны на четверть часа. В честь этого события французское командование вместе с американским наградило участников гравированными жетонами из драгоценного металла: Джим демонстрировал свой всем и каждому на протяжении четырех лет, пока ему не пришло в голову, что неплохо бы обзавестись постоянной аудиторией. Армейский подвиг Джима произвел сильное впечатление на мать Милли, вскоре назначили свадьбу, а Милли осознала свою ошибку только через сутки после того, как исправлять ее было уже поздно.

Спустя несколько месяцев мать Милли скончалась, оставив ей капитал в двести пятьдесят долларов. Случившееся на Джима подействовало заметно. Он протрезвел, а однажды вечером явился после работы с намерением перевернуть страницу и начать жизнь заново. Фронтовые заслуги помогли ему найти место в бюро, которое занималось уходом за солдатскими могилами во Франции. Жалованье там платили скромное, но, как всем известно, за океаном жить можно припеваючи на сущие гроши. Разве сорок долларов в месяц, которые он получал во время войны, не казались заманчивыми для парижских девушек и виноторговцев? Особенно если пересчитать эту сумму на французские деньги.

Милли выслушала россказни Джима о стране, где виноградные лозы налиты шампанским, и раскинула мыслями всерьез. Быть может, лучший способ потратить ее капитал — это дать Джиму шанс, шанс, после войны впервые ему подвернувшийся. В домике на окраине Парижа они забудут минувшие шесть месяцев и обретут там мир и счастье, а также — как знать — и любовь в придачу.

— Ты хочешь попробовать? — напрямик спросила она Джима.

— Милли, конечно же хочу.

— Хочешь убедить меня, что я не совершила ошибки?

— Само собой, Милли. Я там стану другим человеком. Ты мне веришь?

Милли всмотрелась в Джима. Его глаза сверкали воодушевлением и твердой решимостью. От открывшейся перспективы по всему телу у него разлилось тепло: еще ни разу жизнь не предоставляла ему такого шанса.

— Ладно, — заключила Милли. — Едем.

И вот они у цели. Шербурский мол — белокаменный змей — блестел в море под рассветными лучами: за ним виднелись красные крыши и колокольни, а дальше — небольшие аккуратные холмы, испещренные ровным опрятным узором игрушечных ферм. «Нравится вам это французское благоустройство? — словно бы говорил им пейзаж. — Оно считается очаровательным, но если вы думаете иначе, то оставьте его в стороне: выбирайте вон ту дорогу, к той колокольне. Так делалось и раньше, а конец всегда оказывался счастливым!»

Утро было воскресное, Шербур изобиловал кричаще-модными воротничками и высокими кружевными шляпками. Запряженные ослами тележки и крохотные автомобили двигались под несмолкаемый звон колоколов. Джим и Милли добрались до берега на катере, где прошли осмотр у таможенников и иммиграционной службы. До поезда на Париж им оставался час, и они вступили в яркий волнующий мир Франции. Чтобы удобнее понаблюдать за оживленной площадью, где постоянно толклись солдаты, бегало множество собак и слышался перестук деревянных башмаков, они расположились за столиком кафе.

— *Du vaah*[1], — велел Джим гарсону и был слегка разочарован, когда тот ответил ему по-английски.

Пока гарсон ходил за вином, он извлек две свои военные награды и пришпилил их к лацкану. Гарсон, принесший вино, казалось, на эти медали не обратил никакого внимания и не проронил ни слова. Милли втайне не понравился поступок Джима: она почувствовала смутный стыд.

После второго стакана вина подошло время идти к поезду. Они сели в странного вида небольшой вагон третьего класса; паровоз, позаимствованный из детской железной дороги, запыхтел и с довольной непринужденностью неспешно потащил их на юг через дружелюбную, уютно населенную страну.

— Что мы в первую очередь будем делать, когда доберемся до места? — спросила Милли.

— В первую очередь? — Джим рассеянно взглянул на нее и нахмурился. — Ну, я думаю, перво-наперво мне надо будет поискать работу, так? — Вызванное вином оживление сменилось у него мрачностью. — Чего тебе надо? Без конца меня дергаешь. Купи вон путеводитель, и все дела.

У Милли упало сердце: с тех пор как они затеяли отъезд, Джим еще ни разу так на нее не огрызался.

---

[1] Вина! (*искаж. фр. — Du vin.*)

— А мы не так уж и потратились, как думали сначала, — беззаботно заметила она. — Как-никак, а больше сотни долларов еще осталось.

Джим хмыкнул. За окном вагона на глаза Милли попалась собака, тянущая за собой тележку с безногим.

— Глянь-ка! — воскликнула она. — Вот комедия!

— Ой, да заглохни ты! Навидался я уже этого.

Милли пришла в голову мысль, которая ее приободрила: ведь именно во Франции нервы у Джима расстроились; немудрено, что какое-то время он будет злиться и раздражаться.

Поезд продвигался на запад через Кан и Лизьё, по сочно-зеленым равнинам Кальвадоса. На третьей станции Джим встал и потянулся.

— Выйду на платформу, — угрюмо бросил он. — Глотну немного воздуха, душно здесь.

Да, в вагоне было душно, но Милли обеспокоило не это, а другое: двое мальчишек в детских комбинезонах с любопытством уставились на нее через окно.

— Американка? — вдруг выкрикнул один из них.

— Привет, — отозвалась Милли. — А что это за станция?

— Как?

Мальчишки придвинулись ближе.

— Как называется эта станция?

Оба, пихнув друг друга в живот, ни с того ни с сего покатились со смеху. Милли не понимала, что в ее вопросе было смешного.

Поезд резко дернулся и тронулся с места. Милли в тревоге вскочила и высунула голову из окна вагона с криком:

— Джим!

Джима нигде на перроне не было видно. Мальчишки, видя ее испуганное лицо, бежали за поездом, который прибавлял ход. Наверное, Джим запрыгнул в один из последних вагонов. Но...

— Джим! — отчаянно завопила Милли; станция осталась позади. — Джим!

Изо всех сил стараясь взять себя в руки, Милли рухнула на сиденье и попыталась сосредоточиться. Сначала она предположила, что Джим пропустил время отправления, засидевшись в кафе за выпивкой: в таком случае ей следовало тоже сойти с поезда, пока еще было не поздно, потому как теперь оставалось только гадать, что с ним может приключиться. Если у него начался очередной запой, то он будет пить не переставая, пока не пропьет все деньги. Об этом было жутко даже подумать, но это не исключалось.

Милли подождала десять, потом еще пятнадцать минут — пока Джим доберется до нужного вагона, а дальше ей пришлось признать, что в поезде его нет. Ею овладела тупая паника: ее взаимоотношения с окружающим миром переменились так внезапно и так устрашающе, что ни до провинности Джима, ни до необходимости что-то предпринимать мысли не доходили: надо было уяснить главный непреложный факт — она теперь одна. Опорой Джим был ненадежной, но какая-никакая, а все же опора. Теперь — да если этот игрушечный поезд дотащит ее до самого Китая, никто и ухом не поведет!

Не сразу, но Милли пришло в голову, что хотя бы часть денег Джим мог оставить в чемодане. Она спустила тот с багажной полки и лихорадочно перерыла всю одежду. В заднем кармане потрепанных штанов, которые Джим носил на корабле, Милли обнаружила две новенькие десятицентовые монетки. Вид монеток немного ее утешил, и она крепко стиснула их в кулаке. Больше не нашлось ничего.

Часом позже, когда снаружи уже стемнело, поезд втянулся под туманно-желтое свечение вокзала Гардю-Нор. Уши у Милли заложило от диковинного непонятного говора на перроне, а сердце громко застучало, когда она нажала на дверную ручку вагона. В одной руке она держала свой саквояж, другой ухватила чемодан Джима, но тот оказался очень тяжелым, с таким грузом ей было не справиться, и в приливе гнева она решила чемодан бросить.

На перроне Милли поглядела направо и налево в напрасной надежде, не появится ли где Джим, но увидела только брата с сестрой — шведов, попутчиков по плаванию: рослые и сильные, не сгибаясь под грузом навьюченных на плечи тюков, они быстро от нее удалялись. Милли, догоняя их, ускорила шаг, но потом остановилась: ей не под силу было бы рассказать им о постыдном происшествии, с ней случившемся. У них и без нее своих забот хватало.

С двумя монетками в одной руке и саквояжем в другой, Милли медленно ступала по перрону. Ее обгонял разный народ: носильщики с лесом клюшек для гольфа; взбудораженные юные американки, которых распирало от волнения встречи с Парижем; подобострастные посыльные из крупных отелей. Все спешили и торопливо переговаривались на ходу, но Милли плелась нога за ногу: впереди маячила желтая арка зала ожидания, откуда был выход в город, а вот куда ей идти дальше — Милли понятия не имела.

II

К десяти часам вечера мистер Билл Дрисколл — после двенадцатичасового рабочего дня — обычно чувствовал, что выдохся. Если и брался кого-то сопровождать, то только знаменитостей. Доходило до него известие о каком-нибудь мультимиллионере или кинорежиссере (а в эту пору Европа кишела американскими режиссерами, подыскивавшими место для натурных съемок) — Билл Дрисколл, подкрепив силы двумя чашками кофе и облачившись в новенький смокинг, самым безопасным способом знакомил приезжих с наиболее рискованными злачными достопримечательностями Монмартра.

В новеньком смокинге Билл Дрисколл выглядел превосходно: каштановые, с рыжинкой, волосы над благородным лбом, смоченные туалетной водой и приглаженные, он зачесывал назад. Частенько он с восхищением разглядывал себя в зеркале: в его жизни это был первый смокинг. Заработал он его сам, собственным умом, а равно и внушительную пачку американских ценных бумаг, поджидавших его в ньюйоркском банке. Если вам доводилось в последние два года бывать в Париже, то вы наверняка обратили внимание на просторный белый автобус с заманчивой надписью на боку:

УИЛЬЯМ ДРИСКОЛЛ
покажет вам то, чего нет в путеводителе

С Милли Кули он столкнулся в четвертом часу утра, когда, расставшись в отеле с режиссером Клодом Пиблзом и его супругой, после того как эскортировал их по известным притонам апашей — ресторанам «Зелли» и «Le Rat Mort»[1] (судя по всему, столь же чреватые приключениями, что и отель «Билтмор» в полдень), направлялся в свой пансионат на левом берегу Сены. Взгляд его упал на двух непрезентабельного вида субъектов, которые возле фонарного столба пытались оказать помощь пьяной, по всей вероятности, девице. Билл Дрисколл решил перейти на другую сторону улицы: он был хорошо осведомлен о нежной привязанности, какую французская полиция испытывает по отношению к чересчур активным американцам, и взял себе за правило держаться подальше от возможных неприятностей. Как раз в этот момент Милли выручило ее подсознание, и она отчаянно простонала: «Пустите!»

Простонала она с бруклинским акцентом. Стон был явно бруклинским.

---

[1] «Дохлая крыса» *(фр.)*.

Встревоженный Дрисколл развернулся и, подойдя к компании, вежливо поинтересовался, что тут происходит, вследствие чего один из непрезентабельного вида субъектов прекратил свои попытки силой разжать крепко стиснутый левый кулак Милли.

Субъект торопливо пояснил, что девушка лишилась чувств. Он с приятелем хотел помочь ей добраться до жандармерии. Едва они выпустили девушку из рук, как она вяло сникла на тротуаре.

Билл приблизился к ней вплотную и наклонился, позаботившись выбрать такую позицию, чтобы ни тот ни другой субъект не оказались у него за спиной. Перед ним было юное испуганное лицо, на котором от дневного румянца не осталось и следа.

— Где вы ее нашли? — спросил он по-французски.

— Здесь. Только что. Она выглядела такой уставшей...

Билл сунул руку в карман и заявил, всячески стараясь показать голосом, что там у него револьвер:

— Она американка. Предоставьте ее мне.

Субъект в знак согласия кивнул и сделал шаг назад, непринужденно вскинув руку, словно намеревался застегнуть пальто. Он не спускал глаз с правой руки Билла, которую тот держал в кармане, однако Билл был левшой. Вряд ли что сравнится по быстроте с ударом левой без предупреждения с расстояния менее восемнадцати дюймов: получивший этот удар резко отшатнулся к фонарному столбу, ненадолго сожалеюще его обнял и осел на землю. Тем не менее успешная карьера Билла Дрисколла вполне могла бы тут и оборваться — оборваться вместе с его громовым возгласом *«Voleurs!»*[1], огласившим ночной Париж, если бы второй субъект имел при себе оружие. Однако отсутствие оружия субъект продемонстрировал тем, что отбежал в сторону на десять ярдов. Его поверженный на тротуар компаньон слегка пошеве-

---

[1] Держи вора! *(фр.)*

лился, и Билл, шагнув к нему, с размаха пнул противника по голове, как футболист пинает мяч, направляемый им в ворота. Жест не слишком красивый, но Билл помнил, что на нем новый смокинг, и он вовсе не желал пачкаться, валяясь по мостовой, в борьбе за смертоносное железное орудие.

Через минуту вдали показались два жандарма, сломя голову бежавшие по залитой лунным светом улице.

III

Через два дня газеты оповещали: «Герой войны бросает жену по пути в Париж» или, кажется, так: «Новобрачная из Америки прибывает на Гар-дю-Нор без гроша и без супруга». Сведения, разумеется, были представлены в полицию, и по провинциальным департаментам разослали предписание найти американца по имени Джеймс Кули, не имеющего *carte d'identité*[1]. Репортеры разузнали о происшествии в Обществе содействия американцам и превратили его в сенсационно-трогательную историю о юной прелестной женщине, на редкость преданной мужу. Чуть ли не сразу Милли принялась объяснять, что всему причиной нервы Джима, расстроенные во время войны.

Молодого Дрисколла несколько разочаровало то обстоятельство, что Милли замужем. Не то чтобы он с первого взгляда в нее влюбился — напротив, он обладал в высшей степени уравновешенным характером, однако после того, как он при свете луны вызволил девушку из рук злоумышленников, что приятно льстило его самолюбию, наличие у нее мужа-героя, блуждавшего по Франции, представлялось не слишком уместным. Той ночью Дрисколл доставил Милли в свой пансионат, хозяйка которого — вдова из

---

[1] Удостоверение личности *(фр.)*.

Америки по имени миссис Хортон — прониклась к ней симпатией и пожелала взять над ней опеку, но уже к одиннадцати часам утра, едва появились утренние выпуски газет, офис Общества содействия американцам был битком набит добрыми самаритянами. В основном это были состоятельные пожилые американки, утомленные Лувром и Тюильри и жаждавшие какой-то деятельности. Несколько французов, обуянных необъяснимо загадочным порывом галантности, нерешительно толклись у входа.

Наибольшую настойчивость проявляла некая миссис Кутс, полагавшая, что Милли ниспослало ей в компаньонки само Провидение. Если бы ей довелось услышать эту историю на улице, она бы и ухом не повела, но печатное слово придавало всему респектабельность. Раз такое опубликовано на страницах «Франко-Американ стар», миссис Кутс убедилась, что Милли от нее не сбежит, прихватив с собой драгоценности.

— Я буду хорошо тебе платить, дорогуша, — твердила она пронзительным голосом. — Двадцать пять долларов в неделю — как ты на это смотришь?

Милли бросила встревоженный взгляд на увядшее добродушное лицо миссис Хортон.

— Право, не знаю... — неуверенно начала она.

— А я тебе ничего не смогу платить, — вмешалась миссис Хортон, несколько смущенная энергичным напором миссис Кутс. — Решай сама. Но я была бы очень рада, если бы ты у меня осталась.

— Вы очень ко мне добры, — проговорила Милли, — но мне совсем не хочется обременять...

Дрисколл, который расхаживал по комнате, засунув руки в карманы, остановился и порывисто обернулся к Милли.

— Я обо всем позабочусь, — торопливо бросил он. — Вам не нужно ни о чем беспокоиться.

Миссис Кутс негодующе сверкнула на него глазами:

— Ей будет лучше со мной, — повторила она. — Гораздо лучше. — Обратившись к секретарше, она неодобрительно вопросила страдальческим сценическим шепотом: — Кто этот бесцеремонный молодой человек?

Милли снова умоляюще посмотрела на миссис Хортон:

— Если это не причинит особых хлопот, я бы хотела остаться у вас. Буду помогать, чем смогу...

Для того чтобы избавиться от миссис Кутс, понадобилось полчаса, и в итоге было решено, что Милли останется в пансионате у миссис Хортон до тех пор, пока не обнаружится хоть какой-то след ее мужа. К вечеру того же дня выяснилось, что американское бюро, занимавшееся уходом за солдатскими могилами, ничего о Джиме Кули не слышало: никакой работы во Франции ему не обещали.

Ситуация удручала, но Милли была молода и, оказавшись в Париже в середине июня, решила развлечься. По приглашению мистера Билла Дрисколла она на следующий день отправилась на экскурсию в Версаль в его автобусе для туристов. Таких поездок раньше она не совершала. Вместе с покупателями одежды из Су-Сити, школьными учителями из Калифорнии и японскими молодоженами она проносилась сквозь пятнадцать столетий парижской истории, а Билл, стоя перед ними, вел красноречивый и своеобразный рассказ через прижатый ко рту мегафон.

«Леди и джентльмены, здание по левую руку от вас — это Лувр. Экскурсия номер двадцать три, которая начинается завтра ровно в десять утра, позволит вам осмотреть музей изнутри. Пока достаточно упомянуть, что в нем собрано пятнадцать тысяч всевозможных произведений искусства. Количества масла, которое использовано для написанных масляными красками картин, находящихся в Лувре, хватит для смазки всех автомобилей в штате Орегон в течение двух лет. Одних только рам, составленных ряд в ряд...»

Милли внимала Дрисколлу, веря каждому его слову. То, что он спас ее ночью, вспоминалось с трудом.

Герои, она знала, совсем не такие: с одним из героев она жила. Все их мысли заняты только былыми подвигами, которые они и расписывают первому встречному хотя бы раз в день. Когда Милли поблагодарила молодого человека, тот многозначительно сообщил ей, что его с утра через планшетку упорно вызывал дух мистера Карнеги.

После волнующей задержки перед домом, где Ландрю — Синяя Борода — умертвил четырнадцать жен, экскурсия проследовала в Версаль. Там, в просторной зеркальной галерее, Билл Дрисколл углубился в описание забытого скандала восемнадцатого столетия, который он назвал «встречей любовницы Людовика с супругой Людовика».

— Дюбарри вбежала в зал, облаченная в изделие из розового жоржета, скрепленного над пенистыми кружевами бронзовыми фижмами. Платье украшал отделанный рюшами воротничок из меха шведской лисы, подбитый переливчато-желтым атласом, гармонировавшим по цвету с двухколесным экипажем, который доставил ее на бал. На душе у нее, дорогие дамы, кошки скребли. Ей неизвестно было, как воспримет ее появление королева. Спустя некоторое время вошла королева в оксидированно-серебряном одеянии с воротником, обшлагами и оборками из русского горностая и тесьмой из зубоврачебного золота. Корсаж был удлиненный в талии, а пышная спереди юбка ниспадала остроконечными складками со знаками королевских регалий. Увидев эту даму, Дюбарри наклонилась к королю Людовику и шепнула: «Ваше сладенькое величество, что это за расфуфыренная дама такая?» «Это не просто какая-то дама, — ответил Людовик. — Это моя супруга». Большинство придворных едва удержались на ногах от смеха. Те, кто не удержался, окончили свои дни в Бастилии.

За первой поездкой Милли в экскурсионном автобусе последовало множество других — в Мальмезон, в Пасси, в Сен-Клу. Время шло, минуло три недели, а о Джиме Кули по-прежнему не было ни слуху ни духу, словно он, сойдя с поезда, вообще сгинул с лица земли.

Несмотря на смутную тревогу, которая охватывала ее при мысли о своем положении, Милли чувствовала себя счастливой, как никогда. Избавиться от постоянной угнетенности, вызванной сожительством с неуравновешенным, сломленным человеком, было для нее настоящим облегчением. К тому же как будоражило душу пребывание в Париже, когда, казалось, тут собрался весь белый свет, когда то и дело с каждым пароходным рейсом на арену удовольствий являлись новые толпы, когда улицы так наводнялись туристами, что все места в автобусах Билла Дрисколла бронировались не на один день вперед! А приятнее всего было, прогулявшись до угла к кафе, за чашкой кофе вместе с Биллом Дрисколлом следить, как кроваво-красное солнце медленно, будто монетка в один цент, погружается в волны Сены.

— А что, если нам проехаться завтра до Шато-Тьерри? — однажды вечером предложил Билл.

Название этого города эхом отозвалось в груди Милли. Ведь именно в Шато-Тьерри Джим Кули, рискуя жизнью, совершил свою отважную вылазку на линии огня.

— Там воевал мой муж, — гордо произнесла Милли.

— Я тоже, — заметил Билл. — Но веселого в этом было мало.

Поколебавшись, он вдруг задал Милли вопрос:

— Сколько вам лет?

— Восемнадцать.

— А почему бы вам не пойти к юристу и не оформить развод?

Милли этот вопрос ошеломил.

— Я думаю, стоит, — продолжал Билл, глядя в пол. — Здесь это сделать легче, чем где-либо. И тогда вы будете свободны.

— Нет, я не могу, — испуганно пролепетала Милли. — Это было бы нечестно. Вы знаете, он ведь...

— Знаю, — прервал ее Билл. — Но я начинаю думать, что с этим человеком вы губите свою жизнь. Есть ли у него какие-то заслуги помимо участия в войне?

— А разве этого мало? — твердо возразила Милли.

— Милли! — Билл поднял глаза. — Может, вы все-таки всерьез это обдумаете?

Милли взволнованно встала из-за столика. Билли, спокойно сидевший напротив, казался ей надежным оплотом, слова его — чистосердечными; на мгновение ее потянуло подчиниться и предоставить решение вопроса ему. Но теперь она увидела в нем то, чего раньше не замечала: совет его был не совсем бескорыстным, а во взгляде она уловила нечто большее, чем простую заботу о ближнем. Она опустила лицо, борясь с противоположными чувствами.

Молча, идя бок о бок, вернулись они в пансионат. Из высокого окна на улицу лились жалобные стоны скрипки, мешаясь с гаммами, разыгрываемыми на невидимом рояле, и с пронзительно-неразборчивым гомоном местных детей, ссорившихся на тротуаре напротив. Сумерки быстро перетекали в звездно-голубой парижский вечер, однако было еще достаточно светло для того, чтобы разглядеть фигуру миссис Хортон, стоявшую у входа в пансионат. Она торопливо шагнула им навстречу со словами:

— У меня для вас новости. Только что звонила секретарша Общества содействия американцам. Они нашли вашего мужа, и послезавтра он будет в Париже.

IV

Сойдя с поезда в небольшом городке Эврё, Джим Кули, герой-фронтовик, широким шагом поспешил удалиться подальше от станции — на несколько сотен ярдов. Потом, укрывшись за деревом, проследил, как поезд тронулся с места и над холмом растаял последний клуб дыма. Он немного постоял, хохоча вслед составу, но дальше лицо его без перехода приняло привычное оскорбленное выражение, и он огляделся по сторонам — изучить местность, которую выбрал, чтобы стать свободным человеком.

Это был сонный провинциальный городок с двумя рядами высоких серебристых сикамор, обрамлявших главную улицу, в конце которой изящный фонтан с журчанием струил воду из кошачьей головы холодного мрамора. Фонтан находился в центре площади: по сторонам, с краю тротуаров, располагались железные столики, обозначавшие кафе на открытом воздухе. К фонтану двигалась фермерская повозка, запряженная белым волом; вдоль улицы кое-где было припарковано несколько дешевых автомобилей французского производства и «форд» 1910 года выпуска.

— Захолустный городишко, — буркнул себе под нос Джим. — Настоящая дыра.

Однако пейзаж был самый мирный, деревья и трава зеленели; на глаза Джиму попались две женщины без чулок, входившие в лавку, да и столики возле фонтана манили к себе. Джим прошелся по улице, уселся за первый же попавшийся столик и заказал большую кружку пива.

— Я свободен, — пробормотал он. — Свободен, слава те господи!

Решение бросить Милли он принял внезапно — в Шербуре, как только они сели в поезд. В тот момент перед ним мелькнула девчонка-француженка — прямо-таки первый сорт, и он понял, что вовсе не желает, чтобы Милли вечно «висела у него на шее». Еще на корабле он обмозговывал эту мысль, но до самого Шербура не знал в точности, что предпринять. Джим слегка посожалел, что не сообразил оставить Милли толику денег, хотя бы для ночевки, но ведь наверняка кто-то о ней позаботится, стоит ей только добраться до Парижа. То, о чем он не знал, его не волновало, а Милли он собирался вовсе выкинуть из головы.

— Теперь коньяк, — велел Джим официанту.

Ему нужно было выпить что-то покрепче. Хотелось кое о чем забыть. Забыть не Милли — это труда не составляло; нет — забыть самого себя. Он чувствовал себя обойденным. Ему казалось, что это Милли его бросила; или, по крайней мере, оттолкнула его холодной недоверчивостью. Что толку, если бы он потащился в Париж вместе с ней? Для двоих денег хватило бы очень ненадолго: ведь о приглашении на работу он выдумал на основании неясных слухов о том, что американское бюро по уходу за солдатскими могилами предоставляет места во Франции нуждающимся ветеранам. Ему не следовало брать Милли с собой, да он и не взял бы, если бы имел достаточно денег. Но хотя сам он этого и не осознавал, была еще одна причина, почему Милли оказалась с ним. Джим Кули не выносил одиночества.

— Коньяк, — снова велел он официанту. — Большую порцию. *Très grand*[1].

Сунув руку в карман, он пощупал голубые банкноты, которые получил в Шербуре взамен американских денег. Вытащил их и пересчитал. Чудны́е какие-то бумажонки. И на них тоже можно купить все, что в голову взбредет, словно они настоящие, — не забавно ли?

Джим поманил к себе официанта.

— Слушай! — завел он было разговор. — Странные какие-то у вас деньги, не находишь?

Но официант по-английски не понимал и не смог удовлетворить потребность Джима Кули в общении. Ну и ладно. Нервы у Джима наконец-то успокоились: все тело, от макушки до пят, звенело от ликования.

— Вот это и есть жизнь, — пробормотал он. — Живем только раз. Почему бы вволю себя не потешить? — Он крикнул официанту: — Еще один такой коньяк — большой. Нет, два. Для разгона.

---

[1] Очень большую (*фр.*).

Разгонялся он несколько часов подряд. Очнулся на рассвете в номере дешевой гостиницы: перед глазами плавали красные полосы, в голове гудело. Обшарить карманы решился только после того, как заказал и махом проглотил коньяк; тут-то его худшие опасения и подтвердились. Из девяноста с чем-то долларов, которые он прихватил, сойдя с поезда, осталось только шесть.

— Наверное, я рехнулся, не иначе, — прошептал он еле слышно.

В запасе были еще часы. На корпусе этих часов из червонного золота — больших, с точным ходом — красовались выложенные бриллиантами два сердечка. Достались они Джиму Кули в качестве трофея за его героизм: секретные бумаги он извлек из мундира немецкого офицера, а часы были крепко зажаты в мертвой руке убитого. Одно из сердечек символизировало, очевидно, чью-то скорбь где-нибудь во Фридланде или Берлине, но когда Джим Кули женился на Милли, то сказал ей, что алмазные сердечки обозначают их сердца и будут залогом их вечной любви. Не успела Милли как следует прочувствовать это трогательное признание, как их нерушимая любовь рассыпалась вдребезги, и часы, которые вернулись к Джиму в карман, служили ему только для практической пользы — узнавать точное время.

Джим любил демонстрировать свои часы, и теперь переживал предстоящую разлуку с ними гораздо тяжелее, чем разлуку с Милли. Настолько она казалась ему мучительной, что он напился заранее. К вечеру, едва держась на ногах, сопровождаемый свистом городских мальчишек, он добрел до лавчонки, которую держал местный *bijoutier*[1]. Вышел он из нее обладателем залоговой квитанции и банкноты достоинством в две тысячи франков, что, как он смутно себе представлял, равнялось приблизительно ста двадцати долларам.

---

[1] Ювелир *(фр.)*.

Чертыхаясь себе под нос, он кое-как потащился в сторону площади.

— Один американец способен уложить трех французов! — гаркнул Джим трем плотным коренастым горожанам, сидящим за столиком с кружками пива.

Те не обратили на Джима никакого внимания. Он повторил свой вызов:

— Один американец, — он ударил себя в грудь, — способен отдубасить трех паршивых лягушатников — слышите?

Никто не пошевелился. Это разъярило Джима. Он рванулся вперед и ухватился за спинку свободного стула. Через секунду вокруг него собралась небольшая толпа, трое французов что-то взволнованно говорили все разом.

— А ну, давайте-давайте, я не шучу! — свирепо проорал Джим. — Один американец способен превратить трех французов в лепешку!

Перед ним выросли двое в сине-красной форме с кобурой у пояса.

— Слышали, что я сказал? — взревел Джим. — Я герой — и плевать я хотел на всю вашу поганую французскую армию!

Его схватили за руку, но он в приступе слепой ярости выдернул ее и ударил по лицу с черными усами. В ушах у Джима раздался стук, грохот, со всех сторон на него обрушились кулаки, потом пинки, и мир сомкнулся над его головой, подобно волнам.

V

После того как выяснилось местонахождение Джима и в результате личного вмешательства поехавшего туда одного из американских вице-консулов удалось вызволить его из тюрьмы, Милли осознала, что минувшие недели значили для нее очень много. Праздник кончился. И все же — несмотря на то что завтра

Джим появится в Париже и возобновится постылая рутина совместной с ним жизни, Милли решила: пусть будет что будет, но поездку в Шато-Тьерри она не отменит. Ей хотелось напоследок урвать хотя бы несколько счастливых часов — чтобы было что вспоминать потом. Наверное, они вернутся в Нью-Йорк: вряд ли Джим может рассчитывать хоть на какую-то работу, если целых две недели просидел во французской тюрьме.

Автобус, как обычно, был заполнен до отказа. Близ городка Шато-Тьерри Билл Дрисколл встал перед своими клиентами с мегафоном и начал рассказывать им о том, как выглядела эта местность пять лет тому назад, когда дивизия, в которой он служил, приблизилась к линии огня.

— В девять часов вечера, — говорил он, — мы выбрались из леса. Это был Западный фронт. Я читал о нем в Америке за три года до того, а теперь вот он тут — рукой до него подать. В темноте картина походила на придвигавшийся к нам лесной пожар: только горела не трава, а вспыхивали огни разрывов. Мы сменили французский полк в окопах глубиной менее трех футов. Почти все мы были чересчур возбуждены и страха не испытывали до тех пор, пока около двух часов ночи ротного старшину у нас на глазах не разорвало шрапнелью на куски. Это заставило нас призадуматься. Через два дня мы переменили дислокацию, и я избежал ранения по одной-единственной причине: дрожал так, что в меня невозможно было прицелиться.

Слушатели расхохотались, а Милли ощутила легкий прилив гордости. Джима ничем нельзя было запугать: об этом она слышала от него самого множество раз. Думал он только об одном: совершить нечто большее, чем то, к чему его обязывал долг. Пока его однополчане укрывались в сравнительно безопасных траншеях, он в одиночку предпринял вылазку на ничейную полосу.

После обеда в городке компания отправилась на поле сражения, превращенное теперь в мирные ровные ряды могил. Милли радовала эта прогулка: чувство покоя, воцарившегося здесь после битв, умиротворяло и ее. Быть может, мрачная полоса когда-нибудь минует и ее жизнь сделается такой же безмятежной, как этот пейзаж. Быть может, Джим станет когда-нибудь другим. Если он сумел однажды проявить такие чудеса храбрости, значит, где-то в глубине его души таится достойное начало, которое побудит его к новым подвигам.

Когда настала пора двинуться в обратный путь, Дрисколл, за весь день едва обменявшийся с Милли парой слов, вдруг отвел ее в сторону и сказал:

— Хочу поговорить с вами в последний раз.

В последний... У Милли ни с того ни с сего больно сжалось сердце. Неужели завтра наступит так скоро?

— Выскажу вам начистоту все, о чем думаю, — продолжал Билл, — только, пожалуйста, не сердитесь. Я люблю вас — и вы это знаете; но то, о чем хочу вам сказать, с этим не связано: причина в том, что я желаю вам счастья.

Милли кивнула. Она боялась расплакаться.

— По-моему, ваш супруг ни на что не годен.

Милли вскинула взгляд на Билла:

— Вы его не знаете! — порывисто воскликнула она. — И не можете о нем судить.

— Я могу судить о нем по тому, как он с вами обошелся. Полагаю, что вся эта послевоенная психическая травма — чистая выдумка. Да и какое значение имеет то, что он совершил пять лет тому назад?

— Для меня имеет, — возразила Милли. Она почувствовала, что начинает злиться. — Этого у него не отнять. Он проявил доблесть.

— Верно, — согласился Дрисколл. — Но другие тоже не трусили.

— Уж вы-то конечно, — съязвила Милли. — Только что объявили, что перепугались до смерти, и все над вами насмешничали. А вот над Джимом никто не потешался: его наградили медалью именно за бесстрашие.

Милли пожалела о том, что у нее вырвались эти слова, но было уже поздно. Услышав ответ Билла Дрисколла, она удивленно подалась к нему.

— Это тоже было вранье, — медленно произнес Билл. — Мне просто хотелось всех рассмешить. В атаке я даже и не участвовал.

Он молча устремил взгляд к подножию холма.

— В таком случае, — с презрением бросила Милли, — какое у вас право тут сидеть и рассуждать вот эдак о моем муже, если вы... если вы даже...

— Я плел чепуху, как это принято у профессионалов, — прервал ее Билл. — Меня ранили накануне вечером. — Он поднялся со скамьи. — Я, кажется, внушил вам ненависть к себе, а это конец. Незачем больше объясняться.

Не отводя глаз от спуска с холма, Билл продолжал:

— Не стоило мне говорить с вами именно здесь. Для меня это несчастливое место. Когда-то я потерял тут одну ценность — в сотне ярдов от этого холма. А вот теперь потерял вас.

— И что же такое вы потеряли? — едко поинтересовалась Милли. — Девушку, поди?

— У меня не было никакой девушки, кроме вас.

— Тогда что же?

Билл ответил не сразу:

— Я сказал, что меня ранили. Да, это так. Два месяца я понятия не имел, на каком я свете. Но хуже всего было то, что какой-то подлый ворюга обшарил мои карманы и, как я подозреваю, снискал себе почет, предъявив копию секретных немецких бумаг, которые я тогда раздобыл. И прихватил с собой также золотые часы. И то и другое я забрал с тела немецкого офицера, лежавшего на ничейной полосе.

———

Мистер и миссис Уильям Дрисколл поженились следующей весной и отправились проводить медовый месяц в машине, превышавшей размерами автомобиль короля Англии. В ней имелось две дюжины свободных мест, поэтому они, раскатывая по дорогам Франции, обсаженным серебристыми тополями, подсаживали к себе в попутчики многих притомившихся пешеходов. Последние, впрочем, всегда занимали сиденья сзади, поскольку беседа на переднем сиденье для посторонних ушей не предназначалась. Тур молодоженов пролегал через Лион, Авиньон, Бордо и прочие менее населенные пункты, каких нет в путеводителе.

САМОНАДЕЯННОСТЬ

I

Глядя через стекло на ранние осенние сумерки, Сан-Хуан Чандлер думал только о том, что завтра приедет Ноуэл, но, когда он с мечтательным полувздохом отвел глаза от окна, щелкнул выключателем и посмотрел на себя в зеркало, на лице у него выразилась более насущная озабоченность. Он наклонился к зеркалу поближе. Чувство деликатности отторгало омерзительное определение «прыщ», однако именно такого рода изъян недвусмысленно возник у него на щеке не далее часа назад, образовав вместе с недельной давности парочкой крайне огорчительное созвездие. Пройдя в ванную, примыкавшую к комнате (отдельной ванной у Хуана до сих пор никогда не было), он открыл аптечку и, порывшись в ней, осторожно выудил многообещающую на вид баночку с темной мазью и покрыл крохотные бугорки липким черным составом. Потом, непривычно пятнистый, вернулся в спальню, снова включил свет и продолжил вечернюю стражу над сумрачным садом.

Хуан ждал. Вон та крыша в гуще деревьев на холме — крыша дома Ноуэл Гарно. Завтра она вернется, и они там увидятся... Часы на лестничной площадке громко пробили семь. Хуан подошел к зеркалу и стер с лица мазь носовым платком. К его досаде, угри никуда не делись, а, наоборот, слегка покраснели от жгучего воздействия медикамента. Решено: больше никаких шоколадных коктейлей и перекусонов между застольями, пока он гостит здесь — в Калпеппер-Бэе. Открыв коробочку с тальком, обнаруженную им на туалетном столике, он припудрил щеку пуховкой. Брови и ресницы у него вмиг запорошило, будто снегом, и он судорожно раскашлялся, видя, что унизительный треугольник по-прежнему красуется на его в целом симпатичном лице.

— Вот гадость, — пробормотал Хуан. — В жизни не встречал гадости хуже.

В двадцать лет от всех этих подростковых примет пора бы и отделаться.

Внизу мелодично прозвенели три удара гонга. Хуан постоял, вслушиваясь, будто под гипнозом. Затем стер пудру с лица, провел гребнем по желтым волосам и спустился к обеду.

Обеды у тетушки Коры его угнетали. Тетушка строго блюла этикет и слишком хорошо была осведомлена о его делах и заботах. В первый вечер по приезде Хуан попытался галантно пододвинуть ей стул и чуть не сбил с ног горничную; в следующий раз, помня о прошлой незадаче, он и не шелохнулся, однако так же поступила и горничная, так что тетушке Коре пришлось усаживаться за стол самостоятельно. Дома Хуан привык вести себя так, как ему заблагорассудится; подобно всем отпрыскам любящих и снисходительных матерей, ему недоставало и уверенности в себе, и воспитанности. Сегодня к обеду явились гости.

— Это Сан-Хуан Чандлер, сын моей кузины — миссис Холиуок и мистер Холиуок.

Фразой «сын моей кузины» ему давалось, по-видимому, исчерпывающее определение и полностью объяснялось его присутствие в доме мисс Чандлер: «Ну вы же понимаете — бедных родственников время от времени приходится приглашать к себе». Однако намекнуть на это хотя бы одним только тоном было бы неприлично, чего тетушка Кора, с ее общественным положением, позволить себе не могла.

Мистер и миссис Холиуок отнеслись к представлению со сдержанной учтивостью, и вскоре подали обед. Ход беседы, руководимой тетушкой Корой, нагонял на Хуана скуку. Говорили про сад и про отца тетушки, для которого она жила и который на верхнем этаже долго и упорно сопротивлялся смерти. За салатом Хуана вовлекли в разговор вопрос, заданный ему мистером Холиуоком, и быстрый взгляд, брошенный на него тетушкой.

— Я пробуду всего неделю, — вежливо ответил он, — а потом мне нужно домой: занятия в колледже начнутся совсем скоро.

— И где вы учитесь?

Хуан назвал колледж, добавив, словно извиняясь:

— Видите ли, мой отец тоже там учился.

Ему хотелось бы сказать, что он учится в Йеле или в Принстоне, куда не прочь был попасть. В Хендерсоне он делал заметные успехи и состоял в неплохой студенческой организации, но его очень раздражало, если наименование его альма-матер кто-то слышал впервые.

— Надеюсь, вы познакомились со всей здешней молодежью, — вставила миссис Холиуок. — И с моей дочерью?

— О да. — Ее дочь была унылой неказистой девицей в очках с толстыми стеклами. — Да, конечно. — Хуан добавил: — Кое-кого из здешних жителей я знал и раньше, до приезда.

— Малышку Гарно, — пояснила тетушка Кора.

— А, ну да. Ноуэл Гарно, — кивнула миссис Холиуок. — Мать у нее — красавица из красавиц. Сколько же теперь Ноуэл лет? Наверное...

— Семнадцать, — подхватил Хуан. — Но на вид она старше.

— Хуан познакомился с ней на ранчо прошлым летом. Они там вместе проводили время. Как они там называют такие ранчо, Хуан?

— Пижонские ранчо.

— Пижонские ранчо. Хуан с приятелем работали там за стол и ночлег. — Хуан не понимал, с какой стати тетушка Кора выкладывала все эти подробности, но она, к возрастающей его досаде, продолжала: — Мать Ноуэл отправила ее туда от греха подальше, но, по словам Хуана, на ранчо было довольно весело.

Мистер Холиуок, к облегчению Хуана, переменил тему:

— Ваше имя... — начал он, вопросительно улыбаясь.

— Сан-Хуан Чандлер. Мой отец был ранен в битве на холме Сан-Хуан[1], и вот поэтому меня так назвали — как Кенсо Маунтин Лэндиса[2].

Хуан объяснял это столько раз, что проговаривал фразы автоматически: в школе его называли Санти, в колледже — Дон.

— Вы должны у нас отобедать, пока вы здесь, — туманно произнесла миссис Холиуок.

Хуан почти перестал слушать, о чем говорили дальше: он заново живо осознал, что Ноуэл приезжает завтра. И приезжает потому, что он здесь. Она сократила срок пребывания в Адирондаках, получив его письмо. Понравится ли он ей теперь — здесь, где все не так, как в Монтане? Тут, в Калпеппер-Бэе, чувствовался размах, воздух был пропитан деньгами и удовольствиями, а к этому Сан-Хуан Чандлер — застенчивый, симпатичный, избалованный, одаренный юноша без гроша в кармане из маленького городка в Огайо — был не готов. Дома, где его отец был священником-пенсионером, он общался с милыми людьми. И до приезда сюда, на фешенебельный курорт в Новой Англии, не понимал, что при достаточном наличии богатых семейств неизбежно образуются замкнутые сообщества, куда посторонним доступ заказан.

_____

[1] Сражение на холме Сан-Хуан (Куба), произошедшее 1 июля 1898 г., стало решающим в испано-американской войне за передел колониальных владений.

[2] *Кенсо Маунтин Лэндис* (1866–1944) — американский судья, получивший имя по названию горы Кенсо в штате Джорджия, где во время Гражданской войны 1861–1865 гг. его отец потерял ногу.

На пижонском ранчо все они одевались одинаково; здесь его готовый костюм в стиле принца Уэльского казался претенциозным, его шляпа, модная лишь теоретически, — жалкой пародией, галстуки — слабым отражением безупречных, совершенных в платоновском смысле галстуков, которые носили в Калпеппер-Бэе. Однако различия были столь незначительными, что сам он неспособен был их уловить.

Однако с того утра — минуло три дня, когда он сошел с поезда и оказался среди молодых людей, встречавших на станции своего товарища, — Хуану было не по себе, и манера тетушки Коры представлять гостя разным людям так, словно она стремилась его им во что бы то ни стало навязать, только сильнее его удручала. Хуан мысленно твердил себе, что тетушка Кора движима добротой к нему, а сам он должен считать себя счастливчиком оттого, что ее приглашение совпало с его страстным желанием вновь увидеться с Ноуэл Гарно. Он еще не уяснил, что за три дня возненавидел холодно-высокомерное покровительство тетушки Коры.

Звонкий, напористый голос Ноуэл в телефонной трубке на следующее утро заставил его собственный голос дрогнуть от прилива счастья. Она заедет за ним в два часа, и остаток дня они проведут вместе. Все утро Хуан пролежал в саду, безуспешно пытаясь освежить летний загар под бледно-лимонным светом сентябрьского солнца и порывисто вскакивая, стоило ему только заслышать лязганье садовых ножниц тетушки Коры на границе с соседним участком. Вернувшись к себе в комнату, Хуан вновь уныло взялся за пуховку, но тут к воротам подкатил спортивный автомобиль Ноуэл, и она выбралась на подъездную аллею. Глаза у нее были темно-голубые, почти что фиалкового цвета, а губы, как частенько думалось Хуану, походили на крохотные, мягкие-мягкие алые подушечки, хотя называть их подушечками язык как-то не поворачивался: нежнее этих губ не сыскать было на целом свете. Когда Ноуэл говорила, рот ее принимал форму буквы «О», а глаза распахивались так широко, будто она готова была не то разрыдаться, не то прыснуть со смеху от меткости ею сказанного. Уже в семнадцать лет она усвоила, что мужчины ловят ее слова с жадностью, которая ее пугала. Хуану даже самые пустячные ее замечания казались исполненными глубочайшего смысла и вызывали в нем напряженную сосредоточенность — настолько, что иной раз Ноуэл находила это утомительным.

Хуан сбежал по лестнице и по усыпанной гравием дорожке бросился навстречу Ноуэл. «Ноуэл, дорогая моя, — слова его прямо-таки распирали, — ты настоящее чудо, никого нет чудесней! У меня сердце готово из груди выпрыгнуть, едва только я завижу твое дивное личико и вдохну упоительный аромат, который тебя обволакивает». И такое признание было бы бесценной, единственно мыслимой правдой. Но вместо этого он промямлил:

— А, Ноуэл, привет! Ну как ты?.. Да, я и в самом деле очень рад. Это и есть твоя машина? Какой она марки? Ты и впрямь здорово выглядишь.

Смотреть на нее он не мог, а если смотрел, то ему казалось, что лицо у него дурацки гримасничает, будто оно чье-то чужое. Хуан забрался в машину, они поехали, и он прилагал громадные усилия, чтобы успокоиться, но когда Ноуэл, отняв руку от руля, легонько коснулась его руки, какой-то извращенный инстинкт заставил его резко ее отдернуть. Ноуэл эта неловкость озадачила, и она погрустнела.

Они отправились на теннисный турнир в Калпеппер-клаб. Хуан так мало замечал что-либо вокруг себя, кроме Ноуэл, что позднее, сообщив тетушке Коре, что теннис они не видели, сам в этом не усомнился.

Потом они прогуливались по парку, где бессчетные встречные поздравляли Ноуэл с возвращением домой. Двое Хуана насторожили: невысокий молодой человек приятного вида, примерно его ровесник, с живыми карими глазами — такими блестящими, словно стеклянные глаза совиного чучела; и второй — долговязый томный франт лет двадцати пяти, который, как верно заключил Хуан, сам напросился, чтобы Ноуэл его представили.

В обществе девушек Хуан почувствовал себя раскованней. У него развязался язык: присутствие Ноуэл придавало ему уверенности, а эта уверенность помогала решительней держаться и с Ноуэл. Дела шли на лад.

С одной из девушек — острой на язычок миловидной блондинкой по имени Холли Морган — Хуан провел накануне несколько шутливо-сентиментальных часов, и чтобы показать Ноуэл, что он неплохо без нее обходился, он принялся настойчиво осаждать Холли Морган всякими расспросами. Холли этот диалог не поддержала: Хуан принадлежал Ноуэл, и хотя Холли он нравился, но вызвать у Ноуэл неудовольствие ей не хотелось.

— Когда мне появиться к обеду, Ноуэл? — спросила Холли.

— В восемь, — последовал ответ. — Билли Харпер за тобой заедет.

Хуан почувствовал, как его кольнуло разочарование. Он-то думал, что обедать они с Ноуэл будут вдвоем, а потом — вести долгую беседу на темной веранде, где он поцелует ее в губы, как это было тем незабываемым вечером в Монтане, и подарит ей значок общества «Дельта Каппа Эпсилон». Но быть может, остальные гости разъедутся пораньше: он признался Холли Морган, что влюблен в Ноуэл, и той хватит ума сообразить.

В сумерках Ноуэл высадила его у ворот дома мисс Чандлер и с минуту помедлила, не включая зажигание. Предвестие вечера — первые огоньки в домах вдоль побережья, отдаленные звуки рояля, легкое веяние прохлады — вдруг вознесло их обоих в райские кущи, о которых Хуан, опьяненный восторгом и ужасом, ранее не в состоянии был и помыслить.

— Ты рад меня видеть? — шепнула Ноуэл.

— Рад? — Язык Хуана не слушался. Он отчаянно силился передать распиравшие его чувства словом, взглядом, жестом, но цепенел от мысли, что никак, никогда, ни за что не сумеет выразить волнение своего сердца. — Ты меня с толку сбила, — проговорил он жалким голосом. — Не знаю, что и сказать.

Ноуэл ждала, настроившись на вполне определенный ответ, готовая на него откликнуться, однако молодость мешала ей разглядеть, что под маской эгоизма и мальчишеской хмурости, носить которую Хуана вынуждала сила его влечения к ней, таится подлинная, глубокая преданность.

— А ты не сбивайся! — парировала Ноуэл.

Она вслушивалась в мелодию, под которую они танцевали в Адирондакских горах. Ее подхватили крылья зачарованности, и некто непостижимый, кто неизменно поджидал на почтительном расстоянии, неясной тенью склонился над ней, сыпля страстными признаниями и сверкая темными романтическими глазами. Почти что машинально Ноуэл завела мотор и включила первую скорость.

— Так в восемь, — рассеянно бросила она. — До свиданья, Хуан.

Автомобиль покатил по дорожке. Перед поворотом Ноуэл обернулась и помахала Хуану рукой; Хуан помахал в ответ, испытывая небывалое в жизни счастье: душа его преобразилась в какой-то сладостный газ, который возносил тело в высоту, словно воздушный шар. Потом автомобиль скрылся из вида, и Хуан, сам того не подозревая, Ноуэл потерял.

II

Шофер тетушки Коры подвез Хуана к дому Ноуэл. Вторым гостем оказался Билли Харпер — тот самый молодой человек с блестящими карими глазами, представленный ему днем. Хуану он внушал опасения: с обеими девушками Билли держался по-дружески непринужденно, а с Ноуэл чуть ли не развязно, так что в разговоре за обеденным столом Хуану внимания уделялось мало. Вспоминали о пребывании в Адирондаках: все трое, казалось, отлично знали, кто там тогда был. Ноуэл и Холли толковали о юношах из Кембриджа и Нью-Хейвена и радовались тому, что зимой им предстоит учиться в Нью-Йорке. Хуан собрался было пригласить Ноуэл на осенний бал в свой колледж, но подумал, что лучше выждать и сделать это попозже, в письме. Когда обед кончился, ему стало легче.

Девушки поднялись наверх. Хуан и Билли Харпер закурили.

— Она и вправду очень привлекательна, — вырвалось у Хуана: сдерживаемым чувствам нужен был выход.

— Кто? Ноуэл?

— Да.

— Славная девушка, — с серьезным видом кивнул Харпер.

Хуан нащупал в кармане значок:

— Она просто чудо. Хотя мне очень нравится Холли Морган — я даже немного приволокнулся за ней вчера вечером, но самая привлекательная девушка — это Ноуэл.

Харпер взглянул на Хуана с любопытством, но тот, избавившись от необходимости вымученно улыбаться, с жаром продолжал:

— Глупо, конечно, крутить с двумя девушками сразу. То есть надо быть начеку — не слишком заиграться.

Билли Харпер не ответил. Ноуэл и Холли спустились вниз. Холли предложила партию в бридж, но Хуан играть не умел, поэтому они устроились у камина. Вышло так, что Ноуэл и Билли Харпер завели разговор о свиданиях и общих друзьях, а Хуан пустился в хвастовство перед Холли Морган, которая сидела рядом с ним на диване.

— Ты должна приехать на студенческий бал к нам в колледж, — вдруг выпалил он. — Почему бы нет? Колледж у нас небольшой, однако компания подобралась как нельзя лучше, и на балах бывает весело.

— Я не против.

— Но тебе нужно будет познакомиться с теми, кто живет в нашем доме.

— А что это за народ?

— «Дельта Каппа Эпсилон». — Хуан вытащил значок из кармана. — Видишь?

Холли изучила значок, рассмеялась и вернула его Хуану.

— Мне хотелось учиться в Йеле, — продолжал Хуан, — но в нашем семействе принято держаться за привычное место.

— Я от Йеля в восторге, — заметила Холли.

— Да-да, — рассеянно поддакнул Хуан, слушая ее вполуха: мысли его были заняты отношениями с Ноуэл. — Ты должна у нас побывать. Я тебе напишу.

Время шло. Холли села за пианино. Ноуэл взяла с крышки гавайскую гитару и принялась напевать под собственный аккомпанемент. Билли Харпер переворачивал ноты. Хуану это удовольствия не доставило — только обеспокоило. Потом все отправились в сумрачный сад, где, оказавшись наконец бок о бок с Ноуэл, он быстро увлек ее за собой, чтобы поговорить наедине.

— Ноуэл, — прошептал он, — это вот мой значок «Дельта Каппа Эпсилон». Я хочу тебе его подарить.

Лицо Ноуэл ничего не выражало.

— Я видела, как ты предлагал этот значок Холли Морган, — сказала она.

— Ноуэл! — испуганно воскликнул Хуан. — Ничего я ей не предлагал. Просто показал этот значок. Неужели, Ноуэл, ты думаешь...

— И пригласил ее на студенческий бал.

— Вовсе нет. Это была обыкновенная любезность.

Их спутники приближались. Ноуэл поспешно взяла значок и порывистым жестом ласково приложила палец к губам Хуана.

Он так и не понял, что на самом деле Ноуэл ничуть не сердилась на него ни за предложенный значок, ни за приглашение на бал, но из-за его нелепого эгоизма теряла к нему интерес.

В одиннадцать часов Холли объявила, что ей пора уходить, и Билли Харпер подогнал машину ко входу.

— Я задержусь на несколько минут, если ты не против, — сказал Хуан, стоя в дверях рядом с Ноуэл. — Доберусь до дома и пешком.

Холли и Билли Харпер уехали. Ноуэл и Хуан медленно вернулись в гостиную, и там Ноуэл обошла софу и уселась в кресло.

— Пойдем на веранду, — нерешительно предложил Хуан.

— Зачем?

— Ноуэл, ну пожалуйста.

Ноуэл неохотно повиновалась. Они сели рядышком на обтянутом парусиной диванчике, и Хуан ее обнял.

— Поцелуй меня, — шепнул он. Никогда еще Ноуэл не казалась ему такой желанной.

— Нет.

— Почему?

— Не хочу. Я больше ни с кем не целуюсь.

— И даже со мной? — недоверчиво переспросил он.

— Я уже слишком многих перецеловала. От меня ничего не останется, если я так и буду целоваться дальше.

— Но меня-то ты поцелуешь, Ноуэл?

— А чего ради?

Хуан не в силах был произнести: «Потому что я тебя люблю». Но сумел бы, сумел, он это знал, если бы Ноуэл была в его объятиях.

— Если я тебя один раз поцелую, ты пойдешь домой?

— Вот как? Ты хочешь, чтобы я пошел домой?

— Я устала. Прошлую ночь провела в дороге, а в поезде мне не уснуть. А ты как — можешь? Я — ни за что...

Ее манера с готовностью переводить речь на другую тему Хуана бесила.

— Хорошо, поцелуй меня один раз, — уперся он.

— А ты обещаешь?

— Сначала поцелуй.

— Нет, Хуан, ты сначала пообещай.

— Так ты не хочешь меня поцеловать?

— Уфф! — простонала Ноуэл.

С нарастающей тревогой Хуан дал обещание и заключил Ноуэл в свои объятия. Едва коснувшись ее губ, ощутив ее близость, он забыл о минувшем вечере, забыл самого себя — и стал тем вдохновенным, романтичным юношей, знакомым Ноуэл прежде. Но было слишком поздно. Руками, лежавшими на плечах Хуана, Ноуэл его оттолкнула.

— Ты обещал.

— Ноуэл...

Ноуэл поднялась с диванчика. Смущенный и растравленный, Хуан проводил Ноуэл к дверям.

— Ноуэл...

— Спокойной ночи, Хуан.

Когда они стояли на крыльце, Ноуэл устремила взгляд над темными верхушками деревьев к круглой сентябрьской луне.

С ней скоро произойдет что-то великолепное, отрешенно подумала она. Что-то такое, что завладеет ею целиком, выхватит ее из привычной жизни — бессильную, пылкую, полную восторга.

— Спокойной ночи, Ноуэл. Ноуэл, ну пожалуйста...

— Спокойной ночи, Хуан. Не забудь, завтра мы собираемся поплавать. Чудно, что мы с тобой повидались. Спокойной ночи.

Ноуэл закрыла дверь.

III

Под утро Хуан очнулся после прерывистого сна с мыслью, что Ноуэл, быть может, не поцеловала его из-за трех прыщиков на щеке. Он зажег свет и осмотрел их. Два были почти незаметны. Он пошел в ванную, затушевал их черной мазью и снова забрался в постель.

За завтраком тетушка Кора встретила его сухо.

— Из-за тебя твой двоюродный дедушка всю ночь глаз не сомкнул, — сказала она. — Слышал, как ты расхаживаешь у себя по комнате.

— Да я только два раза прошелся, — несчастным голосом отозвался Хуан. — Ужасно сожалею.

— Ты ведь знаешь, ему необходимо высыпаться. Нам всем надо быть осмотрительней, когда кто-то болен. Молодые вечно об этом забывают. До твоего приезда он совсем пошел на поправку.

День был воскресный, и они собирались купаться у дома Холли Морган, где на удобном солнечном берегу обычно бывало многолюдно. Ноуэл заехала за Хуаном, но до места они добрались раньше, чем ему удалось робкими намеками на вчерашний вечер занять ее внимание. Хуан поговорил с теми, кто был ему знаком, был представлен незнакомым, и снова у него стало муторно на душе от царившей в компании веселой фамильярности и безупречной непринужденности в одежде. Все, он не сомневался, заметили, что со дня приезда в Калпеппер-Бэй он носит один-единственный костюм, изредка сменяя его на белые фланелевые брюки. Обе пары брюк нуждались в глажке, однако после причиненного двоюродному дедушке ночного беспокойства он не решился обратиться за завтраком к тетушке Коре с этой просьбой.

Хуан снова попытался потолковать с Холли, смутно надеясь вызвать у Ноуэл ревность, однако Холли была занята и разговора не поддержала. Минут через десять ему кое-как удалось увернуться от беседы с несносной мисс Холиуок, и тут он с ужасом обнаружил, что Ноуэл исчезла.

Только что Хуан видел, как она оживленно обменивалась пустячными репликами с высоким, хорошо одетым незнакомцем, представленным ей накануне, а теперь ее и след простыл. Терзаемый жутким одиночеством, он делал вид, что всем доволен и, слоняясь по берегу, наблюдает за купальщиками, а на самом деле выискивал глазами Ноуэл. Потом, почувствовав, что его неуклюжее фланирование становится слишком заметным, он с несчастным видом опустился на песчаный гребень возле Билли Харпера. Но Билл Харпер любезности не выказал, равно как и желания общаться, и почти сразу же, помахав стоявшему поодаль приятелю, пустился ему навстречу.

Хуана охватило отчаяние. Увидев вдруг Ноуэл, которая выходила из дома с высоким незнакомцем, он порывисто вскочил в уверенности, что на лице у него написано дикое волнение.

Ноуэл, поприветствовав его жестом, крикнула:

— У меня пряжка от туфли отвалилась. Пришлось чинить. Я думала, ты купаешься.

Хуан замер на месте в страхе, что, если он что-то ответит, голос его выдаст. До него дошло, что ему дана отставка и что на горизонте появился кто-то другой. Сильнее всего ему захотелось провалиться сквозь землю. Когда пара подошла ближе, спутник Ноуэл окинул его небрежным взглядом и продолжил оживленно-доверительную беседу с Ноуэл. Вокруг них неожиданно собралась целая компания.

Следя за обществом краем глаза, Хуан потихоньку, но целеустремленно направился к воротцам, которые вели к дороге. Когда чей-то мужской голос небрежно его окликнул: «Уходишь?» — он, как бы через силу кивнув, ответил: «Да, мне пора». Очутившись за заслоном припаркованных автомобилей, он даже припустил рысцой, но под удивленными взглядами водителей сбавил шаг. До дома Чандлеров было полторы мили, день стоял знойный, однако Хуан упорно брел вперед, чтобы Ноуэл, покинув друзей («вместе с этим типом», — горько думал он), его не настигла. Это было бы выше его сил.

Сзади послышался гул мотора. Хуан тотчас метнулся на обочину и спрятался за первой попавшейся живой изгородью. Машина оказалась чужой, но теперь он, постоянно высматривая пригодное для себя убежище, шагал быстро, а лишенные укрытий пространства преодолевал бегом.

Дом тетушки уже был виден, когда это все-таки произошло.

Распаренный и взъерошенный, он едва успел прижаться грудью к стволу дерева, и тут мимо него промчался спортивный автомобиль Ноуэл, за рулем которого сидел высокий незнакомец. Хуан, выйдя из засады, проводил их глазами. Потом, слепой от пота и горя, двинулся дальше к дому.

IV

За обедом тетушка Кора пристально всматривалась в Хуана.

— Что-то случилось? — спросила она. — На пляже что-то вышло не так?

— Да нет, что вы! — воскликнул Хуан с наигранным удивлением. — Почему вы так решили?

— Вид у тебя какой-то странный. Подумала, уж не поссорился ли ты с этой девчушкой Гарно.

Тетушку Кору Хуан был готов растерзать.

— Вовсе нет.

— Ты стараешься напрочь выбросить ее из головы, — продолжала тетушка Кора.

— Что вы хотите этим сказать? — Хуана даже передернуло: о чем речь, он понял как нельзя лучше.

— Напрочь выбросить из головы Ноуэл Гарно. Тебе с ней не по пути. — (Лицо у Хуана пылало. Язык ему не повиновался.) — Говорю тебе по доброте душевной. На твоем месте о Ноуэл Гарно всерьез нечего и думать.

Подспудный смысл сказанного тетушкой Корой ранил Хуана сильнее слов. Еще бы, он и сам прекрасно уяснил, что никак не годится для Ноуэл — и что если в Акроне он мог вызывать симпатию, для Калпеппер-Бэя этого было мало. К нему пришло (как и ко всем юношам в схожей ситуации) осознание того, что за всякий успех (а его мать этот визит к тетушке Коре считала успехом) нужно платить болезненную для самолюбия цену. Однако жестокость мира, допускающего столь нестерпимое положение дел, оставалась за гранью его разумения. Разум отвергал это безоговорочно, как отвергал словарное обозначение трех пятнышек на щеке. Хуану хотелось избавиться, скрыться, очутиться дома. Он твердо вознамерился уехать завтра же, но после этого тяжелого разговора решил объявить об отъезде только вечером.

После обеда Хуан взял в библиотеке детективный роман и поднялся к себе наверх — почитать в постели. Одолел книгу к четырем часам и спустился вниз — взять другую. Тетушка Кора накрывала на веранде три чайных столика.

— Я думала, ты в клубе! — воскликнула она удивленно. — Была уверена, что ты ушел в клуб.

— Устал, — ответил Хуан. — Вздумал вот почитать.

— Устал! — вскричала тетушка Кора. — В твои-то годы! Тебе нужно играть на свежем воздухе в гольф — тогда и прыщ на щеке не вскочил бы. — (Хуан скривился: его эксперименты с черной мазью привели к тому, что от раздражения прыщ горел огнем.) — А не валяться с книжкой в такой день!

— У меня нет клюшек, — поспешно ответил Хуан.

— Мистер Холиуок сказал, что ты можешь воспользоваться клюшками его брата. Он предупредил старшего кедди. Беги, не задерживайся. Там бывает много молодых гольферов. А то я начинаю думать, ты совсем заскучал.

Страдая, Хуан представил себе, как он слоняется по площадке в одиночестве — и тут вдруг появляется Ноуэл. Ему вовсе не хотелось снова увидеться с Ноуэл — разве что опять в Монтане, в тот прекрасный день, когда она подойдет к нему со словами: «Хуан, я никогда не думала — и даже вообразить не могла, какова твоя любовь».

Неожиданно он вспомнил, что Ноуэл отправилась до вечера в Бостон. На площадке ее не будет. У Хуана сразу отлегло от сердца: играть в одиночестве не придется.

Старший кедди неодобрительно взглянул на его гостевую карточку, и Хуан нервно заплатил за полдюжины мячей по доллару каждый в попытке нейтрализовать почудившуюся ему враждебность. На первой метке он огляделся по сторонам. Шел уже пятый час, и вблизи никого не было, кроме двух пожилых мужчин, которые практиковали броски с верхушки небольшого холма. Нацелившись на мяч, Хуан услышал, как кто-то остановился позади него, и он вздохнул с облегчением, когда резким ударом направил мяч на расстояние в полторы сотни ярдов.

— Играете в одиночестве?

Хуан оглянулся. Плотный мужчина лет пятидесяти, крупнолицый, с высоким лбом, широкой верхней губой и выпирающей челюстью вытаскивал клюшку из туго набитого мешка.

— Ну, в общем, да.

— Не возражаете, если я присоединюсь?

— Нисколько.

Предложенное партнерство принесло Хуану мрачное облегчение. Играли они на равных: на точные короткие удары мужчины Хуан отвечал время от времени блестящими удачами. Однако после седьмой лунки игроки перестали ограничиваться отрывистыми подбадривающими восклицаниями и стандартными комплиментами, какими обычно сопровождается партия в гольф.

— Что-то я раньше вас тут не видел.

— Я приехал в гости, — пояснил Хуан, — остановился у моей тетушки, мисс Чандлер.

— А, понятно. Знаю мисс Чандлер очень хорошо. Приятная пожилая дама, только снобизма в ней много.

— Что-что? — переспросил Хуан.

— Говорю, снобизма в ней много. Ничего страшного... Ваша очередь, кажется.

Только через несколько лунок Хуан набрался духу отозваться на реплику партнера.

— Что вы имели в виду, когда сказали, что в тетушке много снобизма? — спросил заинтересованный Хуан.

— А, между мной и мисс Чандлер давние счеты, — напрямик пояснил мужчина. — Она старая подруга моей жены. Когда мы поженились и приехали в Калпеппер-Бэй на лето, она попыталась нас отсюда выжить. Заявила, что моей жене незачем было выходить за меня замуж. Я, мол, чужак.

— И как вы поступили?

— Да попросту на нее плюнул. Она потом одумалась, но я, разумеется, никогда к ней особой любви не питал. Она ведь пробовала совать свой нос в наши дела еще до нашей женитьбы. — Мужчина рассмеялся. — Кора Чандлер из Бостона — как она тогда верховодила над здешними девицами! В двадцать пять лет в Бэк-Бэе у нее был самый острый язычок. Они, знаете ли, принадлежали к старожилам — обедали с Эмерсоном, Уитьером и прочими[1]. Моя жена тоже входила в этот круг. А я прибыл со Среднего Запада... Фу-ты ну-ты. Что-то я заболтался. Отстаю на два удара.

Внезапно Хуану захотелось поведать этому человеку о своей ситуации — не так, как дела обстояли в действительности, а приукрасить ее, наделив досто-

---

[1] *Бэк-Бэй* — фешенебельный район Бостона. *Ральф Уолдо Эмерсон* (1803–1882) — американский эссеист, поэт и философ; *Джон Гринлиф Уитьер* (1807–1892) — американский поэт-аболиционист.

инством и значимостью, которые пока что были ей несвойственны. В голове у него складывался рассказ об извечной борьбе нищего юноши с высокомерным светом, превыше всего ставящим богатство. Этот новый поворот нес душе утешение, и Хуан постарался отбросить менее приятное осознание того, что деньги, собственно, были тут ни при чем. Втайне он понимал, что оттолкнул Ноуэл от себя злополучным эгоизмом, неловкостью, нелепыми попытками заставить ее ревновать к Холли. Его бедность не была тут главной помехой, при других обстоятельствах она могла бы придать их отношениям романтический отблеск.

— Я прекрасно понимаю, что вы должны были чувствовать, — вырвалось вдруг у Хуана, когда они подходили к десятой метке. — У меня нет денег, а у девушки, которую я люблю, они есть, и похоже, что всем на свете, кому неймется совать нос в чужие дела, припала охота нас разлучить.

На миг Хуан сам поверил, что так оно и есть. Партнер пристально в него всмотрелся.

— А девушка к вам неравнодушна? — спросил он.

— Да.

— Тогда, юноша, не сдавайтесь. Все крупные состояния не в одночасье наживались.

— Я все еще учусь в колледже, — захваченный врасплох, растерялся Хуан.

— А она не согласна вас подождать?

— Не знаю. Видите ли, на нее очень сильно давят. Семейство намерено выдать ее за богача. — Хуан мысленно представил себе высокого, модно одетого незнакомца, которого он видел утром, и дал волю воображению. — Гость из восточных штатов, он сейчас здесь — и боюсь, что вместе они вконец задурят ей голову. Не выйдет с этим — явится другой.

Новый приятель Хуана сдвинул брови:

— Нельзя, знаете ли, получить все сразу, — сказал он наконец. — Я меньше всего готов советовать молодому человеку бросить колледж, не имея к тому же понятия ни о нем самом, ни о его способностях, но если учеба ставит между вами и девушкой преграду, тогда лучше задуматься о том, не поискать ли себе работу.

— Вот я то же самое и прикидываю, — нахмурился Хуан. Эта мысль впервые посетила его десять секунд назад.

— Впрочем, у всех нынешних девушек мозги набекрень, — бухнул партнер Хуана. — Начинает поглядывать на мужчин в пятнадцать, а в семнадцать, того и гляди, сбежит с соседским шофером.

— Это верно, — рассеянно подтвердил Хуан. Его целиком захватило только что высказанное предположение. — Беда в том, что живу я не в Бостоне. Если я брошу колледж, то мне захочется быть поближе к ней, потому как, прежде чем я смогу ее обеспечить, пройдет не один месяц. А как мне найти работу в Бостоне — ума не приложу.

— Коль скоро вы в родстве с Корой Чандлер, труда это не составит. Она знает всех бостонцев до единого. Быть может, и семейство девушки тебе посодействует, раз уж ты ей пришелся: в наше сумасшедшее время иные родители готовы любого дурака свалять.

— Не очень-то мне это по душе.

— Богатые девушки не могут питаться воздухом, — сурово отрезал немолодой партнер Хуана.

Игра продолжилась в молчании. Вдруг, пока они расхаживали по площадке, спутник Хуана озабоченно повернулся к нему:

— Послушайте, юноша. Не уверен, действительно ли вы задумали бросить колледж или я вам эту идею сей момент подкинул. Если так, выбросьте ее из головы. Поезжайте домой, обсудите ситуацию на семейном совете. И поступайте так, как вам скажут.

— Мой отец умер.

— Что ж, спросите у матери. Она сердцем чувствует, что для вас благо.

Партнер обращался теперь с Хуаном заметно прохладнее, словно сожалел, что каким-то боком оказался замешанным в его дела. Он угадывал в нем серьезную основу, но без одобрения отнесся к его готовности поверять душу незнакомцам и неспособности найти себе занятие в жизни. Чего-то Хуану недоставало — не уверенности в себе, конечно («прежде чем я смогу ее обеспечить, пройдет не один месяц»), а какой-то более явно выраженной силы, напористости. Когда оба подошли к кабинке кедди, пожилой игрок обменялся с Хуаном рукопожатием и уже собирался удалиться, но тут что-то побудило его сказать юноше еще два-три слова.

— Если надумаете попытать удачу в Бостоне, заходите ко мне повидаться. — Он настойчиво вложил в руку Хуана визитную карточку. — До встречи. Счастливо. И помните: женщина — это нечто вроде автомобиля...

Он затворил за собой дверь раздевалки. Расплатившись с кедди, Хуан взглянул на визитную карточку, зажатую в ладони.

«Гарольд Гарно, — стояло там. — Стейт-стрит, 23-7».

Не прошло и минуты, как Хуан, стараясь не оглядываться, опрометью ринулся подальше от Калпеппер-клаба.

V

Месяц спустя Сан-Хуан Чандлер по прибытии в Бостон снял дешевый номер в скромной гостинице в деловой части города. В кармане у него лежали двести долларов наличными и конверт, набитый облигациями на полторы тысячи: это и был стартовый капитал, назначенный ему отцом при рождении, с тем чтобы дать ему шанс преуспеть в жизни. Завладел он им не без пререканий с матерью, и не без слез примирилась она с его решением бросить колледж на последнем курсе. Хуан ограничился сообщением, что ему предложили в Бостоне выгодное место; о прочем она догадывалась, но тактично молчала. На самом деле никаких предложений он не получал и никаких планов не строил, однако теперь он достиг совершеннолетия — и с юношескими изъянами было покончено навсегда. В одном он был уверен: ему предстоит жениться на Ноуэл Гарно. Во сне его неотступно терзали мука, боль и стыд, пережитые тем воскресным утром, затмевая все возможные сомнения, затмевая даже по-мальчишески романтическую влюбленность, что расцвела однажды тихим теплым вечером в Монтане. Эта любовь никуда не делась, но была заперта наглухо: то, что случилось позже, подавило ее и заглушило. Добиться Ноуэл было необходимо для его гордости и чувства собственного достоинства: это стало вопросом жизни и смерти — лишь бы стереть из памяти тот день, когда он постарел на целых три года.

С тех пор Хуан с Ноуэл не виделся. На следующее утро он покинул Калпеппер-Бэй и отправился домой.

Да, время он провел прекрасно. Да, тетушка Кора была очень мила. Он не стал писать ни строчки, но через неделю получил от Ноуэл удивленное, хотя и чудовищно несерьезное письмо, в котором она писала, что очень рада была снова с ним повидаться и как нехорошо было с его стороны уехать не попрощавшись.

«Холли Морган шлет тебе наилучшие пожелания, — заканчивала Ноуэл с мягкой наигранной укоризной. — Наверное, вместо меня следовало писать ей. Я всегда считала тебя ветреником, а теперь в этом убедилась».

От ее неловкой попытки замаскировать свое безразличие Хуана бросило в дрожь. Он не добавил это письмо к драгоценной связке, перетянутой голубой ленточкой, а сжег его на противне: трагический жест, едва не спаливший дом матери.

Так началась жизнь Хуана в Бостоне, и первый прожитый им там год настолько походил на сказку без морали, что вряд ли стоит ее пересказывать.

Это история о веренице шальных алогичных везений, на прочном основании которых воздвигается впоследствии девяносто девять из ста неудач. Хотя трудился он усердно, но особые перспективы перед ним не открылись — во всяком случае, соизмеримые с получаемым вознаграждением. Он наткнулся на человека, составившего план — вполне нелепый — хранения замороженных морепродуктов, для реализации которого уже несколько лет искал финансы. Хуан по неопытности принял в этом проекте участие и вложил в него тысячу двести долларов. За год его вопиющая опрометчивость принесла ему прибыль в четыреста процентов. Его партнер попытался выкупить его долю, но в результате достигнутого компромисса Хуан остался компаньоном.

Внутреннее осознание судьбы, никогда Хуана не покидавшее, подсказывало ему, что он разбогатеет. Но в конце года произошло событие, которое заставило его усомниться, имеет ли это вообще какое-либо значение.

Он дважды видел Ноуэл Гарно: один раз в театре, а другой — на заднем сиденье лимузина, в котором она проезжала по бостонской улице, и выглядела, как он позже решил, бледной, усталой и скучающей. При встрече он ничего такого не подумал: это потом сердце у него переполнилось неодолимым волнением и беспомощно затрепетало, будто взаправду стиснутое чьими-то пальцами. Он поспешно укрылся под навесом магазина и замер там — дрожа от ужаса и восторга в ожидании, пока она проедет мимо. Ноуэл не знала, что он в Бостоне, и сам он не хотел, чтобы она об этом знала, пока он не подготовится к встрече. Хуан следил за каждым ее шагом по газетным колонкам светской хроники. Вот она учится в колледже, вот проводит дома рождественские каникулы, на Пасху выехала к горячим источникам, а осенью представлена обществу. Это была пора ее дебюта: ежедневно Хуан читал о ее присутствии на обедах, на танцах, на балах и на собраниях, на благотворительных вечерах и на театральных постановках Молодежной лиги. Ящик его письменного стола заполняла дюжина ее нечетких изображений в газетах. Хуан терпеливо ждал. Пускай Ноуэл вволю повеселится.

По истечении почти полутора лет, проведенных им в Бостоне, к концу первого сезона Ноуэл, в суматохе массового отбытия во Флориду, Хуан решил больше не ждать. И вот сырым и промозглым февральским днем, когда детвора в резиновых сапожонках строила плотины в забитых снегом канавах, на крыльцо дома Гарно поднялся приятного вида хорошо одетый блондин и вручил горничной визитную карточку. Стараясь утишить сердцебиение, он прошел в гостиную и уселся там в кресло.

Шелест платья на лестнице, легкие шаги по залу, возглас — это Ноуэл!

— Хуан, ты ли? — воскликнула Ноуэл — удивленная, польщенная, любезная. — Я не знала, что ты в Бостоне. Я так рада тебя видеть. Думала, ты совсем меня бросил.

Голос Хуан обрел почти сразу: теперь это оказалось легче, чем раньше. Ощутила ли Ноуэл произошедшую с ним перемену, но теперь он уже не был никем, как прежде. Запас солидности не позволит ему снова вести себя как эгоистичному дитяти.

Хуан пояснил, что не прочь обосноваться в Бостоне, и дал ей понять, что дела у него обстоят блестяще; затем, хотя это и причинило ему боль, с юмором вспомнил об их последней встрече, намекнув, что покинул компанию купальщиков из-за вспышки гнева на Ноуэл. Не мог же он сознаться, что побудил его к этому стыд. Ноуэл рассмеялась. Хуан вдруг почувствовал себя до странности счастливым.

Прошло полчаса. В камине мерцал огонь. За окном темнело, и комнату окутывали призрачные сумерки, создающие внутри дома ту же обстановку, что и при недвижно-ровном сиянии звезд. Стоявший перед Ноуэл Хуан опустился на кушетку рядом с ней.

— Ноуэл...

В холле послышались легкие шаги: горничная шла отпирать входную дверь. Быстро протянув руку, Ноуэл включила электрическую лампу на столике возле кушетки.

— Я и не заметила, как стемнело, — проговорила она слишком торопливо, как показалось Хуану.

В дверном проеме появилась горничная и объявила:

— Мистер Темплтон.

— Да-да, пусть войдет, — кивнула Ноуэл.

Мистер Темплтон, вполне сложившийся джентльмен, растягивающий слова на гарвардски-оксфордский манер, чувствующий себя здесь как дома, глянул на Хуана с едва заметным удивлением, наклонил голову, пробормотал стандартно вежливую фразу и непринужденно расположился у огня. Несколько фраз, которыми он обменялся с Ноуэл, свидетельствовали о его коротком знакомстве с распорядком ее дня. Выдержав паузу, Хуан поднялся с места.

— Мне хотелось бы вскоре повидаться с тобой снова, — сказал он. — Я позвоню, хорошо? И ты сообщишь, когда мне можно будет зайти, ладно?

Ноуэл проводила Хуана к выходу.

— Я так рада была снова с тобой поговорить, — с чувством произнесла она. — Помни, я хочу часто с тобой видеться, Хуан.

Выйдя из дома Гарно, Хуан был счастлив так, как ни разу не был за целых два года. Он пообедал в ресторане в одиночестве, едва удерживаясь, чтобы не запеть; потом, не помня себя от восторга, бродил по берегу до полуночи. Проснулся с мыслью о Ноуэл, сгорая от желания поведать всем и каждому, что утраченное он обрел снова. Между ними пробежало нечто большее, чем выражали слова: как Ноуэл сидела с ним в полумраке, как она слегка, но все же заметно волновалась, когда провожала его к выходу.

Спустя два дня Хуан открыл «Транскрипт» на разделе светских новостей и пробежал колонку до третьей заметки. Тут глаза его, прикованные к ней, сузились, как у китайца:

«Мистер и миссис Гарольд Гарно объявляют о помолвке их дочери Ноуэл с мистером Брукс Фиш Темплтоном. Мистер Темплтон окончил Гарвардский университет в 1912 году и является партнером...»

VI

В три часа пополудни Хуан позвонил в дверь дома Гарно, и его провели в холл. Откуда-то сверху доносились голоса девушек, невнятный разговор слышался и из гостиной справа, где он встречался с Ноуэл всего лишь неделю назад.

— Вы не могли бы пригласить меня в комнату, где никого нет? — натянутым тоном обратился он к горничной. — Я старый друг — это крайне важно, — мне необходимо повидаться с мисс Ноуэл наедине.

Ему пришлось ждать в комнатке, примыкавшей к холлу. Минуло десять минут, потом еще десять; Хуан начал опасаться, что Ноуэл не явится вовсе. Истекло почти полчаса — и тут дверь с шумом распахнулась, и в комнатку стремительно вошла Ноуэл.

— Хуан! — радостно воскликнула она. — Это просто чудо! Я могла бы и сообразить, что ты придешь первым. — Увидев его лицо, она посерьезнела и запнулась: — Но почему тебя отвели сюда? — торопливо спросила она. — Ты должен пойти и со всеми познакомиться. Я сегодня мечусь туда-сюда, будто цыпленок без головы.

— Ноуэл! — глухо проговорил Хуан.

— Что? — Ноуэл, уже взявшись за дверную ручку, испуганно обернулась.

— Ноуэл, я пришел к тебе не с поздравлениями. — Лицо Хуана побелело, голос охрип от усилий сохранить самообладание. — Я пришел, чтобы сказать тебе, что ты совершаешь ужасную ошибку.

— Какую ошибку, Хуан?

— Ты прекрасно знаешь, — продолжал он. — Ты знаешь, что никто не любит тебя так, как я, Ноуэл. Я хочу, чтобы ты вышла за меня замуж.

Ноуэл нервно усмехнулась:

— Хуан, но это же глупо! Я не понимаю, о чем ты говоришь. Я помолвлена с другим.

— Ноуэл, ты можешь сюда подойти и сесть со мной рядом?

— Не могу, Хуан, — там добрый десяток посетителей, и я должна всех встретить. Иначе это будет невежливо. В другой раз, Хуан. Если заглянешь как-нибудь, я буду рада с тобой перемолвиться.

— Нет, сейчас! — Фраза прозвучала жестко, непреклонно, почти что грубо; Ноуэл заколебалась. — Только десять минут, — настаивал Хуан.

— Хуан, но мне и вправду нужно идти.

Ноуэл нерешительно села, поглядывая на дверь. Сидя рядом с ней, Хуан просто и без экивоков рассказал ей обо всем, что произошло с ним за полтора года, пока они не виделись. Рассказал о своей семье, о тетушке Коре, о тайном унижении, пережитом им в Калпеппер-Бэе. Потом описал свой приезд в Бостон и выпавший на его долю успех: и вот наконец-то, когда он кое-что для нее приобрел, выяснилось, что уже поздно. Хуан не утаил ничего. Его голос выражал то, что было у него на душе: от притворства и самолюбования не осталось и следа, в нем звучало одно только искреннее всепоглощающее чувство. Всему тому, что он делал, есть лишь одно оправдание, заверял он: каким-то образом заслужить право предстать перед ней, дать ей знать, насколько вдохновляла его эта преданность; пускай она обратит внимание, хотя бы мельком, на то обстоятельство, что он целых два года любил ее верно и беззаветно.

Хуан умолк, а Ноуэл заплакала. Это жестоко, сказала она, выложить перед ней все это сейчас — как раз когда она приняла главное в жизни решение. Не так-то легко было его принять, но сделанного не воротишь, и она действительно собирается выйти замуж за другого. Прежде ей не приходилось слышать ничего подобного — и она очень удручена. Ей ужасно, ужасно жаль, но ничего не поделать. Если она так ему небезразлична, надо было сказать об этом раньше.

Но как он мог сказать раньше? Ему нечего было ей предложить — кроме той правды, что однажды летним вечером на Западе их неудержимо потянуло друг к другу.

— А ты любишь меня и сейчас, — тихо проговорил Хуан. — Если бы не любила, Ноуэл, то не плакала бы. До меня тебе и дела бы не было.

— Мне... мне тебя так жаль.

— Это больше, чем просто жалость. Ты полюбила меня совсем недавно. Тебе хотелось, чтобы я сидел рядом с тобой в темноте. Неужели я этого не чувствовал, неужели не понимал? Между нами что-то есть, Ноуэл, — что-то вроде взаимного притяжения. Что-то всегда тянуло тебя ко мне, а меня к тебе — кроме одного прискорбного случая. Ах, Ноуэл, разве ты не видишь, что у меня сердце разрывается, когда я вот так сижу бок о бок с тобой, хочу тебя обнять, но знаю, что ты по глупости ответила согласием другому?

В дверь постучали.

— Ноуэл!

Ноуэл подняла голову, быстрым движением приложив к глазам носовой платок.

— Да?

— Это Брукс. Можно мне войти? — Не дожидаясь ответа, Темплтон распахнул дверь и с любопытством оглядел обоих. — Прошу прощения, — небрежно кивнул он Хуану. — Ноуэл, там полно народу...

— Я сейчас буду, — тусклым голосом сказала она.

— У тебя все хорошо?

— Да.

Темплтон, нахмурившись, шагнул в комнату.

— Дорогая, ты чем-то расстроена? — Он бросил взгляд на Хуана, который поднялся с места со слезами на глазах. Голос Темплтона зазвучал угрожающе: — Надеюсь, никто тебя не обидел?

Вместо ответа Ноуэл рухнула на кучу подушек и громко зарыдала.

— Ноуэл! — Темплтон сел рядом и положил руку ей на плечо. — Ноуэл! — Он обернулся к Хуану. — Полагаю, будет лучше, если вы оставите нас наедине, мистер... — Имя вылетело у него из головы. — Ноуэл немного устала.

— Я не уйду.

— Прошу вас, подождите за дверью. Мы переговорим позже.

— Я не собираюсь ждать за дверью. Мне нужно поговорить с Ноуэл. Это вы нам помешали.

— А я имею на это полное право. — Лицо Темплтона побагровело от ярости. — Кто вы такой, черт вас побери?

— Меня зовут Чандлер.

— Что ж, мистер Чандлер, вы нам мешаете — ясно вам? Ваше присутствие здесь — верх наглости и самонадеянности.

— Это как посмотреть.

Они злобно уставились друг на друга. Затем Темплтон помог Ноуэл приподняться и сесть.

— Дорогая, я провожу тебя наверх, — сказал он. — У тебя был трудный день. Если ты приляжешь до ужина...

Он помог ей встать. Не глядя на Хуана и по-прежнему прижимая к лицу носовой платок, Ноуэл позволила увести себя в холл. На пороге Темплтон повернулся к Хуану:

— Горничная подаст вам пальто и шляпу, мистер Чандлер.

— Я подожду именно тут, — ответил Хуан.

VII

В половине седьмого Хуан все еще оставался там, когда вслед за коротким стуком в дверном проеме выросла массивная фигура, в которой он узнал мистера Гарольда Гарно.

— Добрый вечер, сэр, — надменно и с раздражением бросил мистер Гарно. — Чем могу быть полезен?

Он приблизился к Хуану, и по его лицу промелькнула тень узнавания.

— Ага! — пробормотал он.

— Добрый вечер, сэр, — произнес Хуан.

— Значит, это вы и есть, так? — Мистер Гарно, казалось, медлил в нерешительности. — Брукс Темплтон заявил, что вы здесь, что вы настаиваете на разговоре с Ноуэл, — он кашлянул, — и что отказываетесь идти домой.

— Да, если вы не против, я хотел бы увидеться с Ноуэл.

— С какой целью?

— Это касается только нас с Ноуэл, мистер Гарно.

— Мистер Темплтон и я облечены полным правом представлять Ноуэл в данном случае, — терпеливо пояснил мистер Гарно. — Она только что при мне и в присутствии своей матери объявила, что больше не желает вас видеть. Я достаточно ясно выразился?

— Я этому не верю, — упорствовал Хуан.

— А я не имею обыкновения лгать.

— Прошу прощения. Я имел в виду...

258

— У меня нет желания обсуждать с вами этот прискорбный инцидент, — презрительно оборвал его Гарно. — Хочу только одного — чтобы вы немедленно удалились восвояси и больше тут не показывались.

— С какой стати вы называете это прискорбным инцидентом? — хладнокровно осведомился Хуан.

— Доброй ночи, мистер Чандлер.

— По-вашему, инцидент следует считать прискорбным, раз Ноуэл разорвала помолвку?

— Вы самонадеянны, сэр! — вскричал хозяин дома. — Невыносимо самонадеянны.

— Мистер Гарно, однажды вы были настолько добры ко мне, что сказали...

— Плевать мне на то, что я вам сказал! — взорвался Гарно. — Убирайтесь отсюда немедленно!

— Хорошо, выбора у меня нет. Надеюсь, вы будете достаточно любезны, чтобы передать Ноуэл, что я вернусь завтра во второй половине дня.

Хуан наклонил голову, прошел в холл и взял с кресла пальто и шляпу. Наверху послышались чьи-то торопливые шаги, дверь распахнулась и снова захлопнулась, однако он успел уловить возбужденный говор и короткий прерывистый всхлип. Он заколебался. Потом двинулся дальше через холл к выходу. За портьерой гостиной мелькала фигура слуги, который накрывал стол к ужину.

Назавтра в тот же час Хуан позвонил в дверь дома Гарно. На сей раз ему отворил дворецкий — очевидно, соответственно проинструктированный.

— Мисс Ноуэл нет дома.

— Нельзя ли оставить записку?

— Это бесполезно: мисс Ноуэл нет в городе.

Не поверив этому, однако встревожившись, Хуан отправился на такси в контору Гарольда Гарно.

— Мистер Гарно не может вас принять. Если угодно, коротко переговорит с вами по телефону.

Хуан кивнул. Клерк нажал кнопку на коммутаторе и передал трубку Хуану.

— Говорит Сан-Хуан Чандлер. У вас дома мне сказали, что Ноуэл уехала. Это правда?

— Да. — От односложного ответа веяло ледяным холодом. — Она уехала отдыхать. На несколько месяцев. Что-нибудь еще?

— Она оставила мне записку?

— Нет! Вы ей ненавистны.

— Ее адрес?

— Это никоим образом вас не касается. Всего хорошего.

Хуан вернулся к себе и поразмыслил над сложившейся ситуацией. Ноуэл тайком похитили и увезли из города — иначе это никак не назвать. И нет сомнения, что ее помолвка с Темплтоном разорвана — по крайней мере, временно. Ему хватило часа, чтобы ее отменить. С Ноуэл необходимо увидеться снова — это первейшее условие. Но где? Она, конечно же, в обществе подруг — возможно, и родственников. Родственники — вот первая зацепка: нужно выяснить имена родственников, у которых она раньше чаще всего гостила.

Хуан позвонил Холли Морган. Она проводила время на юге — и появится в Бостоне не раньше мая.

Тогда Хуан набрал номер редактора колонки светских новостей городской газеты «Бостон транскрипт». Почти сразу ему ответил вежливый, предупредительный женский голос.

— Это мистер Сан-Хуан Чандлер, — представился Хуан тоном завзятого предводителя котильонов в Бэк-Бэе. — Будьте так добры, мне нужны кое-какие сведения о семействе мистера Гарольда Гарно.

— А почему бы вам не обратиться непосредственно к мистеру Гарно? — с ноткой подозрения предложила редактриса.

— Я не настолько близко знаком с мистером Гарно.

Пауза, затем последовало:

— Видите ли, мы не берем на себя ответственность за распространение информации личного характера.

— Но какие могут быть секреты относительно родственников мистера и миссис Гарно! — в отчаянии запротестовал Хуан.

— Однако у нас нет уверенности в том, что вы не...

Хуан бросил трубку. Звонки в две другие газеты дали не лучший результат, в третьей готовы были помочь, но сведениями не располагали. Это выглядело абсурдом, почти что заговором: в городе, где семейство Гарно известно было всем и каждому, о нужных ему лицах нельзя было ничего узнать. Перед ним словно бы выросла стена, пробиться через которую он не мог. Потратив целый день на путаные расспросы в магазинах, где на него посматривали с подозрением, уж не агент ли он налоговой службы, и просмотрев подшивки светской хроники, Хуан пришел к выводу, что остается один-единственный источник — тетушка Кора. На следующее утро он предпринял трехчасовую поездку в Калпеппер-Бэй.

За полтора года, истекшие со времени того злополучного летнего визита, с тетушкой Хуан ни разу не виделся. Тетушка была обижена — он об этом знал, — и особенно с тех пор, как услышала от его матери, что он внезапно преуспел. Тетушка Кора приняла его холодно, в тоне ее слышалась укоризна, однако выложила все нужные ему сведения, поскольку отвечала на расспросы, удивленная и захваченная его приездом врасплох. Покидая Калпеппер-Бэй, Хуан располагал информацией о единственной сестре миссис Гарно — прославленной миссис Мортон Пойндекстер, с которой Ноуэл состояла в самых дружеских отношениях. Ночным поездом Хуан отправился в Нью-Йорк.

В телефонной книге Нью-Йорка номера супругов Пойндекстер не обнаружилось, справочная служба отказалась его дать, но Хуану удалось его раздобыть, сославшись на ту же колонку светской хроники в «Бостон транскрипт». Он позвонил из гостиницы.

— Мисс Ноуэл Гарно — она сейчас в городе? — спросил он, действуя по составленному плану. Если имя не на слуху, слуга ответит, что номер набран неправильно.

— Простите, а кто ее спрашивает?

Хуан вздохнул с облегчением, сердце вернулось на свое место.

— Э-э... приятель.

— Безымянный?

— Безымянный.

— Я узнаю.

Слуга снова взял трубку через минуту.

Нет, мисс Гарно нет в доме, нет ее и в городе, и приезд ее не ожидается.

Разговор оборвался.

Под вечер перед домом супругов Пойндекстер остановилось такси. Более роскошного жилища Хуан в жизни не видел: это было пятиэтажное здание на углу Пятой авеню, украшенное даже намеком на садик, каковой — пусть и крошечный — служит в Нью-Йорке красноречивейшим свидетельством зажиточности.

Визитной карточки дворецкому Хуан не предъявил, но решил, что его ждут, поскольку тотчас же провели в гостиную. Когда, после недолгой заминки, в комнату вошла миссис Пойндекстер, он впервые за последние пять дней испытал приступ неуверенности.

Миссис Пойндекстер было лет тридцать пять, выглядела она безукоризненно — то, что французы называют *bien soignée*[1]. Ее лицо обладало невыразимым очарованием и казалось особенно притягательным благодаря качеству, которое за неимением лучшего слова можно было бы назвать чувством собственного достоинства. Но за этим чувством стояло нечто большее: не имея и тени жесткой суровости, ее лицо, напротив, выражало мягкость гибкую и податливую —

---

[1] Холеная *(фр.)*.

готовую отпрянуть от любого выпада судьбы, с тем чтобы в нужную минуту должным образом восторжествовать над ней сполна. Сан-Хуан понял, что, даже если его догадка верна и Ноуэл в доме нет, ему предстоит столкнуться с силой, дотоле ему неведомой. Эта женщина не выглядела законченной американкой: в ней таились возможности, американским женщинам несвойственные или же неподвластные.

Хозяйка встретила Хуана с приветливостью — по большей части внешней, однако какой-либо растерянности за ней, по-видимому, не скрывалось. Держалась она невозмутимо отстраненно, ничем не выказывая желания приободрить. Хуан едва поборол в себе соблазн выложить на стол все свои карты.

— Добрый вечер.

Миссис Пойндекстер села на твердое кресло посередине комнаты и, предложив гостю мягкое кресло поблизости, устремила на него выжидающий взгляд.

— Миссис Пойндекстер, мне крайне необходимо повидаться с мисс Гарно. Утром я звонил по вашему номеру, и мне сообщили, что ее в доме нет. — Миссис Пойндекстер кивнула. — Тем не менее мне известно, что она здесь, — продолжал он ровным тоном. — И я твердо намерен с ней встретиться. Мысль о том, что ее родители могут мне в этом помешать, как если бы я чем-то себя опозорил, — или же вы, миссис Пойндекстер, способны встать у меня на пути, — тут Хуан слегка возвысил голос, — в высшей степени нелепа. Сейчас не тысяча пятисотый год — и даже не тысяча девятьсот десятый.

Хуан умолк. Миссис Пойндекстер выдержала паузу — убедиться в том, что он закончил. Потом заявила спокойно и без обиняков:

— Я совершенно с вами согласна.

Если забыть о Ноуэл, подумал Хуан, таких красавиц он в жизни не видел.

— Миссис Пойндекстер, — заговорил он снова, более дружески, — простите, если я показался вам грубым. Меня тут у вас назвали самонадеянным — и, возможно, в какой-то мере это так. Вероятно, всем беднякам, влюбленным в состоятельных девушек, свойственна самонадеянность. Но случилось так, что я больше не беден. И у меня есть серьезные основания полагать, что я Ноуэл небезразличен.

— Ясно, — сочувственно отозвалась миссис Пойндекстер. — Но я, конечно же, обо всем этом и понятия не имела.

Вновь обезоруженный ее любезностью, Хуан растерялся. Потом ощутил в себе прилив решимости.

— Так вы позволите мне с ней увидеться? — пошел он на приступ. — Или будете настаивать, чтобы этот фарс продолжился и далее?

Миссис Пойндекстер смотрела на него, словно бы раздумывая.

— А почему я должна позволить вам с ней увидеться?

— Просто потому, что я вас об этом прошу. Это равносильно тому, как кто-то в дверях произносит: «Позвольте пройти» — и вы делаете шаг в сторону.

Миссис Пойндекстер нахмурилась:

— Но ведь дело касается не только вас, но и Ноуэл. А я не случайная встречная. Я скорее телохранитель, которому даны инструкции никого не пропускать, даже если «позвольте пройти» произносят самым трогательным голосом.

— Эти инструкции вы получили от родителей Ноуэл. — Хуан начал терять терпение. — А главное слово за Ноуэл, и только за ней.

— Я рада, что вы готовы это признать.

— Разумеется, я это признаю, — перебил Хуан. — И хочу, чтобы вы тоже это признали.

— А я не спорю.

— Тогда к чему все эти нелепые пререкания? — гневно выкрикнул Хуан.

Миссис Пойндекстер неожиданно выпрямилась:

— Доброй ночи, сэр.

Растерянный Хуан тоже вскочил с места:

— Почему, что такое?

— Я не допущу, чтобы со мной разговаривали на повышенных тонах, — холодно и с расстановкой произнесла миссис Пойндекстер. — Либо вы возьмете себя в руки, либо немедленно покинете этот дом.

Хуан осознал, что слегка зарвался. Выговор его уязвил, и с минуту он не находил слов для ответа, будто школьник, получивший нагоняй.

— Не о том речь, — пробормотал он наконец. — Я хочу поговорить с Ноуэл.

— А Ноуэл не желает с вами разговаривать.

Внезапно миссис Пойндекстер протянула ему листок почтовой бумаги. Развернув его, Хуан прочитал: «Тетушка Джозефина! Я о том, о чем мы говорили вчера. Если заявится этот невыносимый зануда, что более чем вероятно, и заведет свое самонадеянное нытье, пожалуйста, выложите ему все напрямик. Скажите, что я никогда его не любила и ни разу в жизни об этом не заявляла и что его прилипчивость мне омерзительна. Скажите, что я достаточно взрослая и в состоянии сама во всем разобраться и что заветнейшее мое желание — чтобы он больше на глаза мне не попадался».

Хуан застыл на месте, как оглушенный. Его вселенная вмиг обрушилась. Ноуэл он безразличен — и всегда был безразличен. С ним разыграли дичайшую шутку — разыграли те, для кого подобные розыгрыши были изначально любимым в жизни занятием. До него дошло, что все они — тетушка Кора, Ноуэл, ее отец, эта красивая равнодушная женщина — ничем друг от друга не отличаются: все они горой стоят за привилегию богатых заключать браки только внутри своей касты, возводить искусственные преграды и выставлять заграждения против тех, кто осмелился зайти за черту летнего флирта. С глаз Хуана спала пелена: он увидел, что полтора года борьбы и стараний ничуть не приблизили его к цели; это был бег в одиночку наперегонки с самим собой — никчемный, никому не интересный.

Хуан, как слепой, шарил вокруг себя в поисках шляпы, забыв, что она осталась в холле. Как слепой, отшатнулся от миссис Пойндекстер, когда она сквозь туман подала ему руку и мягко проговорила: «Мне очень жаль». Потом он очутился в холле, стиснув записку в руке, которую пытался просунуть в рукав пальто; слова, рвавшиеся изнутри, душили его:

— Я не понимал, что к чему... очень сожалею, что вас побеспокоил. Не видел, все обстоит на самом деле... между Ноуэл и мной...

Хуан взялся за дверную ручку.

— Я тоже сожалею, — проговорила миссис Пойндекстер. — Положившись на слова Ноуэл, я никак не подозревала, что моя задача окажется такой тяжкой... мистер Темплтон.

— Чандлер, — машинально поправил Хуан. — Меня зовут Чандлер.

Миссис Пойндекстер замерла, как пораженная громом, лицо у нее побелело.

— Как?

— Моя фамилия — Чандлер.

Миссис Пойндекстер стрелой метнулась в полуприкрытую дверь, которая с шумом за ней захлопнулась. Стрелой подлетела к нижней ступеньке лестницы, ведущей наверх.

— Ноуэл! — выкрикнула она чистым и звонким голосом. — Ноуэл! Ноуэл! Спускайся вниз, Ноуэл! — Ее чудесный голос колоколом разносился по длинному, с высоким потолком холлу. — Ноуэл! Спускайся сюда! Это мистер Чандлер! Чандлер!

1925

НЕЗРЕЛОЕ СУПРУЖЕСТВО

I

Когда-то у архитектора Чонси Гарнета был выстроен миниатюрный город, составленный из всех зданий, которые он когда-либо проектировал. Эксперимент вышел накладным и наводил уныние: игрушечная модель вовсе не представляла собой некое гармоничное целое, а выглядела усредненным макетом части Филадельфии. Гарнета угнетало напоминание о том, что и он частенько позволял себе порождать уродство, а еще тягостнее было сознавать, что его деятельность архитектора длилась более полувека. Проникшись отвращением, он раздарил крошечные домишки друзьям, и в итоге они сделались резиденциями кукол, не слишком разборчивых.

Гарнета пока что — во всяком случае, до сих пор — не называли симпатичным старичком, однако он и вправду был и стар, и симпатичен. Ежедневно он шесть часов проводил в офисе своей конторы в Филадельфии или ее филиала в Нью-Йорке, а для остававшегося свободного времени требовался только надлежащий покой — мирно перебирать в памяти красочное и насыщенное событиями прошлое. За последние годы никто не обращался к нему с просьбой о помощи, которую нельзя было бы удовлетворить росчерком пера в чековой книжке; казалось, он уже достиг возраста, когда незачем опасаться того, что посторонние влезут к тебе со своими проблемами. Такая безмятежность оказалась тем не менее преждевременной: однажды летом 1925 года ее прямо-таки взорвал пронзительно-резкий телефонный звонок.

Звонил Джордж Уортон. Не мог бы Чонси, не откладывая, тотчас же явиться к нему в дом по делу величайшей важности?

По дороге в Чеснат-Хилл Гарнет мирно дремал в своем лимузине, откинувшись на мягкие подушки из серого бархата: его шестидесятивосьмилетнее тело приятно согревало июньское солнце; в шестидесятивосьмилетнем мозгу витало одно только яркое, но мимолетное воспоминание о зеленой ветви, нависшей над зеленоватым потоком. По прибытии к дому друга он очнулся легко, без всякого толчка. Джордж Уортон, подумалось ему, возможно, обеспокоен нежданным наплывом доходов. Не исключено, что предложит спроектировать церковь — этакую церковь на современный лад с кабаре на двадцатом этаже, с рекламными щитами в каждом отгороженном месте и сатуратором в святилище. Уортон принадлежал к более молодому, нежели Гарнет, поколению и был человеком современной складки.

Уортон с супругой ожидали его в уютном уединении библиотеки, мерцавшей позолотой и сафьяном.

— Я не мог прийти к тебе в офис, — торопливо начал Уортон. — Сейчас поймешь почему.

Гарнет заметил, что руки его друга слегка дрожат.

— Это касается Люси, — добавил Уортон.

Гарнет не сразу сообразил, что речь идет об их дочери.

— А что с ней случилось?

— Люси вышла замуж. С месяц тому назад сбежала в Коннектикут и вышла замуж.

Все помолчали.

— Люси всего шестнадцать лет, — продолжал Уортон. — Мальчишке двадцать.

— Возраст совсем юный, — уклончиво отозвался Гарнет, — однако же... моя бабушка вышла замуж в шестнадцать, и никого это особенно не волновало. Некоторые девушки развиваются раньше других...

— Чонси, нам все это известно, — с досадой отмахнулся Уортон. — Суть в том, что нынче столь ранние браки не задаются. Они выпадают из нормы. И кончаются черт-те чем.

Гарнет снова помедлил с ответом:

— Не слишком ли рано вы предрекаете неприятности? Почему бы не дать Люси шанс? Не подождать капельку и не посмотреть, а вдруг у них все сложится как надо?

— Уже не сложилось, — сердито выкрикнул Уортон. — Жизнь Люси пошла прахом. Единственное, что нас заботило, — это ее счастье, а оно теперь псу под хвост, и что нам делать, мы не знаем.

Голос Уортона дрогнул, он шагнул к окну, потом порывисто обернулся:

— Взгляни на нас, Чонси. Похожи мы на родителей, которые способны довести ребенка до такой выходки? Люси с матерью были как сестры — ну точь-в-точь. Я всегда ее сопровождал на разные сборища — на футбольные матчи и всякое такое — с малых лет. Она все, что у нас есть: мы только и твердили, что постараемся не кидаться в крайности; предоставим ей столько свободы, чтобы она чувствовала себя достойно, и в то же время будем следить, где она бывает и с кем водится, — во всяком случае, пока ей не исполнится восемнадцать. Господи боже, Чонси, да если бы ты полтора месяца тому назад предсказал мне, что случится нечто подобное... — Уортон в отчаянии помотал головой и продолжил уже спокойнее: — Когда она объявила нам о своем поступке, это нас подкосило под корень, но мы постарались справиться. Знаешь, как долго длилось ее супружество, если это слово тут уместно? Три недели. Всего три недели. Она вернулась домой с большим синяком на плече: это он ее ударил.

— О господи! — приглушенно воскликнула миссис Уортон. — Умоляю тебя...

— Мы подробно обо всем переговорили, — мрачно рассказывал ее муж, — и Люси решила возвратиться к этому... к этому юнцу, — он снова потряс головой, признавая невозможность подыскать более сильное определение, — и попытаться как-то все уладить. Но вчера вечером она явилась опять и заявила, что все кончено раз и навсегда.

Гарнет кивнул:

— Так-так. И кто этот молодой человек?

— Молодой человек? — переспросил Уортон. — Молокосос! Зовут его Ллуэлин Кларк.

— Что? — изумленно воскликнул Гарнет. — Ллуэлин Кларк? Сын Джессе Кларка? Молодой служащий у меня в офисе?

— Именно.

— Но это вполне симпатичный юноша, — возразил Гарнет. — Поверить не могу, что он...

— Я тоже не мог, — хладнокровно перебил его Уортон. — Я тоже считал его вполне симпатичным юношей. Более того: я склонен был предполагать, что моя дочь — тоже милая и вполне приличная девушка.

Гарнет был поражен и расстроен. Всего часом раньше он виделся с Ллуэлином Кларком в чертежной, которую тот занимал в офисе фирмы «Гарнет и Линквист». Теперь ему стало понятно, почему Кларк не вернулся нынешней осенью в Бостонский технический институт. Ввиду сделанного открытия ему вспомнилось, что за последний месяц юноша вел себя как-то иначе: отсутствовал на месте, опаздывал, работал без всякого усердия.

Гарнет попытался собраться с мыслями, но тут вмешалась миссис Уортон:

— Пожалуйста, Чонси, сделайте что-нибудь. Потолкуйте с ним. Потолкуйте с ними обоими. Ей всего-навсего шестнадцать, и нам просто невыносимо думать о разводе, который испортит ей жизнь. Что будут люди говорить — нам все равно, Чонси; нас заботит только судьба Люси.

— А почему бы вам не отправить ее на годик за границу?

Уортон покачал головой:

— Это проблемы не решит. Если между ними есть хотя бы толика понимания, они попытаются наладить совместную жизнь.

— Но коль скоро вы так плохо о нем думаете...

— Люси сделала свой выбор. Какие-то деньги у него есть — им хватит. И потом: в чем-то особенно дурном он пока не замечен.

— А как он на все это смотрит?

Уортон беспомощно развел руками:

— Провалиться мне на этом месте, если я знаю хоть что-то. Что-то насчет шляпы. Всякая чепуха. Мы с Элси понятия не имеем, почему они сбежали, а теперь никак не возьмем в толк, почему они не помирятся. К несчастью, родители у него умерли. — Уортон сделал паузу. — Чонси, если бы ты сумел внести хоть какую-то ясность...

Перед Гарнетом начала обрисовываться перспектива не из приятных. Если он еще и не перешагнул порог старости, то уже занес над ним ногу. Оставалось только устроиться поудобнее у камина, откуда юное поколение виделось на немыслимо далеком расстоянии, словно в перевернутый телескоп.

— О да, конечно... — услышал он свою собственную неуверенную реплику.

Насколько же трудно вернуться мыслями в молодость! С того времени мириады предубеждений и условностей, покрасовавшись на подиуме моды, сгинули бесславно, сопровождаемые возмущенными и презрительными криками. С нынешними чадами даже обычный контакт установить не так-то просто. Какими дурацкими и пустопорожними покажутся им банальности, которые он вздумает им преподнести. А каким тягостным станет для него их эгоизм, как утомит их узколобая приверженность расхожим мнениям, сфабрикованным не далее как позавчера.

Гарнет вдруг встрепенулся. Уортон с супругой куда-то делись, и в комнату тихо вошла стройная темноволосая девушка, еще почти подросток. Она на секунду пристально — не без тени беспокойства — вгляделась в него своими карими глазами, а потом уселась на жесткий стул рядом с ним.

— Я Люси, — представилась она. — Мне сказали, что вы хотите со мной побеседовать.

В ожидании ответа девушка умолкла. Гарнет понимал, что должен что-то сказать, но подобрать подходящие слова ему никак не удавалось.

— В последний раз мы виделись, когда вам было десять лет, — с трудом начал он.

— Верно, — вежливо согласилась Люси, слегка улыбнувшись.

Снова наступила пауза. Необходимо сказать что-то существенное, думал Гарнет, пока она по молодости не отвлеклась и готова его слушать.

— Сожалею, что вы с Ллуэлином в ссоре, — выпалил он. — Глупо ссориться по пустякам. Я, надо заметить, отношусь к Ллуэлину очень тепло.

— Это он вас сюда подослал?

Гарнет отрицательно мотнул головой и задал вопрос:

— Вы... вы его любите?

— Нет, больше не люблю.

— А он вас любит?

— Говорит, что да, но я считаю — уже нет.

— Вы сожалеете, что вышли за него замуж?

— Я никогда не сожалею о сделанном.

— Понятно.

Люси ждала, что Гарнет скажет дальше.

— Ваш отец сообщил мне, что вы расстались бесповоротно.

— Да, это так.

— Можно узнать почему?

— Мы просто не ужились вместе, — простодушно пояснила Люси. — Я решила, что он ужасный эгоист, а он посчитал, что я точно такая же. Мы воевали непрерывно, почти что с самого первого дня.

— Он вас ударил?

— Ах это? — Люси, очевидно, считала это пустяком, не стоящим внимания.

— В каком смысле, по-вашему, эгоист?

— Эгоист, вот и все, — по-детски уперлась Люси. — Такого жуткого эгоиста я в жизни не видела. В жизни не встречала.

— И в чем же проявлялся его эгоизм? — настаивал Гарнет.

— Во всем. Жадина — не приведи господь! — Глаза Люси подернулись грустью. — А я жадин не выношу. Особенно если они над деньгами трясутся, — презрительно бросила Люси. — Тут он прямо из себя выходил, начинал ругаться и повторял, что не станет со мной жить, если я не буду поступать, как ему хочется. Да провались он! — добавила она самым серьезным тоном.

— А как получилось, что он вас ударил?

— Да нет, бить меня он вовсе не собирался. Это я на него замахнулась — не помню уж за что, он попытался меня удержать, и я стукнулась о перегонный куб.

— О перегонный куб? — потрясенно переспросил Гарнет.

— Хозяйка хранила перегонный куб у нас в комнате, потому что больше ей некуда было его деть. Это в конце Бектон-стрит — там, где мы жили.

— Почему же Ллуэлин поселил вас в таком месте?

— Что вы, место там было расчудесное — вот только хозяйка держала у нас этот перегонный куб. Мы искали жилье два или три дня, но ничего другого не смогли себе позволить. — Люси помолчала, предавшись воспоминаниям, потом добавила: — Комната была чудная, никто нам не мешал.

— Гм. Так вы и в самом деле никак не смогли ужиться?

— Никак. — Люси замялась. — Это он все портил. Вечно ныл, а правильно ли мы поступили. Вскакивал с постели ночью, расхаживал взад и вперед —

и долбил одно и то же. А я не жаловалась. Всей душой готова была жить в бедности, лишь бы только мирно и счастливо. Собиралась, например, пойти на кулинарные курсы, да он меня не пустил. Хотел, чтобы я весь день сидела дома и его ждала.

— Как так?

— Боялся, что меня потянет вернуться к родителям. Все эти три недели были заняты одной сплошной бесконечной ссорой — с утра и до вечера. Я этого не выдержала.

— Мне кажется, особых причин для ссоры, в общем-то, не было, — рискнул вставить Гарнет.

— Наверное, я не сумела как следует все объяснить, — устало выдохнула Люси. — Да, я видела, что в основном это одни глупости, и Ллуэлин тоже видел. Иногда мы обменивались извинениями и снова были влюблены друг в друга, как до женитьбы. Вот поэтому я к нему и возвращалась. Но толку не вышло. — Люси встала. — Какой смысл это все дальше обсуждать? Вы все равно не поймете.

Гарнет прикинул, попадет ли он к себе в офис до ухода Ллуэлина Кларка. С Кларком можно поговорить по-настоящему, а Люси только запутывает дело — мечется в растерянности между взрослением и утратой первых иллюзий. Но когда в пять часов прозвенел звонок и перед ним предстал Кларк, Гарнета охватило прежнее ощущение беспомощности: моргая, он воззрился на своего помощника так, словно видел его впервые.

Ллуэлин Кларк выглядел старше своих двадцати лет: высокий, худощавый молодой человек с темно-рыжими блестящими волосами, с глазами карего цвета. Натура в нем угадывалась нервная, порывистая, небесталанная, но в выражении его лица, сохранявшего спокойную внимательность, Гарнет не мог подметить ни малейшего следа самовлюбленности.

— Я слышал, что вы женаты, — с ходу начал Гарнет.

Щеки Кларка залила краска, схожая по цвету с его шевелюрой.

— Кто вам это сообщил?

— Люси Уортон. Она рассказала мне все.

— Тогда, сэр, вы целиком в курсе, — не без вызова парировал Кларк. — Вам известно все, что и надлежит знать.

— Что вы намереваетесь делать?

— Понятия не имею. — Дыхание у Кларка участилось. — Я не в состоянии это обсуждать. Это сугубо мое личное дело. Я...

— Сядьте, Ллуэлин.

Юноша сел. Его лицо вдруг неудержимо сморщилось, а из глаз выкатились две крупные слезы, к которым примешались пыльные частицы, оставшиеся после рабочего дня.

— Ах ты черт! — судорожно выдохнул он, вытирая глаза тыльной стороной ладони.

— Я вот никак не могу уразуметь, почему вы вдвоем не способны все уладить и утрясти. — Гарнет не отрывал глаз от своего письменного стола. — Вы, Ллуэлин, мне по душе, по душе мне и Люси. К чему дурачить всех вокруг и...

Ллуэлин энергично затряс головой:

— Меня увольте! Ради нее я и пальцем не пошевелю. Пускай хоть утопится — мне все равно.

— Зачем нужно было увозить ее тайком?

— Не знаю. Мы были влюблены друг в друга почти год, а свадьба, казалось, когда еще будет. А потом на нас вдруг ни с того ни с сего что-то нашло...

— И почему вы не ужились вместе?

— Разве Люси вам не рассказала?

— Мне нужна ваша версия.

— Что ж, все началось однажды вечером, когда она взяла все наши деньги и выкинула на ветер.

— Выкинула на ветер?

— Взяла и купила новую шляпку. Стоила она только тридцать пять долларов, но это была вся наша наличность. Если бы я не обнаружил в старом костюме сорок пять центов, нам не на что было бы пообедать.

— Ясно, — сухо заметил Гарнет.

— А потом — ну, потом одно пошло за другим. Люси мне не доверяла, вообразила, будто я о ней не забочусь, твердила, что отправится домой к мамочке. И под конец мы друг друга возненавидели. Это была громадная ошибка — и ничего больше; мне, наверное, чуть ли не всю жизнь придется за нее расплачиваться. Погодите — это дело еще выплывет наружу. — Ллуэлин горько рассмеялся. — А я прослыву филадельфийской парочкой Леопольд и Лёб[1] — вот увидите!

— Не слишком ли много вы о себе возомнили? — холодно заметил Гарнет.

Ллуэлин воззрился на него с неподдельным удивлением.

— Я возомнил о себе? — переспросил он. — Мистер Гарнет, даю вам честное слово: я только сейчас впервые взглянул на ситуацию с этой стороны. Ради Люси я готов пойти на что угодно, лишь бы ей было хорошо, кроме одного: жить с ней я не стану. У нее богатейшие задатки, мистер Гарнет. — Глаза Ллуэлина наполнились слезами. — Она смелая и правдивая, бывает и нежной; я никогда в жизни не женюсь на другой, клянусь вам, но... но мы друг для друга хуже всякой отравы. Я не желаю больше ее видеть.

Да, размышлял Гарнет: собственно, это и есть тот извечный случай, когда люди хотят что-то получить, ничем не поступившись; и тут ни один из этой пары не внес в брачный союз хотя бы толику терпения и нравственного опыта. Их несовместимость обусловлена причинами самого тривиального свойства, однако укоренилась она в их сердцах достаточно прочно,

---

[1] *Натан Леопольд* (1904–1971) и *Ричард Лёб* (1905–1936) — американские преступники, совершившие в 1924 г. в Чикаго одно из самых нашумевших убийств (похитили 14-летнего подростка с целью выкупа).

и — быть может — им хватает мудрости осознать, что злополучное путешествие, которое они предприняли слишком поспешно, подошло к концу.

Вечером у Гарнета состоялся долгий и нелегкий разговор с Джорджем Уортоном, а на следующее утро он отправился в Нью-Йорк, где провел несколько дней. В Филадельфию он вернулся с известием, что брак между Люси и Ллуэлином Кларком властями штата Коннектикут объявлен недействительным ввиду их несовершеннолетия. Оба теперь получили свободу.

II

Почти все знакомые Люси ее любили, и все друзья героически встали на ее защиту. Кое-кто, правда, при встрече с ней отводил глаза; кое-кто просто проигнорировал случившееся, любопытствующие сверлили взглядами, но поскольку, по совету Чонси Гарнета, было разумно объявлено, что Уортоны сами настояли на аннулировании брака, то главную вину за происшедшее возложили не на Люси, а на Ллуэлина. Не то чтобы он стал изгоем: городская жизнь течет слишком стремительно, для того чтобы подолгу обсасывать какой-то один скандал, однако Ллуэлин совершенно выпал из круга, в котором вырос, и до ушей его доходили самые едкие и нелестные комментарии.

Кожа у Ллуэлина была тонкая, и поначалу, угнетенный всем этим, он подумывал, не уехать ли из Филадельфии. Но постепенно им овладело безразличие, не без доли вызова: сколько бы он ни старался, а не смог бы внутренне убедить себя, что совершил неверный с точки зрения морали шаг. Он видел в Люси не шестнадцатилетнюю девочку, а девушку, которую полюбил, сам не зная почему. Какое значение имел возраст? Разве люди не заключали браки чуть ли не детьми — тысячу или две тысячи лет назад?

День их тайного бегства представлялся ему неким упоительным сном: он — юный рыцарь, отвергнутый ее отцом-бароном (недоросль, дескать), глухой полночью увозит возлюбленную, с готовностью к нему прильнувшую, на своем скакуне во мрак.

А потом — не успело еще развеяться перед его взором романтическое видение — пришло понимание того, что брак означает замысловатую притирку друг к другу двух разных личностей и что любовь — это всего лишь малая частичка долгого-долгого супружеского союза. Люси была преданным ему ребенком, которого он обязался развлекать, — милым и чуточку испуганным ребенком, только и всего.

И вот все кончилось так же внезапно, как и началось. Ллуэлин упрямо шел своей дорогой, наедине со своей ошибкой. Его роман расцвел и рассыпался в прах так стремительно, что спустя месяц начал обволакиваться милосердной призрачностью, обратившись в нечто навевавшее смутную печаль, однако случившееся давным-давно.

Однажды июльским днем Ллуэлина вызвали в кабинет Чонси Гарнета. За месяц, истекший со времени их последнего разговора, они едва обменялись несколькими словами, но в отношении патрона к себе Ллуэлин не улавливал ни малейшей враждебности. Это его радовало, поскольку теперь, когда он чувствовал себя совершенно заброшенным и отрезанным от мира, где прошло его взросление, работа сделалась для него самым важным в жизни.

— Чем вы сейчас заняты, Ллуэлин? — спросил Гарнет, вытащив из вороха бумаг у себя на столе желтую брошюру.

— Помогаю мистеру Карсону с муниципальным загородным клубом.

— Взгляните-ка. — Он протянул брошюру Ллуэлину. — Золотой жилой это не назвать, но заманчивых перспектив того, что именуют известностью, тут предостаточно. Синдикат, как видите, из двадцати газет. Лучшие планы постройки — что там? — ближайшего магазина, как видите, аптечного или бакалейного, который гармонично вписался бы в какую-нибудь приятную улочку. Или загородного дома — более или менее обычный. И наконец, оздоровительного центра для небольшой фабрики.

Ллуэлин пробежал глазами перечень с подробными характеристиками.

— Последние два не слишком интересны, — заключил он. — Загородный дом — но тут, как вы говорите, не разгуляешься... оздоровительный центр, нет-нет. А вот на первый объект — на универмаг, сэр, — я бы не прочь замахнуться.

Гарнет кивнул:

— Самое привлекательное в том, что проект, выигравший конкурс, немедленно реализуется в виде здания. В этом-то и состоит приз. Здание принадлежит вам. Вы его проектируете, оно строится для вас, затем вы его продаете и кладете денежки себе в карман. Цена вопроса — шесть или семь тысяч долларов, а всего конкурсантов — молодых архитекторов — вряд ли наберется более шестисот–семисот.

Ллуэлин вчитался в список внимательнее:

— Мне нравится. Попробую взяться за универмаг.

— Что ж, в вашем распоряжении месяц. Ничуть не буду против, Ллуэлин, если приз достанется нашей конторе.

— Обещать не возьмусь. — Ллуэлин еще раз бегло просмотрел условия, пока Гарнет следил за ним с живым интересом.

— Кстати, Ллуэлин, — вдруг поинтересовался он, — чем вы все это время занимаетесь?

— О чем вы, сэр?

— По вечерам. И на выходных. В обществе бываете?

Ллуэлин замялся:

— Э-э... сейчас нет — не очень часто.

— Не нужно, знаете ли, постоянно перебирать в голове одни и те же мысли.

— Я и не перебираю.

Мистер Гарнет аккуратно убрал очки в футляр.

— Люси, во всяком случае, не перебирает, — неожиданно объявил он. — Ее отец сказал мне, что она пытается вести самый нормальный образ жизни.

Пауза.

— Я рад, — тусклым голосом отозвался Ллуэлин.

— Вы должны помнить, что вы теперь свободны как ветер, — произнес Гарнет. — Незачем себя впустую изводить и ожесточаться. Родители Люси поощряют ее устраивать вечеринки и ходить на танцы — то есть заниматься тем, чем и раньше...

— Пока не заявится Рудольф Рассендейл[1], — мрачно вставил Ллуэлин и показал на брошюру: — Я это возьму с собой, мистер Гарнет?

— Да-да, конечно. — Жестом работодатель дал знать подчиненному, что тот может идти. — Передайте мистеру Карсону, что на время я освобождаю вас от работы над загородным клубом.

— Я это тоже доделаю, — торопливо вставил Ллуэлин. — Собственно говоря... — Тут он прикусил язык, так как собирался добавить, что на деле занимается этим проектом в одиночку.

— Что?

— Нет, ничего, сэр. Спасибо большое.

Ллуэлин вышел из кабинета мистера Гарнета, воодушевленный открывшейся перед ним возможностью, а новости о Люси принесли ему облегчение. Судя по словам мистера Гарнета, Люси вошла в привычную колею; быть может, ее жизнь не так уж непоправимо разрушена. Если к ней приходят визитеры, если ухажеры сопровождают ее на танцы — значит, найдутся и такие, кто о ней позаботится. Ллуэлин даже проникся к ним безотчетной жалостью: знали

---

[1] *Рудольф Рассендейл* — герой романа английского писателя Энтони Хоупа (1863–1933) «Узник Зенды» (1894): молодой джентльмен, обладавший феноменальным сходством с королем вымышленной страны Руритании.

бы они, что это за подарочек; знали бы, что общаться с ней совершенно невозможно: да какое там — и словом-то перекинуться себе дороже. При мысли о безрадостных неделях, проведенных рядом с Люси, Ллуэлина всего передернуло, словно ему припомнился какой-нибудь тяжелый ночной кошмар.

Вечером у себя дома он сделал несколько пробных эскизов. Работал Ллуэлин допоздна: поставленная задача подхлестнула воображение, однако наутро плоды трудов показались ему вымученными и претенциозными — не закусочную же, в самом деле, он затеял соорудить. Ллуэлин нацарапал поверх чертежа слова «Средневековая мясная лавка: Образец антисанитарии», порвал его на мелкие клочья и швырнул в мусорную корзину.

Первую половину августа Ллуэлин продолжал работу над проектом загородного клуба — в надежде, что к концу назначенного срока прилив вдохновения заставит его приступить к реализации собственного замысла. Но однажды произошло событие, которого он в глубине души давно страшился: возвращаясь домой по Чеснат-стрит, он неожиданно столкнулся с Люси.

Было около пяти — час, когда на улицах особенно многолюдно. Внезапно в водовороте толпы они очутились нос к носу, а дальше их неудержимо понесло вперед бок о бок, как будто судьба поставила себе на службу все эти кишевшие вокруг массы для того, чтобы свести их двоих вплотную.

— Это ты, Люси? — воскликнул Ллуэлин, машинально приподняв шляпу.

Люси изумленно уставилась на него широко раскрытыми глазами. Ее пихнула в бок навьюченная узлами женщина, и Люси выронила из рук сумочку.

— Спасибо большое, — поблагодарила она Ллуэлина, когда он нагнулся за сумочкой. Голос ее звучал глухо и напряженно. — Отлично. Давай ее сюда. Машина у меня поблизости.

Их глаза на мгновение встретились: оба глядели холодно и отстраненно, и Ллуэлину живо вспомнилось, как они расставались — вот так же стоя напротив друг друга, кипя от яростной ненависти.

— Ты уверена, что моя помощь тебе не нужна?

— Уверена. Наш автомобиль стоит на обочине.

Люси попрощалась с ним небрежным кивком. Ллуэлин мельком увидел незнакомый лимузин и невысокого человека лет сорока, который помог Люси устроиться на сиденье.

Шагая домой, Ллуэлин впервые за последние недели чувствовал злость и растерянность. Завтра необходимо будет уехать. Он еще не созрел для подобных случайных встреч: нанесенные ему Люси раны до сих пор не затянулись и теперь кровоточили.

— Вот дурища! — ожесточенно твердил он себе под нос. — Дура и эгоистка! Вообразила, что я пожелаю идти с ней по улице рядышком, будто ничего не произошло. Смеет думать, что я такой же слабак, как и она сама!

Ллуэлина обуревало желание выпороть Люси, всыпать ей по первое число, как непослушному ребенку. Вплоть до обеда он расхаживал по своей комнате из угла в угол, перебирая в памяти все те напрасные и бессмысленные стычки, упреки, гневные проклятия, из которых состояла их недолгая совместная жизнь. Он восстанавливал до мелочей каждую ссору: начиналась она с какого-нибудь сущего пустяка, крики доходили чуть ли не до истерики, кончавшейся спасительным изнеможением, которое бросало их друг другу в объятия. Короткая мирная передышка, а потом вновь затевалась глупейшая прискорбная распря.

— Люси! — Ллуэлин заговорил вслух. — Люси, выслушай меня. Я вовсе не хочу, чтобы ты сидела и ждала моего возвращения. А твои руки, Люси, — предположим, ты пойдешь на кулинарные курсы и обожжешь там свои прелестные пальчики. Не желаю я, чтобы твои руки огрубели и сделались шершавыми, и стоит тебе только набраться терпения дотянуть до следующей недели, когда я получу деньги... так что я категорически против! Слышишь? Я не допущу, чтобы моя жена этим занималась! Нельзя же быть такой упрямой...

Устало, как если бы все эти доводы изнурили его на самом деле, Ллуэлин плюхнулся на стул и нехотя взялся за работу. Смятые в комок листы бумаги летели в корзину, едва на них появлялась дюжина линий. Это она виновата, шептал он, это она виновата во всем. Да проживи я хоть полвека, я не заставил бы ее стать иной.

Однако перед глазами Ллуэлина неотступно стояло смуглое юное лицо — холодное и бесстрастное — на фоне августовских сумерек и разгоряченной спешащей толпы.

«Уверена. Наш автомобиль стоит на обочине».

Ллуэлин закивал и попытался мрачно усмехнуться:

— Что ж, мне есть за что быть благодарным. Очень скоро от моих обязательств не останется и следа.

Он долго сидел, уставившись на чистый лист чертежной бумаги, но потом начал слегка черкать карандашом в его углу. Следил за наброском праздно, со стороны, словно рукой его двигала некая сила извне. Неодобрительно взглянул на результат, зачеркнул эскиз, однако тут же взялся точь-в-точь его копировать.

Внезапно Ллуэлин переменил карандаш, ухватил линейку и сделал одно измерение, потом — другое. Прошел час. Набросок делался яснее и четче, менялся в деталях, кое-где стирался резинкой и мало-помалу совершенствовался. Спустя два часа Ллуэлин поднял голову и в испуге отшатнулся от увиденного в зеркале своего сосредоточенно-напряженного лица. В пепельнице лежала целая горка недокуренных сигарет.

Когда Ллуэлин потушил наконец свет, было уже половина шестого утра. За окном в полумраке громыхали по улице цистерны с молоком, и первый рассветный луч, залив розовым светом крыши домов напротив, упал и на рабочий стол Ллуэлина, где лежал результат его ночных трудов. Это был план загородного дома с верандой.

III

Август проходил, и Ллуэлин продолжал думать о Люси с прежним гневом и пренебрежением. Если она с такой легкостью восприняла все то, что случилось два месяца тому назад, то он, значит, растратил свои чувства на девушку с мелкой и пустой от природы душонкой. Это резко принижало его представление о ней, о себе самом, обо всем происшедшем. Ллуэлин снова начал думать, не податься ли ему из Филадельфии подальше на запад, но его интересовали итоги конкурса, и с отъездом он решил недельку-другую повременить.

Копии проекта на конкурс были отправлены. Мистер Гарнет воздерживался от каких-либо прогнозов, но Ллуэлин знал, что все сотрудники офиса, которые ознакомились с его проектом, так или иначе не остались к нему равнодушны. Автор, говоря без особого преувеличения, соорудил воздушный замок: в таком доме еще никогда никто не жил. Архитектурный стиль не походил ни на итальянский, ни на елизаветинский; не напоминал ни строения Новой Англии, ни испанской Калифорнии: это был сплав, вобравший в себя черты каждого из перечисленных. Кто-то в шутку окрестил его «дом-дерево», и это определение оказалось достаточно метким; однако проект завораживал не столько причудливостью, сколько виртуозностью общего замысла: где необычной удлиненностью пропорций; где прихотливым, однако же мучительно знакомым скатом крыши; где дверью, за которой словно бы таились заветные сны. По словам Чонси Гарнета, он впервые в жизни видит одноэтажный небоскреб, но он же признал, что неоспоримый талант Ллуэлина обрел зрелость прямо-таки в мгновение ока. Если предположить, что учредители конкурса не ставили во главу угла тенденцию к стандартизации, проект имел шансы на победу.

Ллуэлин сомнений не питал. Услышав напоминание о том, что ему только двадцать один год, он промолчал: сколько бы лет ему ни исполнилось, в душе он давно пережил свой возраст. Действительность его обманула. Он безрассудно растратил себя на ничтожную девицу и был за это так жестоко наказан, будто расточил не свои, а чьи-то чужие духовные ценности. Снова встретившись с Люси на улице, он прошел мимо нее, не моргнув и глазом: вот только день был испорчен неотвязным воспоминанием о ее лице, выражавшем одно равнодушие, и о ее темных глазах, в которых мелькнула наигранная укоризна.

В начале сентября из Нью-Йорка пришло письмо с извещением, что из представленных четырехсот проектов жюри назвало победителем проект Ллуэлина. Ллуэлин вошел в кабинет мистера Гарнета спокойным, хотя и не скрывал внутреннего ликования, и положил конверт на его письменный стол.

— Я особенно рад тому, — сказал он, — что сбылось мое желание: перед отъездом мне хотелось подтвердить делом вашу веру в меня.

Лицо мистера Гарнета выразило озабоченность:

— Это из-за той самой истории с Люси Уортон, так? — осведомился он. — Все еще об этом думаете?

— Я не в силах с ней встречаться, — заявил Ллуэлин. — Всякий раз в меня точно Сатана вселяется.

— Но вы должны оставаться на месте, пока для вас построят ваш дом.

— Ради этого я, возможно, приеду. Хочу уехать сегодня же вечером.

Гарнет окинул Ллуэлина задумчивым взглядом:

— Не одобряю я ваш отъезд. Должен вам сообщить о том, о чем не собирался. Печься о Люси вам больше совершенно незачем; всякая ответственность с вас полностью снята.

— Как так? — Ллуэлин почувствовал, что пульс у него участился.

— Она выходит замуж за другого.

— Выходит замуж за другого? — машинально переспросил Ллуэлин.

— За Джорджа Хеммика, который представляет бизнес ее отца в Чикаго. Они отправятся туда на жительство.

— Понятно.

— Уортоны наверху блаженства, — продолжал Гарнет. — Думаю, они приняли все это слишком близко к сердцу — наверное, оно того и не стоило. Сожалею, что основное бремя выпало на вашу долю. Но вы очень скоро найдете себе девушку, которая вам действительно подходит, Ллуэлин, а пока что самое разумное для всех, кого это коснулось, — постараться забыть о случившемся, словно ничего и в помине не было.

— Но я не могу это забыть, — нетвердым голосом отозвался Ллуэлин. — Не понимаю, чего вы все хотите — вы, и Люси, и ее родители. Поначалу разыграли несусветную трагедию, а теперь просто плюнь и забудь! Поначалу изображали меня средоточием порока, а теперь найди себе девушку, которая мне действительно подходит. Люси собирается за кого-то замуж и переселится в Чикаго. Ее родители преотлично себя чувствуют, поскольку о нашем тайном бегстве не раструбили в печати и не подорвали их реноме. Все устроилось как нельзя лучше!

Ллуэлин умолк, ошеломленный и подавленный безразличием, которое проявило по отношению к нему общество. Все это было попусту: упреки, которыми он себя терзал, не имели смысла, оказались напрасными.

— Так-так, — с новой, жесткой интонацией произнес он. — Теперь мне понятно, что с самого начала и до конца я был единственным, кто отнесся к этому делу всерьез.

IV

Домик с верандой, непрочный на вид, но от которого глаз нельзя было отвести, на фоне ясного неба сверкал свежей синей краской, напоминавшей яйцо малиновки. Стоявший на недавно уложенном дерне между двумя другими постройками, он тотчас обращал на себя взгляд и надолго его приковывал, заставляя ваши губы растянуться в улыбке наподобие детской. Что-то такое особенное в нем происходит, мелькало у вас в голове — что-то пленительное и, быть может, волшебное. Быть может, весь фасад открывается как передняя часть кукольного домика; ваши руки сами собой тянутся к щеколде, потому что вы не в силах устоять перед соблазном заглянуть внутрь.

Задолго до прибытия Ллуэлина Кларка и мистера Гарнета перед домом собралась небольшая толпа: потребовались неотступные усилия двух полисменов, чтобы оттеснить тех, кому не терпелось обрушить прочную загородку и потоптаться на аккуратной лужайке. Когда автомобиль обогнул угол и Ллуэлин впервые увидел дом воочию, в горле у него застрял ком. Это было его созданием — живым порождением его мысли. Внезапно его осенило: дом не подлежит продаже, ничем иным в мире ему так страстно не хотелось владеть. Этот кров означал для него всю суть любви, обещая нескончаемый свет и тепло: только тут он найдет прибежище и отдых от любых разочарований, которые уготовит для него жизнь. Но в отличие от любви этот дом не станет для него ловушкой. Будущая карьера представилась ему сияющей тропой, и впервые за последние полгода он почувствовал, что переполнен счастьем.

Речи и поздравления Ллуэлин воспринимал как в тумане. Когда ему пришлось обратиться к собравшимся со сбивчивыми словами благодарности, на краю толпы он заметил Люси, которая стояла бок о бок с каким-то мужчиной, но даже это не кольнуло его так больно, как непременно кольнуло бы месяц тому назад. Все это отошло в прошлое: значение имело только будущее. Ллуэлин всем сердцем теперь надеялся — без оговорок и не испытывая ни малейшей горечи, — что ее ждет счастье.

После того как толпа рассеялась, Ллуэлин почувствовал, что ему необходимо побыть одному. Все еще как загипнотизированный, он вошел в дом и стал бродить из комнаты в комнату, притрагиваясь к стенам, к мебели, к оконным рамам — чуть ли не лаская их. Он раздернул шторы и долго глядел в окно; постоял в кухне, где ему померещилось, будто на белой поверхности стола лежат свежеприготовленные бутерброды, а на плите свистит закипевший чайник. Потом Ллуэлин вернулся в столовую (там ему вспомнилось, что именно так, по его замыслу, должны были падать в окно лучи летнего заката) и направился в спальню, где ветерок слегка шевелил край портьеры, словно кто-то сюда уже вселился. Я сегодня здесь переночую, подумал Ллуэлин. Куплю на ужин холодных закусок в угловом магазине. Он проникся жалостью ко всем тем, кто не занимался архитектурой и не мог сам возводить для себя дома: ему хотелось, чтобы каждый устраивал свое жилье собственными руками.

Сгустились сентябрьские сумерки. Вернувшись из магазина, Ллуэлин разложил покупки на обеденном столе: жареная курица, хлеб и джем, бутылка молока. Не спеша поужинал, потом откинулся в кресле и закурил сигарету, блуждая взглядом по стенам. Вот это и есть домашний очаг. Ллуэлину, воспитанному вереницей тетушек, плохо помнилось, что такое родной дом. Правда, кроме того короткого времени, когда он жил с Люси. Почти пустое жилье, где они так были несчастливы вместе, напоминало все-таки, что ни говори, дом. Бедные дети: Ллуэлин теперь воспринимал обоих — себя и Люси — именно так, с огромного расстояния. Неудивительно, что их любовь едва-едва слабо встрепенулась в попытке ожить, а потом, не готовая к удушливому давлению чужих стен, быстро зачахла.

Прошло полчаса. Снаружи царила полная тишина, нарушаемая только негодующим гавканьем пса где-то в конце улицы. Мысли Ллуэлина, растревоженные незнакомой, почти мистической обстановкой, потянулись к прошлому: он вспомнил тот день, когда год назад впервые встретил Люси. Малышка Люси Уортон: как он растроган был ее полным доверием к нему — она ведь не сомневалась, что он, двадцатилетний, знает жизненные тонкости досконально.

Ллуэлин поднялся с кресла и, едва принявшись медленными шагами мерить комнату, вздрогнул: по дому впервые разнесся звонок в дверь. На пороге стоял мистер Гарнет.

— Добрый вечер, — приветствовал он Ллуэлина. — Вернулся взглянуть, счастлив ли король в своем замке.

— Прошу сесть, — через силу проговорил Ллуэлин. — Мне нужно кое о чем вас спросить. Почему Люси выходит замуж за этого человека? Я хотел бы узнать.

— Ну, я ведь, кажется, уже говорил вам, что он гораздо ее старше, — сдержанно ответил Гарнет. — Люси чувствует, что он ее понимает.

— Я хочу ее видеть! — вскричал Ллуэлин. Он в отчаянии прислонился к каминной полке. — О господи, я не знаю, что делать. Мистер Гарнет, мы любим друг друга — вы это понимаете? Можно ли тут оставаться и не помнить об этом? Это ее дом и мой — она тут, в каждой комнате! Она вошла, когда я ужинал, и села со мной за стол... я только что видел ее в спальне, как она причесывается перед зеркалом...

— Она стоит на крыльце, — невозмутимо прервал его Гарнет. — Думаю, она не прочь с вами поговорить. Довольно скоро у нее родится ребенок.

———

Чонси Гарнет походил по пустой комнате, водя глазами по сторонам, пока окружавшие его стены не растаяли и не превратились в стены того небольшого дома, куда он привел свою жену сорок лет тому назад. От того дома — подарка его тестя — давным-давно и следа не осталось, нынешнее поколение над ним только посмеялось бы. Но многими полузабытыми поздними вечерами, когда он открывал калитку, а из окон его весело приветствовал огонек зажженного газа, в душе он испытывал такую гармонию, какой не испытывал больше ни в одном другом доме, кроме...

...кроме вот этого. Здесь присутствовала та же самая неуловимая тайна. Смешались ли у него в постаревшем воображении оба жилища или же из надломленного сердца Ллуэлина любовь возродила ее заново? Вопрос остался без ответа; Гарнет отыскал свою шляпу и ступил на темное крыльцо, мельком глянув на нечеткие очертания слившихся воедино двух фигур на сиденье веранды чуть поодаль.

— Собственно, я так и не позаботился о том, чтобы добиваться аннулирования этого брака, — рассуждал он сам с собой. — Хорошенько это обдумал и пришел к выводу, что вы оба достойная пара. И подумал, что рано или поздно поступите правильно. Хорошие люди часто поступают именно так.

Ступив на тротуар, Гарнет оглянулся на дом. И снова то ли мысли у него смешались, то ли зрение изменило, но ему почудилось, будто перед ним тот самый дом — сорокалетней давности. Потом, испытывая некоторую неловкость и даже вину за то, что ввязался в чужие дела, он повернулся и торопливо зашагал по улице.

1926

ПО-ТВОЕМУ И ПО-МОЕМУ

I

В первом году нашего века, в один из весенних дней, некий молодой человек сидел в брокерской конторе в нижнем конце Бродвея и экспериментировал с новенькой пишущей машинкой. Рядом на столе лежало письмо в восемь строчек, и молодой человек пытался сделать его машинописную копию, однако всякий раз неудачно: либо посреди слова выскакивала сущим безобразием прописная буква, либо алфавит, состав которого издавна сводился к двадцати шести символам, получал неуместное дополнение в виде $ или %. Обнаружив ошибку, молодой человек неизменно брался за свежий лист, но после пятнадцатой попытки в нем заговорил кровожадный инстинкт, потребовавший вышвырнуть машинку в окно.

Короткие грубые пальцы молодого человека были велики для клавиш. И весь он тоже отличался крупным сложением; более того, можно было подумать, что его громоздкое тело продолжает расти: боковые швы на пиджаке расползались, брюки тесно облипали бедра и голени. Желтые волосы стояли торчком — когда он расчесывал их пятерней, в них оставались дорожки; глаза сверкали металлической голубизной, однако приопущенные веки подкрепляли впечатление апатии, исходившее от неуклюжей фигуры. Молодому человеку шел двадцать второй год.

— А для чего существуют резинки, а, Маккомас? Молодой человек оглядел комнату.

— Что это? — спросил он отрывисто.

— Резинки, — повторил вошедший в комнату коротышка, по виду самая настоящая хитрая лиса, и помедлил рядом с Маккомасом. — Вот этот лист вполне ничего, только в одном слове ошибка. Думайте головой, а то до завтра не справитесь.

Лис зашел в свой кабинет. Молодой человек ненадолго застыл в ленивой апатии. Внезапно он что-то буркнул себе под нос, схватил упомянутое лисом приспособление и яростно вышвырнул в окно.

Через двадцать минут он открыл дверь кабинета своего нанимателя. В руке он держал письмо, отпечатанное без единой ошибки, и надписанный конверт.

— Вот письмо, сэр. — Молодой человек все еще морщил лоб после недавнего напряжения.

Лис взял письмо, скользнул по нему взглядом и со странной улыбкой посмотрел на Маккомаса.

— Вы не воспользовались резинкой?

— Нет, мистер Вудли.

— Дотошность заела? — с сарказмом спросил лис.

— Что?

— Я сказал «дотошность», но, поскольку вы не слушали, употреблю другое слово: «упрямство». Чьим временем вы злоупотребили, только бы не брать в руки резинку, хотя даже лучшие машинистки не гнушаются к ней прибегать? Моим или вашим?

— Я хотел сделать хороший экземпляр, — не меняя тона, отозвался Маккомас. — Видите ли, мне приходилось прежде печатать на машинке.

— Отвечайте на вопрос! — рявкнул мистер Вудли. — Пока вы сидели и печатали эти две дюжины экземпляров, чье время вы расходовали — свое или мое?

— По большей части я работал в свой обед. — Крупное лицо Маккомаса вспыхнуло злым румянцем. — Я привык делать все по-своему или вообще не делать.

Вместо ответа мистер Вудли схватил письмо и конверт, разорвал их на четыре части и, улыбаясь во весь рот, бросил в корзину для бумаг.

— А я привык по-моему. Что вы об этом думаете?

Юный Маккомас шагнул вперед, словно намереваясь вырвать обрывки из рук человека-лисы.

— Проклятье! — крикнул он. — Проклятье! Если мне предложат за медный грош вам бока отломать — я готов.

Со злобным рыком мистер Вудли вскочил на ноги, порылся в кармане и бросил на стол пригоршню мелочи.

Десять минут спустя временный сотрудник, зашедший с докладом, отметил отсутствие на привычном месте юного Маккомаса, а также его шляпы. В кабинете, однако, он нашел мистера Вудли — с багровым лицом и пеной у рта тот яростно кричал что-то в телефонную трубку. Одежда его, к удивлению сотрудника, находилась в нарушавшем рамки приличия беспорядке, все шесть пуговиц от подтяжек валялись на полу.

II

В 1902 году Генри Маккомас весил 196 фунтов. В 1905-м, когда он вернулся в родной город, Элмиру, чтобы жениться на девушке, в которую влюбился еще в детстве, его вес подбирался ровнехонько к 210. Два последующих года Маккомас прожил без изменений, но после паники 1907 года быстро достиг 220 фунтов, которые, судя по всему, и должны были остаться его потолком на всю последующую жизнь.

Выглядел Маккомас не по годам солидно: желтые волосы при определенном освещении приобретали вид благородной седины, дородная фигура внушала еще больше почтения. За первые пять лет после ухода с фермы он не оставлял мысли открыть собственное дело.

Люди с таким, как у Генри Маккомаса, темпераментом, любящие все делать по-своему, не умеют работать под чьим-то началом. Так или иначе он должен был придерживаться собственных правил, пусть даже под угрозой присоединиться к когорте неудачников, которые пытались до него. Спустя ровно неделю после того, как Маккомас получил свободу от всех чужих иерархических структур, ему довелось объясняться со своим партнером Теодором Дринкуотером: тот поинтересовался вслух, неужели Маккомас взял себе за правило никогда не являться на работу раньше одиннадцати часов.

— Похоже на то, — отозвался Маккомас.

— С какой стати? — негодующе вопросил Дринкуотер. — А ты подумал, какой пример ты подаешь нашим конторским работникам?

— Разве у мисс Джонстон заметны признаки дезорганизованности?

— Я говорю о том времени, когда у нас будет больше народу. Ты ведь не пожилой человек, Мак, проживший трудовую жизнь. Тебе всего двадцать восемь, в точности как мне. А что ты будешь делать в сорок лет?

— Я буду приезжать на работу в одиннадцать каждый день своей жизни.

На той же неделе первые клиенты пригласили партнеров на ланч в известный деловой клуб; самым малозначительным из его членов был раджа из процветающей, растущей империи.

— Посмотри по сторонам, Тед, — шепнул Маккомас, когда они вышли из столовой. — Вот тот похож на борца-профессионала, а этот на актера-кривляку. Тот, что за тобой, вылитый водопроводчик; есть еще возчик угля и пара ковбоев — видишь? Вот хронический больной, вот мошенник на доверии, вот ростовщик — тот, справа. Проклятье, где же те крупные бизнесмены, которых мы надеялись увидеть?

На обратном пути в контору они заглянули в небольшой ресторанчик, где собралась на ланч толпа местных клерков.

— Посмотри на них, Тед, и увидишь людей, которые знают правила, — думают, ведут себя и выглядят соответственно своему положению.

— Полагаю, если они нацепят розовые усы и станут приходить на работу в пять часов дня, из них получатся великие люди, — съязвил Дринкуотер.

— Разве я говорил, что нужно выделываться? Нужно просто принимать себя таким, каков ты есть. Нас вырастили на сказках о чистом листе, но кто им верит, кроме тех, кто нуждается в вере и надежде, чтобы не сойти с ума. Думаю, когда люди усвоят ту истину, что у каждого есть свои слабости, Америка станет более счастливой страной. Особенности характера, что имелись у тебя в двадцать один год, скорее всего, сохранятся на всю жизнь.

Во всяком случае, особенности характера Генри Маккомаса остались при нем. Генри Маккомас не согласился бы пообедать с клиентом в плохом ресторане ради трехзначной сделки, не сократил бы время своей трапезы ради четырехзначной сделки и не отменил бы ее вообще ради сделки пятизначной. При всех этих причудах экспортная фирма, где он был владельцем сорока девяти процентов акций, начала усиленно снабжать Южную Америку локомотивами, динамо-машинами, колючей проволокой, гидродвигателями, подъемными кранами, горным оборудованием и прочими атрибутами цивилизации. В 1913 году, когда Генри Маккомасу исполнилось тридцать четыре, он владел домом на 92-й улице и планировал в следующем году заработать тридцать тысяч долларов. Но после совершенно неожиданного европейского заказа (предметом был отнюдь не розовый лимонад) появилась возможность удвоить доход. Прибыл агент по закупкам британского правительства, за ним его коллеги из Франции, Бельгии, России и Сербии; под присмотром Дринкуотера и Маккомаса часть товара была собрана. У них появился шанс сколотить себе состояние. И тут внезапно в дело вмешалась женщина, но которой женился Генри Маккомас.

Стелла Маккомас была дочерью мелкого торговца сеном и зерном с окраины Нью-Йорка. Отцу не везло, он вечно балансировал на грани краха, так что детство Стеллы прошло под тенью тревоги. Позднее, когда Генри Маккомас завел дело в Нью-Йорке, Стелла зарабатывала преподаванием физкультуры в одной из средних школ города Ютика. Таким образом, в семейную жизнь она вступила с верой в ряд строжайших правил, касающихся ухода за телом, и с постоянным опасением всяческих несчастий.

В первые годы Стелла находилась под впечатлением быстрой карьеры мужа, а кроме того, была поглощена заботой о детях, и потому ей, с ее провинциальной ограниченностью, Генри представлялся непогрешимым авторитетом и каменной стеной. Но дети подросли, девочка уже одевалась в платьица и носила в волосах банты, мальчик поступил под опеку английской няни, и у Стеллы образовался досуг, чтобы пристальней присмотреться к супругу. Его ленивые повадки, полнота, медлительность, порой сводящая с ума, уже не представлялись ей спутниками успеха; это были просто его особенности.

Первое время Генри не обращал особого внимания на ее намеки, что неплохо бы сесть на диету, изменить режим дня, на уничижительные сопоставления его привычек с неким придуманным образцом. События пошли развиваться однажды утром, когда он заметил, что поданный ему кофе совершенно лишен вкуса.

— Я не могу пить эту бурду — на этой неделе она совершенно безвкусная, — пожаловался он. — И почему ты приносишь из кухни готовую чашку? Я хочу сам добавлять сливки и сахар.

Стелла ушла от ответа, но позднее Генри вернулся к этому разговору:

— По поводу кофе. Не забудешь сказать Розе?

И вдруг губы Стеллы тронула невинная улыбка.

— Ты ведь стал лучше себя чувствовать, да, Генри? — радостно спросила она.

— Что?

— Ушла усталость, ушли заботы?

— Кто тебе сказал, что я устал и озабочен? Я в жизни не чувствовал себя лучше.

— Ну вот. — В ее взгляде читалось торжество. — Ты смеешься над моими теориями, но теперь придется признать: что-то в них все-таки есть. Ты чувствуешь себя лучше оттого, что уже неделю пьешь кофе без сахара.

Генри глядел недоверчиво.

— Что я пил?

— Кофе с сахарином.

Он негодующе поднялся с места и швырнул газету на стол.

— Мне нужно было догадаться. Неспроста ты носила из кухни готовый кофе. Что это за хрень — этот сахарин?

— Это заменитель для тех, кто склонен к полноте.

Генри недолго колебался, готовый впасть в гнев, но потом опустился на стул и зашелся в смехе.

— Тебе пошло на пользу, — с упреком проговорила жена.

— Ладно, впредь я без этой пользы обойдусь, — угрюмо отозвался муж. — Мне тридцать четыре года, и за десять лет я не проболел и дня. Не в пример тебе, я знаю свой организм вдоль и поперек.

— Ты, Генри, ведешь нездоровую жизнь. Когда перевалишь за сорок, это скажется.

— Сахарин! — Генри вновь разразился хохотом. — Сахарин! Я думал, это средство, чтобы удержать человека от спиртного. Знаешь, бывают такие...

Стелла неожиданно разозлилась:

— Почему бы нет? Постыдился бы — в твоем возрасте тебя уже так разнесло. Если бы ты хоть немного занимался физкультурой и не пролеживал все утро в постели, этого бы не случилось...

— Если бы я хотел быть фермером, — хладнокровно возразил муж, — я бы не уезжал из дома. Вопрос с сахарином на сегодня закрыт — понятно тебе?

Их благосостояние росло не по дням, а по часам. Ко второму году войны они уже держали лимузин с шофером и поговаривали об уютном летнем домике на берегу залива Лонг-Айленд. Месяц за месяцем через бухгалтерские книги Дринкуотера и Маккомаса протекал растущий поток материалов, питавший неугасимый костер по ту сторону океана. Штат клерков утроился, в конторе царил дух активности и предприимчивости, и даже Стелла использовала любой предлог, чтобы заглянуть туда во второй половине рабочего дня.

Однажды, в начале 1916 года, она зашла туда, узнала, что мистер Маккомас отлучился, и направилась уже к порогу, но встретила Теда Дринкуотера, выходившего из лифта.

— О, Стелла! — воскликнул он. — А я о тебе вспоминал нынче утром.

Дринкуотеры и Маккомасы были друзьями — если не закадычными, то все же довольно близкими. Когда бы не приятельство мужей, жены едва ли бы сдружились, однако все четверо обращались друг к другу по именам — Генри, Тед, Молли и Стелла, — и вот уже десять лет, как ежемесячно устраивали совместные обеды, за которыми старались поддерживать самую сердечную атмосферу. После обеда каждая пара принималась безжалостно перемывать кости другой, не усматривая, однако, в этих разговорах какой-либо нелояльности. Они привыкли друг к другу, а потому Стелла немного удивилась, видя, с какой заинтересованностью обратился к ней Тед Дринкуотер.

— Я хотел с тобой поговорить, — заявил он в своей обычной манере, без обиняков. — У тебя найдется минутка? Сможешь зайти ко мне в контору?

— Ну да.

Пока они, меж рядов машинисток, направлялись к стеклянной выгородке с табличкой: «ТЕОДОР ДРИНКУОТЕР, ПРЕЗИДЕНТ», Стелле невольно подумалось, что Тед больше похож на бизнесмена, чем ее муж. Он был строен, подтянут, быстр в движениях. Его глаза зорко оглядывали контору, словно бы оценивая на ходу старания каждого клерка и каждой стенографистки.

— Садись, Стелла.

Она помедлила, ощущая смутное беспокойство. Дринкуотер нахмурился.

— Речь пойдет о Генри.

— Он нездоров? — спросила она тут же.

— Нет. Ничего такого. — Тед заколебался. — Стелла, я всегда считал тебя очень здравомыслящей женщиной.

Она ждала.

— Это сидит у меня в голове уже второй год. Мы с ним так часто об этом спорили, что даже стали хуже относиться друг другу.

— Да? — Стелла нервно моргнула.

— Я говорю о бизнесе, — коротко объяснил Дринкуотер. — Неважные отношения с деловым партнером — штука очень неприятная.

— О чем ты?

— Давняя история, Стелла. Наш бизнес идет в гору, а он держится за свои привычки, уместные где-нибудь в захолустном магазинишке. Думает, дела будут ждать. В контору приезжает в одиннадцать, обеденный перерыв — полтора часа, кого невзлюбит — с тем ни в какую не желает иметь дело. За последние полгода он таким образом упустил три крупных заказа.

Инстинктивно Стелла встала на защиту мужа.

— Но ведь бывает, от его медлительности вы только выигрываете? Та сделка с медью: ты хотел сразу поставить подпись, а Генри...

— А, это... — Дринкуотер поспешил отмахнуться от этой темы. — Я никоим образом не отрицаю, что Генри в иных случаях проявляет удивительное чутье...

— Но речь идет не о пустяках, — перебила его Стелла. — Если бы Генри не сказал «нет», вы бы практически разорились. По его словам...

299

Она оборвала конец фразы.

— А, не знаю, — раздраженно бросил Дринкуотер. — Может, и не разорились бы. Как бы то ни было, мы все делаем ошибки — вопрос не в этом. Сейчас у нас появился шанс прямиком перескочить в высший разряд. Я не шучу. Если еще два года дела пойдут тем же темпом, каждый из нас сможет отложить по миллиону. И, Стелла, я намерен свой миллион сколотить, что бы ни случилось. Даже если... — На мгновение он задумался и умолк. — Даже если дойдет до разрыва с Генри.

— О! Надеюсь...

— Я тоже надеюсь, что этого не случится. Потому-то я и хотел с тобой поговорить. Не можешь ли ты как-нибудь на него повлиять? Кроме тебя, он никого не слушает. Он ведь упрямец, каких поискать. Ему не втолкуешь, что он дезорганизует контору. Заставь его вставать пораньше. Негоже валяться в постели до одиннадцати.

— Он встает в половине десятого.

— На работе он бывает в одиннадцать. Все остальное неважно. Расшевели его. Скажи, тебе нужно больше денег. Для этого нужно больше заказов, а они просто под ногами валяются, только успевай поднимать.

— Я посмотрю, что можно сделать, — обеспокоенным тоном отозвалась Стелла. — Но не знаю... Генри трудно... он очень держится за свои привычки.

— Ты что-нибудь придумаешь. Ты могла бы... — Дринкуотер оскалился в улыбке. — Ты могла бы подсунуть ему дополнительные счета для оплаты. Мне иной раз думается, ничто так не вдохновляет мужчину, как экстравагантная жена. Стимулы — вот что нам нужно. А то мне приходится шустрить за двоих. Поверь, Стелла, один я не справлюсь.

Стелла покидала контору в панике. Вся неуверенность, все страхи ее детства внезапно выплыли на поверхность. Ей представлялось, как Тед Дринкуотер бросает Генри и как тот безуспешно пытается вести бизнес в одиночку. С его обычной беспечностью! Их семья покатится вниз, придется сокращать штат слуг, отказаться от машины, от дома. Добираясь домой, она успела вообразить себе нищету, детей, зарабатывающих на кусок хлеба... голодную смерть. Разве не объяснил ей только что Тед Дринкуотер, что предприятие держится только на нем? Что Генри будет делать один?

С неделю Стелла обдумывала эту ситуацию втайне; вид Генри, сидевшего напротив за обеденным столом, вызывал у нее одновременно раздражение и жалость. Потом у нее созрело решение. Она явилась к агенту по недвижимости и в качестве первого платежа за дом на Лонг-Айленде, о котором они с мужем только робко мечтали, вручила ему все свои банковские сбережения — девять тысяч долларов.

— Стелла, да ты с ума сошла! — испуганно воскликнул Генри. — Просто сошла с ума. Почему ты меня не спросила?

Ему хотелось взять ее за плечи и хорошенько встряхнуть.

— Я боялась, Генри. — Это была правда.

Он в отчаянии взъерошил свои желтые волосы.

— Причем именно сейчас. Я только что приобрел страховой полис, слишком для нас дорогой, мы еще не заплатили за новую машину, на доме обновили фасад, неделю назад купили тебе соболью шубу. Вечером я собирался подсчитать жалкие остатки наших финансов.

— А ты не можешь... не можешь до лучших времен изъять часть денег, вложенных в бизнес? — встревожилась Стелла.

— Вот этого как раз и нельзя. Совершенно исключено. Я не могу тебе объяснить, ты ведь не знаешь, что у нас творится в фирме. Видишь ли, мы с Тедом... расходимся в некоторых вопросах...

На Стеллу внезапно сошло озарение, и она вздрогнула всем телом. Что, если, поставив своего мужа в тяжелое положение, она таким образом отдала его в руки партнера? Но не этого ли она и хотела? Может, это необходимо, чтобы Генри перенял методы Дринкуотера?

— Шестьдесят тысяч долларов, — испуганным голосом повторил Генри, и у Стеллы подступили к глазам слезы. — Понятия не имею, где взять деньги, чтобы выкупить дом. — Он рухнул в кресло. — Пойду завтра и договорюсь с этими твоими агентами — каким-то процентом от девяти тысяч придется пожертвовать.

— Похоже, они не согласятся, — с застывшим лицом отозвалась Стелла. — Они отчаянно торопились продать: хозяин уезжает.

Она объяснила, что действовала сгоряча, — решила, теперь они богаты и денег хватит. Муж проявил такую щедрость, покупая новую машину, вот ей и показалось, что теперь они могут позволить себе все, чего душа пожелает.

Обыкновенно в подобных случаях Маккомас терялся только вначале, а потом не тратил энергию на укоры. Но через два дня он вернулся домой с работы такой удрученный, что долго гадать не приходилось: они с Тедом Дринкуотером объяснились, все получилось так, как Стелле хотелось. В ту ночь она уснула в слезах от стыда и жалости.

III

В жизнь Генри Маккомаса вошел новый порядок. По утрам Стелла будила его в восемь и еще пятнадцать минут он лежал в невольной прострации, словно организм не понимал отказа от привычек, укоренившихся за последние десять лет. В контору он входил так же быстро, как прежде, но не в одиннадцать, а в половине десятого (в первое утро среди старых служащих пробежала дрожь изумления), а его обед длился не дольше часа. В летние дни, с двух до трех, его не заставали больше дремлющим на конторском диванчике, да и сам диванчик переместился в то же замкнутое хранилище, что и досужие часы пищеварения и сладостные излишества морфея. Эти уступки были отплатой Дринкуотеру: Генри вывел из бизнеса деньги для покрытия своих текущих нужд.

Дринкуотер, разумеется, мог бы и выкупить его долю, но по различным причинам не счел это целесообразным. В частности, старший партнер привык всецело полагаться на Маккомаса во всех делах, требующих инициативы и решительности. Еще одна причина заключалась в бурном оживлении на рынках: в 1916-м, когда отгремела трагическая битва на Сомме, в город изобилия потянулись, чтобы пополнить запасы на следующий год, закупщики союзников. Одновременно Дринкуотер с Маккомасом въехали в ряд помещений, напоминающих танцплощадку в загородном клубе, где просиживали целыми днями, меж тем как взволнованные иностранцы, бурно жестикулируя, объясняли, что им требуется, и клялись, что экономический упадок в их странах продлится не менее трех десятков лет. Дринкуотер с Маккомасом передавали поставщикам по дюжине контрактов за неделю и отправляли в Европу бесчисленные тонны грузов. Их имена примелькались на страницах мировых газет; партнеры успели забыть, что такое ждать у телефона.

Доходы росли, Стелла водворилась в доме на Лонг-Айленде и впервые за долгие годы казалась совершенно довольной существованием, однако у Генри Маккомаса все больше отказывали нервы. Прежде всего, он не высыпался; его организм жаждал сна, но утром, когда сон самый сладкий, претерпевал насильственное возвращение к действительности. Несмотря на материальный успех, Генри не забывал о том, что живет не своей жизнью.

Деятельность фирмы расширялась, и Дринкуотер часто совершал поездки в промышленные центры Новой Англии и Юга. Соответственно, конторская работа ложилась на Маккомаса, и тот взялся за нее со всем усердием. Обладая огромной способностью к концентрации, он ранее экономил ее для особо важных случаев. Теперь же она расходовалась на дела, как оказывалось впоследствии, не столь существенные. В иные дни он до шести занимался конторской рутиной, потом работал дома до полуночи и в конце концов валился на неспокойное ложе, истомленный, но зачастую не готовый сразу же погрузиться в сон.

Политика фирмы заключалась в том, чтобы в ущерб мелкой торговле с Кубой и Вест-Индией сосредоточивать внимание на прибыльных заказах, связанных с войной; все лето партнеры поспешно готовились к прибытию в сентябре новой закупочной комиссии. Но в сентябре Дринкуотера на месте не оказалось, он отлучился в Пенсильванию. Времени не хватало, нужно было размещать множество заказов. После бурных переговоров по телефону Маккомас уговорил четырех членов комиссии встретиться с ним вечером для часовой беседы у него дома.

Благодаря дальновидности Маккомаса все прошло удачно. Не прояви он точности и четкости при телефонных переговорах, успех бы не состоялся. По завершении дела полагался отдых, и Маккомас очень в нем нуждался. В последние недели его мучили сильные головные боли — прежде с ним такого не бывало.

Члены комиссии не сказали точно, в котором часу их тем вечером ждать. Кто-то еще пригласил их на обед, свободное время у них намечалось между девятью и одиннадцатью. Маккомас вернулся домой в шесть, полчаса расслаблялся в ванне, потом блаженно растянулся на постели. Завтра он собирался поехать за город к Стелле и детям. Этим длинным летом, живя на 92-й улице, в доме, где единственную компанию ему составляла глуховатая экономка, он редко позволял себе отдохнуть в уикенд за городом. Тед Дринкуотер ничего не скажет: сделку, самую многообещающую из всех, Маккомас задумал самостоятельно. Он сам ее изобрел и выстроил — можно было подумать, так распорядилась судьба, уславшая прочь Дринкуотера.

Маккомасу хотелось есть. Он думал, как поступить: распорядиться, чтобы экономка принесла холодного цыпленка и хлеб с маслом, или одеться и пойти в ресторанчик за углом. Рука, лениво потянувшаяся к колокольчику, застыла в воздухе: Маккомаса одолела приятная истома, голова уже не раскалывалась от боли, мучившей его весь день.

Тут он вспомнил, что надо принять аспирин, встал и шагнул к комоду за лекарством, но обнаружил, что на удивление ослабел после горячей ванны. Повернув назад, он скорее рухнул, чем упал на постель. Он слегка встревожился, и тут голову словно сковало железным обручем, отчего по телу побежала боль. Надо позвонить миссис Коркоран, она позовет врача. Сейчас он протянет руку и тронет колокольчик. Сейчас-сейчас... Маккомас поразился своей нерешительности, но понял причину и пронзительно вскрикнул. Воля уже послала мозгу сигнал, и тот передал его руке. Но рука не послушалась.

Он перевел взгляд на руку. Довольно бледная, расслабленная, неподвижная, она лежала на стеганом покрывале. Он снова дал команду, ощутил, как напряглась от усилия шея. Рука осталась неподвижной.

— Затекла, — подумал он, однако встревожился. — Скоро пройдет.

Маккомас попытался левой рукой дотянуться до правой, чтобы ее размассировать, но левая с поразительным безразличием отказалась покинуть свою сторону постели. Он попытался поднять ногу... колени...

У Маккомаса вырвался нервный смешок. В этом было что-то забавное — не можешь пошевелить собственной ногой. Как будто это чужая нога или привидевшаяся во сне. На мгновение он едва не поверил в фантастическое предположение, что спит. Но нет, комната была реальной — реальной явно и безошибочно.

— Это конец, — подумал он, не испытывая страха, не чувствуя почти ничего. — Не знаю, что это такое, но оно растет. Еще минута — и я умру.

Однако минута прошла, прошла и вторая, и ничего не случилось, не сдвинулось с места, только стрелка маленьких, в обитом кожей корпусе часов на комоде медленно переползла отметку семь минут восьмого. Маккомас быстро поводил головой из стороны в сторону, встряхнул ею, как помахивает ногами бегун, разогревая мышцы. Но тело не подхватило это движение, лишь слегка поднималась и опадала в такт дыханию мышца под грудью и чуть дрожали, поскольку дрожала кровать, бесполезные конечности.

— Помогите! — крикнул он. — Миссис Коркоран! Миссис Коркран... на помощь! Миссис Коркр...

Ответа не последовало. Наверное, она была в кухне. Докричаться невозможно, остается лишь колокольчик в двух футах над головой. Делать нечего, только лежа дожидаться, пока отпустит, или пока умрешь, или пока кто-нибудь постучится в парадную дверь и спросит его.

Через открытое окно в соседней ванной долетал грохот и скрежет машин на Мэдисон-Авеню, бесконечное дуденье клаксонов, даже гул надземной железной дороги в двух кварталах отсюда, в Лексингтоне. Странное дело: жизнь продолжается как ни в чем не бывало, он же пребывает вне ее, вычеркнутый из списков, наполовину мертвый. А Стелла за городом как раз сейчас поднимается наверх, к маленькому Генри, которого укладывают в постель.

— Нет, папа сегодня не приедет, — говорит она. — Папа очень занят.

Нет. В эту минуту папе совершенно нечего делать. Он даже подумывает о том, чтобы расстаться с партнером и навек удалиться от всяческих земных дел...

Часы все тикали, стрелки миновали девять. В двух кварталах отсюда четверо членов комиссии, отобедав, поглядели на часы, прихватили портфели и шагнули за порог в сентябрьские сумерки. Стоявший под дверью частный детектив кивнул и занял место рядом с шофером в поджидавшем лимузине. Один из пассажиров назвал адрес: 92-я улица.

Через десять минут Генри Маккомас услышал прокатившийся по всему дому звонок. Если миссис Коркоран сейчас в кухне, она его тоже услышит. Напротив, если она у себя, за закрытой дверью, она не услышит ничего.

Маккомас ждал, напряженно ловя слухом шаги. Прошла минута. Две минуты. Колокольчик зазвенел снова.

— Миссис Коркоран! — отчаянно крикнул Маккомас.

На лбу его выступил пот, стек ниже, на складки шеи. В отчаянии он снова потряс головой, последний раз, в безумном напряжении воли, попытался пробудить к жизни свое тело. Отклика не было, кроме новой трели колокольчика, на сей раз настойчивой и продолжительной, прозвучавшей подобием трубного гласа судьбы.

Немного погодя четверо гостей вернулись в лимузин и поехали на юго-запад, в порт. Эту ночь они собирались провести на борту судна. Они надолго засиделись за бумагами, которые нужно было отправить в город, но и поздно ночью, когда последний из них отправился в постель, Генри Маккомас лежал без сна и чувствовал, как по лбу и шее катился пот. Может, пот выступил и на всем теле. Определить было невозможно.

IV

Полтора года Генри Маккомас лежал молча в тихой, затененной комнате и боролся за то, чтобы вернуться к жизни. Стелла выслушивала знаменитого специалиста, который объяснял, что существуют люди с особой нервной организацией; предел перегрузок для такого человека известен только ему самому. Теория эта — признавал специалист — сущая находка для ипохондриков; крепкие и флегматичные, как какой-нибудь дорожный полицейский, они пользуются ею, дабы ублажать себя и лелеять. Тем не менее факт остается фактом. Под защитой большого, ленивого тела Генри Маккомаса обреталась нервная система, похожая на тончайшие, туго натянутые струны. Три-четыре часа в день, при должном отдыхе, она работала превосходно, однако, стоило хоть немного превысить допустимую норму утомления, и механизм ломался.

Стелла слушала, бледная и осунувшаяся. Через месяц-другой она отправилась в контору к Теду Дринкуотеру и пересказала слова специалиста. Дринкуотер хмурился, видимо чувствуя неловкость, а потом заметил, что специалистам за то и платят, чтобы они несли утешительную чушь. Ему очень жаль, но фирма должна работать дальше, а потому для всех, включая и Генри, будет лучше, если партнеры расстанутся. Он ни в чем Генри не винит, но все же не может выбросить из головы, как из-за неспособности партнера привести себя в должную кондицию расстроилась важнейшая для них сделка.

Пролежав год, Генри Маккомас обнаружил однажды, что у него задвигались руки ниже локтя; с этого дня выздоровление пошло семимильными шагами. В 1919 году, располагая мало чем кроме своих способностей и доброго имени, он затеял собственное дело и к тому времени, на котором заканчивается наш рассказ, то есть к 1926 году, заработал себе несколько миллионов долларов.

То, что за этим следует, уже другая история. В ней действуют иные лица, и произошла она уже в то время, когда личные проблемы Генри Маккомаса были более или менее удачно разрешены, однако с прошлыми событиями она тесно связана. История эта касается дочери Генри Маккомаса.

Гонории исполнилось девятнадцать, она унаследовала от отца желтые волосы (согласно текущей моде — той же, мужской, длины), от матери — маленький остренький подбородок, глаза же, по всей видимости, изобрела сама: желтые, глубоко посаженные, в окружении коротких торчащих ресниц, как изображают на рисунках звезду с лучами. Фигурка у нее была худенькая, детская, и, когда Гонория улыбалась, вы испытывали невольный испуг, ожидая увидеть дырки на месте выпавших молочных зубов, однако зубы, некрупные и белые, имелись в полном комплекте. Немало мужских взглядов следило за ее цветением. Гонория рассчитывала выйти замуж нынче осенью.

Но за кого выйти — это другой вопрос. Имелся молодой человек, проводивший время в постоянных переездах из Лондона в Чикаго и обратно, участник соревнований по гольфу. Избрав его, она могла бы, по крайней мере, твердо рассчитывать на свидания с мужем всякий раз, когда он будет проезжать через Нью-Йорк. Имелся Макс Ван Камп, как она думала, человек ненадежный, но с приятными чертами лица, похожего на сделанный наспех набросок. Имелся подозрительный тип по фамилии Странглер, игравший в поло; от него можно было ожидать, что он, подобно героям Этель М. Делл, станет охаживать супругу тростью для верховой езды. И имелся еще Расселл Кодман, правая рука ее отца, молодой человек с перспективами, который нравился ей больше всех других.

Во многих отношениях Расселл Кодман напоминал ее отца: неторопливый тугодум, склонный к полноте; может быть, за эти качества Генри Маккомас и стал отличать его с самого начала. Манеры у него были искренние, улыбка решительная и сердечная, а к Гонории он проникся интересом с самого первого раза, когда, три года назад, увидел, как она входила в контору отца. Пока что, впрочем, он не сделал Гонории предложения, на что она досадовала, однако же не могла не ценить: прежде чем пригласить ее в спутницы жизни, он хотел обеспечить себе независимость и успех. Макс Ван Камп, напротив, раз десять предлагал ей руку и сердце. Он был эдакий живчик с подвижным умом, молодой человек из современных, голова у него всегда полнилась замыслами, которые не продвигались дальше мусорной корзинки Маккомаса; один из тех удивительных бродяг от бизнеса, что кочуют с места на место, подобно средневековым менестрелям, умудряясь все же сохранять поступательный характер движения. В конторе Маккомаса он появился год назад с рекомендательным письмом от приятеля шефа.

— И как долго вы проработали у мистера Хейнсона? — спросил Маккомас, пробежав глазами письмо.

— Не могу сказать, чтобы я у него работал.

— Что ж, как долго вы с ним знакомы?

— Собственно, я не имел этого удовольствия, — признался Ван Камп. — Этим письмом меня обеспечил другой человек — Хорэс О'Салливан. Я работал на мистера О'Салливана, мистер Хейнсон дружил с братом мистера О'Салливана, и я слышал, что мистер Хейнсон знаком с вами.

— И это вы называете рекомендацией? — развеселился Маккомас.

— Ну, сэр... деньги всегда деньги, неважно, через сколько рук они прошли. Если бы не нашлось человека, который в меня верит, я не принес бы вообще никакого письма.

Ван Камп был принят. На какую должность — не знали долгое время ни он сам, ни его наниматель, ни кто-либо еще в конторе. Маккомас тогда интересовался экспортом, девелоперской деятельностью и, на будущее, изучал возможность применить в других областях идею фирменных магазинов.

Ван Камп сочинял рекламу, обследовал объекты собственности и выполнял неопределенные обязанности, которые можно обозначить фразой: «А этим пусть займется Ван Камп». Нельзя было отделаться от впечатления, что он шумит и усердствует больше, чем необходимо; иные, наблюдая его крикливость и зачастую ненужную суету, называли Ван Кампа шарлатаном, не имеющим за душой ничего, кроме ошибок.

— Да что с вами, молодежью, происходит? — сказал ему однажды Генри Маккомас. — Похоже, бизнес для вас — это такой вид трюкачества, изобретенный где-то в тысяча девятьсот десятых, а прежде неизвестный. Чтобы рассмотреть какое-нибудь деловое предложение, ты непременно должен перевести его на свой собственный новейший язык. Что ты разумеешь, говоря, что хочешь «продать» мне какое-то предложение? Хочешь его высказать — или просишь за него денег?

— Это просто фигура речи, мистер Маккомас.

— Тогда не внушай себе ничего сверх этого. Деловой ум — это самый обычный ум, обусловленный твоими собственными способностями. И ничего больше.

— То же самое говорил мистер Кодман, — кротко согласился Макс Ван Камп.

— Вероятно, он прав. Послушай... — Маккомас прищурил глаза. — Как ты отнесешься к тому, чтобы устроить небольшое соревнование между тобой и этим джентльменом? Победителю я назначу премию в пять тысяч долларов.

— С большой радостью, мистер Маккомас.

— Отлично. Тогда вот что. У нас имеются розничные магазины скобяных товаров во всех городах Огайо и Индианы с населением свыше тысячи человек. Некий парень по фамилии Мактиг позаимствовал эту идею — он взялся за города с населением от двадцати тысяч, и теперь у него сеть больше моей. Я хочу оспорить его первенство в таких городах. Кодман отправился в Огайо. Ты, скажем, возьмешь себе Индиану. Пробудешь там полтора месяца. Посетишь в этом штате все города с населением крупнее двадцати тысяч, найдешь лучшие магазины скобяных товаров и купишь их.

— А что, если лучший купить не получится?

— Делай что сможешь. Время терять нельзя, этот Мактиг здорово нас опередил. Сможешь выехать сегодня же?

Маккомас стал давать следующие инструкции — Ван Камп ерзал от нетерпения. Он уже усвоил, что от него требуется, и торопился в путь. Но прежде он хотел в очередной раз задать Гонории Маккомас тот же вопрос.

Он получил всегдашний ответ: Гонория знала, что выйдет за Расселла Кодмана, как только дождется от него предложения. Временами, наедине с Кодманом, она нервно вздрагивала, ощутив, что время пришло и вот-вот с его губ сорвутся слова романтического признания. Какие именно это будут слова, она себе не представляла, но была уверена, что услышит нечто завораживающее и необычное, в отличие от спонтанных излияний Макса Ван Кампа, знакомых уже наизусть.

Она нетерпеливо ожидала возвращения Расселла Кодмана с поездки по Западу. В этот раз, если он промолчит, она заговорит сама. Быть может, он все же к ней равнодушен, быть может, у него есть другая. В таком случае она выйдет за Макса Ван Кампа и сделает его несчастным, постоянно давая знать, что ему достались лишь осколки ее разбитого сердца.

Полтора месяца незаметно подошли к концу, и Расселл Кодман вернулся в Нью-Йорк. Он сообщил отцу Гонории, что в тот же вечер намерен с ней увидеться. Взволнованная, она только то и делала, что под разными предлогами наведывалась к парадной двери. Наконец зазвенел колокольчик, в холл вышла горничная и впустила посетителя.

— Макс! — вскрикнула Гонория.

Макс шагнул ей навстречу, и она увидела, что лицо у него усталое и бледное.

— Выйдешь за меня? — спросил он без дальних слов.

Гонория вздохнула.

— В который раз, Макс?

— Потерял счет, — ответил он жизнерадостным голосом. — Но это еще так, предварительная подготовка. Ты отказываешься — я правильно понял?

— Да, прости.

— Ждешь Кодмана?

Она нахмурилась.

— Это не твое дело.

— А где твой отец?

Она молча указала, не удостоив гостя ни словом.

Макс вошел в библиотеку, Маккомас поднялся на ноги.

— Ну что? — спросил он. — Как успехи?

— А как успехи у Кодмана?

— Неплохо. Он купил восемнадцать магазинов — часть из них как раз те, за которыми охотился Мактиг.

— Я это предвидел, — кивнул Ван Камп.

— Надеюсь, ты сделал то же самое.

— Нет, — вздохнул Ван Камп. — У меня не получилось.

— А что стряслось? — Маккомас с задумчивым видом вернул свое грузное тело в сидячее положение.

— Понял, что это бесполезно, — чуть помедлив, ответил Ван Камп. — Не знаю, какие места Кодман выбирал в Огайо, но если обстановка там такая же,

как в Индиане, это нестоящая покупка. В этих двадца-
титысячниках хороших магазинов скобяных товаров
максимум по два. Хозяин одного не желает продавать
из-за местного оптовика, хозяин другого продал магазин Мактигу — все, что осталось, это лавчонки на
углу. Хочешь хороший магазин — строй его сам. Не
стоит труда, я это сразу понял. — Он замолк. — Сколько магазинов купил Кодман?

— Восемнадцать или девятнадцать.

— Я купил три.

Маккомас смерил его нетерпеливым взглядом.

— На что у тебя ушло время? Неужели на эту покупку понадобилось все две недели?

— Покупку я провернул за два дня, — нахмурился Ван Камп. — Потом мне пришла в голову идея.

— Какая? — Вопрос Маккомаса прозвучал иро-
нически.

— Ну... все хорошие магазины оприходовал
Мактиг.

— Да.

— Вот я и подумал: не лучше ли купить через голову Мактига всю его компанию.

— Что?

— Купить через его голову всю его компанию. —
Без видимой связи с предыдущим Ван Камп добавил: — Я ведь слышал, что у него вышла крупная
ссора с его дядей, который владел пятнадцатью про-
центами акций.

— Да. — Маккомас склонился вперед, лицо его
уже не выражало сарказма.

— Самому Мактигу принадлежало только двадцать пять процентов, сорок оставалось за владель-
цами магазинов. Итак, уговорив дядю, мы могли бы
завладеть большей частью акций. Прежде всего я ему
внушил, что его вложения будут в лучшей сохранно-
сти, если Мактиг займет пост заведующего отделени-
ем в нашей организации.

— Минутку... минутку. Я не успеваю. Ты говоришь, дяде принадлежало пятнадцать процентов — а как тебе досталось сорок?

— От собственников. Я им рассказал, что дядя больше не верит в Мактига, и предложил лучшие условия. Все они доверили мне свои голоса при условии, что я буду голосовать, имея большинство.

— Ага, — заинтересованно кивнул Маккомас. И неуверенно продолжил: — Но ты сказал, это не сработало. Как так? Ошибочный план?

— Да нет, план очень даже верный.

— Верные планы всегда срабатывают.

— Этот не сработал.

— Почему?

— Дядя умер.

У Маккомаса вырвался смешок. Но вдруг он смолк и задумался.

— Так ты пытался через голову Мактига купить его компанию?

— Да, — с пристыженным видом подтвердил Макс. — И у меня не получилось.

Внезапно дверь распахнулась, и в комнату влетела Гонория.

— Папа! — крикнула она, При виде Макса она прикусила язык, помедлила, но, не сдержавшись, продолжила: — Папа, ты когда-нибудь рассказывал Расселлу, как сделал предложение маме?

— Постой... ну да, рассказывал.

Гонория застонала.

— Так вот, он использовал со мной тот же прием.

— О чем это ты?

— Все эти месяцы я ждала... — Она едва не плакала. — Ждала и гадала, что он скажет. А когда... когда он заговорил, слова оказались знакомые... словно я слышала их прежде.

— Может, это была одна из моих формулировок, — предположил Ван Камп. — Я ведь использовал разные.

Гонория тут же обернулась к нему:

— О чем это ты? Ты делал предложение не только мне?

— Гонория... ты что-то имеешь против?

— Против? Да что мне за дело? Я с тобой больше вообще не разговариваю.

— Говоришь, Кодман объяснился с тобой теми же словами, какими я объяснялся с твоей матерью? — спросил Маккомас.

— В точности, — жалобно подтвердила Гонория. — Он выучил их наизусть.

— В том-то все и дело, — задумчиво протянул Маккомас, — он вечно слушает меня, а не самого себя. Выходи-ка ты лучше за Макса.

— Как? — Гонория переводила взгляд то на отца, то на Макса. — Как, папа... мне и в голову не приходило, что тебе нравится Макс. Ты никогда этого не показывал.

— На то мы и разные люди, — отозвался ее отец. — Ты ведешь себя по-твоему, а я по-моему.

ЛЕСТНИЦА ИАКОВА[1]

I

Это был самый что ни на есть жалкий и банальный процесс об убийстве, и Джейкоб Бут, ерзая потихоньку на зрительской скамье, чувствовал себя ребенком, который хоть не голоден, но глотает — просто потому, что дают. Газеты пригладили эту запутанную историю, свели ее к понятной расхожей проблеме, и оттого пропуск в зал суда добыть было затруднительно. Джейкобу пропуск предоставили накануне вечером.

Джейкоб оглянулся на двери, где сотня зрителей, тяжело дыша, взвинчивали обстановку уже самой своей страстной заинтересованностью — тем, что в пылу азарта забыли о себе и собственной жизни. Стояла жара, и толпа потела; пот выступал на лицах крупными каплями, и если бы Джейкобу понадобилось протиснуться к дверям, он попал бы под душ. Кто-то сзади предположил, что присяжные появятся не раньше чем через полчаса.

С заданностью стрелки компаса голова Джейкоба повернулась к скамье подсудимых, и он снова всмотрелся в большое белое лицо обвиняемой, украшенное красными бусинками глаз. Это была миссис Чойнски, урожденная Делаханти, и по воле рока случилось так, что в один прекрасный день она схватила мясницкий топор и порубила на части своего любовника — моряка. Пухлые руки, державшие орудие убийства,

---

[1] Ссылка на Библию (Быт. 28:12–16). Имя Иаков тождественно английскому имени Джейкоб и совпадает с ним в латинском написании.

теперь безостановочно крутили чернильницу; временами обвиняемая с нервной улыбкой скользила взглядом по толпе.

Джейкоб нахмурился и проворно огляделся; ему попалось на глаза красивое лицо и тут же затерялось в толпе. Это лицо проникло в уголок его подсознания, когда он представлял себе миссис Чойнски за делом; но оно растворилось в неразличимой массе. Это было лицо темного ангела — с нежными сияющими глазами и белой, без румянца кожей. Дважды он обвел взглядом комнату, потом забыл о лице, принял напряженную неудобную позу и стал ждать.

Присяжные вынесли вердикт «убийство первой степени»; миссис Чойнски пропищала: «О боже!» Оглашение приговора было перенесено на следующий день. Медленно, ритмично покачиваясь, толпа повалила за порог, навстречу августовскому вечеру.

Джейкобу опять бросилось в глаза то же лицо, и он понял, почему раньше потерял его из виду. Это было лицо юной девушки, сидевшей у скамьи подсудимых, и за круглой, как луна, физиономией миссис Чойнски его не было видно. В ее ясных, блестящих глазах сейчас искрились слезы; девушку трогал за плечо, стараясь привлечь ее внимание, нетерпеливый молодой человек со сплющенным носом.

— Перестаньте. — Девушка с раздражением стряхнула его руку. — Оставьте меня в покое, понятно? Отвяжись, чтоб тебя!

Молодой человек с глубоким вздохом отступил. Девушка обняла застывшую в неподвижности миссис Чойнски, и какой-то задержавшийся зритель шепнул Джейкобу, что они сестры. Затем миссис Чойнски увели со сцены (как это ни нелепо, вид у нее был такой, будто она отправляется на какую-то важную встречу), девушка села за стол и стала пудрить себе лицо. Джейкоб ждал; ждал и молодой человек со сплющенным носом. Тут к Джейкобу подскочил полицейский сержант, и Джейкоб дал ему пять долларов.

— Чтоб тебя! — крикнула девушка, обращаясь к молодому человеку. — Когда же ты от меня отвяжешься? — Она встала. Ее раздражение распространялось непонятными вибрациями по всему залу. — Каждый день одно и то же!

Джейкоб переместился ближе. Молодой человек быстро заговорил:

— Мисс Делаханти, мы были более чем щедры по отношению к вам и вашей сестре, и я прошу только, чтобы и вы, со своей стороны, выполнили ваши обязательства по контракту. Наш номер идет в печать...

Мисс Делаханти в отчаянии повернулась к Джейкобу:

— Можете себе представить? Подавай ему фотку с моей сестрой в детстве, а там она вместе с моей матерью.

— Вашу матушку мы вырежем.

— Все равно фотография нужна мне самой. Это единственная, что осталась от матери.

— Обещаю, что верну вам снимок завтра же.

— Ох, как же мне все это надоело. — Девушка опять обратилась к Джейкобу, видя в нем, однако, не более чем представителя безликой, вездесущей толпы. — У меня даже глаза разболелись. — Она прищелкнула зубами, выражая высшую степень презрения.

— Мисс Делаханти, меня ждет на улице машина, — неожиданно произнес Джейкоб. — Хотите, я отвезу вас домой?

— Ладно, — согласилась она равнодушно.

Газетчик предположил, что эти двое знакомы; вполголоса продолжая спор, он двинулся вместе с ними к дверям.

— И так каждый день, — с горечью прокомментировала мисс Делаханти. — Ох уж эти газетчики!

На улице Джейкоб сделал знак шоферу, тот подогнал поближе большой открытый автомобиль яркого цвета, выпрыгнул наружу и распахнул дверцу; репортер увидел, что фотография уплывает, и, едва не плача, зашелся в мольбах.

— Да поди ты и утопись! — бросила мисс Делаханти, садясь в автомобиль. — Поди — и — утопись!

Этот совет был произнесен с таким необычайным напором, что Джейкоб пожалел об ограниченности словаря мисс Делаханти. Он не только представил себе, как злосчастный журналист бросается в Гудзон, но и проникся убеждением, что мисс Делаханти избрала единственно правильный и эффективный способ от него избавиться. Оставив журналиста, чье будущее было связано отныне с водной стихией, автомобиль тронулся с места.

— Ловко вы с ним разделались, — сказал Джейкоб.

— Ну да, — согласилась девушка. — Если меня разозлить, я никого не испугаюсь. Как вы думаете, сколько мне лет?

— Сколько вам лет?

— Шестнадцать.

Она глядела веско, ожидая удивления. Ее лицо, лицо святой — пылкой маленькой мадонны, несло свою хрупкость сквозь бренный прах вечера. Совершенный очерк ее губ не подрагивал при дыхании; Джейкоб никогда не видел ничего подобного ее коже — нежно-бледной и безупречно гладкой, ее глазам — сияющим и ярким. Собственная, хорошо организованная личность впервые в жизни показалась ему грубой и поношенной, когда он внезапно пал на колени перед этим средоточием свежести.

— Где вы живете? — спросил он. Бронкс, а может, Йонкерс или Олбани... Баффинов залив. Сделать петлю до края света, ехать вечно.

Она заговорила, и завибрировавшие в ее горле слова-жабы[1] разрушили очарование.

— Я с Ист-Хандред тридцать три. Живу там с подругой.

---

[1] Героиня называет неблагополучный, населенный неимущей публикой район.

Пока они ждали зеленого сигнала светофора, из соседнего такси выглянул раскрасневшийся мужчина, и мисс Делаханти смерила его надменным взглядом. Мужчина весело сдернул с себя шляпу.

— Чья-то стенографистка![1] — крикнул он. — Ишь ты, какова!

В окне показалась рука и утянула мужчину в темноту салона.

Мисс Делаханти повернулась к Джейкобу, переносицу ее тронула чуть заметная хмурая тень.

— Каждая собака меня знает. Газеты только о нас и пишут, и фотографий — спасу нет.

— Да, трудно вам приходится. Сочувствую.

Она вернулась в мыслях к сегодняшним событиям, о которых как будто не вспоминала уже полчаса.

— Это должно было с ней случиться, мистер. Не вывернешься. Но чтобы в штате Нью-Йорк послали женщину на виселицу? Быть не может.

— Конечно нет.

— Дадут пожизненное. — Слова эти определенно произносила не она, а кто-то другой. Ее лицо было столь безмятежно, что, едва слетев с языка, слова обретали отдельное существование.

— Вы жили с ней вместе?

— Я? В газетах и не то еще прочтете! Да я ведать не ведала, что она мне сестра, покуда ко мне не пришли и не сказали. С самого младенчества с ней не виделась. — Внезапно мисс Делаханти указала на здание универмага, одного из самых больших в мире. — Вот там я работаю. Послезавтра — обратно к своим киркам и лопатам.

— Жара не спадает, — проговорил Джейкоб. — Что, если нам отправиться за город и там пообедать?

Она всмотрелась в Джейкоба. Его глаза выражали деликатность и доброту.

---

[1] «Чья-то стенографистка» — название серии комиксов, начавших выходить в 1916 г.

— Хорошо, — ответила она.

Джейкобу было тридцать три. Некогда он обладал многообещающим тенором, но десять лет назад, провалявшись неделю с ларингитом, потерял его. В отчаянии (за которым скрывалось немалое облегчение) он купил во Флориде плантацию и пять лет трудился, превращая ее в поле для гольфа. В 1924 году случился земельный бум, и Джейкоб продал свою недвижимость за восемьсот тысяч долларов.

Подобно многим американцам, он не столько любил вещи, сколько ценил их. Его апатия не имела ничего общего ни со страхом перед жизнью, ни с притворством; это была национальная воинственность, сменившаяся усталостью. Апатия, окрашенная юмором. Не нуждаясь в деньгах, Джейкоб тем не менее полтора года добивался — причем добивался упорно — руки одной из богатейших женщин Америки. Если бы он ее любил или хотя бы сделал вид, свадьба бы состоялась, но он смог принудить себя только к вялому притворству.

Что касается внешности, он был невысок, красив и элегантен. Если им не владела отчаянная апатия, Джейкоб бывал очарователен; окружавшая его толпа знакомых считала, что они лучшие люди Нью-Йорка и проводят время весело, как никто другой. Во время приступов отчаянной апатии Джейкоб напоминал сердито нахохлившуюся белую птицу, от всей души ненавидящую человечество.

Но этой ночью, под летней луной, в садах Боргезе он человечество любил. Луна походила на светящееся яйцо, гладкое и чистое, как лицо сидевшей напротив Дженни Делаханти; соленый ветер, собрав в садах обширных поместий цветочные ароматы, приносил их на лужайку придорожной закусочной. Там и сям в жаркой ночи перемещались, пританцовывая, похожие на эльфов официанты, их черные спины растворялись во мраке, белые манишки выныривали вдруг из самых неожиданных темных углов.

Пили шампанское, и он плел историю, обращаясь к Дженни Делаханти.

— Я никогда не видел подобной вам красавицы, — говорил он, — но, так уж получилось, я люблю иной тип красоты и никоим образом на вас не претендую. Тем не менее прежняя жизнь не для вас. Завтра я устрою вам встречу с Билли Фаррелли, он ставит кинокартину на киностудии «Феймос плейерз» на Лонг-Айленде. Не знаю, правда, оценит ли он вашу красоту: мне до сих пор не случалось никого ему рекомендовать.

По лицу ее не пробежала тень, черты не дрогнули, но в глазах появилась ирония. Подобные байки ей рассказывали не впервые, но на следующий день режиссер не отыскивался. Или она сама проявляла достаточно такта, чтобы не напоминать о данных накануне вечером обещаниях.

— Вы не просто хороши собой, — продолжал Джейкоб, — вы по-настоящему красивы. Все, что вы делаете — то, как берете бокал, как изображаете застенчивость или притворяетесь, будто мне не верите, — все это подтверждает. Если у кого-нибудь хватит ума обратить на вас внимание, вам светит карьера актрисы.

— Мне больше всего нравится Норма Ширер. А вам она как?

По дороге домой, рассекая на автомобиле теплый ночной воздух, она спокойно подставила лицо под поцелуй. Приобняв Дженни, Джейкоб потерся щекой о ее нежную щеку, опустил глаза и долго ее рассматривал.

— Такое прекрасное дитя, — сказал он серьезно.

Дженни ответила ему улыбкой; ее руки небрежно играли лацканами его пиджака.

— Вечер был замечательный, — шепнула она. — Чтоб тебя! Надеюсь, мне не придется больше идти в суд.

— Я тоже надеюсь.

— Разве ты не поцелуешь меня на прощанье?

— Мы проезжаем Грейт-Нек, — сказал он. — Здесь живет множество звезд кино.

— А ты чудила, красавчик.

— Что-что?

Дженни покачала головой и рассмеялась.

— Ты чудила.

Она видела, что он относится к типу, совершенно ей не известному. Он был удивлен и не особенно польщен тем, что его сочли смешным. Она видела: каковы бы ни были его конечные цели, сейчас он ничего от нее не хочет. Дженни Делаханти быстро усваивала уроки; она позволила себе стать нежной, серьезной и безмятежной, как ночь, и, когда катила с Джейкобом по мосту Куинсборо в город, едва не задремала у него на плече.

II

На следующий день Джейкоб позвонил Билли Фаррелли.

— Мне нужно с тобой увидеться. Я нашел одну девушку и хочу, чтобы ты на нее взглянул.

— Черт возьми! Ты сегодня уже третий.

— Это другие третьи, а я первый такой.

— Ладно. Если у нее белая кожа, пусть играет главную роль в картине, которую я начну снимать в пятницу.

— А если без шуток: согласен ее попробовать?

— Я не шучу. Говорю тебе: пусть играет главную роль. Эти мерзкие актрисы у меня вот где сидят. В следующем месяце я собираюсь на Тихоокеанское побережье. Да я лучше пошел бы служить на побегушках у Констанс Талмедж, чем иметь под началом этих юных... — В его голосе прозвучала типично ирландская нота отвращения. — Правда, приводи ее, Джейк. Я ее посмотрю.

Через четыре дня, когда миссис Чойнски в сопровождении двоих помощников шерифа отправилась в Оберн, чтобы провести там весь остаток жизни, Джейкоб повез Дженни через мост на Лонг-Айленд, в «Асторию».

— Тебе нужно будет взять новое имя, — сказал он, — и помни: у тебя нет никакой сестры.

— Я думала об этом. Подумала и об имени: Тутси Дефо.

— Ужас, — засмеялся Джейкоб, — просто ужас.

— Если ты такой умный, придумай сам.

— Как насчет Дженни... Дженни... ну давай же... Дженни Принс?

— Хорошо, это красиво.

Дженни Принс взошла по ступеням киностудии «Феймос плейерз», и Билли Фаррелли, в приступе ирландской мизантропии, назло себе и своей профессии, взял ее на одну из трех главных ролей в картине.

— Все они друг друга стоят, — сказал он Джейкобу. — Черт! Сегодня подберешь ее в канаве, а завтра она уже требует, чтобы ей подавали еду на золоте. Ей-богу, лучше служить на побегушках у Констанс Талмедж, чем иметь под началом гарем вот этих.

— Девушка тебе понравилась?

— Вполне ничего. У нее хороший профиль. Но только все они друг друга стоят.

Джейкоб купил Дженни Принс вечернее платье за сто восемьдесят долларов и в тот же вечер повел ее в «Лидо». Он был доволен собой и взволнован. Оба много смеялись и чувствовали себя счастливыми.

— Можешь поверить, что ты теперь киноактриса? — спросил Джейкоб.

— Может быть, уже завтра меня погонят взашей. Слишком легко все прошло.

— Нет, не в этом дело. Тут помогла... психология. На Билли Фаррелли напало такое настроение. С ним бывает.

— Мне он понравился.

— Он замечательный, — согласился Джейкоб. Однако эти слова напомнили ему о том, что он уже не единственный мужчина, содействующий ее успеху. — Он буйный ирландец, за ним глаз да глаз нужен.

— Я знаю. Когда кто-то хочет за тобой ухлестнуть, это сразу видно.

— Что?

— Я не о том, красавчик, что он хотел за мной ухлестнуть. Но вид у него, если понимаешь, эдакий. — Ее прекрасное лицо исказила многозначительная ухмылка. — Он своего не упустит, это сегодня было заметно.

Они распили бутылку газированного и очень хмельного виноградного сока.

К их столику подошел метрдотель.

— Это мисс Дженни Принс, — сказал Джейкоб. — Она часто будет сюда заглядывать, Лоренцо: только что она подписала крупный контракт с киностудией «Феймос плейерз». Уделяйте ей все возможное внимание.

Когда Лоренцо удалился, Дженни проговорила:

— В жизни не видела таких красивых глаз, как у тебя. — Она старалась, как могла, выказать благодарность. Лицо ее было серьезным и печальным. — Честно, — повторила она, — в жизни таких не видела. Любая девушка обзавидуется.

Джейкоб рассмеялся, однако был растроган. Он легонько тронул ее руку.

— Будь умницей. Не жалей сил, и я стану тобой гордиться... и приятно будет когда-никогда встретиться.

— Мне всегда с тобой приятно. — Глаза Дженни смотрели прямо в его глаза — впились в них. Голос звучал ясно и невыразительно. — Честно, я не шучу насчет твоих глаз. Вечно тебе чудится, будто я подшучиваю. Я хочу отблагодарить тебя за то, что ты для меня сделал.

— Да ладно тебе, ничего я такого не сделал. Просто увидел твое лицо и... не смог оторваться, что, по-моему, вполне естественно.

Появились артисты, и Дженни перевела на них жадный взгляд.

Она была такой юной... никогда еще Джейкоб не ощущал юность столь живо. До сегодняшнего дня он и себя причислял к молодым.

Потом, в темной пещере такси, благоухая духами, которые ей купил сегодня Джейкоб, Дженни придвинулась, прильнула к нему.

Он поцеловал ее, но без удовольствия. В ее глазах, губах не промелькнуло даже намека на страсть, дыхание чуть отдавало шампанским. Она прижималась тесней и тесней. Он взял ее руки и положил ей на колени. Ее ребяческая безоглядность отпугнула его.

— Ты мне в дочери годишься, — сказал он.

— Ты не такой старый.

Она обиженно отодвинулась.

— Что с тобой? Я тебе не нравлюсь?

— Зря я позволил тебе выпить столько шампанского.

— Почему? Мне и раньше случалось выпивать. У меня крепкая голова.

— Как тебе не стыдно? Услышу, что ты прикладываешься к спиртному — получишь на орехи.

— Да что ты так раскипятился?

— О чем ты только думаешь? Хочешь, чтобы твое имя трепали на всех углах все торговцы содовой?

— А, замолчи!

Секунду они ехали молча. Потом ее пальцы скользнули в его ладонь.

— Мне никто никогда так сильно не нравился. Что же тут поделаешь?

— Малютка Дженни. — Он снова приобнял ее за плечи.

Помедлив, он опять попробовал ее поцеловать, и вновь его обдало холодом: поцелуй ее дышал невинностью, глаза в миг сближения смотрели поверх его плеча, в темноту ночи, в темноту мира. Ей неизвестно пока, что роскошь — это нечто таящееся в сердце; когда она это поймет и растворится во вселенской страсти, он сможет взять ее, не опасаясь раскаяться.

— Ты мне безумно нравишься, — сказал он, — нравишься — как мало кто до сих пор. Но у меня не идут из головы твои слова о выпивке. Тебе нельзя пить.

— Я сделаю все, чего ты захочешь. — И она повторила, глядя ему прямо в глаза: — Все.

Больше Дженни не пыталась. Машина подъехала к ее дому, и Джейкоб на прощанье ее поцеловал.

Он уезжал радостно-взволнованный; молодость Дженни и ее виды на будущее он переживал глубже, чем в свое время переживал свои. Так, склоняясь вперед и легко опираясь на тросточку, богатый, молодой, счастливый, он проплывал по светлым улицам и темным переулкам навстречу собственному непредсказуемому будущему.

III

Спустя месяц, однажды вечером, Джейкоб сел с Фаррелли в такси и назвал шоферу адрес приятеля.

— Так значит, ты влюблен в эту малютку, — весело проговорил Фаррелли. — Отлично, не стану тебе мешать.

Джейкоб выслушал его с немалым неудовольствием.

— Я вовсе в нее не влюблен, — произнес он с расстановкой. — Билли, я хочу, чтобы ты оставил ее в покое.

— Оставлю, конечно оставлю, — с готовностью согласился Фаррелли. — Я не знал, что ты заинтересован: она говорила, что ничего от тебя не добилась.

— Вся штука в том, что ты тоже не заинтересован. Неужели я такой дурак, чтобы становиться у вас на пути, если бы вы действительно нравились друг другу? Но тебе она совершенно безразлична; что касается ее, то она просто растерялась: ты поразил ее воображение.

— Ладно-ладно. — Фаррелли начал наскучивать этот разговор. — Я к ней не прикоснусь, хоть меня озолоти.

Джейкоб рассмеялся.

— Прикоснешься, я тебя знаю. Хотя бы от нечего делать. Я вот чего не хочу допустить: какого-нибудь... несерьезного приключения.

— Понял тебя. Я ее не трону, Джейк.

Джейкобу пришлось довольствоваться этим обещанием. Он не особенно верил Билли Фаррелли, однако догадывался, что тот хорошо к нему относится и не обманет, если его не подтолкнет к этому более сильное чувство. Что ему не понравилось, так это ее сжатые под столом руки. Когда он обратился к Дженни с упреком, она что-то соврала; она предложила тут же отвезти ее домой, обещала этим вечером больше не разговаривать с Фаррелли. Ему показалось, что он ведет себя глупо и бессмысленно. Было бы куда проще, если б на слова Фаррелли: «Так значит, ты влюблен в эту малютку», можно было бы ответить попросту «да».

Но Джейкоб не был влюблен. Никого еще он так не ценил, как Дженни. Он видел, как в ней пробуждается совершенно особая индивидуальность. Дженни любила все простое и спокойное. Она училась все точнее отличать предметы мелкие и несущественные и отгораживаться от них. Джейкоб пытался давать ей книги, но вскоре сообразил, что это пустая затея, и стал знакомить Дженни с разными людьми. Он подстраивал различные жизненные ситуации и объяснял их Дженни, а далее с удовольствием убеждался, что она не по дням, а по часам становится более понятливой и воспитанной. Еще он ценил ее беспредельную веру в него, ценил, что она, судя о других людях, обращается к нему как к эталону совершенства.

Еще до того, как картина Фаррелли вышла на экраны, Дженни, поскольку она хорошо себя проявила, предложили контракт на два года — первые полгода по четыре сотни в неделю и далее индексация. Но нужно было переезжать на Тихоокеанское побережье.

— Хочешь, я подожду? — спросила Дженни однажды вечером, когда они с Джейкобом возвращались из поездки за город. — Не остаться ли мне здесь, в Нью-Йорке... поближе к тебе?

— Надо ехать туда, где предложили работу. Пора самой заботиться о себе. Тебе уже семнадцать.

Семнадцать... но она его ровесница, у нее нет возраста. Ее темные глаза под желтой соломенной шляпой были наполнены судьбой, словно Дженни не предлагала только что пренебречь *его* судьбой.

— Я думаю, что было бы, если б мне не встретился ты. То есть нашелся ли бы кто-нибудь, кто бы меня продвинул?

— Ты бы продвинулась сама. Даже не думай, будто зависишь от меня.

— Завишу. Я всем тебе обязана.

— Ничего подобного. — Он мотнул головой, но не привел доводов. Ему нравилось, что Дженни так думает.

— Не представляю себе, что бы я без тебя делала. Ты мой единственный друг... единственный, которого я люблю. Понимаешь? Тебе понятно, что я имею в виду?

Джейкоб улыбнулся, довольный тем, что у Дженни появилось самолюбие: она требует, чтобы ее правильно поняли. Никогда еще она не была такой красивой: тонкой, яркой и нежеланной для него. Иногда, однако, он задавался вопросом, не обращена ли ее бесполость исключительно к нему; что, если ее личность имеет и другие стороны, меж тем как Дженни, быть может даже намеренно, показывает ему только эту. Больше всего ей нравилось общество мужчин помоложе, пусть она и делала вид, будто их презирает. Билл Фаррелли, верный своему слову, оставил Дженни в покое — чем слегка ее огорчил.

— Когда ждать тебя в Голливуде?

— Скоро, — пообещал Джейкоб. — И ты будешь наведываться в Нью-Йорк.

Она заплакала.

— Я так буду скучать по тебе, так скучать! — По ее щекам теплого оттенка слоновой кости катились крупные слезы. — Черт! — всхлипывала она. — Ты был ко мне так добр! Дай мне руку! Дай руку! Ни у кого еще не было такого друга. Где я найду второго такого?

Это была уже актерская игра, но в горле у Джейкоба встал комок. Мгновение в его мозгу — как слепой, то и дело натыкающийся на мебель, — бродила дикая идея жениться на Дженни. Он знал: ему стоит только намекнуть — и он сделается для нее единственным близким человеком, потому что всегда будет ее понимать.

Назавтра на станции Дженни радовалась букету, своему купе, предстоящему путешествию — самому длительному из всех, какие ей случалось совершать. Целуя Джейкоба на прощанье, она снова заглянула ему в самую глубину зрачков и тесно прижалась, словно протестуя против расставания. Она снова плакала, но Джейкоб знал, что за ее слезами скрывается радостное ожидание приключений в неизведанных краях. Когда он шел со станции, Нью-Йорк представился ему странно опустевшим. Увиденный глазами Дженни, он было обрел исконные краски, но теперь снова выцвел, как старые побуревшие обои.

На следующий день Джейкоб отправился в контору на высоком этаже здания на Парк-авеню на прием к знаменитому специалисту, которого не посещал уже десять лет.

— Я хотел бы, чтобы вы повторно осмотрели мою гортань, — попросил он. — Надежды особой нет, но вдруг что-то изменилось.

Он заглотнул сложную систему зеркал. Вдыхал и выдыхал, издавал высокие и низкие звуки, кашлял по команде. Специалист хлопотал, прощупывал. Наконец сел и извлек наружу окуляр.

— Изменений нет, — сказал он. — Патологии в связках нет, просто они изношены. Лечить нечего.

— Я так и думал, — смиренно согласился Джейкоб, словно бы извиняясь за свое нахальство. — Практически то же самое вы говорили мне прежде. Я просто не был уверен, что это окончательно.

Выйдя из здания на Парк-авеню, он понял, что кое-чего лишился. Это была полунадежда (порожденная желанием), что в один прекрасный день...

«В Нью-Йорке пусто, — телеграфировал он Дженни. — Все ночные клубы закрылись. На статуе Гражданской Добродетели — траурные венки. Пожалуйста, трудись на совесть и будь бесконечно счастлива».

«Дорогой Джейкоб, — отвечала она, — так тебя не хватает! Ты самый славный, лучше тебя не было и нет, поверь мне, дорогой. Не забывай меня, пожалуйста. С любовью, Дженни».

Наступила зима. Картина с участием Дженни, снятая на Востоке, вышла на экраны, в журналах для любителей кино были опубликованы заметки и предварительные интервью. Джейкоб сидел у себя в квартире, проигрывал раз за разом на новеньком патефоне Крейцерову сонату и проглядывал краткие письма Дженни — напыщенные, но притом нежные, а также статьи, где говорилось, что Билли Фаррелли открыл новую звезду. В феврале он обручился с одной старой знакомой, ныне вдовой.

Они отправились во Флориду, но вдруг принялись переругиваться в коридорах отеля и за игрой в бридж, и потому было решено планы отменить. Весной Джейкоб заказал каюту на «Париже», но за три дня до отплытия передумал и поехал в Калифорнию.

IV

Дженни встретила его на станции поцелуем и, пока они ехали в машине в отель «Амбассадор», цеплялась за его руку.

— Вот и приехал! — восклицала она. — Я уж думала, не дождусь. Не чаяла.

Речь Дженни свидетельствовала об успешной работе над собой. Она избавилась от вечного «чтоб тебя!», выражавшего всю гамму чувств — от удивления до ужаса, от недовольства до восхищения, притом обходилась без таких его замен, как «шик» или «люкс». Когда ей не хватало слов, чтобы выразить свое настроение, она просто молчала.

Однако в семнадцать лет месяцы равносильны годам, и Джейкоб уловил в ней перемену: Дженни во всех смыслах перестала быть ребенком. Что-то постоянно занимало ее ум — нет, пропускать мимо ушей слова собеседника ей не позволяла врожденная деликатность, но и свои суждения созревали. Она уже не воспринимала кино как чудесное, веселое приключение, выпавшее ей случайно; ни о каких «вот захочу и не приду завтра» речь больше не шла. Студия сделалась частью ее жизни. Жизненные обстоятельства перерастали в карьеру, которая была отделена от часов, не подчиненных дисциплине.

— Если эта картина будет не хуже предыдущей — то есть мой успех будет таким же, Хекшер разорвет договор. Все, кто отсмотрел текущий съемочный материал, говорят, что у меня тут впервые появилась сексапильность.

— Что за текущий съемочный материал?

— Это когда они прогоняют то, что снято вчера. Говорят, у меня впервые появилась сексапильность.

— Не заметил, — пошутил Джейкоб.

— Ты никогда не замечаешь. А она у меня есть.

— Знаю, что есть. — Подчиняясь необдуманному порыву, он взял Дженни за руку.

Она быстро перевела на него взгляд. Джейкоб улыбнулся — с секундным опозданием. Она тоже улыбнулась, и шедшее от нее тепло спрятало его промах.

— Джейк, — воскликнула Дженни, — мне орать хочется от радости, что ты приехал! Я заказала тебе номер в «Амбассадоре». Там все было забито, но я сказала: вынь и положь номер, и они кого-то выкинули. Через полчаса я пришлю за тобой свою машину. Здорово, что ты приехал в воскресенье: я весь день свободна.

Они поели в меблированной квартире, которую Дженни сняла на зиму. Обстановка в мавританском стиле 1920-х годов была полностью унаследована от некоего предшественника. Дженни отзывалась о ней с насмешкой (видимо, кто-то сказал ей, что это полная безвкусица), но Джейкоб, когда разобрался, понял, что указать конкретные недостатки убранства она не может.

— Вот бы здесь было побольше приятных мужчин, — сказала Дженни за ланчем. — То есть приятных мужчин тут много, но я хочу сказать... Ну, таких, как в Нью-Йорке, которые знают даже больше, чем мы, девушки. Как ты, например.

После ланча Джейкоб узнал, что планируется выход куда-то на чай.

— Не сегодня, — запротестовал он. — Я бы хотел побыть с тобой вдвоем.

— Хорошо, — с сомнением в голосе согласилась Дженни, — наверное, можно будет позвонить. Я думала... Эта дама много пишет в газеты, и меня туда пригласили в первый раз. Но если ты хочешь...

Лицо у нее чуть заметно вытянулось, и Джейкоб поспешил заверить, что очень-очень хочет пойти. Постепенно выяснилось, что у них намечена не одна, а все три вечеринки.

— В моем положении это необходимо, — объяснила Дженни. — Иначе видишься только со своей съемочной группой, а это слишком узкий круг. — (Джейкоб улыбнулся.) — Ладно, так или иначе, мудрила, так делает в воскресные дни всякий и каждый.

На первой чайной вечеринке Джейкоб заметил, что женщин собралось значительно больше, чем мужчин, а также больше второстепенных персон — журналисток, дочерей операторов, супруг монтажеров, — нежели важных. Ненадолго появился молодой латиноамериканец по имени Раффино, переговорил с Дженни и ушел; заглянула пара-тройка звезд, которые с несколько преувеличенным интересом расспрашивали о здоровье детей. Еще несколько знаменитостей собрались в углу и недвижно позировали, напоминая статуи. Какой-то писатель, порядком упившийся и разгоряченный, пытался ухлестывать то за одной девицей, то за другой. Ближе к вечеру вдруг обнаружилось, что многие уже слегка навеселе; когда Джейкоб с Дженни выходили за порог, хор голосов звучал куда выше и громче, чем вначале.

На вторую чайную вечеринку тоже забежал молодой Раффино (это был актер, один из бесчисленных подающих надежды двойников Валентино), потолковал с Дженни немного дольше и с большим вниманием и удалился. Джейкоб предположил, что этой вечеринке не старались придать такой же блеск, как другой. Больше была толпа вокруг стола с коктейлями. Больше народу сидело.

Дженни, как он заметил, пила только лимонад. Его удивили и порадовали ее благовоспитанность и хорошие манеры. Она обращалась к непосредственному собеседнику, а не ко всем, кто находился поблизости; выслушивая кого-то, не блуждала глазами по сторонам. То ли намеренно, то ли нет, но на обеих вечеринках Дженни раньше или позже заводила разговор с самыми влиятельными из гостей. Серьезный вид, с каким она произносила: «Для меня это удачная возможность поучиться уму-разуму», неотразимо льстил самолюбию собеседника.

Когда они вышли, чтобы отправиться на последнюю вечеринку — прием с холодным столом, — уже стемнело и на Беверли-Хиллз светились с непонятной целью рекламные надписи каких-то маклеров по недвижимости. У кинотеатра Граумана уже собиралась под редким теплым дождичком толпа.

— Гляди, гляди! — воскликнула Дженни.

Шла та самая картина, в которой она месяц назад закончила сниматься. С узкого, похожего на мост Риальто Голливудского бульвара они скользнули в густой мрак переулка; Джейкоб обнял Дженни одной рукой и поцеловал.

— Джейкоб, милый. — Дженни улыбнулась, вскинув голову.

— Дженни, ты такая красивая; я и не знал, что ты такая красивая.

С лицом спокойным и кротким, она смотрела прямо перед собой. На Джейкоба внезапно нахлынула досада, он властно притянул Дженни к себе, но тут автомобиль остановился у какой-то освещенной двери.

Они вошли в одноэтажный домик, наполненный народом и табачным дымом. Официальный настрой, с которого начался этот день, давно сошел на нет; обстановка сделалась одновременно расслабленной и крикливой.

— Это Голливуд, — объясняла заполошная словоохотливая дама, которая весь день крутилась поблизости от Джейкоба. — Во второй половине дня в воскресенье манерничать не принято. — Она указала на хозяйку дома. — Простая милая девушка, без претензий. — Дама заговорила громче: — Правда, дорогая? Простая милая девушка, без претензий?

Хозяйка откликнулась:

— Ага. Кто?

Информаторша Джейкоба снова понизила голос:

— Но самая разумная из всех — та малышка, которая с вами.

Совокупность выпитых коктейлей повлияла на Джейкоба приятно, однако изюминку вечеринки — ощущение покоя и беззаботности — ухватить не удавалось. В атмосфере чувствовалась некоторая напряженность — не было уверенности и присутствовал дух соревнования. Собеседники-мужчины либо пустословили и натужно веселились, либо глядели все более подозрительно. Женщины держались с большей деликатностью. В одиннадцать в буфетной Джейкобу вдруг пришло в голову, что Дженни вот уже час не показывается на глаза. Вернувшись в гостиную, он увидел, как она входила — явно с улицы, поскольку сбросила дождевик. Ее сопровождал Раффино. Когда Дженни подошла, Джейкоб заметил, что она запыхалась и глаза у нее ярко блестят. Раффино небрежно-вежливо улыбнулся Джейкобу; чуть позже, собираясь уйти, он наклонился и что-то шепнул Дженни на ухо, а та без улыбки попрощалась.

— Мне завтра к восьми на съемку, — сказала Дженни, обращаясь к Джейкобу. — Пора домой, а то буду как выжатый лимон. Ты не против, милый?

— Господи, какое может быть «против»!

Их автомобиль пустился в нескончаемый путь по вытянутому полосой городу.

— Дженни, — сказал Джейкоб, — ты сегодня выглядела просто бесподобно. Положи голову мне на плечо.

— С удовольствием. Я совершенно вымотана.

— Ты стала просто ослепительна.

— Я такая же, как была.

— Ничего подобного. — Джейкоб вдруг перешел на взволнованный шепот. — Дженни, я в тебя влюбился.

— Джейкоб, не говори глупости.

— Я в тебя влюбился, Дженни. Странно, правда? Такая оказия.

— Ничего ты не влюбился.

— Ты хочешь сказать, тебе до этого нет дела. — Он ощутил легкий укол страха.

Она выпрямилась в его объятиях.

— Как так нет дела? Ты ведь знаешь, я тебя люблю больше всех на свете.

— Больше, чем мистера Раффино?

— О... тьфу ты! — презрительно фыркнула Дженни. — Раффино — ребенок, и ничего больше.

— Я люблю тебя, Дженни.

— Как бы не так.

Джейкоб теснее сжал ее в объятиях. Ему показалось или он ощутил в ответ едва заметное инстинктивное сопротивление? Однако Дженни придвинулась, и он ее поцеловал.

— Знаешь, насчет Раффино это просто бред.

— Наверное, я ревную.

Заметив, что не привлекает ее, он опустил руки. Страх ощущался уже как боль. Джейкоб понимал, что Дженни устала и не готова к перемене его настроения, но все же не мог на этом успокоиться.

— Я не представлял себе, насколько ты вошла в мою жизнь. Не знал, чего лишился, — но теперь знаю. Мне нужно было, чтобы ты была рядом.

— Ну вот, я рядом.

Он принял ее слова за приглашение, но она устало осела в его руках. Так она и ехала остаток пути: глаза закрыты, короткие волосы откинуты назад — вылитая утопленница.

— Шофер отвезет тебя в отель, — сказала Дженни, когда автомобиль остановился у ее дома. — Не забудь, завтра у нас ланч на студии.

Неожиданно у них началось обсуждение — на грани спора, — стоит ли Джейкобу зайти в дом, не слишком ли поздно. Никто из них не успел понять, насколько переменились они оба после объяснения Джейкоба. В одночасье они сделались другими людьми, Джейкоб же отчаянно старался перевести время на полгода назад, на тот нью-йоркский вечер, Дженни между тем наблюдала, как растет в нем настроение — большее, чем ревность, и меньшее, чем любовь, — и как новый Джейкоб вытесняет постепенно прежнего, рассудительного и понимающего, с которым было так уютно.

— Не нравишься ты мне такой! — воскликнула она. — Ни с того ни с сего приходишь и требуешь любви!

— Меж тем как ты любишь Раффино!

— Да не люблю я его, клянусь! Я с ним даже ни разу не целовалась... на самом деле!

— Хм! — Джейкоб сделался похож на сердитую белую птицу. Он поражался тому, что способен подобным образом нарушать приличия, но им руководило чувство столь же нелогичное, как сама любовь. — Актриса!

— Джейк, отпусти меня, ну пожалуйста. Я ужасно себя чувствую и ничего не соображаю.

— Я пойду, — проговорил он внезапно. — Не пойму, что со мной такое. Ясно одно: я втюрился в тебя по уши и не соображаю, что говорю. Я тебя люблю, а ты меня нет. Когда-то любила или думала, что любишь, но теперь это не так.

— Да нет же, я тебя люблю. — На миг Дженни задумалась; в красно-зеленых отсветах автозаправки на углу можно было разглядеть борьбу чувств на ее лице. — Если ты так меня полюбил, я завтра же выйду за тебя замуж.

— Выйдешь за меня?

Дженни была так поглощена собственными мыслями, что пропустила отклик Джейкоба мимо ушей.

— Завтра же выйду за тебя замуж, — повторила она. — Никто на свете мне так не нравится, как ты, и наверняка я буду любить тебя так, как тебе хочется. — Она горестно всхлипнула и тут же замолкла. — Но... я этого совсем не ожидала. Пожалуйста, оставь меня сегодня одну.

Джейкобу не спалось. Из гриль-бара «Амбассадора» допоздна доносилась музыка, у заднего подъезда роилась стайка работающих девушек, которые поджидали своих кумиров. Затем в вестибюле затеяла продолжительную ссору какая-то пара; переместилась в соседний номер и там продолжила потихоньку бубнить за межкомнатной дверью. Около трех часов Джейкоб подошел к окну и стал любоваться великолепием ясной калифорнийской ночи. И повсюду — на траве, на сырых, поблескивающих крышах особняков — покоилась красота Дженни, растекалась в ночи, подобно музыке. Он видел ее и в комнате, на белой подушке, слышал в призрачном шелесте занавесок. Его жадное воображение воссоздавало ее вновь и вновь, пока она не потеряла всякое сходство с прежней Дженни и даже с той девушкой, которая встретила его утром на перроне. Молча, пока текли ночные часы, он слепил из нее образ любви — образ, который должен был жить столько же, сколько сама любовь, и даже дольше; оставаться нетронутым, пока Джейкоб не сможет произнести: «Я никогда не любил ее по-настоящему». Он создавал ее не спеша из своих юношеских иллюзий, из невеселых упований зрелых лет, пока у нее не осталось от прежней Дженни только имя.

Позднее, когда Джейкоб незаметно погрузился в недолгий сон, этот образ никуда не ушел, остался в комнате, прикованный к его сердцу узами мистического брака.

V

— Я не женюсь на тебе, если ты меня не любишь, — сказал он на обратном пути со студии; Дженни ждала, спокойно сложив руки на коленях. — Думаешь, я стал бы на тебя претендовать, Дженни, будь ты несчастной и безответной — если бы я был притом убежден, что ты меня не любишь?

— Я люблю тебя. Но не так.

— А как?

Она заколебалась, взгляд ее скользнул в сторону.

— Ты... ты меня не заводишь, Джейк. Не знаю... попадаются иногда мужчины, которые заводят, когда прикасаешься, танцуешь — что-нибудь такое. Знаю, это похоже на бред, но...

— Раффино тебя заводит?

— Вроде того, но не особенно.

— А я совсем не завожу?

— Просто мне с тобой удобно и хорошо.

Джейк мог бы заявить, что такое отношение и есть самое лучшее, но не сумел выговорить эту древнюю истину — или древнюю ложь.

— И все-таки говорю, я за тебя выйду; может быть, ты станешь заводить меня потом.

Он засмеялся, но вдруг замолк.

— Если я, как ты выражаешься, тебя не завожу, почему ты прошлым летом вела себя так, словно влюблена в меня?

— Не знаю. Наверное, была моложе. Трудно сказать, что чувствовал когда-то, правда ведь?

Она сделалась для него загадкой; подобная загадочность побуждает искать скрытый смысл в самых незначащих замечаниях. Пользуясь такими неуклюжими инструментами, как ревность и желание, он пытался сотворить магию столь же эфирно-тонкую, как пыльца с крыльев бабочки.

— Послушай, Джейк, — начала Дженни внезапно. — Этот Шарнхорст, адвокат моей сестры... он звонил сегодня на студию.

— С твоей сестрой все нормально, — отозвался Джейкоб рассеянно и добавил: — Значит, тебя заводят многие мужчины.

— Если я чувствую такое со многими, значит, это уж никак не настоящая любовь, правда? — с надеждой спросила Дженни.

— Но по твоей теории, любовь без этого невозможна.

— Нет у меня никаких теорий. Я просто говорю, что я чувствую. Ты знаешь больше, чем я.

— Я не знаю вообще ничего.

В вестибюле многоквартирного дома ждал какой-то мужчина. Дженни подошла и заговорила с ним; потом, обернувшись к Джейку, сказала вполголоса:

— Это Шарнхорст. Не подождешь ли внизу, пока он объяснит, что ему нужно? Он говорит, ему потребуется полчаса, не больше.

Джейк ждал, куря сигарету за сигаретой. Прошло десять минут. Потом его подозвала телефонистка.

— Быстрей! Вам звонит мисс Принс.

Дженни говорила взволнованно и испуганно.

— Задержи Шарнхорста. Он сейчас на лестнице, а может быть, в лифте. Заставь его вернуться сюда.

Джейкоб положил трубку, и в тот же миг лязгнул лифт. Джейкоб встал перед дверьми, загораживая пассажиру выход.

— Мистер Шарнхорст?

— Да? — Во взгляде его читались тревога и подозрения.

— Не подниметесь ли вы снова в квартиру мисс Принс? Она кое-что забыла вам сказать.

— Я увижусь с ней позже. — Шарнхорст попытался проскочить мимо Джейкоба.

Джейкоб схватил его за плечи, запихнул обратно в клетку, захлопнул дверь и надавил кнопку восьмого этажа.

— Я пожалуюсь, и вас арестуют! — пригрозил Шарнхорст. — Сядете в тюрьму за нападение.

Джейкоб крепко держал его руки. Наверху Дженни, с испуганным лицом, стояла у своей открытой двери. После недолгого сопротивления юрист вошел в квартиру.

— В чем дело? — спросил Джейкоб.

— Скажи ему ты. О, Джейк, он хочет двадцать тысяч долларов!

— За что?

— За новый процесс по делу моей сестры.

— Но у нее нет ни малейшего шанса! — Джейкоб повернулся к Шарнхорсту. — Вам должно быть известно, что шансов нет никаких.

— Есть некоторые технические вопросы, — беспокойным голосом отозвался адвокат, — понятные только юристам. Ей там так плохо, а сестра богата и процветает. Миссис Чойнски считает, что должна получить еще один шанс.

— Это вы постарались ей внушить?

— Она за мной послала.

— Но идея шантажа — ваша собственная. Полагаю, если мисс Принс не понравится предложение заплатить двадцать тысяч долларов за услуги вашей фирмы, общественность узнает, что она сестра всем известной преступницы.

Дженни кивнула:

— Именно это он и сказал.

— Одну минуту! — Джейкоб шагнул к телефону. — «Вестерн юнион», пожалуйста. «Вестерн юнион»? Пожалуйста, примите телеграмму. — Он назвал фамилию и адрес одного высокопоставленного нью-йоркского политика. — Вот текст: «Осужденная Чойнски грозит своей сестре зпт актрисе зпт оглаской их родства тчк Нельзя ли договориться с тюремным начальником зпт чтобы к ней не допускали посетителей зпт пока я не вернусь на Восточное побережье и не объясню ситуацию тчк Также дайте мне знать телеграфом зпт достаточно ли двоих свидетелей зпт чтобы доказать попытку шантажа и отстранить от практики одного адвоката из Нью-Йорка зпт если обвинение поддержат такие лица зпт как „Рид зпт Ван Тайн зпт Биггз и компания" или же мой дядя зпт судья по делам о наследстве и опеке тчк Отвечайте на адрес отель „Амбассадор" зпт Лос-Анджелес тчк Джейкоб С тчк К тчк Бут»

Джейк ждал, пока клерк повторял послание.

— Так вот, мистер Шарнхорст, занятия искусством несовместимы с подобными передрягами и переживаниями. Мисс Принс, как вы видите, немало расстроена. Это скажется на ее завтрашней игре и подпортит удовольствие миллиону зрителей. Поэтому мы не будем настаивать на том, чтобы она дала ответ. Собственно, сегодня же вечером мы с вами на одном и том же поезде покидаем Лос-Анджелес.

VI

Лето миновало. Джейкоб мирился со своим бесполезным существованием, зная, что Дженни осенью приедет на Восток. К осени, думал он, она успеет пообщаться с множеством раффино и обнаружит, что их руки, глаза — и губы — если и заводят, то очень однообразно. Если отвлечься от мира кино и вспомнить об интрижках на домашних студенческих вечеринках, то правильней всего было бы сравнить этих юношей со студентами-новичками, впервые появившимися в какие-нибудь летние каникулы. Может оказаться, что она по-прежнему не испытывает к нему особо романтических чувств, но свадьба состоится и в этом случае, а чувства придут потом: говорят, так бывало со многими женами.

Ее письма восхищали его и сбивали с толку. За неловкими словами угадывались всплески эмоций: неиссякающая благодарность, тоска по общению. Бывало, Джейкоб догадывался: Дженни только что отшатнулась от другого мужчины (кого — бог весть) и страстно, чуть ли не испуганно стремилась к своему защитнику. В августе она отправилась на натурные съемки куда-то в аризонскую пустыню; сначала от нее приходили только открытки, потом переписка на некоторый срок вообще прервалась. Джейкоб был этому рад. Он успел подумать о том, что могло отталкивать Дженни: его чопорность, ревность, неумение скрывать боль. На этот раз все будет иначе. Он сохранит контроль над ситуацией. У Дженни как минимум появится повод снова им восхищаться, ценить его упорядоченное и полное достоинства поведение.

За два дня до приезда Дженни Джейкоб отправился в ночной подвал на Бродвее посмотреть ее последнюю картину. Дело происходило в небольшом университете. Дженни появлялась с узлом на затылке — обычным символом скромницы, вдохновляла героя на спортивный подвиг и, вечно будучи на втором плане, растворялась в тени ликующих трибун. В ее игре, однако, наметилось нечто новое; год назад Джейк обнаружил в ее голосе некую магию, которая теперь начала переходить на экран. Каждый шаг Дженни, каждое ее движение представлялись значительными и будили живой отклик. Другие зрители, как он решил, тоже это заметили. Он судил по тому, как менялось их дыхание, какое отражение бросала ее точная, прозрачная игра на их расслабленные, равнодушные лица. Критики тоже это замечали, однако большая их часть не умели точно охарактеризовать индивидуальность актера.

Впервые он осознал, что публика знает Дженни, когда заметил, как вели себя пассажиры, которые вместе с ней высаживались из поезда. Занятые встречающими и багажом, они все же улучали минутку, чтобы поглазеть на Дженни, сделать знак своим приятелям, повторить ее имя.

Дженни лучилась. Ее окружало облако радости и благорасположенности, словно ее парфюмер умудрился заключить в пузырек с духами эссенцию восторга. И снова по загрубелым венам Нью-Йорка побежала мистическим образом обновленная кровь, и радовался шофер Джейкоба, когда Дженни его вспомнила, и расшаркивались почтительно носильщики в «Плазе», и едва не лишился сознания метрдотель в ресторане, где Дженни с Джейкобом обедали. Что касается самого Джейкоба, то он теперь держал себя в руках. Он был спокоен, внимателен, любезен, то есть таков, каким бывал обычно, однако в данном случае он счел нужным заранее распланировать свое поведение. Его манеры должны были указывать на способность и готовность позаботиться о Дженни, подставить ей плечо.

После обеда публика в их углу ресторана, состоявшая в основном из театральных зрителей, постепенно рассосалась, и возникло ощущение уединенности. Лица у Дженни и Джейкоба сделались серьезными, тон голоса снизился.

— Я не видел тебя уже пять месяцев. — Джейкоб задумчиво смотрел вниз, на свои руки. — Со мной никаких перемен не произошло, Дженни. Я по-прежнему всем сердцем тебя люблю. Люблю твое лицо, твои недостатки, твой образ мыслей и все твое. Единственная цель моего существования — сделать тебя счастливой.

— Знаю, — шепнула она. — О господи, знаю!

— Не ведаю, что ты теперь ко мне чувствуешь — как раньше, только привязанность? Если ты за меня выйдешь, думаю, придет и другое, не успеешь и оглянуться. А то, что ты называешь «заводить», покажется тебе сущей ерундой, потому что жизнь создана не для мальчиков и девочек, Дженни, а для мужчин и женщин.

— Джейкоб, — шепнула она, — не нужно ничего говорить. Я и так знаю.

Джейкоб впервые поднял взгляд.

— Знаешь? Что ты этим хочешь сказать?

— Я понимаю, о чем ты. О, это ужасно! Джейкоб, слушай! Я хочу тебе рассказать. Слушай, дорогой, и молчи. Не гляди на меня. Слушай, Джейкоб, я влюбилась в одного мужчину.

— Что? — спросил он беспомощно.

— Я влюбилась. Поэтому-то я и понимаю твои слова насчет «заводить».

— Ты хочешь сказать, что влюбилась в меня?

— Нет.

Страшное односложное слово повисло в воздухе между ними, приплясывая и вибрируя: «Нет-нет-нет-нет-нет!»

— О, это ужасно! — воскликнула Дженни. — Я влюбилась в человека, с которым познакомилась этим летом в месте, где шли натурные съемки. Я не собиралась... я не хотела, но не успела опомниться — и вот она любовь, и тут уж ничего не поделаешь. Я написала тебе, просила приехать, но не отослала письмо, и вот я схожу с ума по этому человеку, и не смею с ним поговорить, и каждую ночь реву в подушку.

— Актер? — услышал Джейкоб свой безжизненный голос. — Раффино?

— О, нет-нет! Погоди, дай рассказать. Это продолжалось три недели, и, честно, Джейк, я думала покончить с собой. Без него мне не хотелось жить. И однажды вечером мы случайно оказались одни в машине, и он захватил меня врасплох и вынудил признаться. Он знал... не мог не догадаться.

— Тебя просто как волной накрыло, — ровным голосом произнес Джейкоб. — Понимаю.

— О, Джейк, я знала, что ты поймешь! Ты всегда все понимаешь. Ты самый лучший человек на земле, Джейк, кому знать, как не мне.

— Собираешься за него замуж?

Она неспешно кивнула.

— Я сказала: прежде мне нужно съездить на Восток и повидать тебя. — Перестав бояться, Дженни сильнее ощутила его горе, и глаза ее наполнились слезами. — Такое, Джейк, бывает раз в жизни. Это сидело у меня в голове все то время, пока я не решалась с ним заговорить: упустишь случай, а потом ничего подобного уже не повторится — и зачем тогда жить? Он был в картине главным режиссером — для меня он тоже главный.

— Понятно.

Как уже бывало прежде, ее глаза удерживали его взгляд едва ли не силой.

— О, Дже-ейк!

Когда отзвучало это внезапное протяжное обращение, глубокое, как песня, сочувственное и понимающее, Джейкобу сделалось немного легче. Он сцепил зубы и постарался скрыть свое горе. С трудом изобразив на лице иронию, он попросил счет. Когда они двинулись в такси к отелю «Плаза», им казалось, что со времени объяснения прошло уже не меньше часа.

Дженни льнула к Джейкобу.

— О, Джейк, скажи, что все нормально! Скажи, что ты понимаешь! Лапочка Джейк, мой лучший, мой единственный друг, ну скажи, что ты понимаешь!

— Конечно понимаю, Дженни. — Он машинально похлопал Дженни по спине.

— Ох, Джейк, ты ужасно расстроен, да?

— Переживу.

— Ох, Джейк!

Они добрались до отеля. Прежде чем выйти из машины, Дженни посмотрелась в карманное зеркальце и подняла капюшон своей меховой пелерины. В вестибюле Джейкоб наткнулся на какую-то группу и натянутым, неубедительным тоном произнес: «Простите!» Лифт ждал. Дженни, с полными слез глазами, вошла и протянула Джейкобу руку с беспомощно сжатыми пальцами.

— Джейк, — повторила она.

— Спокойной ночи, Дженни.

Она повернулась лицом к проволочной стенке кабины. Лязгнула дверца.

«Погоди! — едва не вырвалось у Джейкоба. — Ты хоть представляешь себе, что делаешь? Вот так, очертя голову?»

Он повернулся и, не глядя по сторонам, вышел за порог. «Я ее потерял, — шептал он сам себе потрясенно и испуганно. — Я ее потерял!»

Он перешел 55-ю улицу и через Коламбус-Серкл добрался до Бродвея. Не обнаружив в кармане сигарет (они остались в ресторане), Джейкоб зашел в табачный магазин. Там произошла какая-то путаница с мелочью, кто-то в магазине засмеялся.

На улице он ненадолго застыл в растерянности. Затем его захлестнула тяжелая волна осознания, оставившая его оглушенным и обессиленным. Волна прокатилась снова. Как читатель, который вторично пробегает глазами трагическую историю в авантюрной надежде, что на сей раз концовка будет другой, Джейкоб возвращался мыслями к сегодняшнему утру, к началу, к прошлому году. Но гулкая волна нахлынула опять, неся с собой уверенность, что в роскошном помещении отеля «Плаза» он навеки потерял Дженни.

Он пошел по Бродвею. Под навесом кинотеатра «Капитолий» светились в ночи пять слов, выведенные большими печатными буквами: «Карл Барбор и Дженни Принс».

Джейкоб вздрогнул, как если бы к нему вдруг обратился случайный прохожий. Он замер и уставился на афишу. Туда же смотрели и другие глаза: мимо спешили люди, заходили в кинотеатр.

Дженни Принс.

Поскольку она больше ему не принадлежала, имя на афише приобрело иной, исключительно собственный смысл. Оно висело в ночи, холодное, непроницаемое, глядя дерзко, с вызовом.

Дженни Принс.

«Приди и прислонись к моей красоте, — говорило оно. — Исполни свои тайные мечты, вступи со мной в брачный союз протяженностью в час».

ДЖЕННИ ПРИНС.

Это была неправда, Дженни Принс находилась в отеле «Плаза» и любила кого-то. Но имя сияло в ночи, настойчиво и победно.

«Я люблю мою дорогую публику. Они все так добры ко мне».

Вдали возникла волна, вознесла белый гребень, накатила мощью страдания, обрушилась на него. Больше никогда. Больше никогда. Прекрасное дитя так желало той ночью вручить себя мне. Больше никогда. Больше никогда. Волна хлестала его, сбивала с ног, колотя в уши молоточками боли. Гордое и недостижимое, имя бросало вызов ночи.

ДЖЕННИ ПРИНС

Она была здесь! Вся она, лучшее, что в ней было: труд, сила, успех, красота. В толпе зрителей Джейкоб подошел к кассе и купил билет. Растерянно оглядел просторный вестибюль. Увидел вход, вошел внутрь и в пульсирующей темноте отыскал себе место.

СОДЕРЖАНИЕ

Литературно-художественное издание

ФРЭНСИС СКОТТ ФИЦДЖЕРАЛЬД
НОВЫЕ МЕЛОДИИ ПЕЧАЛЬНЫХ ОРКЕСТРОВ

Ответственный редактор Александр Гузман
Художественный редактор Валерий Гореликов
Технический редактор Татьяна Раткевич
Компьютерная верстка Владимира Сергеева
Корректоры Ирина Сологуб, Лариса Ершова

Знак информационной продукции
(Федеральный закон № 436-ФЗ от 29.12.2010 г.): 16+

Подписано в печать 29.04.2014. Формат издания 75 × 100 $^1/_{32}$.
Печать офсетная. Тираж 3000 экз. Усл. печ. л. 15,51. Заказ № 6089.

ООО «Издательская Группа „Азбука-Аттикус“» —
обладатель товарного знака АЗБУКА®
119334, г. Москва, 5-й Донской проезд, д. 15, стр. 4

Филиал ООО «Издательская Группа „Азбука-Аттикус“»
в Санкт-Петербурге
191123, г. Санкт-Петербург, наб. Робеспьера, д. 12, лит. А

ЧП «Издательство „Махаон-Украина“»
04073, г. Киев, Московский пр., д. 6 (2-й этаж)

Отпечатано в ОАО «Можайский полиграфический комбинат»
143200, г. Можайск, ул. Мира, д. 93
www.oaompk.ru, www.оаомпк.рф
Тел.: (495) 745-84-28, (49638) 20-685

ПО ВОПРОСАМ РАСПРОСТРАНЕНИЯ ОБРАЩАЙТЕСЬ:
В Москве:
ООО «Издательская Группа „Азбука-Аттикус“»
Тел.: (495) 933-76-00, факс: (495) 933-76-19
E-mail: sales@atticus-group.ru; info@azbooka-m.ru
В Санкт-Петербурге:
Филиал ООО «Издательская Группа „Азбука-Аттикус“»
Тел.: (812) 327-04-55, факс: (812) 327-01-60
E-mail: trade@azbooka.spb.ru; atticus@azbooka.spb.ru
В Киеве:
ЧП «Издательство „Махаон-Украина“»
Тел./факс: (044) 490-99-01. E-mail: sale@machaon.kiev.ua
Информация о новинках и планах, а также условия сотрудничества
на сайтах: www.azbooka.ru, www.atticus-group.ru

YAKB1262603R